Rafael Seligmann
Rafi, Judenbub

Rafael Seligmann

Rafi, Judenbub

Die Rückkehr der Seligmanns nach Deutschland

Roman

LANGENMÜLLER

Ich habe mich bemüht, meine Eltern, mich sowie namentlich erwähnte Freunde und Bekannte authentisch darzustellen. Die übrigen Personen sind fiktiv. Ähnlichkeiten mit Lebenden oder Toten bestehen nicht.

MIX
Papier aus verantwortungsvollen Quellen
FSC® C014889

© 2022 Langen Müller Verlag GmbH, München
Alle Rechte vorbehalten.
Umschlaggestaltung: Sabine Schröder, München
Umschlagmotiv: Rafael Seligmann/Privat
Lektorat: Boris Heczko
Satz: Satzwerk Huber, Germering
Druck und Binden: Friedrich Pustet, Regensburg
Printed in Germany
ISBN 978-3-7844-3622-7

www.langenmueller.de

Ein Jude ohne Chuzpe ist wie
ein Himmel ohne Sterne

Meiner Frau Elisabeth

Inhalt

Deutschland

Ludwig

Mit der Kraft meiner Schulter drücke ich den Flügel des verrosteten schmiedeeisernen Tores in den Gottesacker. Ich schlüpfe hindurch. Während ich durch das kniehohe Gras stapfe, setze ich meine schwarze Kippa auf und ziehe das kleine Gebetbuch aus der Jackentasche.

Zu meiner Linken erhebt sich der Rundbau des Aussegnungshauses. Die Leichenhalle war im Frühsommer 1934 eingeweiht worden. Vater hatte die Errichtung des Baus als Symbol für die Ignoranz der deutschen Juden empfunden. »Sie wollen nicht wahrhaben, dass unsere Zeit in diesem Land für immer vorbei ist.« Ich selbst war ein Jahr zuvor nach einer Warnung meines Fußballkameraden Karl Seiff gemeinsam mit meinem Bruder Heinrich vor den Nazis geflohen.

Der Friedhof ist mir seit meiner Jugend vertraut. Als Mitglied der Chewra Kadischa, der Beerdigungsgesellschaft, sorgte auch ich für die Beisetzungen. Das war nun zwei Dutzend Jahre her. Vor einem Monat bin ich mit Hannah und unserem Sohn Rafael nach Deutschland zurückgekehrt. Wir sind in einer Münchner Pension untergekommen.

In Ichenhausen stehen mein Elternhaus und unsere Barocksynagoge mit ihrer prächtigen Himmelsdecke. Der einstige Tempel dient jetzt als Feuerwehrstation, und im Seligmann-Haus wohnen fremde Leute. Die jüdische Gemeinde unserer Stadt ist ausgelöscht. 1942 deportierten die Nazis alle verbliebenen Juden Ichenhausens nach Osteuropa. Keiner überlebte.

Gemeinsam mit Hannah und Rafi war ich im neu erworbenen, gebrauchten VW Standard mit geteiltem Rückfenster nach Schwaben gefahren. Wir stiegen im Weißen Ross ab. Der mächtige Gasthof lag im Herzen des Ortes zwischen Kirche, Stadtbrunnen und unserem Haus. Sobald ich mit Frau und Kind den Schankraum betrat, tönte mir die Löwenstimme Georg Abts entgegen.

»Ludwig! Lebsch allweil noch?!«

Der Gastwirt thronte inmitten einer Handvoll älterer Männer an einem gedunkelten Eichenstammtisch. Vor ihm stand ein Weißbierglas. Schorsch hatte eine enorme Körperfülle angenommen. Sein gerötetes Gesicht war kreisrund. Die hellblauen Augen beobachteten uns flink.

»Ja, ich leb no, Schorsch. Auch wenn's manchen ned passd.«

»Lass mer den alten Schmarrn ruhen!« Abt winkte mit feister Hand ab. »Des isch alles vergessen, vergeben und vorbei, Ludwig.« Die Männerrunde nickte zustimmend. Ich wollte mich nicht auf einen Zwist mit dem Dicken und seiner Corona einlassen – gar vor Hannah. Abt mochte es ahnen. Er besah meine Familie. »Grüß Gott, Madam. Ich nehm an, Sie sind Frau Seligmann. Willkommen in Ichenhausen.« Der Wirt deutete mit leichtem Kopfnicken eine Verbeugung an. Hannah reagierte nicht, worauf Schorsch rief: »Und des isch wohl dei Bub, Ludwig?! Wie heißt du, junger Mann?«

»Rafael«, antwortete mein Junge prompt.

»Den hosch nach deim Vader Isaak Raphael genannt. Man sieht ihm den Judenbub an.«

Schritt für Schritt steige ich hügelan durch das Gras, nach dessen tiefem Grün ich mich in Israel stets gesehnt hatte. Zu meiner Linken ziehen sich lange Reihen schwarzer Granitsteine mit verblasster goldener Namensprägung. Ich trample das unberührte Gras nieder, ehe ich an das Grab meines Großvaters

Heinrich Naphtali Seligmann gelange. Er war 1902 gestorben.
Hier ruht der gerechte, barmherzige Mann ...
Ich hatte Großvater nicht kennengelernt. Doch seine Fotografie über Vaters Schreibtisch hatte sich mir eingeprägt. Heinrichs Züge waren markant, entschlossen. Vater pries ihn als erfolgreichen Kaufmann. Ich bücke mich, spähe zwischen den aufschießenden Halmen nach einem Stein. Als ich ihn gefunden habe, lege ich ihn nach altem Brauch auf die Granitstele und spreche das Kaddisch.
Nach einem Augenblick der Besinnung gehe ich weiter bergan. Entlang des löchrigen Zauns schiebe ich mich vorwärts. Dichtes Gestrüpp verdeckt fast vollständig die ältesten Grabstätten. Daran schließt sich eine Stelenreihe aus dem 19. Jahrhundert an. Darunter auch der graue Grabstein meines Urgroßvaters. Isaak Raphael Seligmann hatte als Geldverleiher ein Vermögen erworben. Von den Erträgen hatte er auf der Parzelle Marktstraße 302 das größte Wohnhaus der Stadt errichten lassen. Fast 120 Jahre bot das Gebäude unserer Familie Obdach. In guten Tagen wie in harten Zeiten. Doch nachdem die Nazis 1933 ans Ruder gelangten, waren meine Eltern gezwungen, das Anwesen aufzugeben.

Das Gelände flacht ab. Die Inschriften der Grabsteine sind jüngeren Datums. Manche der hier Beerdigten hatte ich als Mitglied der Beerdigungsgesellschaft zur letzten Ruhe begleitet. Am Ende der Stelenreihe stehen wenige Grabsteine der Jahre 1941 und 1942. Sie sind lateinisch beschriftet. Hebräische Lettern waren von den Nazis selbst auf Gräbern verboten worden.

Gegenüber zwei Grabtafeln, die ausschließlich mit Iwrith-Buchstaben beschrieben sind – zwischen roten KZ-Winkeln sind mehrere Namen in den Stein gehauen. Die Häftlinge des

Außenlagers Burgau stammten aus Budapest. Ich kann lediglich den Namen Julia Engel entziffern. Die hier Begrabenen waren in den letzten Kriegswochen umgebracht worden oder verhungert. *Mögen ihre Mörder verflucht werden*, lautet die Schrift. Erstmals stehe ich am Grab eines Naziopfers. Tränen schießen mir in die Augen. Die Anspannung der letzten Monate, die der Einsicht gefolgt war, dass nur die Rückkehr nach Deutschland meiner Familie und mir eine Weiterführung unserer Existenz ermöglichen würde, die Aufgabe meines Geschäfts, der Verkauf unseres Heims – all das hatte mich zunehmend geplagt.

Es dauert eine Weile, ehe ich meine Gefühle wieder in die Gewalt bekomme. Angesichts des Massenmord-Zeugnisses erscheint es mir unmöglich, das Lob des Herren zu sprechen, wie es das Kaddisch gebietet. Ich will mich zum Ausgang wenden. Doch ich darf nicht auf das Totengebet verzichten. Damit würde ich den Triumph der Nazis vervollständigen. Selbst nach der Zerstörung ihres Reiches und seiner Mordmaschine hätten sie mich vom Glauben abgebracht. Deshalb spreche ich, mit Gott hadernd, das Kaddisch: *Erhoben und geheiligt werde sein großer Name auf der Welt, die nach seinem Willen erschaffen wurde. Sein Reich soll in eurem Leben in euren Tagen und im Leben des ganzen Hauses Israel schnell in nächster Zeit entstehen.*

Nach Auschwitz dürfen wir nicht einhalten zu beten. Ich zwinge mich, den Text vollständig zu rezitieren. Nun erst mag ich mir weiter meinen Weg durch das dichte Gestrüpp bahnen. Vor dem Ausgang war einst in der Friedhofsmauer ein Waschbecken eingelassen. Davor stand ein Kupfergefäß, mit dessen Wasser man sich die Gesellschaft der Totenwelt abzuwaschen hatte, ehe man wieder die Sphäre des Lebens betreten durfte. Der Wasserhahn ist abmontiert. So reibe ich meine Hände an dem aufragenden Gras, ehe ich durch den Flügel des Tors nach

draußen trete und das Eisengatter zuziehe. Ich atme mehrmals
tief durch, wie einst nach einem Fußballspiel, und wische
mir sorgfältig mein Gesicht ab. Niemand soll meine Trauer
erkennen. Ich muss stark sein, zumindest so erscheinen, um
das Leben in Deutschland zu bestehen.

Hannah

Ich hatte Ludwig vor dieser Gehenom-Reise eindringlich
gewarnt – aber er hatte wieder nicht auf mich gehört. Ich verstand
sein Bedürfnis, Kaddisch an den Gräbern seiner Vorfahren zu
sagen. Auch der Wunsch, sein Elternhaus zu sehen, war nahe-
liegend. Aber dass er bereit war, die Nazis aus seinem Ort zu
treffen, die seiner Familie ihr Hab und Gut geraubt und alle
Juden, derer sie habhaft werden konnten, vergast hatten, war
meschugge. Warum musste er vor diesen gojischen Verbrechern
kriechen? Meine Worte waren vergebens. Ludwig rannte wie
ein alter Hund seinem Herrn hinterher – auch wenn dieser sein
Peiniger war. Obendrein hatte er darauf bestanden, dass Rafi
und ich ihn auf dieser Reise begleiteten.
Sobald ich beim Betreten des Gasthauses die dumpfen Visagen
mit dem selbstgerechten Ausdruck erblickt hatte, wollte ich
wieder wegfahren. Aber mein Gemahl beharrte auf seinem
Besuch.
Er wollte sogar mich und Rafi dazu nötigen, mit ihm auf den
Friedhof zu gehen. Das kam nicht infrage. Rafi war noch keine
zehn Jahre alt und hatte meine zarte Seele geerbt. Er war noch
nie auf einem Gottesacker gewesen. Die vielen Gräber hätten
ihn ebenso erschüttert wie einst mich die Friedhofsbesuche
nach dem Tod meiner Mutter in Berlin. So war Ludwig alleine
zu der Grabstätte gepilgert und hatte Rafi und mich unter
einem Dach mit den Deutschen gelassen. Zerschmettert kehrte
er zu uns zurück.

»Es gibt in Ichenhausen nur noch Gräber. Alle Juden wurden umgebracht oder sind geflohen. Nur ich ehrloser Geselle bin nach Deutschland zurückgekehrt ...« Die letzten Worte hatte Ludwig mit brechender Stimme ausgerufen.

»Bitte beherrsche dich, Ludwig! Rafi darf seinen Vater nicht schwach erleben!« Meine deutliche Haltung bewirkte, dass er sich zusammennahm und ein Weinen unterdrückte. Ich verlangte, dass wir auf der Stelle aus diesem verfluchten Ort abreisen sollten. Doch Ludwig bestand darauf, in Ichenhausen zu bleiben. Das habe er seinen Fußballkameraden versprochen.

»Was scherst du dich um diese Nazis?! Im Krieg haben sie meine Familie und sechs Millionen Juden vergast und erschossen.«

»Mit dieser Einstellung können wir nicht in Deutschland leben, Hanni!« Seine Stimme gewann wieder an Festigkeit. Er ließ sich nicht davon abbringen, seine Gojim zu treffen, statt den schlechten Ort zu verlassen und seine Aufmerksamkeit auf mich und unser Kind zu richten.

Ludwig

»Liebe Fußballkameraden! Als Kapitän der Altherrenmannschaft habe ich euch heute zu einem besonderen Abend eingeladen. Wie ihr euch alle erinnert, waren die späten zwanziger Jahre für unseren FC eine goldene Zeit. Wir waren ein hervorragender Verein in der bayerisch-schwäbischen Landesliga. Dann brach das Unglück über unser Land herein, das auch den Fußball schwer getroffen hat: Not, Arbeitslosigkeit, politischer Zank. Zunächst sah es so aus, als ob unter dem Hitler wieder Ordnung herrschen würde, doch dann hat er sich auch als Bazi entpuppt. Wir haben in den Krieg ziehen müssen – und wieder sind die Besten von uns gefallen. Vier Kameraden haben ihr Leben im Feld gegeben, zwei Freunde sind in der Kriegsgefangenschaft umgekommen. Das war besonders grausam – da Deutschland schon kapituliert hatte und kein Leben mehr hätte geopfert werden dürfen. Als Arzt kämpfe ich um jeden Menschen, aber Politiker treiben Millionen in den Tod.«

Siegfried Herrligkoffer war sichtbar von den eigenen Worten bewegt. Mein ehemaliger Freund stand im kleinen Gastraum vor dem breiten Tisch. Wir waren zwei Handvoll Männer um die fünfzig. Jeder hatte ein Bier vor sich stehen.
Unserem einstigen Torwart Siegfried war im Laufe der Jahre ein mächtiger Bauch gewachsen. Sein runder Bariton und seine stämmige Figur hatten Siegl bereits während der Jugendjahre Autorität unter uns Burschen verschafft. Sein Ansehen hatte sich gefestigt, als er nach Kriegsende die Nachfolge seines Vaters als einziger Arzt Ichenhausens angetreten hatte. So waren die meisten Fußballkameraden unseres Jahrgangs sowie einige Jüngere der Einladung des Doktors gefolgt.
Die in die Jahre gekommenen Kicker begrüßten mich zurückhaltend. Sie wirkten befangen. Siegfried gab sich Mühe, das Eis zwischen den alten Fußballern und mir zu brechen. Aber seine Worte zeigten, dass ihm vor allem das Leid, von dem er und seine Patienten betroffen waren, naheging, während er die jüdischen Opfer nicht einmal erwähnte. Am Ende seiner kurzen Ansprache hob der Arzt sein Glas und forderte uns auf, ihm zu folgen, was alle taten. Zögernd ergriff ich meine Halbe. Siegl wandte mir sein Gesicht zu. Die Lippen des Arztes verzogen sich lächelnd. In seine von einer dicken Hornbrille umrundeten Augen trat Rührung, während er sprach.
»Auf unseren alten Fußballfreund Ludwig! Jetzt bleibst gefälligst im Bayernland und bei uns! Prosit!« Der Ruf schallte von uns Kickern zurück. Die Kameraden setzten ihre Gläser an die Lippen. Noch während der kühle Gerstensaft durch meine Kehle rann, begann der Alkohol seine wohltuende Wirkung zu entfalten. Meine Muskeln und mein Gemüt lösten sich.

Ich hatte mich vor der Begegnung mit den Fußballern gefürchtet, weil die Männer meines Alters Nazis geworden waren. Sie waren in den Krieg gezogen und hatten Banditen wie Josef Mengele, der nur sechs Kilometer von hier in Günzburg aufgewachsen war, gehorcht und gemordet. Die KZ-Grabsteine auf dem Friedhof zeugten von den Verbrechen. Doch das Elend des Krieges, die Zerstörung und der Tod, der auch ihre Familien ereilt hatte, mussten sie gelehrt haben, dass es sinnlos war, Juden zu hassen. Durch ihren Fleiß hatte Deutschland seinen Wohlstand wiedererlangt. Ich dagegen kam als ein Gescheiterter zu ihnen. Uns hier eine Existenz aufzubauen konnte nur gelingen, wenn ich mit den alten Gefährten und den anderen Deutschen meinen Frieden machte.

Bereits kurz nach Kriegsende hatte ich den Herrligkoffers ein Fresspaket für ihre unterernährten Kinder geschickt. Damals lebte ich in Palästina, wo wir im Gegensatz zu Deutschland genug zum Essen hatten. Jetzt, ein Jahrzehnt später, litt ich Not und brauchte ihn.

Von Bier zu Bier wurde die Stimmung fröhlicher und freier. Die Kumpane lachten und hatten ihre Scheu, mir auf die Schulter zu schlagen, abgelegt. Dennoch verlor, anders als ich nach Siegls einleitenden Worten befürchtet hatte, niemand ein Wort über den Krieg. Stattdessen wandte sich Korbinian Hufner mir zu.

»Gud, dasch wieder hier bisch, Ludwig. Da kannscht endlich erfahre, dass i dem Gerschtle Theo g'holfa hab, nach d'r Krischdallnacht abzuhaue. Du bisch ja viel z'früh wegglaufa. Im 33er Jahr war noch nix los …«

»Für di ned. Für mi scho'.«

Karl Seiff, der mich zur sofortigen Flucht gedrängt hatte, lebte jetzt in München und arbeitete als Inspektor im Einwohnermeldeamt. Er hatte kein Bedürfnis, nach Ichenhausen zu reisen, als ich ihm anbot, ihn in unsere Geburtsstadt mitzunehmen.

»I weiß, du musch auf euren Friedhof. Aber nimm di' in Acht vor unseren Kameraden …« Nun verstand ich Karls Warnung. »I hab dem Gerschtle Theo sei Lebe g'rettet«, beharrte Hufner, rief »Proschd« und genehmigte sich einen kräftigen Zug. Seine Erzählung gab das Signal für einen Reigen weiterer Berichte. Bald darauf prahlte Michael Lang: »I hab noch im Jahr 39 dem Levy Berthold und seiner Frau Lea im Allgäu an Pfad zeigt, wo sie sicher nach Tirol und dann in die Schweiz käma san.«

Das Schwadronieren wurde mir unerträglich. Ich suchte nach einem Anlass, das Treffen zu verlassen, ohne Siegfried und die anderen vor den Kopf zu stoßen. Die Kameraden scherten sich nicht um meine Seelenpein. Soeben tönte Kraus Anton, er habe für die Familie Mainfelder Passierscheine ins Ausland besorgt, da wurde ein vernehmliches »Naaaa!« hörbar. Es kam von einem älteren Herrn, der bis dahin mit geschlossenen Augen in einer Ecke gesessen hatte, sodass wir ihn schlafend wähnten. »Naaaa!«, wiederholte der Mann mit geöffneten Augen und klarem Blick. Er wandte mir sein Gesicht zu und sprach: »Darfsch ned alles glaube, was die Kerle dir weismachen wolled, Ludwig Seligmann.«

Er hatte die Stimme nicht erhoben, doch seine Worte ließen die Mienen der Männer gefrieren. Alles Gerede erstarb. Die Situation ließ mich unwillkürlich an »die Schrift an der Wand« aus Heines »Belsazar« denken.

Die Männer brauchten eine Weile, um sich von ihrer plötzlichen Entlarvung zu erholen. Wortlos verließen sie nacheinander die Stube. Am Ende blieb ich allein mit dem älteren Herrn. Er erhob sich, kam auf mich zu. Auf Augenhöhe sprach er: »Gib Obachd, Ludwig! Ihr Jud'n habt's nie einfach g'habt. Aber jetzt ist's für euch hier besonders hart.«

Ludwig zog sich leise im dunklen Hotelzimmer aus, wusch sich rasch am Waschbecken, ehe er sich in seine Betthälfte grub und das Gesicht von mir abwandte. Seine angespannte Haltung verriet mir, dass er wach war.

»Ich schlafe nicht«, flüsterte ich, um Rafi, der auf einem Sofa vor uns ruhte, nicht zu wecken. Ludwig brummte, er habe mich verstanden. Wir lagen schweigend nebeneinander. Alle Viertelstunde schlug die Kirchenuhr mit heller Glocke, ein, zwei, drei, vier Mal an, sodann mit dunklerem Ton die Stunden, elf Klänge, schließlich zwölf Schläge, Mitternacht. Die Begegnung mit den Nazis ließ ihn offenbar keinen Schlaf finden.

»Was treibt dich um, Ludwig?«

Er wandte sich mir zu, stützte seinen Kopf auf.

»Die Menschen hier … Ich weiß nicht, wie ich mit ihnen auskommen soll …«

»Du darfst nicht versuchen, mit den Nazis auskommen zu wollen, Ludwig.«

»Wir leben jetzt in Deutschland, Hannah! Du bist aus eigenem Willen mit hierhergekommen. Darum verlange ich, dass du zu mir stehst.«

»Ich habe immer zu dir gestanden, Ludwig, und werde es weiter tun. Aber fordere nicht von mir, dass ich mich mit den Nazis einlasse.«

»Du wirst dich mit den Menschen in Deutschland arrangieren müssen, Hannah. Sonst gehst du hier zugrunde und reißt mich und unser Kind mit.«

Judenbuben

Rafael

Ich freute mich auf die Schule. Dann konnte ich endlich aus dem Zimmer in der Pension »Sonnenschein« in der Klenzestraße herauskommen, in dem ich seit unserer Ankunft in München mit meinen Eltern wohnte. Das war vor einigen Wochen gewesen. Gelegentlich ging Vater mit mir an der Isar spazieren. Der weite Grasstreifen am grünen Fluss war toll. So etwas Schönes kannte ich in Israel nicht.

Aba war selten zu Hause, und Ima verbrachte den ganzen Tag im Zimmer und las Zeitung. Obwohl ich Deutsch konnte, verstand ich die Zeitung nicht, denn in Israel hatte ich in der Schule nur Iwrith lesen und schreiben gelernt. Deshalb hatte ich ein bisschen Angst. Aber irgendwie würde es schon klappen. Ich sprach schon immer Deutsch. Da werde ich auch schnell deutsch schreiben und lesen können.

Das hatte auch der Schuldirektor gesagt, der sich mit mir unterhalten hatte.

»Der Junge spricht tadellos Deutsch. Er besitzt jüdische Intelligenz. Wir stecken ihn in die vierte Klasse, wo er altersmäßig hingehört.« Der Leiter der Schule trug einen weißen Kittel wie ein Arzt und eine randlose Brille auf der Nase. Er machte einen strengen Eindruck, nicht wie unser Direktor in Herzliya, der sagte, er sei unser »bester Freund«.

Auch das Schulgebäude war ganz anders als in Israel, wenig Licht, dicke Mauern, hohe Decken. Ich wartete mit einer Reihe von Jungen auf dem Gang. Anders als in unserer Schule in

Herzliya gab es hier keine Mädchen. Aber die Buben tobten wie in Israel.

»Obacht, der Pauker!«

»Was ist Pauker?«, fragte ich einen Jungen neben mir.

»Der Lehrer, Herr Walk.«

Es erschien ein dicker Mann mit Schnauzer in Motorradkleidung. Sofort drosch er mit seinen schweren Handschuhen wahllos in unsere Reihe und schrie dabei »Ruhe! Saubande.« Augenblicklich wurde es still. Wir folgten dem Lehrer ins Klassenzimmer, wo wir so lange zu stehen hatten, bis Herr Walk seine Lederkluft ablegte, um wie der Direktor in einen weißen Kittel zu schlüpfen. Erst als er hinter seinem Pult Platz genommen und uns genau gemustert hatte, gab er das Kommando: »Setzen!«

Ehe wir Israel verließen, hatte mir Mutter die deutschen Buchstaben beigebracht. Doch diese zu Wörtern zusammenzustellen, sie flüssig auszusprechen und zu begreifen, konnte ich noch nicht. Darum war ich nicht einmal in der Lage, Rechenaufgaben zu verstehen. Um meine Fähigkeiten hier zu testen, ließ mich Herr Walk zusammenzählen, abziehen, malnehmen, teilen.

»Du kannst gut rechnen, wie sich's für einen Judenbub gehört.«

Gelegentlich benutzte Herr Walk auch den Tatzenstecken. Dann musste der Schüler vor ihn hintreten. Der Lehrer nahm dessen Hand, mit der anderen hielt er den Rohrstock, zielte und kreischte dabei:

»Sakra, Sakra, Sakrament!« Beim letzten Wort sauste der Stock nieder. Einmal, dreimal oder fünfmal. Daraufhin ließ Walk die Hand des Jungen mit angewidertem Gesichtsausdruck los und tönte:

»Wenn ich dich noch einmal beim Schwätzen oder beim Spicken erwisch, leg ich dich übers Knie und hau dir die Seele aus dem Leib. Hundskrüppl, verreckter!«

In der 4b gab es noch einen anderen jüdischen Schüler, der wie ich nicht den katholischen Religionsunterricht mitmachen musste. Ich mochte Edwin nicht, denn wenn mich seine Mutter einlud, ließ er mich nicht mit seinen tollen Spielsachen, auch nicht mit dem fernlenkbaren Feuerwehrauto spielen. In der Schule rief Herr Walk Edwin, der schlecht im Rechnen war, an die Tafel und führte uns seine Blödheit vor, bis der Junge zu weinen begann. Dann lächelte der Lehrer.

»Du wirst es schwer haben im Leben, Berg, wenn du nicht mal imstande bist zu rechnen, um deine deutschen Kunden zu übervorteilen. Nimm dir ein Beispiel am Seligmann, der kann zwar nicht schreiben und lesen, aber rechnen kann er.« Die Schüler lachten. Das ließ Edwin noch mehr heulen, und ich war wütend. Denn durch seine Flennerei machte er auch mich lächerlich.

Nach dem Unterricht fingen einige Mitschüler »die Heulsuse« ab und brachten Edwin durch Schläge wieder zum Weinen. Ich half ihm, weil er mir leidtat, als er die Hände vors Gesicht hielt, statt sich zu wehren.

Da tauchte Frau Berg auf, mahnte die Schläger, Edwin loszulassen, und machte sich mit ihm flugs davon. Jetzt waren die Buben zornig auf mich. Mir wurde ein Taschentuch in den Mund gesteckt, dann wurde ich verprügelt. Als ich am Boden lag, bekam ich noch einige Tritte ab. Endlich hatten die Raufbolde genug.

Hannah

Die Nazibrut hatte Rafi zugerichtet wie ihre SA-Väter einst die Juden. Aber die Zeiten waren vorbei, in denen ich die Pogrome des Antisemitenpacks wehrlos hinzunehmen bereit war! Da Ludwig nicht da war, ging ich sogleich alleine zum Schulleiter. Der Goj wollte mich nicht außerhalb seiner Sprechstunde empfangen. Doch ich bestand darauf, mit ihm auf der Stelle zu reden. Er bot mir nicht einmal einen Stuhl an.

»Herr Petzold. Ich erlaube nicht, dass mein Kind von Ihrer antisemitischen Horde malträtiert wird! Wenn Rafael noch einmal ein Haar gekrümmt wird, dann melde ich Sie den Behörden und werde nicht ruhen, bis man Sie bestraft.«

Sein Teint lief violett an, als er mich anbrüllte:

»Hinaus! Nehmen Sie Ihren Judenbuben und verschwinden Sie nach Palästina! Auf der Stelle!«

Nachdem ich mich in der Israelitischen Kultusgemeinde nach dem Leiter der Münchner Schulen erkundigt hatte, begab ich mich ins Stadtschulreferat. Dass Dr. Fingerles Terminkalender belegt war, wie mir seine Sekretärin versicherte, hinderte mich nicht daran, in das Büro des Schulchefs zu gehen.

Der blasse Mann mit streng gescheiteltem grauem Haar saß hinter einem mit Akten überladenen Schreibtisch. Er sah mich durch dicke Brillengläser überrascht an, als ich ohne Aufforderung sprach.

»Herr Dr. Fingerle, mein Name ist Seligmann. Wir sind vor Wochen aus Israel nach München gekommen. Mein Sohn Rafael geht hier zur Schule. Er ist dort brutal geschlagen worden. Als ich mich darüber beschwert habe, hat mich der Direktor hinausgeworfen und gesagt, ich solle mit meinem Kind nach Palästina verschwinden.« Ich sprach mit ruhiger Stimme, doch mein Herz schlug mir bis zum Hals. Fingerle bot mir einen Stuhl an.

»Danke, dass Sie zu mir gekommen sind, Frau Seligmann. Unsere jüdischen Mitbürger sind uns hoch willkommen. Ich dulde derartige üble Vorfälle nicht! Das Verhalten des Schulleiters ist empörend und wird strenge Konsequenzen zeitigen. Um welche Schule handelt es sich bitte?« Herr Doktor Fingerle ließ sich umgehend mit dem Mann verbinden und gab ihm ordentlich Bescheid.

»Sie haben wohl nicht begriffen, dass wir in einem demokratischen Staat leben, in dem Menschenwürde gilt?! Sollte mir noch das kleinste Vergehen aus Ihrer Anstalt gemeldet werden, stelle ich Sie umgehend vom Dienst frei. Ich verlange, dass Sie sich bei Frau Seligmann entschuldigen und die Schläger gehörig bestrafen!«

Dr. Fingerle versicherte mir, dass mein Rafi fortan unbesorgt die Schule besuchen könne. Ich solle nicht zögern, ihn persönlich zu unterrichten, falls ich Grund zur Beschwerde hätte.

Als ich meinem Sohn nach der Schule von meinem Besuch beim Stadtschulrat und von dessen Worten erzählte, machte er ein betretenes Gesicht. Warum?

»Weil man Petzer hasst. In Israel und sicher auch hier.«

»Sollen sie dich ruhig hassen, Rafi. Auf Antisemiten darf man keine Rücksicht nehmen!«

Rafael

Wir hatten kaum Platz genommen, als energisch an die Tür gepocht wurde. Unser Türöffner Fritzi eilte nach vorn. Doch noch ehe er aufmachen konnte, wurde die Tür aufgerissen. Fritzi rief dem ins Zimmer stürmenden Direktor ein »Grüß Gott, Herr …« entgegen, da gab dieser ihm eine Backpfeife. Der Lehrer befahl uns: »Aufstehen!«

Der Schulleiter raunzte ihn sofort an.

»Nach zwanzig Jahren im Schuldienst kennen Sie Ihre Pflichten noch immer nicht. Als Klassenlehrer tragen Sie Verantwortung für Ihre Schüler. Stattdessen lassen Sie zu, dass die Judenbuben von ihren Mitschülern durchgehauen werden! Sie glauben wohl, wir leben noch im Dritten Reich? Die Zeiten sind vorbei! Eine Mutter hat Sie denunziert. Kommt so was nochmals vor, entferne ich Sie unverzüglich aus dem Amt! Haben Sie verstanden, Walk?!«

»Jawohl, Herr Direktor!«

»Das will ich für Sie hoffen!« Der Schulleiter machte auf dem Absatz kehrt und jagte davon, ohne sich um Fritzi zu kümmern, der sich die Wange hielt.

»Wer von euch hat die Judenknaben angefasst? Sagt's lieber gleich, ich krieg's ja doch raus! Dann hilft euch kein Gott. Dem brech ich das Genick!«, brüllte Walk. Die Jungen schwiegen.

»Setzen!« Walk ging langsam durch die Bänke. Da niemand schwach wurde, trat der Lehrer zu Edwin und sprach mit einschmeichelnder Stimme:

»Berg, wer von deinen garstigen Klassenkameraden hat euch geschunden?«

Edwin schwieg.

»Wer, verflucht noch mal?«, fuhr Walk auf. »Ich mache das, um dich zu schützen! Und du schweigst verstockt!« Edwin konnte zwar nicht mit Zahlen rechnen, doch mit Rache.

»Ich weiß es nicht genau …«

»Dann sag's ungenau!«

»Ich … kann mich an nichts mehr erinnern.«

»Zehn und schon verkalkt und vertrottelt.« Mit einem »Maul halten!« brachte Walk das aufglucksende Gelächter zum Schweigen und wandte sich mir zu.

»Und du, Seligmann, du israelischer Held, hast auch alles vergessen, was?«

»Nein! Es waren der Girgl, der Schober und der Vogel.« Stille. Auch ich hatte den Mund halten wollen. Doch als Walk mich als israelischen Helden lächerlich machte, war mir alles egal. Unser Pauker lachte auf.

»Du traust dich was, Seligmann.« Er wandte sich brüllend an die Klasse.

»Lumpenpack! Ich habe euch gewarnt! Erst die Judenjungen versohlen und dann zu feige sein, zu euren Taten zu stehen. Und zu blöd. Denn jede Kette reißt am schwächsten Glied. Das war heute der Seligmann. Dank seines Verrats werde ich die drei Verbrecher so durchhauen, dass sie es ihr Leben lang nicht vergessen werden.« Walk besah die übrigen Schüler. »Ihr Deppen müsst ned so dumm grinsen. Beim nächsten Mal … es darf kein nächstes Mal geben, Himmelsakrament! … schlag ich euch kaputt!«

Der Unterricht ging zu Ende, ohne dass etwas geschah. Als die Schüler das Klassenzimmer verließen, befahl Walk den Schlägern, dazubleiben. Ich verharrte auf meinem Platz.
»Geh nach Hause, Seligmann!«
»Ich bleibe noch. Ich will sehen, wie Sie die Buben schlagen.«
»Eines muss man dir Israelbengel lassen, du bist aus anderem Holz geschnitzt als der Edwin und die anderen Judenbuben, die hier leben.«

Ludwig
Ich war nach Deutschland gekommen, um endlich geschäftlich Erfolg zu haben. Hier herrschte ein Wirtschaftswunder. Die Menschen verfügten wieder über gutes Geld und gaben es freudig aus. Eine ideale Situation für jeden Kaufmann. Zudem verfügte ich durch die Rückkehrprämie nach Deutschland über ein kleines Startkapital. Anders als in Israel hätte ich schuldenfrei einen Laden eröffnen und Ware erwerben können. Doch Hannah war strikt dagegen.
»Du taugst nicht zum Geschäftsmann, Ludwig! Dir fehlen die Härte und das notwendige Durchsetzungsvermögen!«
Dennoch hörte und sah ich mich fortwährend nach Geschäftsmöglichkeiten um. In einem Inserat in der »Süddeutschen Zeitung« wurde ein eingeführtes Textilgeschäft in der Wörthstraße unweit des Ostbahnhofes angeboten. Die Lage war hervorragend. Ich wollte bereits um sieben Uhr morgens das Geschäft öffnen, was mir nicht schwerfiele. Als früher Vogel

würde ich auf diese Weise der Konkurrenz durch günstige Offerten potenzielle Käufer auf dem Weg zur Arbeit abfischen. Ich erwog, meinen Laden »Früher Vogel« zu nennen. Ein Schild mit einem roten Vogel über dem Schaufenster würde meinem Geschäft Aufmerksamkeit verschaffen.

Doch Hannah blieb stur.

»Du hast zweimal mit einem Geschäft Schiffbruch erlitten, Ludwig. Ein drittes Mal darf ich nicht zulassen. Zunächst müssen wir ein menschenwürdiges Zuhause finden. Wir können nicht ewig zu dritt in einem Pensionszimmer hausen. So kann Rafi keine Hausaufgaben machen. Suche dir eine sichere Stelle als Angestellter, statt Luftgeschäften hinterherzulaufen.«

Ich besorgte uns eine möblierte Wohnung in der Liebherrstraße unweit des Isartors. Rafi schenkte ich eine elektrische Eisenbahn. Der Junge war ganz aus dem Häuschen. Das machte mir Mut, an meinen Geschäftsplänen festzuhalten.

Ich erwog, ins Risiko zu gehen und die Ware auf Wechsel oder per Kommission zu erwerben. Doch das Unterfangen scheiterte, denn die hiesigen Grossisten gewährten mir keinen Kredit, weil sie mich nicht kannten. Es war absurd: In Israel, wo ich ein Fremder geblieben war, kannte man mich und räumte mir Kredit ein, in meiner deutschen Heimat dagegen hatte ich nach Hitler meine Kreditwürdigkeit eingebüßt.

Damit war ich vom Wohlwollen Hannahs abhängig. Geduldig erklärte ich ihr, dass die Mittel aus ihrer Rückkehrprämie für den Aufbau eines soliden Geschäfts unentbehrlich wären. Doch sie beharrte auf ihrer steinernen Ablehnung. Erstmals seit unserer Abreise aus Israel stritten wir wieder.

»Durch dein Verhalten zwingst du mich, meinen Freund Siegfried Herrligkoffer um einen Kredit anzugehen.«

»Das wirst du nicht tun, Ludwig! Du wirst dich nicht vor einem Nazi erniedrigen, ihn anzuschnorren!«

26

»Dann investiere du in unser Geschäft. Ich werde dich beteiligen.«

»Nein! Ich muss einen Notpfennig haben. Wenn du scheiterst, muss ich uns durchbringen!«

Ihr fehlendes Zutrauen trieb mich aus dem Haus. Es dunkelte bereits. Die frische Luft beruhigte mich ein wenig. Ich war fähig, einigermaßen klar zu denken. Hannah hatte Siegl als Nazi beschimpft. Jetzt wollte ich von ihm erfahren, ob er bereit wäre, mir beizustehen.

In der Fraunhoferstraße betrat ich eine Telefonzelle. Es roch nach Hundepisse. Herrligkoffers Arztnummer kannte ich noch aus meiner Kindheit.

»Schön, von dir zu hören, Ludwig«, vernahm ich die vertraute Stimme. »Bischd wieder in Ichenhausen?«

»Nein, Siegl. Ich ruf dich an, weil ich in Not bin …«

»Was fehlt dir?«

»Geld!« Ich schilderte ihm meine Lage.

»Wie viel brauchsch du?«

»Viertausend Mark. Als Kredit. Ich zahl dir den banküblichen Zins …«

»Kommt ned infrag! Des Geld kannsch habe … komm morga Mittag hier vorbei. Du bisch doch mei Freund.«

Als ich aus der Zelle trat, liefen mir Tränen über die Wangen. Was Siegl nach 1933 getan hatte, wusste ich nicht. Aber anders als meine Frau war er jetzt willens, mir zu vertrauen und zu helfen.

Ehe ich am nächsten Morgen nach Ichenhausen aufbrach, fuhr ich am Textilgeschäft in der Wörthstraße vorbei, das sich bald als mein »Früher Vogel« in die Lüfte erheben sollte. Der Pächter erklärte mir, dass er gestern eine Ablösevereinbarung abgeschlossen habe, da ich mich noch nicht entschieden hätte …

Hannah hatte meinen Plan kaputt gemacht.

Ich rief Siegl an, dankte ihm für sein Vertrauen und teilte ihm mit, dass ich den Kredit nicht mehr benötigte, da sich mein Geschäftsvorhaben zerschlagen hätte.

»Ich hör dir an, dass du Zuspruch brauchsch, Ludwig. Komm her!«

Am frühen Abend erschien ich bei Siegfried. Zuvor war ich ins nächstgelegene Dorf, nach Waldstetten, gewandert. Der Gang durch die vertraute hügelige Landschaft, die sich rötlich-herbstlich zu färben begann, tat meiner Seele wohl. Dieser Flecken Erde war meine Heimat.

Siegfried freute sich über mein Erscheinen.

»Jetzt, am Abend, können mir uns ungestört unterhalten und dabei an guden Tropfen genießen.«

Wir nahmen im Salon mit seinen tiefen Ledermöbeln Platz, den ich noch aus meiner Jugendzeit kannte. Frau Erika, eine elegante Rheinländerin mit lachenden Grünaugen, begrüßte mich und dankte mir ob meiner einstigen Hilfe für ihre Kinder, ehe sie sich zurückzog.

Siegl öffnete eine Flasche Rotwein und schenkte uns zwei Gläser ein. Wir prosteten einander zu. Der Freund betrachtete mich aufmerksam.

»Ludwig, i hab am Telefon g'spürt, dass es dir schlecht geht. Sag's mir, was di plagt, dann wird's dir leichter. Du woisch, dass i als Arzt nix weiterschwätze derf. Aber no wichtiger isch, i bin dein Freund.«

Ungeordnete Gedanken und Gefühle schossen mir durch den Kopf. Siegl ließ mir Zeit, mich zu sammeln.

»Ich weiß nicht, was ich tun soll, Siegl.«

Er sah mich ruhig an. Schwieg. Schließlich hob er an.

»Ludl, i kann mir vorstellen, dass du nach allem, was hier passiert isch, ned ganz freiwillig zurück nach Deutschland komme bisch. Es läuft im Leben ned allweil so, wie mir wolled.

Aber dann geht's doch weiter. Dafür hat man sei Freunde und sei Familie …«

»Des isch's, was mir so wehtut!«, fuhr ich auf und erzählte Siegl, zunächst stockend, dann immer hastiger, von meinem geschäftlichen Schiffbruch in Israel. Von der Weigerung meiner Geschwister, die ich einst durch die Aufnahme in Palästina vor den Nazis gerettet hatte, mir jetzt beizustehen. Und nun von der Unmöglichkeit, in Deutschland einen Kredit zu erlangen, um ein Geschäft starten zu können.

Siegl hörte mir aufmerksam zu, ohne mich zu unterbrechen. Dann nickte er. »Ludwig, vielleicht hat dei Frau ned so unrecht. Vielleicht bisch du koi harter G'schäftsmann, des bin i au ned …«

»Ich hab mich in Israel vom Milchboten zum Prokuristen hochgeschuftet, Siegl …«

»Dass du g'scheit und tüchtig bisch, weiß i …«

»Aber?«

»Ludl, i muss dir ned sage, dass man als Geschäftsmann auch ein Bazi sein muss. Und des bisch du so wenig wie dei seliger Vater.«

»Zum Angestellten bin i mit einundfünfzig zu alt. Soll i mi erschießen?«

»Schmarrn!«, donnerte Siegfried. »Und hab koi Mitleid mit dir selbschd.«

»Was soll i tun, um Himmels willen?«

»Des liegt doch auf der Hand, Ludl.« Mit der Vertrauen einflößenden Sprechweise des Arztes versuchte Siegl, meiner Verzweiflung zu begegnen. »Komm zurück nach Ichenhausen und nimm euer altes Familiengeschäft wieder auf!«

»Du meinsch, ich soll wieder hausieren?«

»Ja, freilich! Du kennsch des Land, du kennsch die Leit', du kennsch des G'schäft …«

»Hier lebt koi Jud mehr, Siegl …«

»Du wirsch der erschde sei, dann kommed die andern au …«
»Nein, Siegl! Die Zeit isch rum! Ihr habt des jüdische Lebe ausg'löscht. Die Juden erschlagen. Die Synagoge geschändet …«
»In München gibt's wieder Judn, in Augschburg … wennscht herkommsch, au bei uns …«
»Noi, Siegl! Mir würd's des Herz zerreiße. Fremde in unserm Haus …« Ich riss die Hände hoch, versuchte meine Tränen zu verbergen.
»Musch ned weine, Ludl. I wollt dir bloß helfa …«
Ich konnte mich nicht länger beherrschen. Es schüttelte mich. Siegfried wartete, bis ich mich beruhigt hatte, und reichte mir ein Glas Wasser. Später ermutigte er mich, noch zwei Schoppen Wein zu trinken, und bestand darauf, dass ich in seinem Haus übernachtete.

Während die Wälder auf der Autobahn nach München an mir vorbeiflogen, beschäftigte mich das Gespräch des Vorabends. Dass Siegfried Hannahs Meinung teilte, ich sei zum Kaufmann nicht geeignet, schmerzte mich – weil ich mir eingestehen musste, dass sie nicht unrecht hatten. Mir fehlte die Skrupellosigkeit eines erfolgreichen Geschäftsmanns, einerlei ob in Israel oder hier. Zugleich fühlte ich, dass es mir unmöglich war, im Totenhaus meiner jüdischen Heimatgemeinde zu leben.
Ich sah keinen Ausweg. Dennoch durfte ich nicht aufgeben. Das war ich meiner Frau und meinem Sohn schuldig, die ich in meine deutsche Heimat geführt hatte.
Rabbiner Doktor Cohn und Vater hatten mich neben den Religionsgesetzen den unbedingten Glauben an Gott gelehrt. *Ich bin dein Gott*, lautet das Erste Gebot. Wenn Vater niedergeschlagen war, hatte er im Buch Josua stets den Passus gelesen: *Ich lasse dich nicht fallen und verlasse dich nicht. Sei mutig und stark.* Mit diesem bedingungslosen Gottvertrauen hatte er Krieg und Flucht überlebt.

Auch ich musste dem Ewigen unbedingt vertrauen. Er würde mir meinen Weg weisen.

Hannah

Ich hatte die Nacht nicht schlafen können. Ludwig war nicht heimgekommen und hatte mir auch nicht Bescheid gegeben. Er war gekränkt, weil ich ihm nicht mein Geld für ein Geschäft gegeben hatte, von dessen Misserfolg ich überzeugt war. Endlich graute der Morgen. Es war noch zu früh, um Rafi zu wecken. So fuhr ich fort, mir über Ludwig den Kopf zu zerbrechen. Durch sein Versagen waren wir als Einzige in unseren Familien gezwungen gewesen, nach Naziland zurückzukehren – mitsamt unserem in Israel geborenen Kind. Wir lebten hier in einem Zimmer plus Küche, ohne eigenes Bad und Toilette. Die Heizkohle musste ich aus dem Keller hochschleppen.

Ludwig kümmerte sich um nichts. Jetzt war er ganz weggeblieben. Er war wohl wieder in sein Heimatkaff gepilgert, wo ihn keiner wollte. Niemand wollte uns in diesem Land – weil wir die Deutschen an ihre Verbrechen erinnerten. Das konnten sie uns nicht vergeben.

Es half nicht zu grübeln. Beim Frühstück fragte Rafi nach seinem Vater. Ich musste ihn anlügen und erzählen, Ludwig sei bereits in der Arbeit.

»Hast du ihm doch das Geld für sein Geschäft gegeben?«

Der Junge bekam alles mit. Deshalb durfte ich ihn nicht wissen lassen, dass sein Vater ein Versager ist. Er war klug genug, sich ein eigenes Urteil zu bilden. Nachdem ich Rafi auf den Schulweg gebracht und die Wohnung aufgeräumt hatte, kochte ich mit dem Tauchsieder Wasser auf und bereitete mir ein Kännchen Kamillentee zu. In Israel war das ein Luxusartikel, hier dagegen bekam man für Pfennige getrocknete Kamillenblüten oder Fenchelsamen.

Eigentlich wollte ich ins Stadtschulreferat. Doch zunächst musste ich wegen Ludwig zu einer Entscheidung kommen. Es genügte nicht, ihm stetig vorzuhalten, dass er als Geschäftsmann nichts taugte. Das erbitterte ihn. Mein Mann brauchte eine Perspektive als kaufmännischer Angestellter. Eine deutsche Firma würde heute keinen Juden in einer gehobenen Position mehr einstellen, das hatten sie schon vor den Nazis kaum getan. Also kam nur ein jüdischer Betrieb infrage. Ich kannte lediglich die kleine Textilfabrikation von Israel Langer am Isartorplatz, dem Mann meiner Bekannten Berta Enoch aus Berliner Tagen. Alle Angestellten dort waren Gojim. Aber vielleicht kannte Langer einen jüdischen Betrieb, der einen Juden suchte, dem er wirklich vertrauen konnte, einen unserer Leute, die sie hier »Amchu«, »unserem Volk« zugehörig, nannten. Wenn Langer niemanden wusste, musste ich mich in der Israelitischen Kultusgemeinde umhören. Das war eigentlich Ludwigs Aufgabe. Doch er war zu stolz. Wenn ich ihm nicht weiterhalf, würde er uns wieder zugrunde richten.

Nachdem ich den Kamillentee und einen mit Quark bestrichenen Zwieback genossen hatte, zog ich mein bestes Kleid an und schminkte die Lippen, um mich ausgehfertig zu machen. Als ich aus dem Zimmer wollte, trat Ludwig ein. Er war blass. Ich verkniff mir die Frage, wo er die Nacht verbracht hatte.

»Ich war bei meinem Freund Siegl in Ichenhausen.«

»Hättest du mir nicht Bescheid geben können?«

»Nein! Weil Siegl sofort ohne Zögern bereit war, mir die Mittel für das Geschäft zu leihen!«

»Du bist hingefahren, dir das Geld zu holen, um es in dieses Himmelfahrtskommando zu stecken? Damit treibt dich dieser Nazi in den Ruin!«

»Wenn dir nichts mehr einfällt, zauberst du den Nazi aus dem Zylinder!«

»Ludwig, versteh mich bitte ein einziges Mal im Leben. Ich kenne dich. Ich will dich und uns vor einem Unglück bewahren. Während dieser Herrligkoffer dir nur schaden will ...«

Ludwig lachte auf.

»Du wirst dich wundern! Auch der Siegl hat mich vor einem Geschäft gewarnt ...«

»Ich dachte, er wollte dir das Geld geben?«

»Dennoch hat er mich gewarnt ... Siegl meint wie du, dass ich zu ehrlich und zu wenig rücksichtslos für einen Kaufmann bin.«

»Also sagt dir sogar dieser ... Herrligkoffer, dass du als Angestellter arbeiten musst.«

»Nein! Siegl legt mir ans Herz, wieder das zu machen, was unsere Familie seit je getan hat. Und was ich von der Pike auf gelernt hab! Hausieren.«

»Das darfst du hier nicht tun, Ludwig!«

»Ein Geschäft aufzumachen, willst du mir verbieten«, schrie er auf. »Zum Angestellten bin ich zu alt. Also bleibt mir nichts übrig, als zu hausieren.«

»Ich werde nicht zulassen, dass sich mein Mann vor den Nazis erniedrigt und sie anbettelt, seine Schmattes zu kaufen.«

»Dann musst du arbeiten und Geld verdienen. Aber das wirst du nicht tun. Nur schwatzen. Also halt deinen Mund!« Ludwig sah mich verächtlich an, ehe er die Tür zuschlug.

Hausierer

Ludwig

Im Franziskanerkeller am Westende der Maximilianstraße skizzierte ich nach Weißwürsten, Kaffee und einer Zigarette auf einem blanken Block einen vorläufigen Geschäftsplan. Von meinen sechstausend Mark Rückkehrprämie hatte ich knapp die Hälfte für meinen VW Standard, für Haushaltsgeld, Miete und Kleidung ausgegeben. Hausieren hätte den Vorteil, dass es außer dem Unterhalt meines Autos kaum laufende Kosten verursachte. So könnte ich, bis auf eine Notreserve, meine Barschaft in Ware investieren. Ich würde mit Arbeitshosen und Hemden für die Bauern im Umland von Ichenhausen beginnen. Mit der Produktion und dem Vertrieb von Hosen kannte ich mich seit meiner Lehre im Kaufhaus Bodenheimer in Ulm aus. Der Kaffee beflügelte mich, machte mir Mut. Für zweitausendfünfhundert Mark konnte ich mehrere Dutzend Arbeitshosen und Hemden erwerben. Da ich noch keinen Kredit besaß, würde ich bar zahlen und daher drei Prozent Skonto erhalten.

Ich bestellte einen weiteren Kaffee und zündete mir eine neue Zigarette an. Zu meiner Zeit waren fast alle Textilfabrikationen jüdisch gewesen. Jetzt musste ich die Annoncen im Wirtschaftsteil der Zeitung studieren, um geeignete Großhandlungen auszumachen.

Die Firma Brüggelmann und Co Arbeitskleidung in der Schwanthalerstraße kannte ich noch aus den Jahren vor Hitler. Sie galt als solides Handelshaus, das hochwertige Ware preiswert anbot. Um mir ein Bild des deutschen Preisniveaus zu machen, hatte ich die Warenhäuser in der Kaufinger- und Neuhauser Straße sowie rund um den Hauptbahnhof in der Bayer- und Paul-Heyse-Straße besucht und die Schmattes besehen. Oberpollinger, Hertie, einst Hermann Tietz, Wertheim … kein Haus war mehr in jüdischer Hand – selbst die Namen hatte man arisiert.

»Sentimentalität hat im Geschäftsleben nichts zu suchen!«, hatte mir mein erster Lehrherr Lazarus Bodenheimer eingetrichtert. Das war Anfang der 20er-Jahre. Umso mehr galt diese Regel seit Hitler.

Zwei Stunden später hatte ich zweitausendsechshundert Mark in blaue Arbeitshosen hervorragender Qualität sowie in Hemden und Kittel investiert. Mit einem Rollwagen trug ich mein neues Geschäftskapital zu meinem VW, wo ich die Ware auf der Ablage hinter dem Rücksitz sowie über dem Tank unter der Bugklappe verstaute.

Mit dem Einkauf hatte ich den ersten Schritt getan. Jetzt entflammte die Verkaufslust des Hausierers in mir, die über Generationen die Juden Europas während ihrer nicht enden wollenden Touren angetrieben hatte. Ich blickte auf meine Armbanduhr. Es war halb zwei. Wenn ich sogleich losfuhr, würde ich knapp vor vier in Ichenhausen sein.

Während der Fahrt auf der Autobahn empfand ich erstmals, seit ich in Deutschland war, ein Gefühl der Befreiung, das meinen Brustkorb weitete und mich tief durchatmen ließ. Mein Vorhaben, in München ein Geschäft zu eröffnen, dessen Risiken mir auch ohne Hannahs Kassandrarufe durchaus bewusst waren, musste ich fallen lassen. Vorläufig. Nun besaß ich ein Auto voller Ware, die ich verkaufen musste. Es gab kein Zurück.

Knapp zwei Kilometer vor Ichenhausen verlangsamte ich in Großkötz die Fahrt, um den Wagen über einen Feldweg zum Mostler-Hof zu steuern. Kaum war ich durch die unverschlossene Haustür in die Wohnstube getreten, kam mir ein stattlicher Mann entgegen.

»Der Ludwig!«, rief er mit sattem Bariton. »Woiß scho, dass'd wieder do bisch in Deutschland. Hosch di mit deine Fußball-kameraden im Weißen Roß beim Abt troffa.«

»Und jetzt bin i bei dir.«

»Was willsch von mir, Ludwig?«

»Dir wieder Sach verkaufa wie früher.«

Mostler sah mich einen Moment erstaunt an.

»Ja, wieso bisch denn z'rückkomma nach all dem Unglück mit deine Leit, Ludwig?«

Mit allem hatte ich gerechnet – nur nicht mit dieser nahelie-genden Frage.

»I bin z'rückkomma, weil hier mei Heimat isch.«

»Scho. Aber …«

»Albrecht, i bin ned do, um üb'r mei Gründe zu schwätza, sondern weil i dir mei Ware verkaufe will …«

Mostler hob den Blick und sah mir in die Augen, wobei seine Mundwinkel sich zu einem Lächeln kräuselten.

»Wennsd' mir was andreh'n willsch, Ludwig, dann musch scho freundlich zu mir sei. Weil sonschd bestell i mei Zeig beim Neckermann. So dumm wie früher san mir Bauern nimmer.«

»Du warsch nie dumm, Mostler, und andreht hab i dir nie was, sondern dir allweil gude Ware verkauft.«

»Brauchsch fei ned glei beleidigt sei, Ludwig.« Er wies mit dem Kopf in Richtung des Tisches. »Jetzt hock di erschd amol no und trink mit mir a Glas aufs Wiedersehe. Dann red mr weiter.«

Der klare Birnenschnaps brannte in der Kehle, wärmte den Magen und hellte meine Stimmung auf. Mostler schmeckte es auch. Er schenkte sogleich nach. Unsere Laune verbesserte sich weiter. Der Bauer wiegte sein Haupt.

»Der Schnaps tut einem scho guad … I muss dir nämlich a Sach sage, Ludwig. Alle redn, dass man so garschdig zu de Judn war.

Aber was mir Deutsche g'litta hen, des darfsch ned erwähne.«
Erneut glomm sein schiefes Lächeln auf.
»Du sagsch es ja grad, Albrecht.«
»Ja. Nach dem zweiten Schnaps. Nach dem vierte, fünfte könnt
i dir no ganz andre Sach verzähle.«
»Bitte nicht.«
»Siehscht! Des wolleds' ned höre.«
»Noi. Und i verzähl dir au nix, was ihr mit unsrem Volk g'macht
habt, Mostler!«
»I hab nix mit euch g'macht.«
»Millionen Juden sind vergast worra.«
»Und genau so viel von unsre Leit sen au um'bracht worra!«
»Mostler, i bin ned hier, um dir Vorwürfe zu mache ...«
»Wos hosch dann wieder mit de Millionen tote Judn ang'fange?«
Dagegen half kein Schnaps. Ich wollte weg, doch der Bauer
drückte mich mit kräftigem Griff wieder in den Stuhl.
»Bleib, Ludwig! Des muss raus! Lass uns noch einen auf d'
Versöhnung heba. Sonschd werd' mer in diesm Leba koine
Freind mehr werda, und i ko dir nix abkaufa.«
Aus der Ahnung wurde Gewissheit, dass der Preis des Hausie-
rens als Jude in Deutschland nach den Nazis allzu hoch war.
Nicht umsonst hatte ich ein anonymes Geschäft in München
gewollt. Jetzt musste ich mir das Geheul der Wölfe anhören.
Die Rechtfertigungen der Kunden über mich ergehen lassen,
damit sie meine Schmattes abnahmen. Ich stieß mit dem
Bauern an. Er kaufte mir als Gegenleistung vier Arbeitshosen
und zwei Hemden ab.
Der Ablass betrug nicht dreißig Silberlinge, sondern zweihundert Mark. Und ich hatte keinen Lebenden verraten – nur
meine Selbstachtung.

Das Wissen um den Preis des Verkaufens raubte mir die folgenden
Nächte den Schlaf. Heinrich Heine hatte bei dem Gedicht

37

»Nachtgedanken«: *Denk ich an Deutschland in der Nacht ...* die Sehnsucht nach seiner Mutter beklagt. Ich und meine Glaubensgenossen, nicht nur in Deutschland, mussten mit dem Andenken an die unzähligen Opfer von Auschwitz leben.

Da sprang mich ein passender Vers Heines aus dem »Buch der Lieder« an: *Anfangs wollt ich fast verzagen, und ich glaubt, ich trüg' es nie, und ich hab' es doch getragen – Aber fragt mich nur nicht, wie?*

Ich musste und ich wollte in meine Heimat zurückkehren. Dafür hatte ich die Bürde der ständigen Erinnerung an meine vernichtete Gemeinde, an mein verlorenes Heim zu ertragen. Dabei durfte ich meinen Lebensmut unter keinen Umständen verlieren.

Rafael

Im November besuchte ich erstmals die Herrnschule. Anders als im düsteren Bau in der Klenzestraße drang durch die großen Fenster meiner neuen Schule viel Licht ins Klassenzimmer. Die Schüler hier waren offensichtlich fröhlicher. Und es gab Mädchen in der Klasse. Unser Lehrer hieß Benedikt Hirschbold. Er trug Anzug und Krawatte, aber keinen weißen Kittel, und er schlug seine Schüler nicht. Hin und wieder schrie er, aber jeder spürte, dass der Direx, denn Herr Hirschbold leitete die Schule, uns gernhatte. In meiner Klasse hatte ich zwei jüdische Mitschüler, Herschi Braun und Abi Pitum. Niemand hänselte uns, weil wir Juden waren. Oder fast niemand. Als der Direx mitbekam, dass Karli Baumann Herschi einen Saujuden nannte, gab er ihm eine Watschn.

»In meiner Klasse gibt es keine Katholiken, keine Protestanten oder Juden, nur Menschen. Merk dir des, du damischer Hirsch.« Es war das einzige Mal, dass dem Direx die Hand ausrutschte. Niemand nahm es ihm übel. Auch nicht Karli Baumann.

Ich fühlte mich wohl in der Klasse. Jeden Morgen um halb acht machte ich mich auf den Schulweg. Von der Liebherrüber die Kanalstraße, von der ich in die Knöbelstraße kam, um schließlich rechts in die Herrnstraße abzubiegen, an deren Ende ich durch eine schwere Holztüre ins Schulhaus gelangte.

Überall waren noch die Schäden des Krieges sichtbar. Die Kanalstraße bestand größtenteils aus Trümmergrundstücken, zusammengestöpselten ehemaligen Ruinen, die auf ein bis zwei Stockwerke ausgebaut worden waren, und zwei nüchternen Neubauten. Ein einziger Altbau war übrig geblieben.

Auch in der Herrnstraße waren nur wenige Gebäude unbeschädigt. Sie ragten auf wie einzelne Zähne eines kaputten Gebisses. An manchen Hauseingängen wiesen breite weiße Markierungen zu Luftschutzkellern. Doch am Anfang der Herrnstraße erhob sich ein modernes Wohn- und Bürohaus. Gegenüber unserer Schule wurde ein beschädigtes Haus wieder instand gesetzt. Der Direx sagte, dass drei Viertel der Münchner Innenstadt während des Krieges durch britische und amerikanische Bomber zerstört worden war.

Noch immer fiel es mir schwer, flüssig Deutsch zu lesen. Und die Rechtschreibung beherrschte ich nicht. In Iwrith gab es keine Groß- und Kleinschreibung, keine doppelten Buchstaben, kein ie, kein ck, kein tz und gar keine Umlaute. Der Direx, der im Heimatkundeunterricht so schön über die alten Zeiten in München erzählen konnte, am liebsten aber aus dem Buch über München vorlas, das er selbst geschrieben hatte, war im Deutschunterricht sehr streng mit mir.

»Wennsd' bis zum Sommer ned richtig Deutsch schreiben und lesen lernst, muss i dir einen Sechser geben, und dann bleibst sitzen. So ist die Regel. Streng dich an, du fauler Hund. Deutsch reden kannst ja, und dumm bist a ned. Lass dir von deinen Freunden, dem Abi und dem Herschi, helfen. Ihr Juden haltet doch zusammen wie Pech und Schwefel.«

Doch Herschi paukte für seine Aufnahmeprüfung ans Gymnasium, und Abi wurde gleich nach dem Unterricht von einem Chauffeur im Opel Kapitän abgeholt.

Allmählich konnte ich ausreichend lesen, um die Rechenaufgaben zu verstehen. In den Prüfungen kam ich auf eine Zwei.

»Lern endlich g'scheit Deutsch, dann kriegst an Einser!«, mahnte mich der Direx.

Auf Hirschbolds Empfehlung schickte mich Ima zur Nachhilfestunde bei Lorenz Lichtl. Der unterrichtete die zweite Klasse. Er ging am Stock, und als einziger Lehrer an der Herrnschule trug er einen Schnurrbart wie Charlie Chaplin.

Herr Lichtl wohnte in einem Hinterhaus in der Mannhardtstraße. Als sich die Tür öffnete, stand ein einbeiniger Mann mit aufgestecktem Hosenbein vor mir. Meinen entsetzten Blick beantwortete er mit einem nüchternen »Kriegsverwundung«. Dann forderte er mich auf, ihm zu folgen, und sprang einbeinig in weiten Sätzen voraus. Er hüpfte in ein kleines Zimmer, das lediglich mit einem Tisch und zwei Stühlen möbliert war. Dort ließ er sich auf seinen Stuhl fallen, bedeutete mir, ebenfalls Platz zu nehmen, und meinte: »Jetzt wollen wir mal sehen, wo dich der Schuh drückt, Seligmann.« Als er bemerkte, dass ich den Ausdruck nicht verstand, erläuterte er ihn mir.

Ich wollte zunächst flüssig lesen lernen, damit ich die Aufgaben in Rechnen und Heimatkunde verstand. Herr Lichtl benutzte kein Buch, sondern schrieb einfache Sätze auf ein Blatt Papier: »Ich gehe zur Schule«, »Mutter kocht in der Küche«, »Vater arbeitet im Geschäft«. Nebenbei zerteilte er eine Zigarette, steckte eine Hälfte in ein Mundstück und rauchte. Erstmals machte mir der Deutschunterricht Spaß, weil ich meine Aufgaben verstand und sie erledigen konnte.

Die Zeit verging wie im Fluge. Nach einer Weile legte Herr Lichtl seinen Bleistift beiseite und blickte mich lächelnd an.

»Ich merke, dass dich meine Kriegsverwundung interessiert.« Ich nickte. Der Lehrer entzündete die zweite Zigarettenhälfte, inhalierte und stieß den Rauch aus. »Es war 1941, ich war neunzehn und hatte meinen Pilotenkurs gerade mit Bravour bestanden. Ich dachte, jetzt gehört die Welt mir. Ich war Co-Pilot eines leichten Heinkel-Bombers. Beim zweiten Einsatz hat uns ein britischer Spitfire-Jäger getroffen. Wir mussten notlanden. Dann wurde es schwarz um mich. Als ich wieder erwachte, lag ich in einem Lazarett und hatte furchtbare Schmerzen. Bald entdeckte ich, dass mein rechtes Bein fehlte. Es war amputiert worden. Ich war sehr traurig, denn ich begriff, dass ich mein Lebtag ein Versehrter bleiben würde und dass jeder Schritt eine Anstrengung wäre. Aber der Mensch gewöhnt sich an alles, und so wurde ich nach meiner Genesung und einem Studium Lehrer.«

Herr Lichtl hatte seine Geschichte ohne Selbstmitleid und ohne Verwünschungen erzählt, anders als Mutter es immer tat, wenn sie von den Nazis sprach. Deshalb bewegte mich sein Schicksal. Die wöchentliche Nachhilfestunde erfüllte ihren Zweck, ich lernte rasch besser lesen. Die richtige Rechtschreibung würde folgen, meinte der Lehrer. Doch die meisten Regeln interessierten mich nicht. Neugier dagegen empfand ich für seine Kriegsgeschichten. Herr Lichtl erklärte, sein Abschuss habe ihm die Augen geöffnet. Die britischen Spitfire-Jagdflugzeuge seien den deutschen Maschinen überlegen gewesen.

»Unsere viel gerühmten Stukas machten viel Lärm. Das mochte gegen die Polen taugen. Gegen die Engländer waren die deutschen Maschinen chancenlos. Die haben uns abgeschossen wie die Fasanen.«

Ich wollte wissen, warum das deutsche Militär den Krieg gegen Frankreich so schnell gewonnen hatte.

»Weil die Franzosen genug vom Kämpfen hatten. Die wollten lieber ihren Rotwein trinken und ihre gute Küche genießen. Aber nicht ihren Kopf im Krieg gegen einen Verrückten wie Adolf Hitler verlieren.«

Lichtl war überzeugt, dass die Wehrmacht auch den Krieg gegen Russland hätte gewinnen können.

»Wir hätten den russischen Bauern ihr Land zurückgeben müssen, dann wären die Iwans alle nach Hause gerannt, und wir wären bis Moskau durchmarschiert. Aber der Hitler war größenwahnsinnig. So haben wir den Krieg verloren wie ich mein Bein.«

In einer anderen Stunde fragte ich nach dem Schicksal der Juden. Lichtl lobte seine jüdischen Mitschüler.

»Sie waren gescheit. Nicht so dumm wie wir, die wir Fußball gespielt haben und den Mädchen nachgelaufen sind …«

»Auch mein Vater hat Fußball gespielt …«

»… sicher nur gelegentlich. Denn kluge Juden haben lieber Schach gespielt und gelernt. So ist etwas aus ihnen geworden. Nimm dir daran ein Beispiel.«

Vater hatte ständig Fußball gespielt. Schach dagegen nicht. Statt weiter zur Schule zu gehen und zu lernen, musste er arbeiten und Geld verdienen.

Herr Lichtl aber hatte Abitur gemacht und studiert. Was aus seinen klugen jüdischen Schulkameraden während der Nazizeit geworden war, traute ich mich nicht zu fragen. Er erwähnte es auch nicht. Beim nächsten Mal unterhielten wir uns wieder über den Krieg.

Als ich Mutter bat, wöchentlich zweimal zu Herrn Lichtl gehen zu dürfen, lehnte sie ab. Das sei zu teuer. Die Stunde koste fünf Mark, und Vater verdiene unser Geld nur mühsam. Stattdessen forderte mich Ima auf, mit meinen jüdischen Mitschülern zu lernen. Da dies nicht infrage kam, fragte ich Gabi Reu. Die

Rothaarige mit den Sommersprossen war die beste Schülerin in unserer Klasse.

Schon am gleichen Nachmittag kam sie bei uns in der Liebherrstraße vorbei. Statt Lesen mit mir zu üben, bat mich Gabi, ihr die »israelische Schrift« zu zeigen. Endlich konnte ich beweisen, dass auch ich etwas gut konnte. Gabi malte die Iwrith-Buchstaben nach, die ich ihr vorschrieb. Wir lachten viel. Als Mutter uns Kamillentee offerieren wollte und mitbekam, dass wir uns mit Iwrith beschäftigten, wurde sie ungehalten.

»Gabi! Ich bin enttäuscht von dir! Du sollst mit Rafi Deutsch lernen, sonst bleibt er sitzen. Stattdessen macht ihr Unsinn. Das geht nicht!« Ima blieb im Zimmer und passte auf, dass Gabi mit mir Deutsch übte. Durch Mutters Strenge wurde meine Freundin unsicher und brachte kaum etwas heraus. Auch mir hatte Mutter die Lust verdorben, Deutsch zu lernen.

Kaum hatte sich Gabi verabschiedet, urteilte Mutter: »Eine dumme Schickse, die dich nicht weiterbringt.«

»Was heißt Schickse?«

»Eine Christin. Sie taugen alle nichts und können uns Juden nicht ausstehen.«

»Gabi ist die beste Schülerin. Sie mag mich, und sie hat mit mir gelernt, anders als Herschi und Abi.«

»Schickse bleibt Schickse!«

Ich hasste dieses Gerede. Einmal besuchte ich Gabi. Ihre Mutter war freundlich zu mir, aber ich fühlte mich nicht wohl bei den Reus. Es war alles so ordentlich. Die Fußböden rochen nach Wachs, und aus der Küche strömte ein Duft von Bratkartoffeln. Gabi wollte mich aus ihrem Lesebuch vorlesen lassen, aber da sie spürte, dass ich mich schämte herumzustottern, bat sie mich, ihr wieder Iwrith-Buchstaben zu zeigen. Ich tat es, doch bald langweilte es uns, und nach einer Weile ging ich heim.

Deutsch lernte ich am besten bei Herrn Lichtl. Auch wenn mich seine Kriegsberichte nicht mehr so fesselten wie anfangs, weil ich fühlte, dass seinen Bemerkungen über seine jüdischen Schulkameraden etwas fehlte. Herr Lichtl mochte das spüren. Er wurde reserviert, blieb aber ein toller Lehrer, der mir besser als alle anderen half, Deutsch schreiben und lesen zu lernen. Doch Lichtls Schnurrbart erinnerte mich nun nicht mehr nur an Charlie Chaplin, sondern an Adolf Hitler.

In der Klasse freundete ich mich mit Hans Schlagintweit an. Er lud mich in die große Wohnung seiner Mutter in der Adelgundenstraße ein. Hans besaß viele Spielsachen. Fast alles Kriegsspielzeug: Zinnsoldaten, Blechkanonen, Panzer und Plastikflugzeuge. Alles grau. »Feldgrau ist die Farbe der deutschen Wehrmacht«, erklärte Hans. Panzer und Flieger waren mit Eisernen Kreuzen bemalt. Das durfte ich Ima nicht erzählen.

Anders als Edwin Berg ließ mich Hans nach Herzenslust mit seinen Sachen spielen. Wir veranstalteten Schlachten. Hans besaß sogar Kanonenfürze. Man steckte diese roten Röllchen in einen Kanonenlauf und entzündete dann ihre Zündschnur. Sekunden später flog das Stück mit einem lauten Knall aus dem Geschützrohr. Wir jauchzten vor Freude. Das war ein lustiger Krieg – bei dem niemand ein Bein verlor.

Hans bedauerte, dass ich keine israelischen Soldaten besaß, »sonst könnten wir einen echten Krieg veranstalten. Ihr habt ja den berühmten General mit der Augenklappe. Dann machst du den Dajan und ich unseren Feldmarschall Rommel. Das wird eine Gaudi!«

So begann ich, mir von den fünfzig Pfennig Taschengeld, die ich wöchentlich bekam, Plastiksoldaten zu kaufen. Es waren aber nur Amerikaner, denn israelische Spielzeugsoldaten gab es keine, nicht einmal in Israel.

Anfang Mai wurde alles ganz anders. Wir bekamen eine neue Mitschülerin, Evi Nigl aus Passau. Ich verliebte mich auf den ersten Blick in das zierliche Mädchen mit den kurzen schwarzen

44

Haaren, die uns aus ihren kastanienbraunen Augen anblitzte. Evi trat sogleich als unsere Klassenkönigin auf. Obgleich wir beide in der Liebherrstraße wohnten, den gleichen Heimweg hatten und sie mich immer wieder ansprach, brachte ich keine zusammenhängende Antwort heraus. Sie mochte denken, dass ich kein Deutsch konnte.

Alle Buben waren in Evi verliebt. Doch ich war von ihr gefangen. Nachts, aber auch tagsüber, träumte ich von der Braunäugigen. Ich stellte mir vor, mit Evi in ein fernes Land zu ziehen. Die Phantasien entrückten mich dem Alltag, besonders arg war es in der Schule. Ich hatte nur Augen und Gefühle für Evi. Mein Desinteresse verärgerte den Direx.

»Du hast dich am Anfang so angestrengt, Bua. Und jetzt träumst mit offenen Augen. Wennsd' dich ned konzentrierst und Deutsch schreiben lernst, dann muss ich dich die Klasse wiederholen lassen.« Von Evi getrennt zu werden, wäre furchtbar gewesen.

Hannah

Rafi war in Israel ein verträumtes, doch fröhliches Kind und ein guter Schüler gewesen. In Deutschland ging ihm ebenso wie mir der Lebensmut verloren. Er war hier nicht imstande, Schreiben und Lesen zu lernen. Daran konnte und wollte der frühere Nazioffizier Lichtl nichts ändern. Ihm ging es nur darum, mir viel Geld für seine Nachhilfestunden aus der Tasche zu ziehen. Und Rafis Freund Hans führte sich auf wie ein Nazisoldat.

Ludwig hatte uns ausgerechnet in die »Hauptstadt der Bewegung« gebracht. Die Menschen durften keine rote Armbinde mit Hakenkreuz mehr tragen, doch sie benahmen sich wie einst. Die Vermieterin schnauzte Rafi an, wenn er nach acht Uhr abends auf die Toilette musste, und forderte mich auf, ihm einen Nachttopf zu besorgen, wenn er sich »nicht beherrschen kann, wie es sich gehört«.

Ich hatte Ludwig angefleht, uns wenigstens eine Mietwohnung zu besorgen, damit ich nicht mit diesen Weibern unter einem Dach leben musste. Aber er kümmerte sich nicht darum. Wenn er zum Wochenende aus seinem Nazinest nach Hause kam, ging er am Schabbesmorgen in die Synagoge und nachmittags mit Rafi auf den Fußballplatz. Das verstand er unter Erziehung. Als ich Ludwig von Rafis zunehmender Zurückgezogenheit und seinen Lernschwierigkeiten berichtete, antwortete er, ich solle den Jungen in den Fußballverein stecken. Das würde ihn kräftigen und sein Gemeinschaftsgefühl stärken.

»Ich will aber nicht, dass er sich mit den Gojim gemein macht.«

»Im Sport gibt es keine Gojim!«

»Das hast du mir von deinem Fußballverein anders erzählt.«

Ludwig

Hannah gab mir ständig die Schuld, dass wir nach Deutschland zurückgekehrt waren. Doch für ihre Gesundheit bedeutete der Wechsel die Rettung. Ihre Amöbenruhr heilte im mitteleuropäischen Klima unverzüglich. Sie hätte in einem Geschäft mitarbeiten können, doch das lehnte Hannah strikt ab. Sie wollte nicht ein »Lakai der Deutschen« sein. Diese Aufgabe überließ sie allein mir und verhöhnte mich, weil ich mein Geld als Hausierer verdienen musste.

Hannah klagte, dass wir keine eigene Wohnung besaßen. Doch sie machte sich nicht die Mühe, auf die Inserate in der Zeitung zu antworten. Dies sei sinnlos, behauptete sie. Aufgrund ihres jüdischen Aussehens werde ihr kein Goj eine Wohnung vermieten.

»Dann erklär mir mal, wie alle anderen Juden hier zu ihren Wohnungen gekommen sind!«

»Die jüdischen Männer haben die Wohnungen besorgt! Niemand von ihnen käme auf die Idee, diese Arbeit auf seine Frau abzuwälzen.«

»Wenn ich eine Wohnung miete, wird sie dir wieder nicht passen! Wie diese.«

»Das ist ein Gefängnis, keine Wohnung!«

»Hört endlich auf zu zanken!«, flehte Rafi. Der Junge tat mir leid. Um ihn aus Hannahs gluckenhafter Obhut zu befreien, kaufte ich meinem Sohn ein passendes Geschenk.

Heim

Rafael

Mein Roller war super! Er besaß weiße Ballonreifen, eine Rücktrittbremse, hatte eine eigene Luftpumpe, blau lackiert wie der ganze Rolli, und eine verchromte laute Klingel, die man weithin hörte. Mit meinem Gefährt strampelte ich mich aus der Sehnsucht nach Evi, zumindest tagsüber. Ich entdeckte unsere Nachbarschaft, die breite Thierschstraße, die Umgebung des Isartors, das Tal, von wo es zum Marienplatz ging. Dort bewegten sich ständig Autos, Straßenbahnen und Fußgänger. Am besten aber gefiel mir die Auslage des Bernsteingeschäfts in der Vorderfront des Rathauses mit seinem spitzen Turm. Den honiggelben Stein mit Einschlüssen, aus dem Ketten und Ringe gefertigt waren, nannte man in Israel »Inbar«. Eine Frau im Alter meiner Ima beobachtete mich und meinte: »Der Bernstein gefällt dir, was?«

»Ja, sehr.«

»Wem würdest du denn eine Bernsteinkette schenken, Bueli?«

»Meiner Mutter … und meiner Freundin …«

»So jung bist und hast scho a Freindin?«

»Noch nicht wirklich, aber ich möchte schon …«

Sie lachte.

»Du wirst ja ganz rot. Is des süß! In paar Jahr wirst den Madln den Kopf verdrehn …«

Ich wollte nur die Evi. Doch das durfte ich niemandem verraten. Bald traute ich mich mit dem Roller bis zum Stachus. Als ich später heimkam, schimpfte Ima. Sie hatte sich Sorgen um mich gemacht und drohte, den Roller wegzusperren, wenn ich nochmals länger als eine halbe Stunde wegbliebe. Da sie merkte, dass mich ihre Drohung traurig gemacht hatte, setzte sie sich zu mir und streichelte meine Hand. Es war so schön wie früher.

Am folgenden Nachmittag begleitete mich Mutter an die Isar. Dabei lief sie mir vor den Roller. Ich bremste zu spät und fuhr ihr in die Ferse. Ima schrie, ich hätte ihr den Unterschenkel gebrochen, und humpelte. Ich bekam Angst, dass ich sie wirklich schwer verletzt hätte.

Bald ging Ima wieder normal, doch sie beschimpfte mich als Rowdy. Das gefiel mir, da es stark und gefährlich klang. In Zukunft aber hütete ich mich davor, Ima mit meinem Roller zu begleiten. Lieber fuhr ich allein an den grünen Fluss.

Am meisten mochte ich die Wehre an der Praterinsel, wo das Wasser in den Nebenarm der Isar stürzte. Ich jagte den Betonsteig weiter zum Vater-Rhein-Brunnen. Auf der gegenüberliegenden Straßenseite stand das Deutsche Museum. Dort hatte ich schon mit Vater Bergwerkmodelle und ein in der Mitte aufgeschnittenes Unterseeboot bestaunt.

Imas Schimpfen nach meiner verspäteten Rückkehr nahm ich hin wie meine Deutsch-Sechs und die Drohung vom Direx, mich am Jahresende durchfallen zu lassen.

Wenn Aba am Wochenende da war, zankten sich die Eltern fast andauernd. Aber sie trauten sich nicht, laut zu schreien, weil man alles in der Wohnung der Hauptmieterin Frau Seitz hörte. Ima verlangte, Aba solle uns endlich eine »menschenwürdige Bleibe« besorgen. Bei einer meiner Rollertouren hatte ich eine Baustelle unweit unseres Hauses in der Adelgundenstraße entdeckt, wo Hans und Herschi wohnten. Früh am Schabbatmorgen rollte ich wieder hin. Schräg gegenüber dem Haus von Familie Braun wurde gebaut. Als Aba von der Synagoge nach Hause kam, erzählte ich ihm von meiner Entdeckung.

Nachmittags ging ich mit ihm und Mutter vorbei. Die Lage unweit der Maximilianstraße sagte den Eltern zu. Doch bald stritten sie, wer sich bei den Bauherren nach einer Wohnung erkundigen sollte.

Ima zog sich elegant an und schminkte ihre Lippen, was sie selten tat.

»Geh nicht aus dem Haus, Rafi! Ich habe etwas Wichtiges zu erledigen. Das kann ich nur tun, wenn ich weiß, dass du hier bist, statt dich mit dem Roller herumzutreiben.«

Kurz nach Einbruch der Dunkelheit kehrte sie zurück und fiel mir um den Hals.

»Rafi, wir haben eine Wohnung in dem Haus in der Adelgundenstraße, das du gefunden hast. Ich habe den Vertrag perfekt gemacht und von meinem Geld die Kaution gezahlt. Wie gut, dass ich meine Rückkehrprämie gespart und nicht in Ludwigs Luftgeschäft gesteckt habe. Sonst müssten wir für immer hier im Verlies hocken.« Ima streichelte mich zart, wie nur sie es konnte. Ich wünschte mir, dass auch Evi mich liebkosen würde.

»Fünftausend Mark Schlüsselgeld verlangte diese Blutsaugerin! So haben die Nazis die Juden genannt. Die Deutschen sind es selbst. Aber jetzt werden wir unsere Wohnung haben, und die wird uns weniger kosten als dieser Verschlag. Du bekommst dein eigenes Zimmer, Rafi. Du kannst aufs Klo, wann immer du musst, ohne dass dich die KZ-Wärterin beschimpft. Und wir werden endlich ein Bad haben mit Wanne und ich eine Küche. Ganz für mich.«

Auch Aba war froh, dass wir ein eigenes Zuhause hatten. Er lobte Ima dafür, dass sie alles in die Wege geleitet hatte.

»Ich weiß, dass du geschäftstüchtig bist, Hanni.«

Doch als ich Montagmittag von der Schule heimkehrte, hatten sich die Eltern wieder in den Haaren.

»Es bereitet dir eine teuflische Freude, uns in ein dunkles Drecksloch zu stecken! Und du hast mir tausend Mark unterschlagen!«

50

»Halt deinen bösen Mund!«, fuhr Vater auf. »Seit wir verheiratet sind, gebe ich dir meinen Verdienst bis auf den letzten Pfennig. Jetzt habe ich die günstigere Parterrewohnung angemietet, damit wir Geld für Möbel haben.«

»Du hast mein Geld genommen, ohne mir ein Wort zu sagen!«, beharrte Hannah, woraufhin Vater türknallend aus dem Raum rannte. Sogleich klopfte es energisch an die Pforte. Ohne auf eine Antwort zu warten, trat die Vermieterin ins Zimmer.

»Ich dulde nicht, dass Sie sich bei uns streiten wie die Zigeuner! Wir sind ein gutbürgerlicher Haushalt!«

»Wir streiten nicht, Frau Seitz.«

»O doch, Frau Seligmann! Stellen Sie Ihr Geschrei ein und fordern Sie Ihren Gatten auf, seine Nerven im Zaum zu halten und nicht meine Tür zu zertrümmern. Sonst sehe ich mich gezwungen, Sie zu kündigen.«

»Gehen Sie bitte, Frau Seitz.« Die Wirtin blieb.

»Die Wohnung gehört mir. Ich habe Ihnen dieses möblierte Zimmer lediglich untervermietet. Wenn Sie sich unzivilisiert aufführen, kann ich Sie hier nicht länger dulden.«

»Frau Seitz, bitte, bitte verlassen Sie das Zimmer.«

Als sie endlich ging, setzte sich Mutter auf den Boden und weinte. Ich küsste ihre Tränen von den Wangen. Sie schmeckten salzig wie früher, als ich klein war und Ima bei mir den Tod ihrer Mutter beweinte, die sie als Mädchen in Berlin verloren hatte, und später die Vergasung ihres Bruders Aaron und der Familie in Polen, die sie nicht verhindern konnte. Ima erzählte mir diese traurigen Geschichten immer abends und weinte dabei. Ich küsste und streichelte und tröstete sie. Bis ich nicht mehr konnte. Als Ima dies bemerkte, hörte sie auf, mir ihr Herz auszuschütten. Sie behielt ihre ganze Traurigkeit für sich. Auch in Deutschland. Doch heute konnte sie sich nicht mehr beherrschen. Mein Streicheln half Ima. Sie nahm meine Hand in die ihre und konnte endlich wieder sprechen.

»Rafilein. Wenn ich dich nicht hätte, würde ich in diesem verfluchten Land nicht mehr leben wollen.«

In den kommenden Tagen wurde Ima wieder ausgeglichener. Aber sie wollte Aba nicht vergeben, dass er, ohne sie zu fragen, ihr Geld genommen und uns in ein »Loch ohne Licht im Parterre verbannt hatte«.

Am nächsten Nachmittag fuhr ich mit dem Roller in die Adelgundenstraße, um mir unsere zukünftige Wohnung anzusehen. Das fünfstöckige Haus war fast fertig. Die Wohnung im Erdgeschoss war nicht dunkel, wie Ima klagte, aber das sagte ich ihr nicht, sonst hätte sie geglaubt, dass ich mich gegen sie auf Abas Seite geschlagen hätte.

Ludwig

Statt zu Kunden fuhr ich nach Ichenhausen. Nachts konnte ich, wie oft an diesem Ort, im Gasthaus keinen Schlaf finden. Dabei kamen mir Erinnerungen an das Gefühl der Geborgenheit im Schoße meiner Familie in den Sinn. Anders als ich war Hannah nicht in der Lage gewesen, ihre Geschwister vor der Vernichtung zu retten. Sie blieb verbittert und voller Angst. Trotz unseres nie enden wollenden Streits liebte ich meine Frau, meinen Sohn ohnehin. Mein Glaube gab mir Halt. Gott würde mir wie stets beistehen.

Als ich mich um sieben Uhr morgens in den Gastraum begab, erwartete mich Siegl Herrligkoffer.

»Glaubsch im Ernscht, dass in Ichenhausen was passiert, von dem der Doktor nix erfährt?« Er lud mich ein, mit ihm zur Günz zu gehen. Am Ufer des Flüsschens hatten wir als Jungen bis zur Dunkelheit Fußball gespielt.

Siegl blieb am Wasser stehen.

»Ludwig, mir kennen uns seit eh und je. I hab Augen im Kopf. I ahn, wie's dir ergeht. I denk, i weiß, warum du bis heut noch ned meinen Rat angenommen hast, hier in Ichenhausen a G'schäft aufzumachen wie eure Familie früher ...«

»Du meinsch es gut mit mir, Siegl. Aber i tät wahnsinnig werden, wenn i jeden Tag an unserem Haus und an der Synagoge vorbeimüsst, die ihr zum Spritzenhaus herabgewürdigt habt ...«

»Des hat man ned aus bösem Willen g'macht ...«

»Aus gutem au ned.«

»Doch. Die Jüdische Vermögensstiftung hat in den fünfziger Jahren eure Synagoge verkauft. Damit des Gebäude ned abgerissen wird, ham mir die Feuerwehr dort untergebracht. Nur vorläufig ... Ludwig, du machst es einem aber auch ned leicht.«

»Und ihr?«, schrie ich auf. »Die Synagoge geschändet, die Juden erschlagen!«

»Einmal muss Schluss sein mit den ewigen Vorwürfen! Sonst kommen mir nie mehr zsamme!« Siegl schüttelte sein Haupt. »Lass mersch gud sei, Ludwig. I möcht dir helfe. Wennsch noch ned in dei Heimatstadt zurückmagsch und du dich recht schwertust beim Hausieren, hän i an Vorschlag, der dir das Leben ganz bestimmt leichter mache wird.«

»Ja?«

»Wie i dir schon g'sagt hab, geschieht bei uns fast nichts, was i ned erfahr. Viele Patienten, speziell ältere Leit', Witwen, kommen hauptsächlich zu mir, weil sie mir ihr Herz ausschütten wollen und meinen Rat suchen ...«

»... bei der Gelegenheit soll i ihnen mei Hosa verkaufen?«

»Machs mir ned so hart, Ludwig. Wenn i hör, dass ein Betrieb oder a großer Bauernhof grad was zum Frühjahr oder Herbscht an Kleidung braucht oder zum Jahreswechsel, dann frag i nach, und wenns' Interesse ham, dann sag i's dir, und du machsch dei G'schäft.«

Die Offerte des Arztes war rührend, doch kaum praktikabel. Siegl spürte meine widersprüchlichen Gefühle. Ich streckte meine Hand aus, die Siegl kräftig drückte, und bedankte mich.

»Schmarrer! Mir zwei kommen immer wieder z'samm. Denn
d'Leut brauchat ihr Sach ned nur an Ostern und Weihnachten.
Musst di scho öfter bei mir sehn lass'n.«
»Mach i. Versproche!«

Rafael

Im Mai war Pauken angesagt, denn im Juni fanden die
Aufnahmeprüfungen fürs Gymnasium statt. Der Direx verstand
es, fast alle zum Lernen anzuspornen.
»Die die Prüfung schaffen und in die Oberschule kommen,
werden später studieren und als Rechtsanwälte, Lehrer, Ärzte
und Ingenieure das Sagen haben und ordentlich verdienen.
Aber die, die in der Prüfung durchfallen oder als Faulpelze erst
gar nicht beim Auswahlverfahren mittun dürfen oder, noch
schlimmer, gar kein Interesse daran haben, werden ihr Leben
lang die Deppen bleiben, auf die die anderen herabschauen.
Die werden sich kein Auto leisten können und keine anständige
Wohnung. Die werden auch keine g'scheite Frau finden, nur a
dumme Kuah, und am Ende werdens' a no blede Kinder ham.«
Ich wollte kein Depp sein. Also strengte ich mich wie die meisten
an. Im Rechnen bekam ich sogar eine 1-. In Heimatkunde eine
3+, aber im Diktat schaffte ich lediglich eine 5.
»Du hättst dich früher anstrengen müssen, fauler Hundskrüppel!
Dann hättst einen Dreier geschafft. Jetzt ist's z'spät. Mit einem
Fünfer im Diktat kann i di ned zur Aufnahmeprüfung lass'n«,
erklärte der Direx.
Gabi Reu würde nicht aufs Gymnasium gehen, obwohl sie die
Klassenbeste war, denn ihr Vater bestimmte, dass ein Mädchen
nichts an der Oberschule zu suchen habe.
Abi und Herschi schafften die Aufnahmeprüfung ebenso wie
weitere acht Schüler. Ich würde als einziger Jude bei den Depperln
bleiben. Evi nahm ebenso wie Gabi nicht am Auswahltest teil

54

und würde auch in meiner Klasse sein. Doch mir würde wohl weiter der Mut fehlen, ihr zu sagen, dass ich sie lieb hatte.

Bei den folgenden Prüfungen fiel ich auf eine 6 im Diktat und eine 2- in Rechnen zurück. Das brachte den Direx in Rage.

»Weilst ned sofort zur Oberschul' kannst, darfst ned gleich die Flinte ins Korn werfen, sondern musst di noch mehr anstrengen. Sonst bleibst a beleidigte Leberwurscht!«

Ich zog mich auf die Dinge zurück, die ich am liebsten tat. Mit Hans Krieg spielen, mit meinem Roller die Stadt entdecken und vor allem von Evi träumen.

Am 30. Juni 1958 konnte ich mit meinen Eltern endlich das möblierte Zimmer in der Liebherrstraße verlassen. Vater transportierte unsere Habseligkeiten mit seinem Volkswagen in die nahe gelegene Adelgundenstraße. Ein Möbelwagen schaffte einige größere Einrichtungsgegenstände herbei.

Ich war voller Stolz, dass ich unsere Wohnung gefunden hatte. Endlich besaß ich wieder ein eigenes Zimmer. Da der Platz knapp war, schlief ich auf einem Klappbett. Meine Hausaufgaben sollte ich an einem kleinen Rundtisch erledigen.

Von unserem neuen Zuhause war ich mit meinem Roller über die Mariannen- und Steinsdorfstraße in zwei Minuten an der Isar. In der Adelgundenstraße wohnten Herschi Braun schräg gegenüber in einem Altbau, zwei Häuser weiter Hansi Tiefenmoser in einem billigen Haus mit Gangtoiletten. Mein Freund Hans wohnte in Nr. 2.

Nun, da ich ein eigenes Zimmer hatte, konnten wir unsere Schlachten auch bei mir abhalten. Zu diesem Zweck bastelte ich mir aus einer Umzugskiste eine Festung. In der Mitte brachte ich eine Falltür an, durch die ich Murmeln gegen die feindlichen Soldaten rollen ließ. Unterdessen hatte ich meine israelischen Briefmarken gegen einen aufziehbaren amerikanischen Sherman-Tank sowie ein Modellflugzeug eingetauscht.

Es handelte sich um eine Ju 87, eine Stuka. Es war mal ein Flugzeug der Naziluftwaffe, doch ich malte mit Imas Nagellack einen roten Davidstern ans Leitwerk.

Das Flugzeug war wichtig, denn da ich keine Kanonenfürze besaß, entzündete ich in Spiritus getunkte Papierschnipsel und ließ diese über die feindlichen Wehrmachtssoldaten regnen. Sie wurden von Hans kommandiert, der mit seinem Kriegsspielzeug bei mir vorbeikam. Unsere Gefechte konnten wir nur in Imas Abwesenheit austragen, denn Spiele mit brennendem Spiritus hätte sie nie zugelassen – obgleich wir höllisch aufpassten.

Hannah

Ludwig wollte, dass wir es uns in der neuen Wohnung gut gehen lassen sollten. Ebenso wie Rafi, der ein eigenes Zimmer bekam, sollten auch wir uns Platz gönnen. Neben dem Schlafzimmer würden wir uns einen Salon einrichten, wo er sich eine Büroecke mit separatem Schreibtisch schaffen wollte. Ich gönnte es ihm, doch das konnten wir uns nicht leisten.

Das zweite Zimmer musste ich untervermieten. Ich wollte nie wieder in eine Situation geraten wie zuletzt, als wir durch Ludwigs geschäftliche Leichtfertigkeit alles verloren hatten, sogar unser Haus in Israel. Dort hatte ich wenigstens meine Familie in der Nähe. In Deutschland standen wir allein. Ludwig konnte seine Bürosachen auf dem Wohnzimmertisch erledigen – oder im Caféhaus, wo er sich ohnehin am liebsten aufhielt.

Als wir uns eingerichtet hatten, folgte ich zögernd Berta Langers Rat und begann, mich um meine Entschädigungsangelegenheiten zu kümmern. Zunächst hatte ich den Wiedergutmachungszirkus scharf abgelehnt. Wie sollte man meine ermordeten Geschwister, wie sechs Millionen Opfer »wiedergutmachen«? Das war lediglich ein Scheinmanöver der

Deutschen. Um sich von ihrer Schuld freizukaufen, warfen sie den Juden ein paar Krümel hin. Ludwig dagegen vertraute ihnen und hatte einen Rechtsberater in Tel Aviv mit der Wahrnehmung seiner Interessen beauftragt.

In München aber überzeugte mich Berta, dass die Behörden tatsächlich materielle Entschädigung leisteten.

»Alle Juden hier beantragen Wiedergutmachung. Gerade ihr, die ihr von der Hand in den Mund lebt, braucht das Geld. Das dürft ihr nicht aus falschem Stolz verschenken!«

Berta empfahl mir ihren Anwalt. Die Kanzlei war gediegen. Dr. Nacht war ein energischer, groß gewachsener Mann, der Ludwig um Haupteslänge überragte. Der Anwalt besaß einen scharfen Geist und schwarzen Humor. Er ließ sich den beruflichen Werdegang meines Mannes und sein Einkommen in Deutschland vor 1933 präzise schildern. Wie sich herausstellte, hatte Ludwig ein halb so hohes Einkommen angegeben, als er tatsächlich bezogen hatte. Sein idiotischer Konsultant in Israel hatte ihm nahegelegt, einen niedrigeren Verdienst zu nennen. Herr Yaffe hatte dies mit der wirtschaftlichen Schwäche Nachkriegsdeutschlands begründet. Wer große Forderungen stelle, werde nie einen Pfennig sehen.

»Das ist der größte Schmarrn, den ich je gehört habe. Rechtlich vollkommen unsinnig und obendrein wirtschaftlich falsch. Es ist uns ernst mit der Wiedergutmachung. Die berechtigten Ansprüche werden vollständig erfüllt. Und Deutschland ist wohlhabend wie noch nie. Dennoch wird es bei Ihnen jetzt schwierig werden, Herr Seligmann, denn dieser Meister Yaffe hat Sie falsch informiert. Falschberatung ist in Deutschland ein Delikt. Aber das hilft Ihnen nichts. Es gibt keine diplomatischen Beziehungen zu Israel und kein Rechtshilfeabkommen. Das Einzige, was wir tun können, ist, die Angaben, die Sie in Israel gemacht haben, für null und nichtig zu erklären und einen neuen Antrag zu stellen.«

Dr. Nacht warnte Ludwig, dass sein an sich klarer Fall wegen der Unfähigkeit seines einstigen Beraters kompliziert werden und höchstwahrscheinlich lange dauern würde. Der Advokat ließ sich nur auf das Mandat ein, weil Ludwig auf glaubwürdige deutsche Zeugen verwies, die seine Angaben bestätigen würden. Etwa die ehemalige Buchhalterin Maria bei Lazarus Bodenheimer in Ulm, die mittlerweile in ein Kloster gegangen war. Juden würde man wegen ihrer Voreingenommenheit ohnehin kaum trauen.

In meiner Angelegenheit dagegen war Dr. Nacht zuversichtlich. »Sie haben bislang keinen Antrag und damit keine korrekturbedürftigen Forderungen gestellt, Frau Seligmann. Ihren Gesundheitsschaden durch eine subtropische Krankheit werden deutsche Amtsärzte bestätigen müssen. Andernfalls würde ich mich gezwungen sehen, ein Dienstaufsichtsverfahren gegen die Herrschaften einzuleiten. Aber so weit wird es nicht kommen. Meine Drohung wird genügen.«

Ludwig

Je öfter ich Ichenhausen besuchte, desto unerträglicher wurde es mir, für längere Zeit an dem Ort zu verweilen, wo ich ehedem glücklich gewesen war. So bereiste ich das Umland. Von Kleinkötz fuhr ich nach Bibertal, von dort nach Pfaffenhofen an der Roth und nach Weißenhorn. Über Ellzee ging es nach Thannhausen.

Die Seligmanns stammten aus diesem Dorf, doch im 18. Jahrhundert wurde unsere Familie mit den anderen Juden des Ortes auf Veranlassung des Grafen von Stadion vertrieben. Anstelle der Synagoge wurde eine Kapelle errichtet, die im Volksmund bis heute die »Judenschul« genannt wird. Ansonsten gab es hier kein Überbleibsel jüdischen Lebens, selbst der Friedhof ist verschwunden. Die Thannhauser hatten zweihundert Jahre vor den Nazis das jüdische Andenken ausgelöscht. So übernachtete ich in Jettingen, Scheppach oder im Städtchen Burgau, wo es mehrere Gasthöfe gab. Herbert Schmidtbauer, ein Landwirt aus Jettingen, den ich wie die meisten meiner Kunden noch aus der Zeit vor Hitler kannte, sprach aus, was mir durch den Kopf ging.

»Du ziehst umher wie der Ewige Jud, der wo nirgend sei Ruh find.«

Der Bauer wollte mir für 50 Mark im Monat zwei Räume seines Speichers vermieten. Ich ging zunächst auf sein Angebot ein, denn so konnte ich dort auch einen Teil meiner Ware lagern. Der Speicher war sauber und trocken, aber unwirtlich. Ich war Schmidtbauer und seiner Frau allzeit willkommen. Doch ich suchte keinen Familienanschluss. So reiste ich nach einigen Tagen weiter.

Als junger Mann war ich gerne mit meiner Ware über die Dörfer gezogen. Damals war ich bei meiner Familie in Ichenhausen geborgen gewesen, das Leben lag vor mir. Nun war ich über fünfzig. Meine Heimat hatte ihre jüdischen Wurzeln ausgerissen.

Geblieben war mir meine Familie, nach der ich mich ständig sehnte. Es musste mir gelingen, genug zu verdienen, um das Grundkapital für ein Geschäft in München zu sammeln.

Hannah

Von der Hauseigentümerin hatte ich mir das Recht ausbedungen, ein Zimmer unterzuvermieten. Daraufhin erhöhte Frau Kottermeier sogleich unsere monatliche Miete um zehn Mark auf 210 DM, denn zusätzliche Mieter verbrauchten mehr Strom und Wasser. Diese Kosten zahlte ich ohnehin separat. Aber die Deutschen ließen keine Gelegenheit aus, Juden auszubeuten. Bis zur Verwertung des Zahngoldes der Vergasten.

Bereits Tage nach unserem Einzug gab ich ein Inserat auf: »Geräumiges, möbliertes Zimmer in Neubau, Zentralheizung, Bad- und Küchennutzung, 150 DM monatl.« Es meldeten sich Dutzende Interessenten. Männer über vierzig kamen für mich nicht infrage. Sie waren Nazisoldaten gewesen.

Unter den Suchenden fiel mir sogleich eine junge Frau mit langen dunklen Haaren und blauen Augen auf. Sie war freundlich, ohne unterwürfig zu sein. Fräulein Aschenbrenner war aus dem Bayerischen Wald nach München angereist, um ein Zimmer zu mieten.

»Frau Seligmann, Sie sind mir sympathisch, und der große, helle Raum gefällt mir. Bitte geben Sie mir das Zimmer. Sie werden es nicht bereuen. Ich bin auch bereit, a bissl mehr zu zahlen.«

»Das ist nicht nötig, Fräulein Aschenbrenner. Sie sind ein junges Ding und machen trotzdem einen zuverlässigen Eindruck.« Das Fräulein hatte die Mittelschule und einen Sekretärinnenkurs absolviert und würde in zwei Wochen bei Siemens ihre Stelle antreten. Sie war erst achtzehn. Das und ihr zuversichtliches Naturell gaben den Ausschlag für die junge Frau.

Erstmals seit wir in Deutschland lebten, war ich zufrieden mit mir. Ich hatte darauf bestanden, dass wir in eine menschenwürdige Wohnung gezogen waren. Endlich besaßen wir ein Heim mit Warmwasser, einem Bad mit Wanne und einer Küche mit Elektroherd. Vor allem hatten wir uns aus der demütigenden Situation als Untermieter befreit. Für das miese Zimmer hatte uns die Seitz monatlich 250 Mark abgepresst. In unserer neuen Wohnung kamen wir besser weg.

Wenn ich das Geld für das untervermietete Zimmer abzog, blieben 60 Mark Miete. Auf diese Weise musste Ludwig nicht so viel schuften.

Eine Woche später zog Fräulein Aschenbrenner bei uns mit Sack und Pack ein. Sie ließ sich dabei von ihrer groß gewachsenen blonden Freundin Anni helfen. Die Freundin blieb über Nacht. Am nächsten Tag kehrten beide Mädchen mit einem Blumenstrauß zurück. Ich dankte Fräulein Aschenbrenner – seit Israel hatte ich Blumen vermisst. Die junge Frau fragte errötend, ob sie mich sprechen dürfe.

»Was haben Sie auf dem Herzen, Fräulein Aschenbrenner?«

»Nennen Sie mich bitte Käthchen, Frau Seligmann«, sie lächelte herzerweichend, zögerte kurz, ehe sie sich auf den angebotenen Küchenstuhl setzte.

»Liebe Frau Seligmann, ich habe ein Problem, bei dem nur Sie mir helfen können …« Sie schlug die Augen nieder.

War sie schwanger? Wollte sie hier ein uneheliches Kind aufziehen?

»Ich hab Sie sofort ins Herz geschlossen, Frau Seligmann …«

»Reden Sie nicht um den heißen Brei herum!«

»Ihr Zimmer ist so herrlich mit Zentralheizung …«

»Sagen Sie endlich, was Sie von mir wollen, Fräulein Käthchen.«

»Sehen Sie, liebe Frau Seligmann. Ich verdien bei Siemens genau 286 Mark im Monat. Wenn ich die 150 Mark Miete abziehe, dann bleibt mir halt kaum noch was übrig zum Essen und für Kleidung …«

»Wir hatten 150 Mark monatlich vereinbart, Fräulein Aschenbrenner.«

»Käthchen, liebe Frau Seligmann. Sie sollen Ihr Geld haben.« Sprachs und legte eine Hundertmarknote auf den Tisch, 50 Mark Anzahlung hatte sie bereits geleistet. Sie strahlte mich wortlos an, ehe sie endlich fortfuhr: »Wenn meine Freundin Anni hier wohnen bleiben dürfte, dann tät jede von uns nur 75 Mark Miete zahlen. Bitte, liebe Frau Seligmann …«

»Lassen Sie die liebe Frau Seligmann, Fräulein Aschenbrenner. Sie haben mich getäuscht. Warum tun Sie das?«

»Entschuldigung. Sie haben recht. Aber ich hab Sie echt gleich mögen, Frau Seligmann …«
»Ich Sie auch, Fräulein Käthchen …«
»Danke.«
Sie ergriff meine Hände und drückte sie mit jugendlicher Kraft.
»Ich verspreche Ihnen, Sie werden Ihre Freude an uns haben, liebe Frau Seligmann.«
Käthchen hielt Wort. Sie wuchs mir ans Herz wie eine Tochter, obgleich sie eine Deutsche war.

Rafael

Nach der Aufnahmeprüfung für das Gymnasium war es in der Klasse langweilig geworden. Die zukünftigen Oberschüler fühlten sich uns Zurückbleibenden überlegen. In den Pausen waren sie unter sich. Das wurmte uns. Der Klassenstärkste Dietz Horst verdrosch Karli Baumann so heftig, dass dieser sich beim Aufprall auf das Pflaster eine blutige Schramme zuzog. Im Unterricht verriet keiner etwas von der Rauferei. Später vertrugen sich alle wieder. Doch wir wussten, dass die Klasse nur bis zu den großen Ferien halten würde.
Danach würden Karli, Hauner Helmut, der gleich bei uns in der Thierschstraße wohnte, Erika Podzuweit, Abi, Herschi und die anderen aufs Gymnasium gehen, und wir Deppen würden in der Herrnschule bleiben. Das erfüllte uns mit Missgunst. Aber niemand sprach darüber. Dem Direx blieb unsere Enttäuschung nicht verborgen.
»Lassts euch ned hängen, strengts euch liaber an, dann schafft ihr in zwei Jahren wenigstens die Aufnahme in die Mittelschule.« Speziell an mich richtete Herr Hirschbold eine scharfe Warnung.
»Wennsd' dich in den nächsten paar Wochen ned am Riemen reißt und anständig Rechtschrift lernst, dann bleibst sitzen. Da

nützt dir dein g'scheites Hirnkastl nix. Denn in der Schul und im Leb'n kommts ned auf den Kopf an, sondern auf'n Arsch. Auf dem musst' sitzen und lernen.«

Zu Hause schimpfte Ima, die von Hirschbold informiert worden war.

»Über mein Zeugnis hat der Lehrer geschrieben: ›Hannah Schechter hat in allen Fächern ausgezeichnete Leistungen erzielt‹. Auch dein Vater ist aufs Gymnasium gegangen. Nur mein nichtsnutziger Sohn ist sich zu fein um zu lernen. Stattdessen rollert er den ganzen Tag in der Gegend rum oder spielt mit dem Nazijungen Hans Krieg.«

Wenn es ihr schlecht ging, dann taugte ich als ihr Tröster, aber wegen eines dummen Diktates beschimpfte sie mich als Nichtsnutz.

»Das nächste Mal lass ich dich alleine heulen«, rief ich, schnappte meinen Roller und fuhr an die Isar. Als ich heimkehrte und Imas Gezeter weiterging, gab ich ihr zurück: »In Israel war ich in der Schule gut! Warum seid ihr nach Deutschland gegangen?«

»Ludwig hat geschäftlich versagt.«

»Dann schrei mit ihm, nicht mit mir.«

Alle waren schuld, außer ihr. Ich wusste selbst, dass ich mich anstrengen musste, um nicht durchzufallen. Ima versuchte, mich nach der Schule zum Lernen zu zwingen. So saß ich am runden Tisch in meinem Zimmer, statt mit dem Roller rumzusausen oder mit Hans zu spielen. Ich hatte das Lesebuch aufgeschlagen, doch ich sah nicht hinein. Ima drohte mir, mich in ein Erziehungsheim zu stecken, wenn ich versagen würde, aber das nahm ich nicht ernst. Sie liebte und brauchte mich und würde mich um keinen Preis weggeben.

Gelegentlich versuchte Ima, mir zu diktieren, doch sie war zu ungeduldig, um mir die Texte langsam genug vorzulesen, damit ich mitschreiben konnte. Als es ihr schließlich gelang, übersah sie die meisten meiner Rechtschreibfehler.

Als sie es einsah, spannte Ima Käthchen als Diktatorin ein. Die junge Frau gefiel mir, sie lachte gerne und erzählte mir von ihrer Heimat. Käthchen kam aus dem Dorf Zandt bei Cham. Sie hatte drei Schwestern und zwei Brüder. Nachdem der Vater ihr erlaubt hatte, zur Mittelschule zu gehen, musste sie morgens über eine Stunde nach Cham wandern.

»Im Winter war es in der Früh noch dunkel, und der Schnee lag ganz hoch. Ich hab mich a bissl gefürchtet.«

»Gab es keinen Bus, der nach Cham fuhr?«

»Freilich. Aber den konnten wir uns ned leisten. Mein Vater war ein armer Häusler.« Sie erklärte mir das Wort.

»Aber ich und meine Freundin Monika waren die ersten Mädchen aus Zandt, die es in die Mittelschul geschafft haben. Da durft ich ned aufgeben.«

Mit einem Mal stand Ima im Zimmer.

»Sie sollen dem Rafi diktieren, statt ihm Geschichten zu erzählen!«

»Aber Frau Seligmann, ihr Bub ist doch so lieb …«

»Faul ist er!«

»Wenn ich dem Rafi meine Geschichte erzähl, dann bekommt er sicher Lust, auch zu lernen …«

»Im Gegenteil. Er nützt nur die Gelegenheit, um nichts zu tun.«

»Des glaub i ned, Frau Seligmann.«

»Was Sie glauben, ist unwichtig, Käthchen. Rafi braucht eine strenge Hand.«

Ima bereitete unserem Lernen ein Ende. Am nächsten Tag, als Mutter einkaufen war, kam Käthchen zu mir und sagte, die Unterhaltung mit mir hätte ihr tollen Spaß gemacht. Auch wenn wir jetzt nicht zusammen lernen könnten, sei sie auf jeden Fall meine Freundin, und wir sollten noch viel miteinander reden.

»Und Spaß zusammen haben«, schloss sie lachend. Dann fuhr sie mir mit ihrer warmen Hand übers Haar und huschte aus meinem Zimmer. Ihre Berührung erfüllte mich mit Wohlgefühl. Käthchen übte einen Zauber aus, der mich sogar Evi zeitweilig vergessen ließ.

Ima vereinbarte mit Lehrer Lichtl, dass ich jeden Nachmittag mit ihm Diktat üben sollte. Herr Lichtl, der mir bislang freudig von seinen Kriegserlebnissen berichtet hatte, zeigte nun Strenge. »Jetzt müssen wir unsere Kräfte ausschließlich auf das Ziel konzentrieren, dir beim Diktat die Fehler auszutreiben.« Unentwegt diktierte er, um danach sogleich meine Fehler zu korrigieren und mich die falsch geschriebenen Wörter wiederholen zu lassen, bis er überzeugt war, dass sie fortan bei mir »saßen«.

Zwei Wochen später schrieben wir die letzte Diktatprobe des 4. Schuljahres. Ich bekam eine Drei – so gut war ich noch nie in Deutsch gewesen. Damit hatte ich die Klasse bestanden.

Der letzte Schultag der vierten Klasse war der 19. Juli. Da dies ein Schabbat war, rief Herr Hirschbold Abi, Herschi und mich zu sich ins Direktorat und händigte uns mit einem »viel Masel« die Zeugnisse aus.

»Und jetzt machts, dass wegkommts, ihr Judenbuben«, rief er. Tränen glitzerten in seinen Augenwinkeln.

»Du bleibst no' an Moment da«, wies er mich an. Er ließ mich vor seinem Schreibtisch Platz nehmen, fuhr sich mit einem weißen Taschentuch über das Gesicht und musterte mich mit strengem Blick, aus dem aber auch Wohlwollen sprach.

»Ich hab mich recht bemühen müssen, um ned alle deine Fehler im Diktat anzustreichen.« Mir wurde es heiß. »Wenn ich genau hing'schaut hätt, wie sich's g'hört, hättst bestenfalls an Fünfer kriegt, und dann hätt ich dich durchfallen lassen müssen.«

Ich brachte kein Wort heraus, denn ich war überzeugt gewesen, dank der Nachhilfe Lichtls fast fehlerlos Deutsch schreiben zu können.

»Du glaubst, du bist der G'scheiteste. Aber da hast dich g'schnitten. Die anderen san ned so narrisch und du bist ned so schlau, wie du denkst. Wennsd' dich a bissl mehr angestrengt hättst, hättst auf die Oberschul gekonnt, auch wennsd' vorm Jahr aus Israel herkäma bist. Jetzt ham mir dich erst mal hier weiterbracht. Aber jez muast endlich was tun …«

»Danke, Herr Direktor.«

»I brauch kei Dankschön. Die größte Belohnung ist für mi, wenn i seh, meine Schüler kommen weiter.« Der Direx sprang auf und kam auf mich zu.

»Versprich mir in die Hand, dass du im neuen Schuljahr lernst. Dann steht dir die Welt offen. Wennsd' aber glaubst, dassd' mit Durchwurschteln weiterkommst, wirst scheitern wie alle Schlaumeier.« Herr Hirschbold streckte die Hand aus und sah mir dabei fest in die Augen. Ich drückte seine Rechte und sagte ihm zu, was er hören wollte.

»Jetzt lauf heim, genieß die Ferien. Aber vergiss nie, was du mir versprochen hast.«

Ich hielt mein Versprechen – gelegentlich.

Ima hatte Herrn Lichtl eine Prämie von hundert Mark ausgesetzt, wenn es ihm gelänge, meine Leistungen zu verbessern. Jetzt verstand ich, warum der Lehrer so eifrig mit mir gepaukt hatte. Doch sie hatte ihr Geld umsonst ausgegeben, Lichtl hatte mir kaum geholfen. Das wäre bei Käthchen schöner gewesen. Unfreiwillig hatte mich Herr Hirschbold in meiner falschen Überzeugung bestärkt, dass mir am Ende alle Menschen helfen würden wie meine Eltern und er.

Ludwig

Mein Geschäft reüssierte. Es sprach sich herum, dass wieder ein Seligmann aus Ichenhausen hausierte. Unsere alten Kunden und manche ihrer Kinder waren begierig, mich zu sehen und von mir Ware zu beziehen, auf deren Qualität sie sich seit je verlassen konnten.

Als ich im Gasthof Wolf zu Burgau nächtigte, schien sich ein Ausweg aus meinem rastlosen Umherziehen anzubahnen. Während ich bei einem Bier den Tag ausklingen ließ, fragte mich der Kellner, ob er mir Gesellschaft leisten dürfe. Er war ein untersetzter Mann in den Dreißigern mit einem offenen Gesicht. Bis vor wenigen Jahren sei er aktiver Fußballer gewesen, berichtete er, nun habe er gehört, dass ich einst in Ichenhausen ein superbegabter Kicker gewesen sei.

Wir kamen ins Gespräch. Berthold Frank, wie er sich vorstellte, bat mich, über die Spiele von einst zu berichten. Er war ein guter Zuhörer. Vom Kicken kamen wir zum Geschäftlichen. Bei einem frischen Bier vertraute mir Frank an, seine Arbeit als Kellner und Mädchen für alles im Gasthaus sei für ihn unbefriedigend.

»I' verdien schlecht, muss mich andauernd um die Gäste kümmern. Ned a jeder is a so fein wie Sie, Herr Seligmann. Ich komm ned vor Mitternacht heim. Da hab i nix von meiner Familie.« Ihm sei eine Tankstelle zur Pacht angeboten worden. In einer Zeit, in der immer mehr Männer sich ein eigenes Auto zulegten, sei das eine vielversprechende Gelegenheit. Was ich davon hielte?

Ja, die Zahl der Kraftfahrzeuge nahm stetig zu. Zudem wollte ich den jungen Mann ermutigen, und so bestärkte ich ihn in seinem Vorhaben.

»Was halten Sie davon, sich an meiner neuen Tankstelle zu beteiligen, Herr Seligmann? Der Verdienst wird immer besser werden.«

Frank war mir zu forsch. Dennoch fragte ich ihn, was er mir im Gegenzug offerieren könne.

»Ein Zimmer … und Kundschaft.«

»Wie das?«

»Sie könnten Ihre Kleidung in der Tankstelle verkaufen, statt dauernd von Haus zu Haus zu ziehen …«

Ich musste schmunzeln.

»Ich ziehe nicht von Haus zu Haus, sondern besuche meine Kunden. Manche kenne ich schon über dreißig Jahre. Wenn ich einen Bauern aufsuche, weiß ich, was er braucht. In einer Tankstelle dagegen müsste ich ständig fremde Autofahrer ansprechen, die zu Ihnen kommen, um zu tanken und nicht um auf die Schnelle eine Hose zu kaufen.«

Frank dachte kurz nach.

»Aber ein festes, sauberes Zimmer könnt ich Ihnen anbieten. Das ist für Sie bestimmt besser, als jede Nacht in einer anderen Gastwirtschaft schlafen zu müssen.« Damit hatte er zweifellos recht.

»Und billiger wär's allemal. Hier zahlen Sie zwölf Mark pro Nacht. Das gibt im Monat 360 Mark …«

»Am Wochenende bin ich bei meiner Familie in München.«

»Trotzdem kommt Sie's bei mir billiger. Ich verlange für den ganzen Monat nur … sag' mer 50 Mark.« Obendrein dürfte ich meine Ware in seiner Tankstelle auslegen.

Zudem forderte Frank von mir eine Beteiligung an der Pachtablöse. Die betrage zehntausend Mark. Er verfüge über dreitausend Mark Ersparnisse.

»Warum nehmen Sie nicht ein Darlehen bei der Sparkasse auf?«

»Da ich keine Sicherheiten bieten kann, verlangen die Geldsäcke von mir einen Eigenkapitalanteil von fünfzig Prozent«, bekannte der Kellner. Somit fehlten ihm zweitausend Mark. Der Zinssatz betrug sechs Prozent, das wären jährlich 120 Mark.

Das Geschäft lohnte sich nicht für mich. Aber Frank tat mir leid. Ich wusste, wie hilflos man ohne Kredit war.

Um ihm keine falsche Hoffnung zu machen, wollte ich darüber nachdenken.

Am Wochenende erzählte ich Hannah von der Burgauer Offerte.

»Bist du meschugge geworden, Ludwig? Bisher wolltest du wenigstens bei Textilien bleiben. Jetzt willst du unser Geld in eine Tankstelle in einem gottverlassenen Nest stecken. Du verstehst von Benzin und Autos nichts!«

»Mit der Tankstelle werde ich nichts zu tun haben. Das wird Herr Frank erledigen. Ich bin nur stiller Teilhaber. Und habe endlich ein festes Zimmer …«

»Wozu brauchst du dort ein festes Zimmer? Dein Zuhause ist hier!«

»Aber die ganze Woche muss ich herumziehen.«

»Ehe du nach Israel gegangen bist, hast du auch nichts anderes getan als hausieren.«

»Verlangst du von mir, dass ich für den Rest meines Lebens ohne Zuhause herumirren soll wie der Ewige Jude?«

»Nein! Du sollst mit dem ganzen Irrsinn aufhören! Du bist kein Kaufmann und wirst es nie sein. Nicht in Israel und nicht hier. Und schon gar nicht taugst du zum Tankstellenmann!«

Glühende Wut packte mich.

»Aber dich zu ernähren, dazu tauge ich!« Ich musste etwas zertrümmern. In diesem Moment kam Rafi ins Zimmer. Der Anblick meines aufgewühlten Sohnes ernüchterte mich. Wortlos verließ ich die Wohnung.

Obgleich es Sonntag war, fuhr ich Richtung Ichenhausen. Warum demütigte Hannah mich in einem fort? Als ich mich Burgau näherte, trieb es mich zu Frank. Eigentlich war ich nicht von der Idee eines Kredits für die Tankstelle überzeugt. Ich hatte Hannah lediglich davon erzählt, um ihr zu beweisen, dass ich mittlerweile genug verdiente, um Geld verleihen zu können. Doch nun reizte es mich, ein Darlehen auszureichen, um meiner Frau zu zeigen, dass ich Herr meines Handelns war. Da fiel mir Vaters Rat ein: »Tue nie etwas aus Trotz oder aus Rache! Es liegt kein Segen darauf.«

So fuhr ich weiter und übernachtete schließlich in einem Gasthof in Jettingen.

Als ich nach dem Frühstück losfahren wollte, musste ich feststellen, dass mein Wagen aufgebrochen und die Ware gestohlen worden war. Glücklicherweise hatte ich aus München nur einen Teil der Schmattes mitgenommen. Doch ich hatte keine Versicherung abgeschlossen. Einbruch auf dem Land war ehedem fast unbekannt gewesen. Mir blieb nichts anderes übrig, als nach München zurückzukehren und neue Ware zu erwerben.

In meiner Bankfiliale stellte ich zufrieden fest, dass mein Guthaben mehr als viertausend Mark betrug. Selbst nach Abzug meines Warenkaufs konnte ich aus meiner Barreserve Frank einen Kredit gewähren. Ich hob das Geld ab. Während der Fahrt zurück in meine Heimat redete ich mir ein, dass ich das Darlehen nicht aus Daffke geben würde, sondern um einen sicheren Lagerplatz für meine Ware zu haben.

Berthold Frank war hocherfreut, als ich ihm meinen Entschluss mitteilte. Zudem verlangte er für einen trockenen Lagerraum nochmals 30 Mark monatlich. Ich wusste, dass er diese Forderung sogleich fallen lassen würde, wenn ich damit drohte, meine Darlehenszusage zurückzuziehen. Doch die Kränkung Hannahs und der Diebstahl meiner Ware hatten mich entmutigt. So gab ich ohne Einspruch nach. Wir signierten eine Kreditvereinbarung, und ich händigte ihm die zweitausend Mark aus. Frank drückte mir zufrieden die Hand:

»Des werden'S ned bereuen, Herr Seligmann.« Zwei Wochen später übernahm er die Tankstelle mit einem dazugehörigen Häuschen. Ich bezog ein ruhiges Zimmer an der Rückfront. Im Keller richtete ich mir ein kleines Warenlager ein. Die Arbeit von meinem neuen Quartier aus gestaltete sich einfacher, als ich es mir vorgestellt hatte. Nach dem letzten Kundenbesuch fuhr ich die kurze Strecke nach Burgau, stellte den Wagen an der Tankstelle ab, aß in einer Gastwirtschaft mein Abendbrot und trank mein Bier, ehe ich mich ins Bett legte und eine Zeitung oder ein Buch las, bis mir die Augen zufielen. Ich musste mich nicht um eine Unterkunft in einem Gasthof oder in einer Pension kümmern, es blieb mir erspart, die Ware abends ins Zimmer zu schleppen. Am Morgen wartete ein Frühstück mit Rührei und frisch gebrühtem Kaffee auf mich. Mein Auto war vollgetankt und gewaschen. Ölstand und Reifendruck wurden regelmäßig von Frank kontrolliert. Auf sein Ersuchen bot ich Arbeitshosen in der Tankstelle an, doch wie ich erwartet hatte, zeigten seine Benzinkunden kein Interesse an Textilien. Frank hatte eine Idee, wie dies zu verändern sei.

»Die Moni, mei Tochter, ist mit der Schul fertig. Sie will ned Friseuse werden, aber Textilkaufmann – des tät ihr gefallen. Bei an Juden tät sie des G'schäft g'scheit lernen. Sie werden mit der Monika so zufrieden sein wie mit Ihrm Zimmer. Mei Tochter is a tüchtig's Madel!«

»Sicher, Herr Frank, aber ich brauch keinen Lehrling. Ich bin Hausierer. Da kann mir Ihre Tochter ned helfen.«

»Die Moni soll in meiner Tankstelle einen Verkaufsstand haben, der wo die Kunden zum Kaufen anlockt. Und wenns' ned gleich anbeißen, wird die Moni sie dazu überreden.«

Kunden mochten nicht, dass man ihnen Textilien aufschwätzte. Sie erwarteten kompetente Beratung. »Das kann ein Mädchen ohne Vorkenntnisse nicht leisten«, erklärte ich dem Vater. Doch der ließ sich nicht von seiner Idee abbringen.

»Als Lehrherr werden Sie der Moni das Verkäuferhandwerk im Nu beibringen!«

»Eine Lehre dauert drei Jahre, Herr Frank …«

»Umso besser! I vertrau Ihnen, Herr Seligmann.«

»… und sie kostet mich Zeit und damit Geld, denn während ich Ihrer Tochter was beibringe, könnte ich meine Ware bei den Bauern verkaufen.«

»Nur am Anfang. Dann wird die Moni Ihr Sach verkaufen und damit in der Tankstell' bald mehr verdienen wie Sie mit Ihrer mühsamen Hausiererei.«

Frank feilschte wie ein Marktweib, um seiner Tochter eine Lehrstelle im Elternhaus zu verschaffen. Ich wusste, dass sein Plan nicht aufgehen würde. Aber ich wollte den penetranten Vater abschütteln. So redete ich mir ein, dass ein Lehrmädchen für mich auch Vorteile haben würde. Ich müsste nicht jede Kommission selbst erledigen. Ich würde ihr Buchhaltung beibringen und die Führung meines kleinen Warenlagers. Und vielleicht stellte sie sich tatsächlich geschickt an und würde gelegentlich eine Arbeitshose oder ein Hemd verkaufen, sodass sie ihren Lehrlingslohn einspielen würde.

Als ich mich anlässlich der Unterzeichnung des Lehrvertrages erstmals ausführlicher mit Monika unterhielt, wurde mir klar, dass sie nicht zur Textilverkäuferin taugte. Die vollschlanke Schulabgängerin mit trägen, grauen Augen machte einen zuverlässigen Eindruck, doch ihr fehlten Dynamik und Selbstbewusstsein – unerlässliche Eigenschaften, um Kunden für einen Kauf zu gewinnen.

Wie sollte ich Monika beschäftigen? Zunächst mit einer Inventur. Voraussetzung dafür war allerdings, dass ich ihr die unterschiedlichen Warenmuster erklärte. Ich selbst war mit den Textilien unseres Geschäfts aufgewachsen. Dieses Wissen fehlte Monika. Zudem mangelte es ihr an rascher Auffassungsgabe. Ich musste viel Zeit aufwenden, bis ich den Eindruck hatte, dass sie die Stoffe und Waren zu bestimmen wusste. Da erst war es mir möglich, Monika mit einer Auflistung meines Lagers zu beauftragen. Sie erledigte diese Aufgabe zuverlässig und notierte die Waren sorgfältig in einem Schulheft.

Am folgenden Tag suchte ich ein halbes Dutzend Hosen und Hemden aus und drapierte sie auf dem Beistelltisch in der Benzinstation. Ich gab ihr die Preise an – am Abend hatte sie nichts verkauft.

Mir blieb nichts anderes übrig, als die kommenden Tage mit Monika in der Tankstelle zu verbringen und meinen Lehrling in der Kunst des Verkaufens zu unterweisen. Dabei beobachtete ich, dass der Umsatz der Tankstelle sich in Grenzen hielt.

Anschließend nahm ich meine Hausiererfahrten wieder auf. Wie erwartet, war Monika nicht in der Lage, meine Schmattes zu verkaufen.

Als ich am frühen Nachmittag vorbeikam, sah ich mein Lehrmädchen in Tankstellenmontur Kraftstoff verkaufen. Errötend erklärte sie, sie sei nur kurz für ihren Vater eingesprungen, der eine dringende Erledigung außer Haus habe.

»Brauchst du dazu eine blaue Tankstellenuniform?« Monika wusste keine Antwort. Als Frank spät und angetrunken heimkehrte, kam er in mein Zimmer und beschimpfte mich als Spion. Ich hatte genug von ihm und erklärte, dass ich das Lehrverhältnis mit seiner Tochter beenden wolle.

»Damit kommst ned durch, Seligmann! Mei Moni macht Überstunden für dich. Aber wenns' mal paar Minuten in der Tankstelle aushilft, willst sie gleich rauswerfen, du alter Blutsauger.«

»Wir duzen uns nicht! Und das mit dem Blutsauger will ich überhört haben!«

»Leck mich am Arsch, Saujud!« Berthold Frank packte meinen Arm, drehte ihn um und warf mich aus meinem Zimmer. Als ich mich wieder gefasst hatte, stieg ich in den Keller herab, um mein Lager zu räumen. Herzklopfend vernahm ich Franks Schritte. Er trat vor mich.

»Die Ware bleibt hier, bis du dei Schulden gezahlt hast.«

»Ich habe Ihnen erst vor einem Monat zweitausend Mark Kredit gewährt ...« Ich erschrak über meine brüchige Stimme. »Zahl erst mal die Miete für's Zimmer, des Lager und des Frühstück! Und den Lehrlingslohn für mei Tochter und des Benzin und die Autowerkstatt.« Frank baute sich vor mir auf. »I hab dir g'sagt, verschwind! Auf der Stelle, sonst vergess i mi. Dann mach i di hin.«

Er stieß mich gegen die Brust. Ich zwang mich, Frank nicht ins Gesicht zu schlagen, denn darauf wartete er nur, um auf mich einzuprügeln. Monika eilte an die Seite ihres Vaters. Sie legte ihre Hand auf seinen Arm.

»Papa. Bittschön lass den Herrn Seligmann in Frieden ...« Aus ihrer Stimme sprach Angst.

»Der g'scherte Jud will di rauswerfen!«

»Papa ... tu ihm nix. Sonst machst uns alle unglücklich ...«

»Gib a Ruh!« Frank wandte sich wieder mir zu.

»Hau ab! Hast Glück, dass mei Tochter di schonen will. Und so a Madel wirfst raus, du Judensau! Weg, sonst kenn i mi nimmer!« Seine Augen starrten mich vernichtend an.

Ich saß bewegungslos hinter dem Steuer meines geparkten Autos und starrte in die Nacht. Ohnmacht beherrschte mich. Voller Zuversicht war ich nach Deutschland zurückgekehrt. Meine Fußballkameraden hatten mich aufgenommen. Siegl war wieder mein Freund. Die Bauern kauften meine Ware wie einst. Ich begann, Vertrauen zu fassen. Mit Franks Niedertracht konnte ich nicht rechnen. Wirklich nicht? Hanni hatte mich gewarnt. Der Judenhass ging weiter. Ich zwang mich, den Wagen zu starten.

Auf einem Feldweg hielt ich an. Ich kurbelte das Fenster hinunter. Frische Luft kühlte mein Gesicht. Allmählich wurde ich ruhiger, aber mein Kopf blieb leer. Mir fehlte die Energie, aus dem Wagen zu steigen, um über das Feld zu gehen. Ich besaß nicht einmal die Kraft, zum nächstgelegenen Gasthof zu fahren. Als der Morgen dämmerte, wurde mir meine ausweglose Lage bewusst. Meine Waschsachen, mein Rasierer, meine Wäsche, meine Geschäftsunterlagen – alles war bei Frank. Er hatte meine Ware. Nicht einmal umbringen konnte ich mich. Ich besaß nichts, weder ein Glas Wasser oder Schlaftabletten. Nein! Mir blieb Gott. Der Glaube an sein Erbarmen begleitete mich, seit ich denken konnte. Mutter lebte noch. Die alte Frau würde zerbrechen, wenn sie erführe, dass ich mir das Leben genommen hätte. Und ich hatte meinen Sohn und Hannah. Sie brauchten mich. Und ich sie.

Hannah

Ludwig war unrasiert, ungewaschen heimgekehrt, unfähig, ein Wort zu sprechen. Er war vollständig zusammengeklappt.
So durfte Rafi ihn nicht sehen! Deshalb erlaubte ich dem Jungen nicht, unser Zimmer zu betreten. Ich verpflegte Ludwig mit leichter Kost, gab ihm viel zu trinken. Er blieb die ganze Zeit im Bett, las keine Zeitung, ja, er hörte nicht einmal Radio.
Rafi erzählte ich, dass sein Vater an einer Grippe erkrankt sei. Er dürfe nicht zu ihm, um sich nicht anzustecken.
»Warum kommt denn der Arzt nicht vorbei?«, wollte er wissen.
Ich erzählte ihm, Doktor Mehring schaue vor der Sprechstunde herein, wenn er bereits in der Schule sei.
Trotz meiner Schonkost und der Behutsamkeit, mit der ich ihn selbst nachts umgab, fand Ludwig keine Ruhe. Er konnte sich zu nichts mehr aufraffen. Gut, dass ich wenigstens einen Notgroschen beiseitegelegt hatte.

So durfte es mit Ludwig und uns nicht weitergehen. Nachdem Rafi zur Schule gegangen war, brühte ich meinem Mann einen Kamillentee auf, öffnete die Fenster und setzte mich an sein Bett. »Sag mir endlich, was dich so quält!« Er wandte seinen Kopf ab. »Ich bin nicht blind und nicht gefühllos, Ludwig. Ich kann mir denken, dass du es unter diesen Gojim in deinem Nazinest nicht mehr ausgehalten hast.« Ich nahm seine Hand in die meine und streichelte sie, so wie ich es mit Rafi tat, wenn er krank war.

Allmählich ließ Ludwigs Anspannung nach. Doch plötzlich verkrampfte er sich und begann zu schluchzen. Ich schloss seinen heißen Kopf in meine Hände und hielt ihn. Schließlich hatte er sich ausgeweint. Ich richtete ihn auf, wusch sein Gesicht und ergriff wieder seine Hand. Endlich war er fähig, mir zu erzählen, was ihm widerfahren war.

Ich würde es diesem verfluchten Nazi heimzahlen!

Dr. Nacht wusste sofort, was er zu tun hatte. Nun konnte er, der vermutlich wie alle Männer seines Jahrgangs Nazisoldat gewesen war, beweisen, dass er gegen die Antisemiten vorging. Der Anwalt diktierte eine Anzeige wegen schwerer Körperverletzung, Nötigung und Beleidigung. In einem Schreiben an Berthold Frank kündigte er Ludwigs Kredit fristlos und verlangte die sofortige Auszahlung der Summe plus Zinsen und seinem Anwaltshonorar. Das Schriftstück schickte er per Einschreiben an Frank nach Burgau.

»Wir lassen den Unhold eine Zeit lang im Saft seiner Angst schmoren. Nächste Woche fahren Sie in Begleitung meines Mitarbeiters nach Burgau und holen sich die unterschlagene Ware Ihres Mannes sowie sein Geld zurück. Und wenn er nur ein Widerwort gibt oder gar unverschämt wird, dann reichen wir tatsächlich die Anzeige ein. Die Polizei, die Verbrecher wie Mengele deckt, wird gegen einen kleinen Fisch wie den Frank unnachsichtig vorgehen. So können sie demonstrieren, dass sie die Juden schützen.« Der Anwalt sah mich zuversichtlich an. »Bitte erledigen Sie die Angelegenheit in Schwaben, Frau Seligmann. Ihr Mann ist diesem Pack nicht gewachsen. Sie sind aus härterem Holz geschnitzt.«

Dr. Nacht zögerte. Offenbar hatte er etwas auf dem Herzen. »Sie wundern sich wohl, warum ich mich in Ihrer Angelegenheit dermaßen engagiere. Mein Vater war in der Bayerischen Volkspartei. Ein braver katholischer Beamter, er hat die Nazis nicht ausstehen können. Nach 1933 haben sie sich an ihm gerächt und ihn ins KZ Dachau gesperrt. Nur zwei Monate, die haben genügt, ihn zu brechen. Danach war er arbeitslos und ist nach wenigen Jahren gestorben. Ich durfte nicht studieren und habe den ganzen Krieg als kleiner Soldat mitmachen müssen. Ich weiß, dies ist im Vergleich zu Ihren Leuten eine Petitesse. Ich hasse die Nazis und versuche den Juden beizustehen. Sie können sich auf mich verlassen, Frau Seligmann.«

Nach Ludwigs Schilderung hatte ich mir Frank als rabiate Bestie, als Inkarnation eines neuen Nazis vorgestellt. Tatsächlich war er ein Idiot, dem Dummheit und Feigheit ins Gesicht geschrieben waren. Dass Ludwig sich von einer derartigen Null hatte einschüchtern lassen, beschämte mich.

»Sie laden augenblicklich die unterschlagene Ware meines Mannes in das Auto von Rechtsanwalt Lechmüller ein und händigen mir die zweitausend Mark, die Ihnen mein Mann als Kredit gewährt hat, aus. Nur wenn Sie das unverzüglich erledigen, werde ich auf eine Anzeige verzichten. Zinsen von einem Nazi will ich nicht haben!«

Bei meinen Worten trat Schweiß auf seine Oberlippe, seine Augen weiteten sich.

»Frau Seligmann, es tut mir leid, was letzte Woche geschehen ist. Es war nicht so gemeint, und ich war nicht ganz nüchtern ...«

»Nachher tut es euresgleichen immer leid! Das interessiert mich nicht. Ich will unsere Ware und unser Geld zurück. Sofort!« Es gelang mir, kalt zu bleiben.

»Die Textilsachen von Ihrem Mann bringe ich Ihnen gleich …«

»Ins Auto!«

»Ja, sicher, Frau Seligmann.«

»Und unser Geld!«

»Das geht ned sofort … Weil, wenn ich das Geld gehabt hätt', hätt' ich den Kredit von Ihrem Mann ned braucht.«

Solche Idioten hatten Juden erschlagen.

»Das hätten Sie sich überlegen müssen, ehe Sie meinen Mann bestohlen und misshandelt haben!«

»Ich hab nix gestohlen …«

»Es ist jetzt halb zwölf. Ich gebe Ihnen Zeit bis vier Uhr. Wenn ich bis dahin nicht unser Geld habe, fahren wir nach München, und ich veranlasse, dass die Anzeige von Rechtsanwalt Dr. Nacht noch heute an die Staatsanwaltschaft geht. Dann kommen Sie ins Gefängnis!«

»Bitte, Frau Seligmann. Geben'S mir a Woch'n. Ich bitt' die Schwiegereltern, uns zu helfen. Wenn ich denen meine Not erklär, dann hab'n die vielleicht Erbarmen … ganz sicher.«

Erbarmen mit meinen Geschwistern hatte keiner von dieser jämmerlichen Bande gehabt.

»Vier Uhr. Heute!«

Als ich zur angegebenen Zeit mit Herrn Lechmüller an der Tankstelle erschien, erwartete uns der Jammerlappen bereits.

»Frau Seligmann. Ich habe die Ware von Herrn Seligmann schon bereitgestellt …«

»Und unser Geld!«

»Ich war bei den Schwiegereltern. Des ist ein riesiger Betrag. Sonst hätten sie ihn uns schon damals geliehen. Mein Schwiegervater ist trotzdem mit mir zur Sparkasse …«

Warum hatte Ludwig sich mit diesem widerwärtigen Pack eingelassen?

»Ihre Geschichten gehen mich nichts an … Ich will unser unterschlagenes Geld zurück.« Hielt mich der junge Anwalt für eine jüdische Blutsaugerin, obgleich ich keinen Pfennig Zinsen von dieser Kreatur wollte?

»Also, ich hab jetzt nur tausend Mark. Mehr hat uns die Sparkass' nicht geben woll'n … wenn wir a paar Woch'n warten …«

»Nein! Geben Sie das Geld Herrn Rechtsanwalt Lechmüller. Er wird den Betrag quittieren. Den Rest überweisen Sie in zehn Monatsraten an seine Kanzlei. Und wenn Sie nur einmal in Rückstand geraten, sorge ich dafür, dass Sie landen, wo Sie hingehören – im Gefängnis!«

»Danke, Frau Seligmann …«

»Scheren Sie sich zum Teufel!«

Rafael

Seit mehr als einer Woche darf ich nicht zu Aba, weil er eine ansteckende Krankheit hat. Als ich hörte, wie er morgens zur Toilette ging, bin ich an meine Tür getreten. Er hat mich sicher bemerkt. Vater, dessen Gang sonst vor Kraft strotzte, machte matte Schritte. Er hat mir mit den Augen zugewinkt, sagte aber nichts. Vater wollte nicht, dass ich ihn sah, weil er hilflos war. Darum habe ich es in den nächsten Tagen vermieden, ihm zu begegnen. Doch ich habe seine Schritte gehört. Ich hätte ihm so gerne Gesellschaft geleistet – aber ich verstand, dass er sich schämte.

Als Ima länger wegmusste, mahnte sie mich, auf mein Zimmer zu gehen und zu lernen. Unter keinen Umständen sollte ich Vater stören.

Ich wollte Aba nicht belästigen, aber ich musste ihn sehen. So klopfte ich zaghaft an seine Tür, eine Angewohnheit, die ich mein Lebtag nicht ablegen konnte. Da ich keine Antwort bekam, versuchte ich es nochmals. Als ich meinte, ein »Ja« zu hören, drückte ich die Klinke nieder und betrat den Raum. Vater lag in einem blau-grau gestreiften Pyjama im Bett. Auch sein Gesicht war grau. Seine meist verschmitzt lächelnden Augen waren heute durch herabhängende Lider verdeckt. Als er mich erblickte, trat Leben in sein Gesicht.

»Komm her, Rafi, ich bin nicht ansteckend.« Am liebsten hätte ich Aba umarmt, doch ich wusste, dass er keine Zärtlichkeiten mochte. So nahm ich mir einen Stuhl und setzte mich an sein Bett.

»Was fehlt dir, Aba?«

»Ich bin … erschöpft.«

»Ist deine Arbeit so schwer?«

»Nicht direkt. Aber ich sehne mich in eine Welt zurück, als ich so alt war wie du und wir unser schönes Haus hatten, das ich dir gezeigt habe. Da habe ich mit meinen Freunden gespielt und bin am Schabbat in unsere herrliche Synagoge gegangen … aber das alles ist nicht mehr da.«

Er wollte wieder ein Kind sein und bei seinen Eltern wohnen.

»Auch ich habe Sehnsucht nach unserem Haus in Israel, besonders nach dem Garten, Aba.« Er hörte mir aufmerksam zu, nickte kaum merklich.

»Danke, dass du mich tröstest, Rafi … Aber es sind nicht die Sachen, deren Verlust wehtut. Heute hat man ein Haus oder ein Auto oder Geld, und morgen ist es weg. Jetzt haben wir eine Wohnung, und irgendwann werden wir auch wieder einen Garten haben.« Erneut holte er tief Luft. »Was mich wirklich schmerzt, sind schlechte Menschen.«

»Haben dir schlechte Menschen in Ichenhausen wehgetan, Aba?«

Er schloss die Augen und nickte. Meine Frage hatte Aba traurig gemacht. Ich durfte ihn nicht noch mehr fragen, obwohl ich wissen wollte, was ihm die Leute getan hatten. Wahrscheinlich war's so ähnlich wie bei mir in der Klenzeschule. Ima sagt, die Deutschen sind immer noch Nazis. Vater meint, das ist Unsinn – die Nazis sind tot.

»Bevor wir aus Israel hergekommen sind, hast du gesagt: ›Deutschland wird dir gefallen, Rafi‹. Ist das bei dir nicht mehr so?«

»Doch.« Er blickte mich gequält an.

Ich hätte Aba so gerne geholfen, aber da ich es nicht konnte, wäre ich am liebsten wieder weggelaufen. Doch ich spürte, es tat ihm gut, dass ich bei ihm war. Er winkte mich zu sich. Ich drückte seine Hand, die kühler und schlaffer war als sonst.

Dann aber fühlte ich, dass der Druck von Abas Hand fester wurde, sein Gesicht straffte sich. Auch seine Augen blickten mich wieder munterer an. In der Stille hörte ich, dass auch sein Atem ruhiger war als zuvor.

Nach einer Weile zog Aba seine Hand zurück und setzte sich auf. »Danke für deinen Besuch, Rafi.« Seine Stimme klang wieder kräftiger.

Mut

Hannah
Als ich am frühen Abend heimkehrte, empfing mich Ludwig angekleidet und mit Krawatte im Wohnzimmer. Er sagte, ein Gespräch mit Rafi habe ihm sehr gutgetan.
»Du sollst das Kind nicht mit deinen Problemen belasten!«
»Rafi ist kein Kind mehr. Ich habe ihn nicht belastet und ihm nichts Schlimmes erzählt. Er begreift ohnehin, dass wir jetzt besonders zusammenstehen müssen.«
Ich verzichtete darauf, Ludwig nochmals zu ermahnen, dass er Rafi nicht überfordern durfte. Stattdessen wollte ich ihm Mut machen.
»Ich habe eine gute Botschaft für dich«, erklärte ich und übergab Ludwig das von mir erkämpfte Geld. »Den Rest wird der Goj monatlich abstottern.«
Ich fühlte, dass er mir am liebsten um den Hals gefallen wäre. Doch das brachte er nicht fertig.
»Wie hast du das geschafft, Hanni?«
»Ich habe ihm in sein dummes Gesicht gesagt, dass ich ihn anzeigen werde, falls er unser unterschlagenes Geld nicht auf der Stelle zurückzahlt.«
»Das hat er dir geglaubt?«
»Aber wie! Ich habe ihm schon im Voraus die Abschrift der Anzeige von Dr. Nacht zuschicken lassen! Er hat gezittert wie Espenlaub.« Als ich daran dachte, packte mich die Wut. Dieser Kerl hatte Ludwig misshandelt – weil er schwach war. Wir durften vor diesen Kreaturen nie wieder ohnmächtig erscheinen.

»Du siehst so entschlossen aus.«

»Die Deutschen müssen Angst vor uns haben.«

»Das ist nicht immer so einfach, wie du es im Moment glaubst, Hanni.«

Ludwig erkundigte sich nach dem Verbleib seiner Schmattes. Als ich ihm sagte, dass ich die Textilien an den Großhändler Brüggelmann zurückgegeben hatte, protestierte er.

»Ich brauche die Ware, um nächste Woche wieder auf Verkaufstour zu gehen.«

»Ich lasse nicht zu, dass du wieder wie ein Schnorrer zu den Nazis kriechst!«

Sein Gesicht rötete sich. »Ich bin nicht dein Kind, Hannah. Ich wollte in München ein Geschäft eröffnen. Du hast es verhindert. Deshalb bleibt mir nichts übrig, als zu hausieren …«

»Nein, Ludwig! Das demütigt dich und ruiniert deine Seele und deine Gesundheit.«

»Was soll ich sonst tun?«

Gern hätte ich Ludwig in den Arm genommen. Aber er ließ sich nur von seiner Mutter trösten. Doch die alte Frau lebte unerreichbar in Israel.

Ludwig schüttelte verzweifelt seinen Kopf. »Ich habe immer meine Familie ernährt. Ich bin erst zweiundfünfzig. Ich kann doch nicht aufhören zu arbeiten, wovon sollen wir dann leben?«

»Bitte reg dich nicht auf, Ludwig. Wir werden einen Weg finden …«

»Welchen, um Himmels willen, welchen? Ich bin gelernter Kaufmann, etwas anderes kann ich nicht.«

Ich musste deutlich werden.

»Aber du taugst nicht zum Kaufmann, Ludwig. Damit bist du in Israel gescheitert, genauso wie hier im Naziland!«

Ludwig schloss die Augen. Jetzt musste ich das Ruder in die Hand nehmen.

Seit Tagen hatte ich jeden Menschen, der etwas über eine Arbeitsstelle für Ludwig wissen konnte, aufgesucht. Die wenigen jüdischen Frauen und Männer, die wir hier kennengelernt hatten, hatte ich alle angesprochen. Niemand hatte Verwendung für Ludwig.

Deutsche kannte ich kaum. Ich hätte in der »Süddeutschen« eine Annonce schalten können. Aber kein Deutscher würde sich freiwillig ein jüdisches Kuckucksei ins Nest legen. Zudem war Ludwig schon über fünfzig. Mir würde wohl oder übel nichts anderes übrig bleiben, als bei Bertas Mann Israel Langer wie einst in Berlin als Näherin zu arbeiten – in meinem Alter neben irgendwelchen Schicksen von Anfang zwanzig, die sicherlich viel schneller und stärker waren als ich. Aber wenn Ludwig nichts fand, musste ich eben für unser Einkommen sorgen.

Da Herr Langer noch nicht im Büro angekommen war, wartete ich im Vorzimmer auf ihn. Während ich erwog, auch Rafis Zimmer zu vermieten, was uns erneut zwingen würde, zu dritt in einem Raum zu hausen, stürmte ein nervöser Herr in einem dreiteiligen dunkelblauen Maßanzug ins Büro. Die Sekretärin lief ihm entgegen.

»Herr Abramowski, wie schön, dass Sie uns besuchen! Herr Langer lässt Sie vielmals grüßen und bittet Sie, für einige Minuten Platz zu nehmen. Sein Auto hat eine Panne. Deshalb ist er von seiner Wohnung hierher zu Fuß …«

»Wir waren um elf verabredet. Punkt elf! Ich bin Direktor der TeuTex, der wichtigsten Textilfirma in München. Trotzdem suche ich Israel … Herrn Langer auf, obwohl ich ihn als kleinen Zulieferer zu mir in die Firma zitieren kann. Stattdessen komme ich her, aber er lässt mich warten. Chuzpe! Telefonieren Sie ihn an, sagen Sie, er soll sich auf der Stelle ein Taxi nehmen, sonst gehe ich!«

Herr Abramowski redete dermaßen hastig, dass er die Silben schier verschluckte, während seine blauen Augen unruhig hin und her blickten.

»Lieber Herr Abramowski, ich kann Herrn Langer nicht anrufen ...«

»Warum nicht?«

»Weil Herr Langer schon unterwegs hierher ist. Bitte gedulden Sie sich nur noch wenige Minuten. Darf ich Ihnen einen Kaffee anbieten?«

»Ich bin nicht zum Kaffeetrinken hergekommen, Fräulein ...«

»Gruber. Mathilde Gruber, Herr Abramowski.«

»Ich muss eine Fabrik mit fast tausend Beschäftigten führen. Ich habe keine Minute Zeit. Ich bin nur gekommen, weil ich den Israel noch von Auschwitz kenne. Das gibt ihm nicht das Recht, mich zu beleidigen und mich warten zu lassen ...«

»Herr Langer wollte Sie sicher nicht beleidigen. Er spricht immer so schön von Ihnen ...«

»Was hat er mit Ihnen über mich zu reden?«

Der Mann war meschugge. Durch Auschwitz. Aber jetzt war er Direktor einer riesigen Fabrik. Da musste es doch eine Stelle für Ludwig geben.

Ich sah Abramowski genauer an. Er war kräftig gebaut, ständig in Bewegung, wusste nicht, ob er Platz nehmen sollte. An seiner rechten Hand fehlten zwei Finger.

»Herr Abramowski, ich würde mich freuen, wenn Sie mir Gesellschaft leisten würden.«

Er blickte mich nicht unfreundlich an. Ich lächelte ihm zu, deutete auf den Sessel neben mir. Nach kurzem Zögern setzte er sich.

»Ich habe keine Zeit. Ich muss weiter und kann nicht ewig hierbleiben.«

»Sicher, Herr Abramowski. Auch ich muss warten. Wir sind aus Israel ...«

»Was machen Sie dann in Deutschland?«

»Was macht überhaupt ein Jude in diesem Land, Herr Abramowski?«

»Richtig. Im Winter 45 haben sie uns zu Fuß von Auschwitz über Buchenwald nach Dachau getrieben. Nach der Befreiung wollte ich nicht in einem DP-Camp bleiben. Wieder ein Judenlager! Ich bin raus in die kaputte Stadt und hab mich durchschlagen müssen, um nicht zu krepieren. Schwarzmarktgeschäfte waren nichts für mich. Ich bin Textilingenieur und so hab ich mit einem polnischen Jidn eine Schmattesfabrik aufgebaut. Damit die Kunden nicht sofort gemerkt haben, dass wir Juden sind, haben wir uns gegeben einen deutschen Namen: TeuTex. Teutonische Textilfabrik ...« Er lachte kurz auf. »Zwei KZniks machen eine teutonische Schmattesfabrik. Besser als alle Deutschen! Der Schlag soll sie treffen!«

Als Fräulein Gruber just in diesem Moment mit einem Kaffeetablett zu uns kam, erschrak Abramowski. Es dauerte einen Moment, ehe er seine normale Gesichtsfarbe zurückgewann. Kaum betrat eine Deutsche den Raum und nahm möglicherweise seine Verwünschung wahr, zitterte er vor ihr. Deshalb verachteten die Israelis die Diasporajuden. Aber ich brauchte ihn jetzt. Ich nahm all meine Kraft zusammen.

»Herr Abramowski. Ich sehe, Sie haben ein jüdisches Herz. Haben Sie Rachmones mit uns! Üben Sie Erbarmen. Sie werden es nie bereuen. Mein Mann ist ein ausgezeichneter Organisator und absolut loyal. Stellen Sie ihn in Ihrer Firma ein. Sie begehen eine Mizwe.«

Abramowski nickte unwillkürlich bei meinen letzten Worten. Sein Blick hatte das Gehetzte verloren, stattdessen trat ein Ausdruck von Wohlwollen auf sein Gesicht. Er nickte erneut.

»Ihr Mann soll bei meinem Sekretariat anrufen und sich auf Sie beziehen – wie heißen Sie?«

»Seligmann. Hannah Seligmann.«

»Ein guter jüdischer Name. Er soll sich einen Termin geben lassen.«

Ich schüttelte den Kopf.

»Herr Abramowski, Sie wissen, was Not ist. Da hat man keine Zeit für Termine. Morgen früh um acht bin ich bei Ihnen in Ihrer Firma.«

»Wir haben ununterbrochen Besprechungen.«

»Wir werden so lange warten, bis Sie Zeit für uns finden werden. Sehen Sie sich meinen Mann an. Wenn er Ihnen nicht gefällt, werden wir ohne Widerspruch gehen. Aber ich bin sicher, Sie werden meinem Mann sofort vertrauen – weil Sie die Menschen kennen.«

»Woher wollen Sie das wissen, Frau Seligmann?«

»Das sehe ich Ihnen an, Herr Abramowski. Sonst hätten Sie Auschwitz nicht überlebt und wären nicht imstande gewesen, eine so große und erfolgreiche Firma aufzubauen.«

Abramowski erhob sich lächelnd. Er ergriff meine Hand und gab mir mit der Eleganz eines polnischen Gentlemans einen Handkuss.

»Madame Seligmann. Ich habe noch nie ein so seelenvolles Plädoyer einer Frau für ihren Mann gehört. Ihr Gatte müsste Ihnen die Füße küssen.« Er strahlte. »Kommen Sie morgen bitte mit Ihrem Mann um neun Uhr bei der TeuTex in der Garchinger Straße 20 vorbei. Sie werden keine Sekunde warten müssen.«

Ludwig

Hannah wollte mein Pech nutzen, um mich in eine jüdische Textilfirma hineinzudrücken. Den Namen Abramowski hatte ich in der Synagoge schon vernommen. Er galt als überspannter Ingenieur und war Schammes von Salomon Saphir, dem Kopf der TeuTex. Zwei polnische Juden. Sie waren im KZ gewesen.

Seither trauten sie keinem Deutschen, alle waren für sie Nazis. Hannah dachte ebenso. Ich nicht. Ich hasste niemanden – obwohl ich nicht vergessen konnte, was sie unseren Menschen angetan hatten.

Ich konnte mir nicht vorstellen, dass die beiden Polen etwas mit mir als Jecke, der in Zion Schutz gefunden hatte, anfangen konnten. Wer weiß, was Hanni dem Fabrikanten über mich erzählt hatte.

Dennoch blieb mir nichts anderes übrig, als hinzugehen. Gott konnte alles zum Guten wenden. Ich musste nur daran glauben.

Wir wurden nicht, wie Hannah mir versichert hatte, »Punkt neun Uhr« empfangen, sondern hatten uns mehr als eine Stunde zu gedulden, ehe wir schließlich in ein kleines Konferenzzimmer gerufen wurden. Herr Abramowski begrüßte Hanni mit einem Handkuss. Dabei sah ich, dass ihm einige Finger fehlten. Wohl aus diesem Grund streckte er mir seine Linke entgegen, in der mächtige Kraft steckte. Abramowski war ein starker Mann mit unruhigen Bewegungen und Augen.

Er bestellte uns Tee und Kaffee und erklärte, sein Partner, Herr Saphir, müsse ein »internationales Telefonat« mit einem Kunden führen, er werde bald zu uns stoßen. Abramowski lächelte Hannah freundlich an, eher er sich mir zuwandte.

»Sie sind aus der Branche, Herr Seligmann?«

»Welcher Jude ist das nicht, Herr Abramowski? Ja. Ich habe Textilkaufmann und Dekorateur in Ulm gelernt ...«

»Bei uns in Pojln hat man Sojcher nicht gelernt. Man hat es mit der Muttermilch aufgesogen.«

»Ich weiß, Herr Abramowski. Ich hatte in Israel mit polnischen Kollegen zu tun ...«

»Warum sind Sie nach Deutschland gegangen?«

»Wir wollten nicht, Herr Abramowski«, mischte sich Hanni ein. »Nach dem, was die Nazis gemacht haben, will das kein

Jude …« Ich durfte ihr nicht das Gespräch überlassen. Hier ging es um mich.

»Wie ich lernen musste, nimmt das Leben nicht immer Rücksicht auf unsere Wünsche …«

»Oj, wie recht Sie haben, Herr Seligmann. Wir sind das auserwählte Volk. Zum Leiden! Unsere frommen Jidn beten Tag und Nacht zum Rebojne schel Olam … Aber es nützt uns einen Dreck! Er macht, was er will …«

Die Tür wurde leise geöffnet, ein kleiner, schmächtiger Mann mit Stirnglatze trat ein, setzte sich und beobachtete uns aus seinen dunkelbraunen Augen. Sein Blick war derart intensiv, dass er sogleich aller ungeteilte Aufmerksamkeit gewann, als wären wir Marionetten an seinen Fäden. Saphir besah Hannah mit dem Blick eines Frauenkenners. Dann richtete er seine Augen auf mich.

»Herr Seligmann, wie ist Ihr Vorname?« Seine Stimme war ruhig, vom Rauchen aufgeraut.

»Ludwig und Juda …«

Saphir verzog die Lippen zu einem sardonischen Lächeln.

»Juda! Der wildeste Sohn Jakobs. Er hat seine Schwester Dinah gerächt, die Kanaaniter erschlagen, und er ist in das Ehebett seines Vaters eingedrungen und hat seinem Weib beigewohnt. Der alte Jakob verfluchte seinen Zorn.« Sein Blick fixierte mich.

»Sind Sie auch ein zorniger Mann, Herr Seligmann?«

»Gelegentlich. Aber ich bin nie ins Ehebett meines Vaters eingedrungen.«

»Ihr Vater war nicht mit der schönen Rachel verheiratet«, schmunzelte Saphir.

»Anders als unser Erzvater Jakob war mein Vater Isaak Raphael nicht mit vier Frauen verheiratet – nur mit meiner Mutter. Auch sie ist eine schöne Frau …«

»Sicher. Aber Rachels Schönheit wird in der Thora gerühmt. Sie war die Mutter Josefs und Benjamins. Die Deutschen meinen, Benjamin heißt der Jüngste …«

»Nein. Benjamin bedeutet der rechte Sohn, weil er für Rachel zur richtigen Zeit auf die Welt kam.«

Saphir gestaltete das Vorstellungsgespräch als Thora-Disput.

»Rachel hat Benjamin noch einen Namen gegeben ...«, setzte er wieder an.

»Ben Oni. Der leidvolle Sohn. Denn seine Geburt hat Rachel das Leben gekostet.«

Saphir steckte sich eine Zigarette an. »Sie kennen unsere Thora, Herr Seligmann.«

Abramowski strahlte. »Ein großes Kompliment! Salomon Saphir war schon mit zweiundzwanzig Rabbiner!«

Der Angesprochene winkte ab. »Monate später kamen die Nazis nach Polen. Zwei Jahre Ghetto, dann mussten wir ins Lager. Meine Lehrer, die größten Rabbiner Polens, heilige Männer, wurden vor meinen Augen ins Gas geschickt. Wie meine Eltern. Gott hat ihnen nicht geholfen. Er war bei den Nazis. Oder nirgends. Es gibt ihn nicht.« Saphir drückte seine Zigarette entschlossen aus.

»Das darfst du nicht sagen, Schlomo!«, mahnte ihn sein Kompagnon.

»Schmonzes! Gott ist eine schlechte Erfindung. Wie Giftgas.« Saphirs Augen blieben ruhig.

»Genug, Schlomo! Du versündigst dich.«

Saphir wandte sich erneut zu mir.

»Sie sind ein guter Jude, Herr Seligmann. Wir nehmen Sie. Wann können Sie anfangen?«

»Morgen.«

»Kommen Sie um acht Uhr her.«

»Was wird meine Aufgabe sein?«

Die beiden Chefs sahen sich an. Schließlich ergriff Abramowski das Wort.

»Wir sind eine jüdische Firma. Viele Arbeiter hassen uns deswegen, andere versuchen uns zu betrügen. Sie sollen ihnen als unser Vertrauensmann auf die Finger sehen. Da Sie in Deutschland aufgewachsen sind und das Land kennen, werden Sie manches entdecken, was uns Polacken nicht auffällt.«

»Ich bin Kaufmann, kein Denunziant, Herr Abramowski.«

»Sie sollen kein Kapo sein, Herr Seligmann. Aber wir müssen dafür sorgen, dass es hier ehrlich zugeht – wie in jedem ordentlichen Betrieb. Das ist Ihre Aufgabe.«

»Ich kann mehr, Herr Saphir.«

»Die Thora …«

»Auch als Kaufmann.«

»Machen Sie alles, was Sie können, für unsere Firma.«

»Darauf freue ich mich, meine Herren. Danke für Ihr Vertrauen.« Wir reichten uns die Hände. Abramowski ließ einen Wodka kommen. Wir stießen auf gute Zusammenarbeit an. Der Kartoffelschnaps brannte in der Kehle und wärmte mich. Ehe ich mich erheben konnte, ergriff Hannah das Wort.

»Auch ich möchte Ihnen danken, Herr Abramowski, Herr Saphir. Doch ehe wir gehen, sollten wir noch das Gehalt meines Mannes klären …«

»Machen Sie sich keine Sorgen, es ist gut.«

»Wie viel ist gut, Herr Abramowski?«

»Ich werde mit der Personalabteilung reden … sie werden mir sagen, was möglich ist.«

Hannah gab sich mit dieser vagen Antwort nicht zufrieden.

»Herr Abramowski, ich habe Sie als Gentleman und als einen Juden mit Herz kennengelernt, der nicht zögert zu helfen …«

»Danke, Frau Seligmann. Für alles Finanzielle ist Herr Saphir verantwortlich.« Worauf Hannah sich sogleich diesem zuwandte. »Ich weiß, dass Ihre Personalstelle wichtig ist, Herr Saphir. Aber das entscheidende Wort haben mit Sicherheit Sie.«

Saphir musterte Hannah, während er eine neue Zigarette entzündete, den Rauch einsog und ihn langsam ausstieß.

»Ich bin sehr sparsam mit entscheidenden Worten. Unsere Personalstelle weiß da besser Bescheid als ich. Wir haben sechshundert Angestellte.«

Hannahs offensives Vorgehen war mir peinlich.

»Sicher, Herr Saphir. Sie haben uns erklärt, dass mein Mann bei Ihnen als Jude eine besondere Stellung einnehmen wird. Das kann ein Goj in Ihrer Personalstelle doch gar nicht beurteilen. Da werden Sie Ihren Mitarbeitern schon eine Vorgabe machen, nehme ich an.«

Saphir wandte sich schmunzelnd an mich. »Ihre Frau will mich verpflichten, Ihnen ein exzeptionelles Gehalt zu sichern.« Sein Grinsen wurde breiter. »Was stellen Sie sich vor?«

Während ich erwog, was ich verlangen könnte, antwortete Hannah:

»Sechshundert Mark.«

Saphirs Lächeln verflog.

»Die Forderung ist eine Chuzpe. Ein Arbeiter verdient bei uns 300 Mark. Ihr Mann soll 400 bekommen.«

Saphir drückte wiederum seine kaum gerauchte Zigarette aus und wollte sich erheben. Doch Hannah gab sich nicht zufrieden. »Wir zahlen 210 Mark Miete. Bei 400 Mark brutto würden uns 190 Mark bleiben, davon kann man keine Familie ernähren!«, sprach sie mit fester Stimme.

»Frau Seligmann, ich will nicht mit Ihnen handeln. Ihr Mann soll 450 Mark kriegen. Das sind fünfzig Prozent mehr als beim durchschnittlichen Arbeiter.« Saphir stand auf. Hannah blieb sitzen.

»Mein Mann ist seit vierzig Jahren im Textilgeschäft …«

»Frau Seligmann, Sie sind eine Eschet Chajil. Aber auch eine tapfere Frau muss wissen, wann Schluss ist.« Sein Blick ließ keinen Widerspruch zu.

Ich erhob mich ebenfalls und reichte Herrn Saphir und Herrn Abramowski erneut die Hand.

»Ich freue mich auf meine Tätigkeit in Ihrem Unternehmen.«

Auf dem Weg zum Auto sprach Hannah kein Wort. Während der Fahrt entlang der Isar bedrückte mich ihr eisiges Schweigen zunehmend, bis ich es nicht mehr aushielt.

»Kannst du dich nie über etwas freuen? Du wolltest, dass ich als Angestellter arbeite. Du hast deinen Willen bekommen. Ich werde ordentlich bezahlt werden.«

»Du hast dich überhaupt nicht um dein Gehalt gekümmert. Wenn ich nicht gewesen wäre …«

»… du warst aber da, Hannah!«

»… und wenn du mich gelassen hättest, hätten wir 600 Mark gekriegt!«

»Nein! Hast du nicht den Blick von Herrn Saphir gesehen? Für ihn war Schluss.«

»Was schert mich sein Blick? Ich wollte 600, und ich hätte 600 bekommen. Du hast mich daran gehindert!«

»Du hättest keinen Pfennig bekommen. Es ging um mich. Um meine Arbeit. Du selbst hast es nicht weiter als zur kleinen Näherin gebracht!«

»Statt mir dafür zu danken, dass ich dir eine gute Arbeit in einer jüdischen Firma beschaffe und dich vor den Antisemiten in deinem Kaff bewahre, machst du mich nieder.«

Was war aus unserer Liebe geworden? Wir freuten uns nicht über einen Erfolg, sondern stritten uns wie Feinde.

Ich war bereits um halb acht vor der TeuTex. Ein nüchternes einstöckiges Nachkriegsfabrikgebäude. Auf dem Parkplatz standen zwei Lastwagen. Die Fahrer rauchten. Auch ich steckte mir eine Zigarette an. Ein warmer Föhnwind stürzte von den Alpen auf die bayerische Hochebene und verjagte die letzte

Kaltluft, mit der der ausklingende Winter das Land und die Natur in eine Starre und die Menschen in die Melancholie getrieben hatte.

Kurz vor acht fuhr ein schwarz lackierter Mercedes vor. Herr Abramowski eilte zum Fabrikeingang. Grüßend kam ich ihm entgegen.

»Schalom Alejchem«, erwiderte er, um gereizt fortzufahren: »Acht Uhr, und kein Mensch ist da. Die gojischen Arbeiter, weil sie zu faul sind – einschließlich des Pförtners. Auch Monsieur Saphir fehlt, weil er glaubt, dass er zu fein ist, pünktlich zu erscheinen. Alles muss ich selbst machen.« Er schloss das Tor auf und entriegelte es, ohne in seiner Schimpfkanonade innezuhalten. »Unsere Lastwagen warten sicher schon seit Stunden. Wir müssen die Fahrer zahlen. Der Langefeld vom Lager ist auch noch nicht hier. Warum ist niemand schon um sechs Uhr früh da, damit alles reibungslos verläuft?«

»Das könnte ich machen, Herr Abramowski …«

»Was?« Seine Augen waren von tieferem Blau als meine. »Meinen Sie das ernst, Seligmann?«

»Ich bin Frühaufsteher, Herr Abramowski. Um fünf bin ich wach.«

»Sie könnten wirklich um sechs hier sein? Jeden Morgen? Nicht nur an zwei Tagen?«

»Bestimmt.«

Meine Miene überzeugte ihn, dass er meinem Wort vertrauen konnte.

»Schauen Sie später bei mir vorbei. Zuerst muss ich das Lagertor über der Rampe für die Lieferwagen aufmachen.«

»Ich helfe Ihnen dabei, Herr Abramowski.«

Nachdem dies mit vereinten Kräften erledigt war, bat mich Abramowski in sein nüchtern eingerichtetes Büro, in dem allein ein klassisch gepolsterter, rotlederner Bürosessel meine Aufmerksamkeit auf sich zog. Abramowski fuhr mit seinen

Händen über das glänzende Leder, wobei mein Blick unwillkürlich auf seine zerschnittene Rechte fiel.

Er bemerkte es, zögerte. Mit einem Mal sprudelte es aus ihm heraus: »Das ist deutsche Wertarbeit! Ich musste im Lager die Kreissäge bedienen. Von früh bis zehn Uhr in der Nacht. Keine Mittagspause. Nur einen Teller Wassersuppe und eine Scheibe Brot zwischendurch. Ich war jung und stark, aber übermüdet und musste bei der Arbeit mit den Brettern furchtbar aufpassen. Irgendwann sind mir die Augen zugefallen ... Plötzlich explodiert mein Kopf. Alles ist rot. Ein SS-Posten schiebt meine Hand lachend durch das Sägeblatt. Blut. Auf der anderen Seite der Kreissäge liegen meine abgeschnittenen Finger ...«

Abramowski verstummte. Er brauchte eine Weile, ehe er seine Sprache wiederfand.

»Pardon, Seligmann, ich will Sie wirklich nicht mit meiner Meisse quälen.«

»Das tun Sie nicht ...«

»Er hat dabei gelacht. Es hat ihn gefreut. So sind die Deutschen! Sechs Millionen von unseren Leuten haben sie derharget. Brennen sollen sie! Gott wird diese Verbrechen rächen!« Er stierte ins Leere. »Vielleicht hat Salomon Saphir recht und es gibt keinen Gott.«

»Das war nicht Gott. Das waren Menschen.«

Abramowski nickte und schlug mit der Faust krachend auf seinen Schreibtisch.

»Genug! Man darf nicht daran denken und schon gar nicht davon sprechen!« Er sammelte sich kurz. »Sie sagen, Sie können jeden Morgen um sechs Uhr hier sein.«

»Ja.«

»Gut – aber Sie müssen bis zum Arbeitsschluss um fünf Uhr dreißig bleiben. Das sind fast zwölf Stunden!«

Ich nickte.

»Im Winter ist es um die Zeit noch dunkel.«

»Das weiß ich. Ich mach's, weil es für den Betriebsablauf wichtig ist.«

Abramowski reichte mir seine Rechte über den Schreibtisch hinweg. Ich ergriff sie behutsam. Er dagegen drückte meine Hand kräftig.

»Keine Moire, Seligmann, keine Angst. Seit damals sind fünfzehn Jahre vergangen. Die Hand ist verheilt, meine Seele nicht. Ich werde nie einem Deutschen trauen. Sie haben Masl gehabt, dass Sie nicht im Lager waren. Sie haben Herz ... Darum hab ich Sie angestellt. Ihre Frau hat 600 Mark gewollt, Saphir hat Ihnen nur 450 gegeben. Wenn Sie schon um sechs kommen, muss es mehr sein. Also 600. Einverstanden?«

»Sicher.«

Abramowski zückte zwei blaue Hundertmarknoten aus seiner Brieftasche und reichte sie mir. Ich hatte lediglich dreißig Mark dabei. Er winkte ab.

»Nehmen Sie die zweihundert, nächsten Monat kriegen Sie nur hundert, dann stimmt der Cheschbn, die Rechnung.«

Bevor er mich verabschieden konnte, bestand ich auf der Festlegung meines Wirkungsbereichs und meines Arbeitsplatzes. Ich wollte unter allen Umständen vermeiden, als Schammes, als jüdisches Vehikel Herrn Abramowskis abgestempelt zu werden. Denn der Chef wollte mich als seinen persönlichen Assistenten zugeteilt bekommen. Das lehnte ich ab.

»Sie haben gesagt, Sie können organisieren, Seligmann. Dann tun Sie's.«

»Was genau? Und wo?«

»Fragen Sie mich keine Löcher in den Bauch. Suchen Sie sich ein Betätigungsfeld, Seligmann.«

Da ich nicht als Stellensuchender durch die Fabrik pilgern wollte, blieb ich hartnäckig. Das machte Abramowski nervös.

»Sie haben Ihre Arbeit, Geld. Was wollen Sie noch von mir?!«

»Wissen, was ich für mein Gehalt tun soll.«

Abramowski musste schmunzeln.

»Sie sind der erste Mensch, der mich das fragt. Die anderen interessiert nur ihr Gehalt und ihr Urlaub.«

»Ich arbeite gern, Herr Abramowski.«

»Gut. Wir beschäftigen auch Heimarbeiter, nur so können wir unsere Aufträge erfüllen. Die Leute liefern ihre Schmattes im Lager ab – aber niemand macht hier eine Qualitätskontrolle. Das wissen die und wollen uns Tinnef andrehen. Von jetzt an werden Sie die Schmattes der Heimarbeiter kontrollieren.«

»Wo soll das geschehen?«

»Im Lager. Das macht der Langefeld. Aber er will sich nicht mit den Heimarbeitern herumärgern.«

Kontrollieren war bei Observierten ebenso unbeliebt wie bei Kontrolleuren. Daher galt es, die Arbeit als Prozess zu organisieren – von der Auftragserteilung über die Materialausgabe bis zum Rückempfang. So würde die Schlussabnahme vom Makel der Kontrolle befreit, weil sie Teil des Arbeitsablaufs war. Zunächst wollte ich mir eine Übersicht über die Auftragsvergabe verschaffen und von da an den gesamten Produktionshergang der Heimarbeit leiten und verfolgen.

Alfons Langefeld maß gut einsneunzig, war breitschultrig, doch ein Mann mit feinen Händen, munteren dunklen Augen und tizianroten lockigen Haaren.

»Sie sind also der neue Judenkapo«, begrüßte er mich mit heiserer Stimme, nachdem ich mich ihm vorgestellt hatte.

»Ich dachte, das sind Sie«, erwiderte ich dem Hünen.

»Was erlauben Sie sich! Ich war Boxer und bei der Fremdenlegion!«

»Dann waren Sie wenigstens nicht bei der Wehrmacht oder noch schlimmer. Kapo bin ich ebenso wenig wie Sie. Aber Sportler …«

»Wohl Zwergengewicht?«

»Nein, Rechtsaußen im Fußball.«

»Dann lass uns zwei Sportskanonen mal seh'n, wie wir miteinander klarkommen.« Er hob grinsend seine Fäuste. »Wenn ich zulange, wird Ihnen Ihre Fußballerei nichts nützen, Seligmann.«

»Doch. Ich habe schnelle Beine und war nebenbei Kreismeister im Hundertmeterlauf.«

»Dann üben Sie schon mal, ehe Sie mich erzürnen.« Er lachte schallend. Ein Großmaul, doch ein gutmütiger Bursche. Ich machte ihm deutlich, dass ich nichts mit seiner Arbeit als Lagerverwalter zu tun hatte.

»Wo wollen Sie sonst Ihren Judenrüssel reinhängen?«

»Jetzt ist es aber genug mit Ihren Unverschämtheiten, Herr Langefeld!«

»Ich war auch bei der SS, Seligmann.«

»Hüten Sie sich, damit auch noch zu prahlen, Sie taktloser Geselle!«

Meine Aufregung amüsierte ihn.

»Jetzt blasen Sie sich nicht als alttestamentarischer Prophet auf! Ich war nur eine Woche bei dem Sauhaufen. 1945. Mit sechzehn, im letzten Aufgebot. Als meine Mutter das mitbekam, hat sie mich vom schwarzen Corps losgeeist. Wie sie das fertiggebracht hat, weiß ich nicht. Zu Hause hat sie mir eine gepfeffert und mir verraten, dass ich der Enkel von Benno Benjamin Elkan bin. ›Das war mein Vater. Wenn die SS mitkriegt, dass du 'nen jüdischen Großvater hast, stellt sie dich an die Wand.‹ Einen Monat später war der Krieg vorbei.« Langefeld griente.

»Danach musste ich sehen, wie ich satt wurde. Ich hab für Kohle geboxt, Schwergewicht natürlich …«

»Natürlich«, warf ich ein, ehe er fortfuhr: »Irgendwann bin ich über den Rhein und habe mich bei der Fremdenlegion gemeldet. Zwölf Jahre war ich bei dem Laden. Großenteils ehemalige SS-Leute. Ich war überall dabei: Indochina, Algerien, Suez. Mich erschüttert nichts mehr.«

Ich organisierte mir einen ausrangierten Schreibtisch samt Büroschrank. Mein kräftiger Kollege half mir, die Möbel in einer ruhigen Ecke des Lagers nahe dem Eingang zu platzieren. Anschließend sammelte ich allenthalben die Ausgabepapiere der Heimarbeiter ein. Dabei bestätigte sich, dass hier ein famoses Durcheinander herrschte, das zu Unregelmäßigkeiten einlud. Auf Karteikarten begann ich, die Namen aller Heimarbeiter mit ihren Daten einzutragen. Es würde Wochen dauern, ehe es mir gelingen konnte, Ordnung in dieses Tohuwabohu zu bringen. Doch wenn es so weit wäre, dass jeder Heimbetrieb seine Karte besaß und jeder Auftrag korrekt vermerkt war, würde ich einen vollständigen Überblick gewinnen. Das würde die Subunternehmer daran hindern, Unstimmigkeiten in unseren diversen Abteilungen auszunutzen.

Am liebsten hätte ich die Nacht durchgearbeitet, um eine erste Bilanz zu erstellen. Doch kurz vor 17 Uhr, als Alfons Langefeld sich zum Feierabend bereit machte, wurde ich zur Lohnstelle gerufen, wo mir Frau Hildegard Schäfer, eine dunkle, groß gewachsene Dame mit gepflegten Händen, lächelnd meine erste TeuTex-Lohntüte übergab und sich den Empfang quittieren ließ.

An meinem Schreibtisch riss ich den Umschlag auf. Der Bruttolohn betrug 450 Mark wie vereinbart. Die Abzüge waren verhältnismäßig gering. Mein Salär war etwas niedriger als in einem guten Monat als Hausierer. Doch mir blieben die endlosen Fahrten erspart, vor allem das Passieren Ichenhausens samt meinem Elternhaus und unserer Synagoge. Fortan würde ich allnächtlich zu Hause in meinem Bett schlafen und sehen, wie Rafi aufwuchs.

Ich war zuversichtlich, dass das Verhältnis zu Hanni wieder heilen würde. Sie hatte mich verletzt, weil sie andauernd Angst vor neuen Schicksalsschlägen hatte. Die Gewissheit eines festen Einkommens bei der TeuTex sowie die eigene neue Wohnung würden meiner Frau Sicherheit geben. Sie würde wieder zufriedener werden – wie in den Jahren nach unserer Hochzeit in Tel Aviv, als ich eine feste Anstellung besaß.

Ich setzte mich Hanni im Wohnzimmer gegenüber und reichte ihr die Lohntüte. Nachdem sie sorgfältig den Abrechnungsstreifen gelesen und die Banknoten gezählt hatte, sagte sie bitter: »Dem Saphir war es eine Genugtuung, mich um ein Viertel zu drücken. Eine Schande! Ein reicher Jude, der es nötig hat, eine arme jüdische Familie um 25 Prozent ihres Einkommens zu bringen!«

»450 Mark sind für einen kaufmännischen Angestellten Usus.«

»Du bist kein gewöhnlicher deutscher Holzkopf, sondern ein ehrlicher jüdischer Vertrauensmann – aber das hast du kaputt gemacht, als du verkündet hast, dass du kein Denunziant wärst!«

»Das bin ich auch nicht, Hannah!«

Ihre Unzufriedenheit und Rechthaberei brachten mich in Harnisch. Um meine aufflammende Wut zu löschen und Hannahs Stimmung zu heben, fuhr ich in ruhigem Ton fort: »Du wolltest doch 600 Mark von Saphir?«

Sie sah überrascht zu, wie ich die zwei Hundertmarkscheine aus der Jacketttasche zog und sie auf die Tischplatte legte.

»Bitte!«

»Woher hast du das Geld?«

»Von Herrn Abramowski.«

»Warum stehen die 200 Mark nicht auf dem Lohnstreifen?« Sie verhörte mich wie ein Anwalt in einem Hollywoodfilm.

»Weil Abramowski mir die Lohnerhöhung erst heute gewährt hat. Es sind nur 150 Mark, aber ich konnte ihm nicht rausgeben.«

»Was verlangt er dafür?«

»Nichts …«

»Das glaube ich nicht. Er wäre der erste Kaufmann, der Geld ohne Gegenleistung abgibt.«

»Ich habe von mir aus angeboten, etwas früher im Büro zu sein ...«

»Was heißt ›etwas‹?«

»Um sechs.«

»Arbeitsbeginn um sechs Uhr früh? Das ist schlimmer als im KZ!«

»Versündige dich nicht!«

Sie ließ sich von meinem drohenden Ton nicht beeindrucken.

»Egal, wie du es nennst, sie verlangen, dass du täglich zwölf Stunden für sie schindest.«

»Ich stehe, wie du weißt, ohnehin jeden Morgen vor sechs Uhr auf ...«

»Das heißt nicht, dass du sofort zur Arbeit hetzen musst.«

»Ich muss nicht, aber ich will!«

»Und dafür geben sie dir lumpige 150 Mark! Das ist ein Sklavenlohn ...«

»Jetzt ist's aber genug, Hannah!«, fuhr ich auf. »KZ, Sklavenlohn! Bist du verrückt geworden? Du hast mich doch zu den TeuTex-Herrschaften geschleppt.«

»Ich konnte nicht wissen, dass sie Blutsauger sind!«

»Du redest wie ein Nazi.«

»Das lasse ich mir von dir nicht sagen, Ludwig! Die Nazis haben meine Geschwister vergast!«

»Dennoch darfst du Abramowski und Saphir nicht mit KZ-Schergen gleichsetzen!«

Sie winkte ab.

»Ich verlange, dass dir deine jüdischen Chefs ein ordentliches Gehalt zahlen. Und es auch versteuern. Sonst kriegst du Ärger mit dem Finanzamt und hast am Ende eine Bettlerrente.«

»Ich werde mich darum kümmern«.

Ludwig war den KZniks Abramowski und Saphir nicht gewachsen. Das musste ich erledigen, sonst zogen sie uns das Fell über die Ohren. Als ich ihm mein Vorhaben kundtat, tobte er. »Ich lasse mich nicht von dir zum unmündigen Kind degradieren!« In seiner männlichen Eitelkeit wollte er nicht wahrhaben, dass er nicht in der Lage war, unsere Interessen durchzusetzen. Denn ein zwölfstündiger Arbeitstag war für ihn nicht zu bewältigen. Für niemanden in seinem Alter! Das war Vernichtung durch Arbeit. Doch Ludwig wollte das nicht hören – wichtiger war ihm, seinen neuen Chefs zu beweisen, wie tüchtig er war. Er blieb ein Junge auf der Suche nach seinem Vater.

Ich traf mich mit Herrn Abramowski im Café Arzmiller in der Nähe der Theatinerkirche. Er war wieder tipptopp in einen Nadelstreifenanzug mit seidenem Einstecktuch gekleidet und duftete nach irgendeinem teuren Rasierwasser, um den ewigen Angstschweiß, den ihm die Deutschen im KZ aus den Poren getrieben hatten und der ihn nie verließ, zu überdecken. Abramowski begrüßte mich wie gewohnt mit einem Handkuss und sprudelte über vor Lob für Ludwig.

»Ein tüchtiger Organisator, fleißig, ein feiner Jid.«

»Lassen Sie den feinen Jidn sich nicht zu Tode arbeiten!«

»Frau Seligmann, wie kann eine Dame wie Sie so reden?!«

»Zwölf Stunden lässt man keinen Menschen schuften. Das haben nur die Nazis getan.«

»Chuzpe!«, schrie Abramowski auf. Die Umsitzenden sahen ihn befremdet an. Was ihn sogleich veranlasste, sich zu mir zu beugen und fortan zu wispern, um sich nicht vor den Deutschen zu blamieren. »Wenn mir ein Deutscher so etwas gesagt hätte, hätte ich ihm ins Gesicht gespuckt. Wir zahlen anständige Löhne bei der TeuTex. Bessere als die Deutschen.«

»Sicher. Aber mein feiner jüdischer Mann wird von Ihnen ausgenutzt.«

»Sind Sie vollkommen meschugge? Ich tue Ihnen einen Gefallen aus Rachmones und stell Ihren Mann an. Er bekommt 50 Prozent über dem Durchschnitt, darauf leg ich aus eigener Tasche noch mal 25 Prozent – und zum Dank beschimpfen Sie mich als Nazi. Sie werden sich auf der Stelle bei mir entschuldigen, sonst werden Sie Chaim Abramowski kennenlernen!«

Sein Versuch, mich wispernd einzuschüchtern, war lächerlich. Männer waren lächerlich.

»Herr Abramowski, Sie haben mich missverstanden. Nie käme ich auf den Gedanken, Sie mit diesen Unmenschen zu vergleichen. Aber als jüdische Ehefrau habe ich die Pflicht, auf das Wohl meines Mannes zu achten.«

»Wollen Sie, dass ich zu Ihrem Mann sage: ›Ich erlaube Ihnen nicht, a bissle früher ins Büro zu kommen‹?«

»Sechs Uhr früh, wenn alle noch schlafen, ist nicht ›a bissle‹, Herr Abramowski!«

»Was soll ich nach Ihrer Vorstellung denn tun, Frau Seligmann?« Abramowski setzte den herzzerreißenden Blick des Diasporajuden auf. Wenn ich darauf bestand, dass Ludwig zu einer normalen Arbeitszeit in die Firma gehen sollte, würde sich Abramowski beugen – und mich denunzieren. Dann würde mein Gemahl mir die Hölle auf Erden bereiten. Ich setzte ein Lächeln auf und sah ihm in die Augen.

»Herr Abramowski, ich möchte Sie bitten, auf meinen Mann aufzupassen wie auf Ihren eigenen Bruder, dass er sich nicht übernimmt und seiner Gesundheit schadet.«

»Mein Bruder ist von den Nazis vergast worden ... Ich gebe Ihnen mein Wort, dass ich auf Ihren Mann aufpassen werde wie auf meinen Augapfel.« Er sah mir offen in die Augen. Ich wollte ihm glauben.

Ludwig

Es war herrlich, so früh mit meiner Arbeit beginnen zu können. Nach einer Dusche und einer Tasse Kaffee schwang ich mich ins Auto und fuhr durch die fast verwaisten Straßen der erwachenden Stadt quer durch den Englischen Garten zur Garchinger Straße. Nachdem ich Eingangs- und Lagertor geöffnet hatte, las ich bei einer zweiten Tasse Kaffee den Sportteil der »Abendzeitung« und machte mich dann an die Vervollständigung der Heimarbeiterkartei.

Da bislang die Beauftragung, die Materialausgabe und der Empfang der fertigen Ware über mehrere Abteilungen abgewickelt worden waren, nahm meine Zusammenfassung mehr als drei Wochen in Anspruch. Doch als diese Arbeit getan war, besaß ich die Übersicht über das gesamte Heimarbeiterwesen der TeuTex. Als ich mein Werk Alfons Langefeld zeigte, schlug er mir dermaßen anerkennend auf die Schulter, dass ich das Gefühl hatte, mit einem Beil attackiert worden zu sein.

»Das ist ein technischer K. o. und ein schlauer Judentrick, Seligmann. Damit haben Sie alle Heimarbeiter in der Tasche.« Er lachte schallend. »Als jüdischer SSler darf ich alles. Auch bei der TeuTex. Oder gerade hier …« Er kniff ein Auge zu und lächelte vielsagend.

Es bedurfte keiner Überredungskunst, ihn zu bewegen, sein »Geheimnis« preiszugeben. Vor einem Jahr hatte ein Stricker Abramowski gebeten, ihm und seinen Kollegen die Kantine am Samstagnachmittag für eine Geburtstagsfeier zur Verfügung zu stellen. Der Chef hatte dies bis 21 Uhr gestattet. Als er um halb zehn immer noch nicht den Hauptschlüssel erhalten hatte, machte sich Abramowski auf den Weg, diesen zu holen.

»Er hat mich vorher angerufen. Ich hab ihm gesagt, er soll das mir überlassen, weil die Kerle oft beschickert sind. Doch der stolze Hebräer wollte sich und mir beweisen, dass er ein Recke ist, und verkündete, er werde das alleine erledigen. Ich bin trotzdem auf eigene Faust losgefahren. Von Sendling dauert es eine Weile, bis man hier ist, während Abramowski um die Ecke in Schwabing wohnt.

Als ich hier eintrudelte, habe ich sofort geschnallt, was los war, und bin in die Kantine gelaufen. Da steht der Chef umringt von einem Dutzend besoffener Kerls. Sie schreien ihn an. ›Arschloch!‹, ›Saujud!‹, ›Blutsauger!‹ Ich rufe: ›Lasst ihn in Ruh!‹ – ›Halt dich da raus, Rotkopf!‹

Da lege ich los. Trockene rechte Gerade, kräftiger linker Haken. Dem hab ich das Licht abgedreht. Dann hab ich die anderen gefragt, wer als Nächster den Boden küssen will. Die sind schleunigst abgezogen. Der Abramowski hat gezittert wie Espenlaub. Hat 'ne Weile gedauert, bis ich ihn stabilisiert hatte. Das wird er mir nie vergessen.«

Der Boxer verstand das Leben noch nicht. Abramowski würde Langefeld nie verzeihen, dass er ihn ängstlich und ohnmächtig erlebt hatte.

Innerhalb weniger Wochen hatten sich die Heimarbeiter an mein Ordnungssystem gewöhnt. Ich wurde von ihnen zunehmend freundlich behandelt. Abramowski, der gelegentlich im Lager vorbeikam, wurde bei dieser Gelegenheit durch Langefeld auf die Effizienz meines neuen Systems aufmerksam gemacht und ließ es sich von mir detailliert erklären.

»Sie sind ein tüchtiger Organisator. A Jid, der mindestens so effektiv arbeitet wie die SS!«

»Geht hier nichts, ohne diese Horde zu erwähnen?«, fuhr ich auf.

»Dieses Gehenom bekommen Sie nie aus den Knochen. Wie man es nennt, ist egal. Sie haben mit Ihrem jüdischen Kopf ein exzellentes Kontrollsystem geschaffen, das uns Geld und Zeit sparen wird.«

Der Chef winkte mich aus Langefelds Hörweite. »Ich will Sie dafür belohnen. Ihre Frau kriegt doch nie genug. Soll sie haben ihre 600 Mark.«

»Aber die 150 für den Frühdienst bleiben davon unberührt, Herr Abramowski.«

»Was denken Sie von mir, Seligmann? Ich bin doch nicht Shylock!« Die Judenangst währte in unseren Herzen länger als seit der Nazizeit.

Rafael

Die fünfte Klasse war langweilig. Jetzt konnte ich gut genug Deutsch rechtschreiben, um nicht durchzufallen. Aber während des Unterrichts und bei den Hausaufgaben war ich nicht aufmerksam und strengte mich zu wenig an, um gute Noten zu ergattern. Deshalb würde ich im Sommer nicht zur Aufnahmeprüfung für das Gymnasium zugelassen werden. Statt mich in der Schule anzustrengen, warf ich lieber verstohlene Blicke auf Evi, die zwei Bänke hinter mir saß.

Unsere Lehrerin hieß Margarethe Buchner. Die ältere Dame ließ sich als Fräulein anreden. Ständig erwähnte sie, dass sie aus Straubing kam. Täglich erzählte sie uns eine germanische Sage. Die Geschichten waren so öde wie ihr Unterricht. Ich sehnte mich nach unserem Direx, der darauf brannte, uns zu guten Schülern zu trimmen. Fräulein Buchners Hausaufgaben waren eintönig wie Imas Kamillentee. Das Deutschüben gab ich auf, obgleich ich wusste, dass meine Rechtschrift noch Fehler aufwies. Sie würden mit der Zeit verschwinden. Meine schulfreie Zeit nutzte ich für Rollerfahrten in die Innenstadt, um das Spielwarenkaufhaus Obletter am Stachus aufzusuchen. Mich faszinierte die Abteilung für Modelleisenbahnen im 1. Stock. Bei Obletter sah man alle Arten von Lokomotiven, von der grünen Krokodil-E-Lock über den elfenbeinernen

TEE bis zur rasanten Dampflock der Baureihe 24. Die Züge sausten durch Landschaften über Weichen, vorbei an Signalen. Die Schranken zu beiden Seiten der Gleise senkten sich, ehe die Züge Straßen passierten, um ihren Weg fortzusetzen. Ich folgte dem Betrieb stundenlang. Da Vater erzählte, dass er ordentlich verdiene, hegte ich die Hoffnung, dass er mir bald eine zweite Lok schenken würde. Große elektrische Modelleisenbahn-Anlagen gab es auch auf der gegenüberliegenden Straßenseite im Kaufhof. In der Spielwarenabteilung entdeckte ich die Wilhelmshavener Schiffsmodellbögen. Ich kaufte einen Papierbogen der MS »Europa« sowie Uhu-Klebstoff. In meinem Zimmer machte ich mich sogleich an die Arbeit. Zunächst schnitt ich die Schiffs-Außenwände sowie die Stützschotts und den flachen Boden aus und klebte die Teile zu einem stabilen Rumpf zusammen. Für die Einschnitte in den Aufbauten benötigte ich genaue Schnitte. Dafür war Imas Küchenschere zu grob. Ich behalf mich mit Vaters Rasierklingen. Sie waren höllisch scharf. Ständig schnitt ich mich. Das Blut tupfte ich mit Tempotaschentüchern weg, sodass Mutter nichts mitbekam. Doch in einen Kratzer am Daumen war wohl Schmutz eingedrungen, das Nagelbett entzündete sich. Es rötete sich zunehmend, und bald spürte ich den pochenden Puls. Ich versuchte, das Ganze zu ignorieren, doch es tat weh. Im Bad bestrich ich die Wunde mit Jod und klebte einen Streifen Hansaplast darüber. Wenn Ima auftauchte, drehte ich den Daumen nach innen. Doch die Verletzung heilte nicht. Das Jod hinterließ im Waschbecken Spuren. Mutter forderte eine klare Auskunft. Ich gab sie ihr umso lieber, als ich nicht weiterwusste. Als Ima die Wunde sah, rief sie: »Blutvergiftung! Warum hast du mir das nicht sofort gesagt? Jetzt wird man dir – Gott behüte – noch den Daumen amputieren müssen wie das Bein von Lehrer Lichtl!«
Meine Wangen und Ohren glühten.

Mutter schleppte mich sogleich zum Chirurgen Dr. Schmulter in der Zweibrückenstraße. Während der ewigen Wartezeit verschwand mein Schmerz. Ich sagte Ima, die Wunde sei geheilt, wir sollten wieder heimgehen, doch sie hörte nicht auf mich. Der Arzt beruhigte Mutter.

»Ihr Sohn hat eine lokale Infektion. Bislang. Aber wir werden nicht darum herumkommen, den Nagel zu extrahieren und den Eiterherd zu entfernen, sonst breitet sich die Entzündung aus.« Noch ehe ich mich weiter ängstigen konnte, erhielt ich eine Betäubungsspritze. Der Finger wurde pelzig. Bald war der Nagel gezogen und die Hand verbunden. Unter fortwährenden Ermahnungen Imas ging es nach Hause. Abends, als die Wirkung der Betäubung nachließ, nahm der Schmerz ständig zu. Bald tat es so weh, dass ich es kaum noch aushielt. Mutter gab mir eine Aspirintablette, dennoch wurde das Stechen stetig stärker. Ima packte mich ins Bett, setzte sich zu mir. Doch es gelang ihr nicht, mich von meiner Pein abzulenken.

Da tauchte Käthchen in meinem Zimmer auf und erkundigte sich, was mir fehle. Mutter erwähnte, dass ich mir die Malaise selbst eingebrockt hatte.

»Es ist guad, dass der Rafi bastelt. Des tun meine Brüder auch.« Käthchen lächelte bezaubernd.

»Aber sie sind bestimmt nicht so leichtsinnig wie Rafi.«

»Schon. Alle naslang bricht sich einer beim Rumtoben den Arm oder das Bein. So san die Buben halt.«

Ehe Ima neue Untaten von mir verkünden konnte, legte ihr Käthchen die Hand auf die Schulter.

»Frau Seligmann, Sie san so miad von der Aufregung, dass Eana die Aug'n zufallen. Legn'S Eana schlafen. I pass schon auf den Rafi auf.«

»Kann ich Ihnen das zumuten, Käthchen? Sie müssen morgen wieder arbeiten … Wenn was ist, rufen Sie mich gleich.«

»Freilich. Aber da wird nix sein.«

Sobald Mutter aus der Tür war, machte Käthchen das Licht aus, zog sich den Rock aus und schlüpfte zu mir ins Bett. Sie nahm meinen Kopf in ihre warmen Hände und drückte mein Gesicht gegen ihre Brust. Mich ergriff ein nie gekanntes berauschendes Gefühl, das meinen bohrenden Schmerz vergessen ließ. Herrlich.

Als ich nach zwei Tagen wieder zur Schule durfte, konnte ich es nicht erwarten, Hans von Käthchens Tröstung zu berichten.

»Hast du die Frau gestopft?«, wollte der Freund erregt wissen. Mein Gestammel ließ ihn verstehen, dass ich von Sex noch keine Ahnung hatte.

»Du bist a Jungfrau und weißt von gar nix, du Tschapperl!« Hans war über meine Ahnungslosigkeit entrüstet. »Da steigt ein Weib zu dir ins Bett, und du fangst nix mit ihr an.«

Käthchens Besuch war meine erste sexuelle Begegnung – ohne dass mir dies zunächst bewusst war. Sie sorgte dafür, dass dies liebevoll geschah.

Die Schulklasse verharrte dank des eintönigen Unterrichts von Fräulein Buchner in Ereignislosigkeit. Daheim bastelte ich ohne Rasierklingen weiter an Schiffsmodellen. Trotz Kälte, gelegentlichem Schneematsch und Mutters Mahnung, die Heilung meiner Operationswunden nicht zu gefährden, nahm ich wieder meine Rollertouren auf – denn ich stieß mich mit dem Fuß voran, nicht mit dem Daumen.

Als ich die »MS Europa« fertig gebaut hatte, besorgte ich mir einen neuen Modellbogen für ein Torpedoboot. Die Fertigstellung des Papierkriegsschiffs beschäftigte mich die folgenden Wochen.

Ima missfiel, dass ich meine Zeit mit »unnützem Schnipseln« vertat, statt zu lernen. Emil störte sich nicht daran. So nannte ich Vater, nachdem ich mich an Erich Kästners Kinderroman

»Emil und die Detektive« erfreut hatte. Emil mochte seinen neuen Namen auf Anhieb, fortan unterzeichnete er damit alle Karten und Briefe an mich. Mutter machte sich ständig Sorgen um mein Fortkommen. Emil versuchte, ihre Bedenken zu zerstreuen.

»Ich habe in seinem Alter Fußball gespielt und im Synagogenchor gesungen.«

»Aber du bist aufs Gymnasium gegangen und warst ein guter Schüler.«

»Es hat mir nichts genützt. Mutter hat mich mit dreizehn in die Lehre gesteckt, weil wir kein Geld hatten. Ich will genug verdienen, damit unser Sohn aufs Gymnasium gehen kann, wenn er so weit ist.«

»Wann wird es ›so weit‹ sein, um Himmels willen?«

»Das weiß, wie du sagst, nur Gott.«

»Auf Gott darf man sich nicht verlassen. Da hat Herr Saphir recht! Sprich endlich ein Machtwort, Ludwig! Nimm ihm die Schiffsmodelle weg und zwinge deinen Sohn, zu lernen.«

»Man kann einen Halbwüchsigen nicht zum Lernen zwingen. Wir müssen warten, bis Rafi es selbst einsieht.«

»Wenn du auf Rafis Vernunft wartest, wird er als Zeitungsbote enden wie dein Bruder Heinrich.«

»Unsinn! Rafi ist ein aufgeweckter Junge. Er braucht Zeit, und die werde ich ihm geben.«

Auch Fräulein Buchner war keine Antreiberin. »Man kann auch ohne höhere Schule und Abitur bestehen. Ich habe nach der Mittelschule eine Lehre gemacht, nach dem Krieg ein einjähriges pädagogisches Seminar besucht und bin Lehrerin geworden. Mehr braucht's nicht.«

So meldeten sich lediglich zwei aus unserer Klasse zur Aufnahme aufs Gymnasium an. Fräulein Buchner machte keine Anstalten, sie für die Prüfung zu trainieren. Die Lehrerin fuhr fort, uns mit germanischen Sagen und ihren Straubinger Geschichten

zu langweilen. Das gab mir Gelegenheit, mich nach Evi umzu-
schauen.

Hannah

Die Firmenbesitzer merkten sogleich, dass Ludwig sich nach
Strich und Faden ausnützen ließ. Um ihn bei Laune zu halten,
steckten sie ihm ein paar Scheine zu. Das Geld würde uns bei
der Rente fehlen. Ludwig schuftete wie ein Sklave und nahm
sogar unversteuertes Geld an, obgleich das seiner Ehrlichkeit
entgegenstand. Als ich ihn darauf hinwies, beschimpfte er
mich. Er warf mir vor, seine Stellung zu untergraben.

Auch Rafis Benehmen tat mir weh. Mit etwas Fleiß hätte er
schon nach einigen Monaten gut genug deutsch schreiben
können, um die Aufnahmeprüfung fürs Gymnasium zu
bestehen. Aber ihm war Rollerfahren wichtiger. Er spielte
mit seinem verrückten Freund Hans Krieg, bastelte herum
und träumte. Wenn ich Rafi ermahnte, versprach er, sich zu
bessern. Doch sein nach innen gekehrter Blick verriet mir, dass
ihn meine Worte nicht erreichten. Statt seinen Verstand und
seine Talente zu nutzen, um vorwärtszustreben, vertat mein
Junge seine Zeit. Da half auch kein Nachhilfelehrer. Herr Lichtl
tat das Seine, damit Rafi erfolglos blieb und er weiter an ihm
verdienen konnte.

Rafi strengte sich nicht im Mindesten an. Er verharrte im Mief
seiner Volksschulklasse. Ludwig riet mir, Rafi Zeit zu lassen.
Wofür? Um auf den Messias zu warten wie die Juden in Osteuropa, die untätig blieben, bis die Kosaken, Polen und Nazis
sie abschlachteten? Ich resignierte und teilte Herrn Lichtl mit,
er solle seine Nachhilfestunden einstellen. Rafi musste sehen,
wie er alleine zurechtkam. Mein Sohn wollte es nicht anders.

Doch endlich sah es so aus, als ob das Schicksal es erstmals in
meinem Leben gut mit mir meinte. Nachdem ich wiederholt

vom Amtsarzt untersucht worden war, teilte mir Dr. Nacht mit, dass meine Wiedergutmachungsansprüche prinzipiell genehmigt worden waren. Selbst die unwilligen deutschen Amtsärzte, die nach Selektion und Euthanasie ihre Berufsethik darin sahen, Ansprüche kranker Juden abzuweisen, mussten zugestehen, dass die schweren Schädigungen meiner inneren Organe durch eine subtropische Amöbenruhr in Israel hervorgerufen worden waren. Dorthin musste ich fliehen, um nicht einem ihrer Berufskollegen wie Dr. Mengele in die Finger zu geraten. Die Wiedergutmachungsbehörde würde mir Entschädigung leisten müssen. Der Anwalt schätzte, dass ich eine einmalige Zahlung von bis zu 35 000 Mark plus eine kleine monatliche Rente erhalten würde.

»Glauben Sie das, oder ist es sicher, Herr Dr. Nacht?«

»Das ist sicher, Frau Seligmann.«

Dr. Nacht war fest überzeugt, dass ich das Geld im Laufe des folgenden Halbjahrs erhalten würde. So war es. Mir wurden knapp 34 000 Mark sowie eine Rente in Höhe von 184 Mark monatlich zugesprochen. Abzüglich des Honorars für meinen tüchtigen Anwalt verblieben mir 30 000 Mark plus das Ersparte aus meiner Rückkehrprämie. Ich besaß also fast 35 000 Mark. Dazu würden monatlich fast 200 Mark Rente kommen.

Damit verfügte ich erstmals in meinem Leben über ein kleines Vermögen und musste mir keine finanziellen Sorgen um unsere Zukunft machen. Aber ich musste aufpassen! Denn als ich Ludwig vom Eingang der Entschädigung unterrichtete, wollte er sogleich die Untervermietung unseres großen Zimmers beenden.

»Das kommt nicht infrage!«, bestimmte ich. »Wir brauchen die hundertfünfzig Mark im Monat, auf diese Weise ist unsere Wohnung bezahlbar. Wir dürfen, kaum dass wir ein paar Mark bekommen haben, das Geld nicht mit vollen Händen zum Fenster hinauswerfen.«

Ludwig war unzufrieden.

»Zu dritt in zweieinhalb Zimmern zu leben, bedeutet nicht, Geld zu verprassen.«

Das mochte sein. Aber ich hatte Käthchen ins Herz geschlossen und mich an Anni gewöhnt, die gelegentlich von Traurigkeit befallen wurde, obgleich sie jung und gesund war. Dagegen wollte Ludwig, der in einem großen Haus aufgewachsen war, ein Heim nur für uns.

»Ich werde dir die gebührende Antwort erteilen, Hannah.«

Am folgenden Abend kehrte mein Mann später als gewöhnlich nach Hause zurück und überreichte mir ein kleines, in buntes Seidenpapier eingeschlagenes Päckchen. »Das ist meine Antwort.« Er hatte mir eine goldene Schweizer Armbanduhr geschenkt.

Ludwig hatte beobachtet, dass ich in einem Uhrengeschäft in der Maximilianstraße die Auslage mit großen Augen ansah. Nun hatte er mir meinen Wunsch erfüllt. Eine goldene Schweizer Uhr kostete über tausend Mark, das war mehr als die Hälfte von Ludwigs Ersparnissen.

»Machst du dir keine Sorgen, dass du kaum noch Geld auf der Bank hast?«

»Nein. Gott hat mir immer weitergeholfen … oder du. Da du jetzt reich bist, kann uns erst recht nichts passieren.«

Ich fiel ihm um den Hals. Als ich nachts an der Seite meines schnarchenden Mannes lag, überkam mich ein Glücksgefühl, das ich in den ersten Jahren unserer Ehe empfunden hatte. Ludwig hatte mich durch seine Großzügigkeit und durch seinen Glauben beschämt. Die Religion befreite meinen Mann von Lebensangst und verlieh ihm Zufriedenheit – trotz aller selbst verschuldeten Rückschläge und Niederlagen.

Ludwig und Rafi besaßen einen leichtfertigen Charakter, aber so waren mein Mann und mein Kind wohl. Es schien sinnlos, sie zu anderen Menschen formen zu wollen. Ich nahm mir vor, weiter auf sie aufzupassen.

Rafi wollte nicht lernen, und Ludwig war mit seiner Arbeit glücklich. Auch wenn dieses Masl von Morgengrauen bis spät abends währte.

Ludwig

Die Heimarbeiter begannen, sich an meine Sprechzeiten zu halten. Montag, Mittwoch und Freitag jeweils zwischen zwei und vier Uhr stand ich ihnen für Materialausgabe und Empfang zur Verfügung. Kleine Verspätungen ließ ich durchgehen. Doch die Vormittage sowie Dienstag und Donnerstag hielt ich mir für Organisationsaufgaben frei. Ich sicherte den Heimwerkern eine zuverlässige Ausgabe der Rohmaterialien, die Abnahme ihrer Erzeugnisse und sorgte für eine zügige Auszahlung ihrer Rechnungen.

Die Heimarbeiter erwiesen mir ihre Wertschätzung zumeist in flüssiger Form. Bei jedem Anlass wurden mir Cognac, französischer Rotwein, deutscher Riesling, alle bekannten Sektsorten aufgenötigt, dazu passende Wein- und Cognacgläser, sogar Sektkelche. Ich freute mich über die Anerkennung, konnte damit jedoch wenig anfangen, da Hannah keinen Alkohol anrührte und ich mich – von Pessach abgesehen – auf ein gelegentliches Bier beschränkte. Ich nutzte die Präsente meinerseits als Geschenkereserve.

Abramowski erwies sich als latenter Unruhefaktor im Lager. Aus Langeweile und aus Sympathie für seinen vormaligen Retter, aber auch, weil er mich zunehmend schätzte, erschien »Chaim«, wie Langefeld den Chef mir gegenüber titulierte, unter irgendeinem betrieblichen Vorwand bei uns. Meistens blieb es bei einem unverbindlichen Schwatz. Gelegentlich meinte der Firmenleiter, Fehler monieren zu müssen. Dank meiner Karteikartenbuchführung konnte ich die Beschwerden in der Regel entkräften.

Langefeld dagegen fasste jede Reklamation als persönliche Kränkung auf. Als Abramowski ihm eines Tages vorwarf, er habe eine Lieferung merinoblauer Wolle in seinem »Tohuwabohu-Lager verschlampt oder verschachert«, verlor Langefeld die Beherrschung. Sein Gesicht lief dunkelrot an, die Ohren glühten, und seine Stimme schwoll zu einem Löwengebrüll an.

»Sag noch mal, dass Alfons Langefeld ein Ganove ist, du hässlicher Zwerg!«

»So lass ich mich in meiner Firma nicht von Ihnen beleidigen!«, widerbrüllte der Chef.

»Wenn du meine Ehre beschmutzt, dreh ich dich durch den Wolf!«

»Sie sind gekündigt. Fristlos! Wegen Bedrohung und Nötigung Ihres Vorgesetzten«, schrie Abramowski.

»Immédiatement! Ich werde dir nicht erlauben, einen Sergeanten der Légion étrangère zu beleidigen, du Wicht!«, tobte Langefeld weiter und machte sich mit fahrigen Händen daran, seine Habseligkeiten in eine Tasche zu stopfen, derweil sich Abramowski schimpfend zurückzog. Sobald der Chef unser offenes Büro verlassen hatte, redete ich beruhigend auf meinen erregten Kollegen ein, dessen Hände und Mundwerk noch nachbebten.

»Wär der Kerl nicht so ein Wicht, schlüg ich ihn zu Brei!«, brüllte Langefeld.

»Dass Sie das nicht getan haben, beweist, dass Sie ein anständiger Mann sind.«

»Selbstverständlich. Ich bin Legionär. Ich vergreife mich nicht an Wehrlosen. Aber ich bin kein Ganove! Dafür muss er sich entschuldigen.«

»Das wird er tun, sobald wir ihm beweisen, dass Sie im Recht sind, Langefeld.«

»Sag'n Sie mal, auf welcher Seite steh'n Sie, Seligmann?« Er neigte mir seinen Schädel zu, während er mich mit einem Kinderblick beäugte. »Ihr Jid'n haltet doch immer zusammen. Außerdem gehört Ihnen das Lager, wenn ihr mich rausgeschmissen habt.«

»Ich brauch Ihr Lager nicht. Schon gar nicht auf diese Weise.«

»Also doch, du Jid!«

»Nein, du Goj.«

Meine Erwiderung brachte ihn endlich zum Schmunzeln.

»Lassen Sie uns Ihre Ehre wiederherstellen!«

Langefeld war viel zu aufgeregt, um in seiner verschlampten Buchhaltung den gesuchten Beleg über die hundert Kilo blaue Merinowolle zu finden. Doch seine Hinweise ließen mich in meiner Kartei rasch eine Bestätigung über die Auslieferung des Rohstoffs an zwei Heimarbeiter ausmachen. Mit den Unterlagen begab ich mich zu Abramowski.

»Ich hab dem Langefeld Unrecht getan«, bekannte der Chef nach Durchsicht der Papiere, um sogleich aufzufahren: »Schuld daran ist die Buchhaltung! Wenn hundert Kilo Wolle verschwinden können, dann können auch hunderttausend Mark verschwinden – oder eine Million. Dann sind wir pleite. Saphir glaubt, dass er alles in seinem Kopf erledigen kann. Einen Dreck kann er! Ich werde ihm die Wahrheit ins Gesicht schreien. Wir sind keine Jeschiwe, wir sind ein modernes deutsches Unternehmen!«

»Das regeln Sie untereinander. Aber bitte nehmen Sie die fristlose Kündigung zurück. Langefeld hat nichts Unrechtes getan.«

»Außer mich zu beleidigen. Aber er ist ein aufgeregter Mensch, kein Gauner. Das war nicht in Ordnung von mir. Sie, Seligmann, sind ein anständiger Jid. Setzen sich für einen Goj ein, obwohl Sie nichts davon haben.«

Abramowski begnügte sich nicht damit, die Kündigung zurückzunehmen, er bat Langefeld förmlich um Verzeihung. Was diesen berührte.

»Es wäre meine Pflicht gewesen, den Fehler der Buchhaltung aufzuklären, statt Ihnen zu drohen. Dafür möchte ich mich bei Ihnen entschuldigen, Herr Abramowski.«

»Kommt nicht infrage, Langefeld! Ich habe Sie beleidigt. Außerdem sind Sie selbst ein Jid, da Ihre Mutter eine Jidene war. Sie müssen meine Entschuldigung annehmen!«

»Nur weil Sie der Chef sind, haben Sie noch lange nicht das Recht, meine Ehre anzugreifen …« Dies wiederum wollte sich Abramowski nicht von seinem Angestellten sagen lassen. Die Streithähne gerieten erneut aneinander.

Doch die Kündigung Langefelds war vom Tisch. Der Kollege bot mir das Du an. Fortan nannte Alfons mich Louis. Wir unterhielten uns zunehmend auf Französisch. Er sprach Soldatenjargon, während ich mein Schulfranzösisch wieder auffrischte.

Abramowski übertrug mir die Oberaufsicht über den gesamten Warenbestand der TeuTex. Somit war ich nun auch für Alfons' Lager verantwortlich. Wir stellten unsere Schreibtische gegenüber und konnten so zumeist rasch die Vorgänge von Angesicht zu Angesicht erledigen. Alfons verfügte über eine rasche Auffassungsgabe, Humor, ein überschäumendes Temperament, und er verstand, gut zu erzählen.

»Als Legionär musst du dich im Gefecht auf deine Kameraden verlassen können. Du musst wissen, wer bereit ist, seinen Kopf für dich zu hinhalten, und wer sich verdrückt, wenn es brenzlig wird.«

Die ehemaligen Waffen-SS-Kämpfer waren nach Alfons' Schilderung zumeist tapfere Soldaten, doch durch die Bank Sadisten. »Sie waren das gewöhnt. Wenn wir in Indochina oder in Algerien ein Dorf einnahmen oder eine Straße in der Kasbah von Algier oder Oran, haben wir beide Enden abgesperrt, damit niemand mehr rauskam. Dann haben wir uns einige alte Männer, Mönche, Imame, geschnappt. Die wurden so lange gefoltert – manche zu Tode – bis wir alle Informationen über die Vietminh, die FLN und ihre Waffen bekamen. Es war nie nötig, jemanden zum Foltern oder Töten einzuteilen. Stets gab es mehr freiwillige Quäler und Killer, als gebraucht wurden. Da staunst du, was?« Alfons fixierte mich.

»Ich weiß, dass die SS eine Mörderbande war.«

»Jaja, die böse SS. Aber wir hatten Legionäre aus der ganzen Welt: Polacken, Iwans, Amis, Magyaren, Itaker, Jugos, Bosniaken, Afrikaner. Und alle, alle hatten ihre helle Freude am Totquälen.«

»Du auch, Alfons?«

»Merkwürdigerweise nicht. Nach dem Foltern haben wir die Menschen umgelegt. Vor allem jüngere Männer. Möglicherweise Terroristen. Und die alten Kerle, Weiber und jungen Frauen konnten Informanten sein. Also alle killen … Manche von unserem Haufen haben die Gelegenheit genutzt, sich an den Frauen und Mädchen zu vergehen«, schrie Langefeld.

Er spürte meine Erschütterung. »Du willst wissen, was ich gemacht habe, was, Louis? … Meine Spezialität war, das Vieh zu erschießen, die Hütten, Felder zu zerstören, die Brunnen und später im Maghreb die Häuser und Geschäfte zu sprengen. Weil ich in Indochina die Büffel in die Ewigkeit befördert habe, hatte ich meinen Namen weg: Buffalo Bill. Der ist an mir kleben geblieben. Es gab Schlimmere!«

Wir schwiegen. Als ich mir eine Zigarette anzündete, was im Lager streng verboten war, zitterten meine Finger.

Untergang

Rafael

Auf Fräulein Buchner folgte Herr Wallach. Anstelle germanischer Heldensagen wurden wir vom neuen Lehrer mit erbaulichen katholischen Heils- und Satansgeschichten berieselt. Der Religionsunterricht, von dem ich freigestellt war, wurde auf alle Fächer ausgedehnt, wenn man von Rechnen und Turnen absah. Stets fand Herr Wallach, ein dicklicher Mann mit Stirnglatze und breitem Mund, Gelegenheit für eine Mariengeschichte oder einen Vortrag über einen Heiligen. Auch die Sünder kamen nicht zu kurz, ihnen wurden die Qualen der Hölle in ihrer ganzen Furchtbarkeit ausgemalt.

Gelegentlich hatte ich Mühe, ein Grinsen über diesen Schmonzes zu unterdrücken.

Selbst die katholischen Schüler nahmen Wallachs fromme Märchen und Mahnungen nicht ernst. »Es gibt keinen Gott. Das ist ein von Menschen erfundener Schmarrn«, tönte mein Freund Hans in der Pause.

Wenn Herr Wallach sich aufraffte, regulären Unterricht zu erteilen, beispielsweise in Rechnen oder Erdkunde, konnte er uns durchaus etwas beibringen. Wichtig war mir, dass uns der Lehrer mit Diktaten weitgehend verschonte, sodass ich mich meinen Träumen hingeben konnte. Wenn ich es wagte, mich zu Evi umzuwenden, lächelte sie mir ohne Verlegenheit zu, was mir jedes Mal einen Stich ins Herz versetzte.

Nach den Weihnachtsferien verkündete Herr Wallach, 1960 werde ein ganz besonderes Jahr für die Christenheit, weil Papst Johannes XXIII., der Gütige, in Rom ein Konzil vorbereite.

Der Heilige Vater sowie alle Kardinäle und Bischöfe würden eine Enzyklika verabschieden, die die ganze Menschheit erlösen würde. Einschließlich der falschgläubigen Protestanten. Sogar die störrischen Juden würden zu Christus finden – »mitsamt unserem Rafael«.

Der Lehrer bestätigte, dass die strebsamen Schüler Ende Mai die Aufnahmeprüfung zur Mittelschule machen würden. Ich war entschlossen, dabei zu sein. Zumal neben Evi auch Gabi Reu und Hans auf die Mittelschule wollten. Ohne Evi in der Klasse zu bleiben, kam für mich nicht infrage. Deshalb musste ich büffeln, vor allem Rechtschreibung.

Es gab sogar die Möglichkeit, aufs Gymnasium umzusteigen. Gabi Reu berichtete mir, unser alter Direx habe ihre Mutter zu sich bestellt und darauf bestanden, dass sie umgehend die Prüfung zur Oberschule machte.

»Gabriele ist die Beste in der Klasse. So ein Mädchen bei den Mittelmäßigen in der Mittelschule zu lassen, ist ein Frevel, Frau Reu!« Als Frau Reu erwiderte, ihr Mann halte nichts davon! Mädchen auf die höhere Schule zu schicken, habe der Direx mit dem Jugendamt gedroht.

Doch wenn Evi sich mit der Mittelschule begnügte, wollte auch ich mich damit zufriedengeben. Zumal ich für die Aufnahmeprüfung zum Gymnasium wohl noch mehr lernen müsste als für die Mittelschule.

Ich freute mich auf den von Herrn Wallach angekündigten Schwimmunterricht. In Israel hatte mir das Baden im Meer jedes Mal einen Riesenspaß bereitet. Zwar hatte ich mit Emil Spritztouren an den Starnberger See und zum Chiemsee gemacht, doch Vater war Nichtschwimmer.

Die Herren-Schwimmhalle des Müllerschen Volksbads war mit Steinfiguren geschmückt, die Kacheln am Grund des Schwimmbeckens ließen das Wasser in der Farbe des Föhnhimmels leuchten. Vor dem Unterricht wurden die Buben von den Mädchen getrennt. Wir gingen ins größere Männerbecken, unsere Mädchen wurden von einer Bademeisterin im kleineren Frauenbecken unterrichtet. Schade, ich hatte mich so darauf gefreut, Evi und die anderen im Badeanzug zu sehen!

Nach einer heißen Dusche ließ uns der in Weiß gewandete Bademeister in einer Reihe am Beckenrand antreten.

»Ins Wasser!«, befahl Herr Heisler. Alle stürzten sich ins Becken. Ich folgte ihnen. Kaum im Wasser, vernahm ich die Stimme des Bademeisters:

»Da ham mir an Wasserscheuen!« Blödsinn, ich liebte das Wasser. Der Schwimmlehrer deutete direkt auf mich.

»Musst ned so unschuldig dreinschau'n!« Er trat mit ausgestreckter Hand näher ans Becken. »Ja, di moan i. Du schwarzhaariger Feigling.« Er wandte sich an Herrn Wallach, der in Hemd, Krawatte und langer Hose unweit von ihm stand. »Herr Lehrer und ihr Buben, aufgepasst. Jetzt bring i euch bei, wie wir Angsthasen die Wasserscheu austreiben.« Er deutete auf mich. »Du stellst di in die Mittn vom Nichtschwimmerteil!«

Ich folgte der Anweisung, obgleich ich ahnte, dass der Mann nichts Angenehmes mit mir vorhatte. Doch was konnte er mir schon tun?

»Kreis um den Wasserfeigling bilden!«

Alle Klassenkameraden folgten dem Bademeister, der, sobald seine Anweisung erfüllt war, laut befahl: »Spritzen! Mit aller Kraft! Dass er keine Luft mehr kriegt!«

Der Zuchtmeister hatte nicht ausgeredet, da prasselte das Wasser schon auf mich ein. Das beißende Chlorwasser drang mir in Nase und Augen, sodass ich sie zukneifen musste. Als ich nichts mehr sah, befiel mich Panik. Ich hatte Angst zu ersticken, doch der Wassersturm hörte nicht auf. Als ich keine Luft mehr kriegte, versuchte ich, mich zum Atmen zu zwingen, wodurch Wasser in meine Nase und Luftröhre geriet. Obwohl ich würgte, ging das Gespritze erbarmungslos weiter.

Gott im Himmel, was sollte ich tun? Ich stieß die Luft aus, versuchte wieder zu schnaufen, ohne Wasser zu schlucken. Da hörte das Wasserwerfen abrupt auf.

Ich schnappte nach Luft. Als meine Angst nachließ, schob ich mich zum Beckenrand, wo mich der Spritzmeister mit hartem Lächeln erwartete.

»Wenn i merk, dassd' immer noch wasserscheu bist, lass i di so lang bespritz'n, bisd' nimmer atmen kannst. Also lass es bleiben.«

Der fette Wallach nickte.

Als ich später unter der warmen Dusche stand, gesellte sich Hansi Tiefenmoser zu mir.

»Ist schad gewesen, Rafi. Am Anfang hab ich auch mitgemacht, aber dann hab ich aufgehört, weilst mir leidgetan hast«, bekannte der Nachbarjunge.

Auf dem Rückweg vom Volksbad zur Schule stieß Evi Nigl überraschend zu mir.

»Stimmt es, dass dich die Buben alle angespritzt haben, weil du wasserscheu warst?«

»Ja. Aber ich bin's nicht.«

»Das würde ich mir nicht gefallen lassen, Rafael.« Sie blickte mir in die Augen. Ich konnte ihr nicht antworten. Statt mich durch Evis Verbundenheit ermutigen zu lassen, fühlte ich mich gekränkt, von ihr auf meine Schwäche angesprochen zu werden.

Beim Schwimmunterricht in der folgenden Woche zeigte sich der Bademeister entschlossen, mich »ein für alle Mal von der Wasserscheu zu kurieren«. Er rief mich an die Stirnseite des Bassins, wo das Wasser am tiefsten war. »Reinspringen!«, befahl er.

»Aber ich kann doch noch gar nicht schwimmen, Herr Heisler.«

»Wennsd' gesprungen bist, wirst's schon können! Springen, sag ich.«

Da ich keine Anstalten machte, seiner Order zu folgen, sondern mich rückwärts vom Beckenrand davonzustehlen versuchte, wies er zwei hinter mir stehende Buben an:

»Ins Nass mit dem Feigling!«

Sie stießen mich sogleich ins Wasser. Ich erschrak dermaßen, dass ich unfähig war, mich zu bewegen, obgleich ich fühlte, wie ich unterging. Ich ertrinke, schoss es mir durch den Kopf. Irgendwann spürte ich, dass unter meine Arme gegriffen und ich über den Beckenrand gehievt wurde.

»Der hat einen Haufen Wasser geschluckt. Legts den Deppen auf die Seite. Feig und lebensunfähig. Wenn der ersauft, hab i den Ärger am Hals. Den Unglücksvogel können mir ned brauchen.«

Damit war mein Schwimmunterricht beendet. Jahrelang mied ich jedes Schwimmbad.

Vier Dutzend Jahre später erzählte mir Otto Zöllner bei einem Klassentreffen: »Ich hab dich damals auch angespritzt.«

»Warum?«

»Du warst fremd.«

»Aber ich war doch schon zwei Jahre in der Klasse!«

»Schon, Rafael, aber da war noch was anderes …«

»Ich war Jude.«

Der Sechzigjährige nickte.

Hannah

Da Rafi nicht bereit war, sich anzustrengen, sollte er nach der Volksschule eine Lehre als Handwerker absolvieren. Doch unerwartet ließ mich unser Sohn wissen, er werde im Herbst zur Mittelschule wechseln.

»Wozu, Rafi?«

»In der Volksschule bleiben nur Idioten.«

123

»Und ein Faulpelz wie du.«

»Der Direx hat gesagt, Volksschüler sind Deppen.«

»Was kümmert dich, was der Goj erzählt!«

»Hans und die Evi gehen auch auf die Mittelschule.«

»Na und? Sie sind Gojim.«

»Der Abi Pitum und der Herschi Braun besuchen das Gymnasium.«

Rafi, der seit Israel nicht mehr die Thora gelesen hatte, argumentierte wie ein Kabbalist.

»Die Pitums sind steinreich, und Herschi Braun lernt immer fleißig, während du Roller fährst.«

»Jetzt werde ich lernen.«

»Wofür? Die Mittelschule taugt zu nichts. Mit dem Einjährigen kann man nicht mal studieren. Und fürs Gymnasium ist es für dich zu spät. Du warst zu träge.«

»In Israel war ich in der Schule gut ...«

»Beklage dich darüber bei deinem Vater. Weil Ludwig in Israel gescheitert ist, mussten wir herkommen. Und weil er nichts Vernünftiges gelernt hat.«

»Emil ist Kaufmann.«

»Das ist kein Beruf. Das ist eine jüdische Krankheit. Handwerk bedeutet, mit den Händen etwas Nützliches zu machen. Wie Tischler oder Mechaniker.«

»Das ist nichts für mich.«

»Du bastelst doch gern ...«

»... und du kochst. Aber du bist keine Köchin.«

»Genug mit dem Geschwätz! Mach die Volksschule fertig und werde Elektriker.«

»Interessiert mich nicht.«

»Seit wann ist ein Beruf dazu da, einen zu interessieren? Man arbeitet da, wo man gebraucht wird und wo man gut verdient.«

»Geld ist mir egal. Ich gehe auf die Mittelschule!«

»Nie im Leben werde ich dir meine Genehmigung geben.«

Rafael

Vater bedauerte bis heute, dass ihn seine Mutter nach der Bar Mizwa genötigt hatte, das Gymnasium zu schmeißen und eine Lehre zu beginnen. Darum würde er mir hundertprozentig erlauben, auf eine höhere Schule zu gehen. »Ich erwarte aber, dass du dich anstrengst und die Prüfung tadellos bestehst, Rafi. Ich vertraue dir. Enttäusche mich nicht.« Aber Ima war sicher, dass meine Noten nicht gut genug für die Mittelschule sein würden. Ich wollte es ihr zeigen. So begann ich, nach dem Unterricht jeden Wochentag eineinhalb Stunden zu lernen – so lange, wie ein Fußballspiel dauert. Es fiel mir schwer, mich auf das Pauken zu konzentrieren. Zu gern ließ ich mich durch jedes Türklingeln, durch die Geräusche auf der Straße oder vom heimkommenden Käthchen ablenken.

Sie konnte meine Gedanken lesen. Den Wunsch, dass sie wieder in mein Bett käme. Dann wäre mir die Mittelschule wurscht. Lächelte sie mich deshalb so frech an? Aber ich traute mich nicht zu ihr. Deshalb quälte ich mich weiter mit dem Schulstoff ab. Meine Noten besserten sich nur langsam. Vor allem im Diktat blieb ich auf meiner Vier kleben. Schwierige Wörter wie »Sauerstoffflasche« prägte ich mir leicht ein. Doch ich machte ständig Leichtsinnsfehler. Andauernd vergaß ich den letzten Buchstaben eines Wortes.

Deswegen, vor allem aber, weil ich mich nach ihrer Nähe sehnte, bat ich Käthchen wieder, mit mir zu üben. Sie war sofort einverstanden.

Doch Ima bereitete den schönen Stunden ein abruptes Ende. Fortwährend versuchte Mutter, mich davon abzuhalten, mich um eine Aufnahme in die Mittelschule zu bewerben. Ich würde die Prüfung ja doch nicht bestehen.

»Sogar falls du's schaffst, wirst du dort sitzen bleiben. Und die Mittlere Reife wird dir nichts nützen.«

»Ich mache es trotzdem.«

Ohne Imas Wissen ließ ich mir von Helmut Hauner zweimal in der Woche diktieren. Ich machte immer noch einen Haufen Fehler. Aber der Freund blieb zuversichtlich.

»Du kannst die lächerlichen Wörter schreiben, wenn du dich konzentrierst. Das üben wir jetzt.«

Ich bestand das Aufnahmeexamen auf Anhieb.

Arbeit

Ludwig

Rafi rechtfertigte meinen Glauben an seine Willenskraft. Ich war stolz auf meinen Sohn und entschlossen, ihm den Schulbesuch bis zur Mittleren Reife zu ermöglichen.

Bei der TeuTex lernten Abramowski und Saphir meine Arbeit und mich zunehmend zu schätzen. Dass es mir gelungen war, Ordnung in das Chaos mit den Heimwerkern zu bringen, überzeugte die Chefs von der Systematik der deutschen kaufmännischen Arbeitsweise. Mir wiederum imponierten die intellektuelle Brillanz, das strategische Denken und die Dynamik des einstigen Rabbiners. Die Gespräche mit Saphir waren mir eine Herausforderung und ein Vergnügen, seinem Geist gerecht zu werden. Bei manchen Begegnungen mit Abramowski dagegen verstand ich mich eher als Psychiater denn als kaufmännischer Angestellter. Sein Schicksal erfüllte mich mit Mitleid, und ich war dankbar, dass er mir sein Vertrauen geschenkt und mich angestellt hatte. Ich vergalt es meinem Chef mit Engagement und Loyalität.

Hannah mochte es nicht zugeben, doch die Heimkehr nach Deutschland war richtig für uns gewesen. Ihre Amöbenruhr war geheilt. Sie war zumindest materiell entschädigt worden, und ich bezog ein gutes Gehalt, das uns ein sorgenfreies Leben ermöglichte. Hannis Furcht, unser Sohn habe sich hier zu einem Faulpelz entwickelt, dem es nicht gelingen würde, in eine höhere Schule aufgenommen zu werden, war widerlegt, nachdem Rafi die Aufnahmeprüfung zur Mittelschule bestanden hatte.

127

Trotz dieser günstigen Umstände vertiefte sich Hannis Niedergeschlagenheit. Ständig fürchtete sie sich vor neuen Katastrophen. Der Weltkrieg und die Judenmorde hatten sich in ihrer Seele festgebissen. Als ich jünger und frisch verliebt war, hatte ich mit dieser dunklen Seite ihres Wesens besser umgehen können, doch über die Jahre hatte Hannis Pessimismus mir zunehmend die Kraft geraubt. Daher fühlte ich mich nicht mehr in der Lage, fortwährend ihre Seele aufzuhellen. Ich investierte meine Kraft in die Firma und versuchte, Rafi zu stützen.

Hanni berichtete mir, der Besuch der Mittelschule sei eine derartige Belastung für unseren Sohn, dass er nicht in der Lage sei, sein Frühstück bei sich zu behalten. Deshalb verlangte sie, dass wir Rafi wieder in der Volksschule anmeldeten. Das lehnte ich entschieden ab, denn wenn wir den Buben gegen seinen Willen aus der höheren Schule nahmen, deren Zugang er sich selbst erarbeitet hatte, würde das sein Selbstbewusstsein beschädigen, ähnlich wie es einst mir erging.

»Rafi hat meine zarte Konstitution geerbt. Wenn er sich weiter überbelastet, wird mein Kind zugrunde gehen. Kümmere dich um Rafi, statt mir Ejzes zu erteilen!«

»Wann bitte? Ich gehe um dreiviertel sechs aus dem Haus und komme erst abends zurück ...«

»Dann bringe Rafi zur Schule und fahre erst danach zur Arbeit wie jeder normale Mensch.«

Um Rafi zu helfen, bat ich Alfons Langefeld, einen Monat meinen Frühdienst zu übernehmen. Er war dazu bereit, doch nicht wegen des Geldes, wie er betonte. »Für dich und deinen Filius mach ich das gerne. Wird Zeit, dass ich ihn kennenlerne.« Rafi war mächtig stolz, dass ich ihn jeden Morgen zur Schule chauffierte. Der Junge war blass. Auf unserer ersten Fahrt fragte ich meinen Sohn, wovor er sich dermaßen fürchte.

»Ich habe Angst, dass ich's nicht schaffe, Emil. Es ist alles anders als in der Herrnschule. Jede Stunde haben wir einen neuen Lehrer und ein neues Fach. Außer Hans kenne ich niemanden ...«

Ich stellte den Wagen an der Dachauer Straße unweit seiner Schule ab.

»Ich muss dir meine Schulgeschichte erzählen, Rafael. Als ich ungefähr so alt war wie du, musste ich das Gymnasium verlassen. Mein Vater war krank, und ich musste Geld verdienen. Das war 1920, also vor vierzig Jahren. Mir geht es Gott sei Dank gut, und ich werde alles tun, dass du unbesorgt die Mittelschule fertig machen wirst.«

Ich sah, dass Rafi schluckte.

»Du musst keine Angst haben, dass du durchsaust. Du bist ein gescheiter Bursch«, versuchte ich, ihm Mut zu machen. Er schluckte erneut.

»Aber wenn ich es nicht schaffe, Aba?«

»Dann versuchst du's eben noch mal.«

Seine Züge lösten sich, der breite Mund versuchte zu lächeln.

Rafael

Vaters Glauben an mich war der Ansporn gewesen, für die Aufnahmeprüfung zu lernen. Auch jetzt durfte ich ihn nicht enttäuschen. Darum hatte ich Angst. Englisch und mehr noch Geschichte machten mir Spaß und weckten meine Neugierde. Neben Iwrith und Deutsch lernte ich meine dritte Sprache. Bald würde ich Nachrichten im amerikanischen Soldatensender AFN verstehen. Vielleicht würde ich eines Tages selbst im Radio sein.

Unsere Geschichtslehrerin, Frau Meyerhof, begann ihren Unterricht mit dem Trojanischen Krieg. Die Ausgrabungen Heinrich Schliemanns bewiesen, dass Troja existiert hatte. Dienstags hatten wir Unterricht in Musik, Zeichnen und Handarbeit. Die Fahrt zur Schule mit Emil machte mir Mut für den ganzen Tag.

Nach drei Wochen stellte Vater seine Chauffeurdienste ein und fuhr wieder um sechs Uhr früh in seine Arbeit. Ich hatte mit Emils Hilfe meine Furcht überwunden.

In der Mittelschule wurde von mir ein Nachweis eines »israelitischen Religionsunterrichts« verlangt. Da passte es gut, dass ich von Dr. Prejs auf meine Bar Mizwa vorbereitet wurde. Der Lehrer war ein schmächtiger Mann mit Mäusegesicht. Auf seiner spitzen Nase saß eine randlose Brille unter einer hohen Stirn. Mit seiner weichen Rechten hieß er jeden Schüler willkommen. Einmal flog mir seine Hand ins Gesicht. Schuld war der langweilige Unterricht von Herrn Prejs. Statt etwas Interessantes aus der Thora zu erzählen, ließ uns der Lehrer unentwegt das »Höre Israel«-Gebet wiederholen. Deshalb bat ich, austreten zu dürfen. Danach kickte ich mit Michael Stojber im engen Hof der Synagoge. Den Fußball hatte mein Mitschüler zuvor hinter den Aschentonnen deponiert. Die Zeit verflog, bis die anderen Buben, gefolgt von Herrn Prejs, aus dem Haus kamen. Michael schnappte sich den Ball und verzog sich Richtung Ausgang. Der Lehrer trat zu mir.

»Was hast du getan?«

»Zuerst war ich auf der Toilette, dann habe ich … gekickt.«

»Wozu bist du hier?«

»Um mich auf die Bar Mizwa vorzubereiten.«

»Durch Fußballspielen?«

»Nein. Aber auch nicht, um hundert Mal ›Höre Israel‹ zu repetieren.«

Da gab er die Backpfeife. Die anderen Jungen lachten. Ich fand's lächerlich. Herr Dr. Prejs dagegen erschrak.

»Ich wollte dich nicht schlagen, Rafael. Aber du darfst meinen Religionsunterricht nicht missachten.«

»Ich soll mich auf meine Bar Mizwa vorbereiten.«

»Wann ist sie?«

»In einem Monat habe ich meinen dreizehnten Geburtstag.«

»Warum hast du das nicht gleich gesagt?«

»Sie haben mich nicht gefragt.«

»Dann ist es Zeit, dass wir mit der Vorbereitung beginnen. Gleich nächste Stunde.«

Ich wollte meine Mappe aus dem Unterrichtsraum holen. Der Lehrer hielt mich auf.

»Bitte sag deiner Mutter nicht, dass ich dich geschlagen habe.«

Am folgenden Dienstagnachmittag erläuterte mir Dr. Prejs, dass meine Parascha, der Bibelabschnitt, den ich zur Bar Mizwa in der Synagoge vortragen sollte, Bereschit sei, der Beginn der Thora. Er legte eine hebräische Bibel auf mein Pult und zitierte: *Im Anfang schuf Gott den Himmel und die Erde. Es herrschte Tohuwabohu. Da sprach Gott: Es werde Licht … Gott nannte das Licht Tag und die Finsternis Nacht.*

Während ich dem Text im Buch folgte, erinnerte ich mich an den Inhalt aus dem Thora-Unterricht in Israel. An die Erschaffung der Erde, der Pflanzen, der Lebewesen und an Adam und Eva. Ihre Vertreibung aus dem Paradies, Kains Mord an seinem Bruder Abel.

Während die anderen monoton ihr »Höre Israel« murmelten, begriff ich, dass wir alle Nachkommen Kains sind. Im Mai war der Massenmörder Adolf Eichmann aus Argentinien nach Israel entführt worden. Steckte in jedem von uns ein Mörder?

»Könnten wir Juden das Gleiche tun wie Eichmann?«, fragte ich den Religionslehrer.

»Wie kannst du es wagen, uns Juden, das auserwählte Volk, mit den Nazis zu vergleichen, die sechs Millionen unserer Brüder und Schwestern abgeschlachtet haben? Dir ist nichts heilig!« Ich sah an seinem Blick, dass er mir am liebsten wieder eine Ohrfeige gegeben hätte. Schließlich bemerkte er: »Lass uns an der Parascha arbeiten, statt frevelhafte Gedanken zu hegen.«

Die Frage, ob nicht in jedem Menschen ein Mörder steckte, ließ mich seither nie mehr los.

Hannah

Eine Woche vor der Bar Mizwa, als ich schon alles organisiert hatte – die Süßigkeiten für die Frauengalerie der Synagoge, den Kiddusch, den Umtrunk am Ende des Gottesdienstes, sowie ein Essen und Getränke für eine private Feier bei uns zu Hause –, teilte mir Rafi mit, Herr Prejs habe festgestellt, dass die Zeremonie nicht wie geplant am 15. Oktober, sondern eine Woche später stattfinden sollte. Doch Fleisch, Gemüse und Zutaten für die Nachspeise waren bereits bestellt und die Gäste eingeladen. Ich war entschlossen, diesen Unsinn rückgängig zu machen, und drohte Herrn Prejs, Siegfried Neuland, den Präsidenten der Gemeinde, über seine Unfähigkeit zu unterrichten.

»Tun Sie das bitte nicht, Frau Seligmann«, beschwor mich Prejs. »Ich bin Judaist und erforsche die Exegese des Talmud im 19. Jahrhundert. Die Lehrerstelle in der Israelitischen Kultusgemeinde ist meine einzige Einkommensquelle. Herr Senator Neuland hat mir aus Rachmones diese Position verschafft. Wenn mir aufgrund Ihrer Reklamation gekündigt wird, stehe ich mittellos da.«

»Das will ich nicht, Herr Prejs. Aber ich möchte auch nicht, dass mein Fleisch und die anderen Lebensmittel verderben. Und Rafi hat sich schon auf seine Parascha vorbereitet. Wie soll er in einer Woche einen neuen Abschnitt lernen?«

»Ich werde ihm helfen, Frau Seligmann.«

»Deshalb hält das Fleisch nicht länger. Nein! Sie sorgen dafür, dass alles beim Alten bleibt. Kein Mensch wird es merken. Die Gemeinde wimmelt nicht von Gelehrten wie Sie. Die Menschen haben andere Sorgen.«

»Liebe Frau Seligmann, Sie können alles von mir verlangen. Ich bin bereit, Ihnen das Fleisch zu ersetzen. Aber unter keinen Umständen werde ich eine heilige religiöse Zeremonie wie eine Bar Mizwa durch ein falsches Datum entweihen. Das wäre ein Frevel, der auch auf Ihren Sohn zurückfallen würde. Das kommt nicht infrage! Lieber verliere ich meine Anstellung in der Gemeinde. Bitte verzeihen Sie mein Missgeschick, Frau Seligmann. Aber einen Fehler durch eine Fälschung beheben zu wollen, wäre eine unverzeihliche Sünde.«

Prejs war ein Jecke, wie er im Buche stand, lebensfern und stur. Aber er war ehrlich wie Ludwig und religiös wie mein Bruder Mojsche, der sich in der New Yorker Bronx als Rabbiner durchschlug. Ich musste also neues Fleisch für unsere Gäste kaufen.

Rafi verkündete, er werde nur für die Schule lernen, nicht für »den Jammerlappen« Prejs.

Ludwig nahm die Sache leicht.

»Hauptsache, unser Sohn hat eine schöne Bar Mizwa.«

Ludwig

»Man soll sich mit unabänderlichen Dingen abfinden«, erwiderte ich, als sich Rafael bei mir beklagte, weil er wegen der Schlamperei und Unfähigkeit seines Lehrers eine neue Parascha lernen musste.

»Hast du auch eine zweite Parascha lernen müssen, Emil?«

»Nein. Eine hat mir genügt. Doch als ich danach meine Rede halten sollte, war mein Kopf plötzlich leer. Ich habe kein Wort herausgebracht. Das ist jetzt vierzig Jahre her. Aber auch ohne Rede war ich Bar Mizwa und gehöre seither dem Bund der jüdischen Männer an. Und das wirst du bald auch – nur eine Woche später.«

»Wenn ich eine neue Parascha ungeübt vortragen soll, werde ich mich lächerlich machen ...«

»… lächerlich gemacht habe ich mich damals, als ich stumm wie ein Fisch vor der Gemeinde stand und alle mich anstarrten.« Selbst heute stieg mir die Hitze zu Kopfe. Rafis Worte holten mich zurück in die Gegenwart.

»Wie hast du dich aus diesem Schlamassel befreit, Emil?«

»Mein Bruder Heinrich hat sich neben mich gestellt und gesagt, ich sei mitgenommen, weil Vater krank sei …«

»Ich habe keinen Bruder.«

»Du hast mich, Rafi.«

»Wirst du mir zur Seite springen, wenn ich nicht mehr weiterweiß?«

»Selbstverständlich! Aber ich bin sicher, dass du meine Hilfe nicht brauchen wirst. Denn Herr Prejs wird neben dir stehen und dir weiterhelfen, wenn du zur Thora ausgerufen bist. Falls es nötig werden sollte. Und bei deiner Rede wird dir bestimmt was einfallen. Du bist nie um ein Wort verlegen.«

Rafael

Da ich die Parascha lediglich am Dienstagnachmittag mit Herrn Prejs gelesen hatte, konnte ich am Schabbat in der Synagoge meinen Bibelabschnitt, der mit schwarzen Tintenlettern kunstvoll auf der Pergamentrolle geschrieben stand, kaum entziffern. Herr Prejs wollte es mir erleichtern, in dem er, für die anderen unsichtbar, sein Bibelbuch vor mich legte. Jetzt konnte ich die hebräischen Buchstaben und Wörter erkennen. Doch ich war inmitten der betenden Männer im Synagogenparkett in der Reichenbachstraße zu aufgeregt, um flüssig vorzutragen. Eingerahmt von Herrn Prejs und der mächtigen Gestalt des Schammes Schaja Kleinberg, war Vater kaum sichtbar. Der Synagogendiener, dessen fixe dunkle Augen uns aufmerksam beobachteten, senkte seine tiefe Stimme kaum, als er sich an meinen Lehrer wandte:

»Auf was wartest du, Prejs? Lies dem Bar Mizwa vor, los!«
Dieser tat wie geheißen und raunte mir zu: *Noah war ein
gerechter Mann in seiner Zeit.*
Ich wiederholte den Satz. Mit einem Stoß seiner prallen Hand
in die Rippen des Lehrers brachte der Schammes Herrn Prejs
dazu fortzufahren: *Er wandelte mit Gott,* was ich nachsprach.
So arbeiteten wir uns Satz für Satz durch den Text. Sobald die
Stimme des Lehrers leiser wurde, brachte sie der Schammes
mit einem Schubser wieder auf Touren. Als mit *Da starb Terach
in Haran* die letzten Worte endlich gesprochen waren, rief
Kleinberg volltönend: »Amen!« Vater und Herr Prejs fielen ein.
Das war das Signal für Ima und andere Frauen, Süßigkeiten von
der Empore auf uns regnen zu lassen.
»Masl tov, Rafi! Du hat es tadellos geschafft«, sprach Emil.
Wir drängten uns durch die aufbrechenden Beter, die mir
allesamt die Hand entgegenstreckten oder mir auf die Schulter
klopften. Das Versammlungszimmer füllte sich rasch. Hier saßen
Männer, Frauen und Kinder an langen Tischen beisammen. Ich
wurde an die Stirnseite der Tafel eskortiert, wo Ima neben ihrer
Freundin Bronja Lerner thronte. Mutter fiel mir um den Hals.
Emil nahm ihr gegenüber Platz, und ich setzte mich zu ihm.
Da gesellte sich Rabbiner Kraus zu uns, ein groß gewachsener
Mann mit lockigen grauen Haaren und einem gestutzten Bart.
Er drückte mir lächelnd die Hand.
Als sich der Rabbi erhob, schlug sein Schammes Kleinberg laut
auf den Tisch und rief:
»Scha! Still! Der Rebbe wird zu uns sprechen.« Rasch erstarben
das Reden und Lachen. Der Rabbiner blickte amüsiert auf die
Versammelten und hob mit ruhiger Stimme an:
»Liebe Freunde, Sie sind gekommen, um nach dem Schabbat-
gottesdienst den Bar Mizwa Rafael, den Sohn von Ludwig-Juda
und Hannah Seligmann, in den Kreis der erwachsenen jüdischen Männer aufzunehmen – nicht, um mich reden zu hören.

Ich besitze heute ein einziges Privileg: als Erster dem Bar Mizwa ein kräftiges Sch'kojech zu sagen, was bedeutet: ›Möge deine Kraft wachsen!‹ Amen!«

Ein vielstimmiges »Amen« folgte. Rabbiner Kraus besah mich schmunzelnd. »Lieber Rafael, jetzt wollen wir hören, was du als Bar Mizwa zur heutigen Parascha zu sagen hast. Es mag deine erste öffentliche Rede sein, aber ganz bestimmt nicht die letzte, denn du bist ein aufgeweckter junger Mann, der anderen Menschen sicherlich etwas mitzuteilen haben wird.«

Herr Prejs hatte mir am Dienstag ein dicht beschriebenes Blatt gegeben. Ich hatte den Text nicht gelesen. Nun zog ich das Papier aus meiner Tasche. Es war kaum entzifferbar.

Was sollte ich nur tun, Gott im Himmel? Ich blickte hilfesuchend zu Herrn Prejs. Doch der Feigling schlug die Augen nieder. Emil hatte einen hochroten Kopf. Er hatte offensichtlich Angst, dass es mir ergehen würde wie ihm bei seiner Bar Mizwa. Ima dagegen lächelte. Trotz ihres dauernden Geschimpfes vertraute Mutter mir jetzt. Das verlieh mir Kraft und Ruhe.

Ich erhob mich.

»Danke, Herr Rabbiner. Danke, Vater und Mutter.« Den Anfang der Parascha hatte ich mir glücklicherweise gemerkt.

»Noah war ein Zaddik, ein Gerechter in seiner Zeit. Aber die anderen Menschen waren schlecht und haben gesündigt. Darum bestrafte sie Gott mit der Sintflut, in der sie umkamen – außer Noah, der in seiner Arche seine Familie und alle Tiergattungen rettete ...«

Mehr wusste ich nicht über die Parascha, aber ich kannte das erste Thorakapitel. Vor allem die Frage, die mich nicht losließ und die Prejs so erzürnt hatte. Jetzt konnte er mich nicht daran hindern zu sagen, was mir auf der Seele lag.

»Noah und seine Familie waren Nachkommen Kains und Abels. Kain hatte seinen Bruder Abel erschlagen. Das heißt, alle Menschen, die danach leben, sind Kinder des Mörders Kain.«

Ich musste es aussprechen. »Wir alle. Selbst der Zaddik Noah. Ich will mich bemühen, so wie mein Vater und meine Mutter und die anderen Juden ein guter Mensch zu sein, damit wir nicht in einer Sintflut ertrinken.«

Ich setzte mich. Einige klatschten, Rabbiner Kraus drückte mir die Hand.

»Du hast eine reife Rede gehalten, Rafael. Welche Schule besuchst du?«

»Die Fridtjof-Nansen-Mittelschule …«

»Du solltest lieber auf eine Jeschiwa gehen. Eine Religionsakademie.«

»Gibt es eine in München, Herr Rabbiner?«

»Nein, leider nicht. Die Zeit des religiösen Lebens und Studierens ist in Deutschland endgültig vorbei. Die Nazis haben alles vernichtet.«

»Warum leben Sie hier, Herr Rabbiner?«, wagte ich zu erwidern.

»Damit die Juden in dieser Stadt und diesem Land nicht ohne Glauben, also ohne Gott leben. Aber begabte junge Männer wie du, Rafael, müssen die Thora studieren und gemäß ihren Geboten leben.«

»Ich will's versuchen.«

»Versuchen ist nicht genug, Rafael. Du musst es tun!«

Emil hatte meinen Wunsch erfüllt und mir ein Tonbandgerät geschenkt. Obgleich man am Schabbat keine Elektroapparate betätigen darf, konnte ich der Versuchung nicht widerstehen und probierte es sogleich aus. Es war aufregend, die eigene Stimme und die anderer aufzunehmen und sie abzuspielen. Ich freute mich darauf, mit meinen Freunden die Möglichkeiten des Tonbands zu erforschen. Wir konnten Sketche machen und Kanonendonner imitieren. Es war sogar möglich, Musik aus dem Radio aufzunehmen, doch die Wiedergabe war nicht besonders gut.

Am Schabbat-Ende kurz vor sieben hatte Ima ein kaltes Buffet mit Getränken für meine jüdischen Freunde Herschi, Hermann und deren Eltern im Wohnzimmer vorbereitet. Ich bestand darauf, dass auch mein Freund Helmut Hauner dabei war, obgleich er kein Jude war.

Wir gingen in mein Zimmer, wo Helmut, Hermann und ich unentwegt neue Experimente mit dem Tonband anstellten. Ich holte meinen Ball vom Schrank. Wir kickten los. Die Fensterscheibe hielt der Plastikkugel stand. Doch unser Geschrei und die Knaller der Pille gegen den Schrank alarmierten Ima. »Ausnahmsweise« erlaubte sie uns, auf dem Hof weiterzukicken. »Aber pass auf deinen Anzug auf. Zieh zumindest das Jackett aus.« Nach einer Weile erschien Emil in dem matt erleuchteten Hof. Er stoppte die Kugel gekonnt und führte mich wieder ins Haus. Vaters Chefs warteten in meinem Zimmer.

Herr Abramowski hatte nur drei Finger an seiner rechten Hand und war zappelig. Der andere Häuptling dagegen wirkte ruhig, er war schmächtig wie ein Junge. Seine schwarzen Augen blickten mich aufmerksam an.

»Gut hast du die Rede von Herrn Prejs auswendig gelernt. Aber was hast du dir dabei gedacht?«

»Ich hab sie nicht auswendig gelernt …«

»Sondern?«

»… ich hab mir selber was ausgedacht.«

Herr Saphir beäugte mich, ehe er sprach. »Dass wir alle Kinder eines Mörders sind, ist nichts Neues. Das haben wir im Lager erleben müssen …«

»Das waren nur Deutsche …«

»Nein, Rafael. Alle haben gemordet. In der Hölle kann niemand kalt bleiben.« Als er meine Ratlosigkeit bemerkte, fuhr er fort: »Die Deutschen waren die Teufel. Aber die Ukrainer und Polen und Russen und sogar unsere Kapos haben ihnen geholfen. Ohne Rachmones.«

Saphir sah meine Betroffenheit.

»Wir sind nicht gekommen, um dich heute traurig zu machen. Aber ab der Bar Mizwa musst du die Welt als Erwachsener sehen – nicht mehr wie ein Kind.«

»Sicher.«

»Die Parascha von heute handelte nicht von Kain und Abel und ihren Sünden, sondern von Noah …«

»Ich weiß, aber ich kenne den Inhalt kaum …«

Herr Saphir schüttelte lächelnd den Zeigefinger.

»Du hast gesagt, Noah war ein gerechter Mann – in seiner Zeit. Das ist der Punkt. Die Thora sagt nicht, Noah war ein gerechter Mann. Seit Adams und Evas Sündenfall kann kein Mensch vollkommen gerecht sein. Sogar Moses hat gesündigt, weil er Gott nicht blind geglaubt hat. Noah war ›gerecht in seiner Zeit‹ – also nur im Vergleich zu den Sündern damals ein Gerechter –, nicht absolut. Ein Mensch kann demnach nur ein relativer Zaddik sein. Darum soll man sich nicht vornehmen, vollkommen ohne Fehler und Sünden zu leben, sondern im Verhältnis zu anderen anständig zu sein.«

»Mach Rafael nicht meschugge mit deiner Philosophie, du ewiger Rabbi«, mahnte Herr Abramowski seinen Kompagnon.

»Richtig! Ich bin hier, um dir ein Geschenk zu machen.« Herr Saphir zog ein weißes Kuvert aus seiner Jackentasche und überreichte es mir. »Du auch, Chaim!«, forderte er den anderen auf, der mir ebenfalls einen Umschlag gab. Ich bedankte mich bei den Chefs meines Vaters.

»Wofür, Rafael? Man dankt nicht für die Katze im Sack!« Herrn Saphirs blitzende Augen ermutigten mich.

»Eine Katze passt nicht in Ihren Umschlag. Ich denke, es wird ein Geldschein sein.«

»A kliger Jing«, meinte Herr Abramowski.

»Eine Masl-tov-Karte ist im Kuvert«, schmunzelte Herr Saphir.

»Für eine Masl-tov-Karte wären Sie nicht extra hergekommen …«

»Du sollst nicht so frech sein, Rafi«, mahnte Emil.

»Lassen Sie Ihren Sohn, Seligmann. Ein Jud ohne Chuzpe ist wie ein Himmel ohne Sterne.«

Alle lachten. Indessen forderte Herr Abramowski mich auf, in die Umschläge zu gucken. Jeder enthielt drei Fünfzig-Mark-Scheine. Dreihundert! Wöchentlich erhielt ich 1,50 Mark Taschengeld. Nun hatte ich für 200 Wochen Geld bekommen. Das waren vier Jahre!

Kurz darauf verließen die Chefs unsere Wohnung. Vater und ich brachten sie zu ihren schwarzen Mercedes-Limousinen. Ehe Herr Saphir in sein Auto stieg, mahnte er mich, nicht zu vergessen, »ein gerechter Mann in meiner Zeit« zu sein. Wichtiger waren mir an diesem Abend die dreihundert Mark.

Anerkennung

Ludwig

Nach der Durchsicht der »Abendzeitung« und dem Genuss eines Kaffees wollte ich wie an jedem Montagmorgen mit einer Überschlagsrechnung des wöchentlichen Durchgangs im Lager sowie der Materialausgabe an die Heimarbeiter und ihrer Lieferungen der Fertigprodukte beginnen. Während ich mein Warenjournal durchging und mir die Namenskarten unserer Zulieferer aus der Kartei holte, vernahm ich Schritte. Es war 7.15 Uhr. Eine Dreiviertelstunde vor Arbeitsbeginn trat Chaim Abramowski ins Lager.

»Guten Morgen, Seligmann.«

»Guten Morgen, Herr Abramowski. Was führt Sie so früh zu mir?« Der Chef verschmähte zunächst den angebotenen Stuhl, ehe er sich schließlich doch setzte, wobei er einen Kaffee energisch ausschlug.

»Dafür haben wir keine Zeit. In a dreiviertel Stund' kommen der Langefeld und die anderen. Mein Schutef Saphir wird sich noch mindestens eine Stunde länger Zeit lassen ...«

Dass ihn die mangelnde Präsenz seines Kompagnons erbitterte, war mir bekannt.

»Seh'n Sie, Seligmann, ich weiß, der Saphir ist a Chochem, ein Kluger. Er war keinen Tag in der Schule. Nur im Cheder, später in der Jeschiwe. Plötzlich war er im Lager. A schwacher Kerl, ohne Kojech, ohne Kraft. So einer wäre in einem Monat ins Gas gegangen. Aber mit seinem klugen Kopf hat er es fertiggebracht, in die Verwaltung zu kommen. Die haben für die SS-Verbrecher die ganze Rechenarbeit gemacht. Wie viel

141

Geld und Schmuck und Kleider, wie viel Haare, Schuhe – die Banditen haben sogar das Zahngold der Leichen rausbrechen lassen. Und die Jidn mussten alles berechnen. Der Jeschiwe-Bocher, der nie Rechnen gelernt hat, hat sich das sofort selbst beigebracht. Die SS-Verwaltung hat seine Kalkulation benutzt. Er hat mehr Essen gekriegt und war besser untergebracht als andere Häftlinge. Darum hat er überlebt. Aber sie haben für immer seine Seele kaputt gemacht. Darum ist er nach dem Churban, nach der Zerstörung, nicht mehr Rabbi geblieben, sondern ein Sojcher, ein Kaufmann, geworden. Er ist ein brillanter Kopf. Ein unschlagbarer Rechner. Ob Schlomo Saphir mit der Bank oder einem großen Kunden verhandelt – er ist klüger und schneller als alle studierten Ökonomen. Er hat unseren Aufstieg finanziell abgesichert, aber ihn interessieren nur die großen Geschäfte. Die rechnet er im Kopf aus, und Notizen macht er sich auf Zigarettenpapier. Kein Mensch, nicht einmal ich und die Buchhaltung, wissen genau, wie wir dastehen. Wie viel Schulden wir haben und wie viel Vermögen. Nur Schlomo Saphir kennt die Situation. Aber eben nur die großen Fakten. Doch zusammengenommen machen die kleinen Aufträge mehr als ein Drittel unseres Umsatzes aus. Auch die großen Materialeinkäufe macht Saphir. Erst aus den Rechnungen erfahre ich die Preise. Ich kenne die Preise für Wolle und Baumwolle, aber auch die Qualität. Schlomo Saphir interessiert nur der Preis. Dadurch haben wir ständig Probleme – aber keinen Überblick!« Abramowski hielt es nicht länger auf seinem Stuhl. »Keiner hat hier einen Überblick!«, schrie er.

»Warum erzählen Sie mir das, Herr Abramowski?«

»Warum? Warum?« Der Chef kam auf mich zu. »Die Lösung ist einfach!«

»Ja?«

»Saphir muss alle Zahlen auf den Tisch legen.«

»Warum sagen Sie ihm das nicht?«

»Ich habe es Schlomo schon hundertmal gesagt! Ich habe getobt und argumentiert. Ich habe gedroht und gebettelt!«

»Will er nicht?«

»Er sagt: ›Ja. Sicher. Morgen, nächste Woche …‹«

»Aber es geschieht nichts?«

»So ist es, Seligmann. Und darum …«, Abramowski senkte seine Stimme und hob den Zeigefinger, »… darum müssen Sie zu Saphir gehen und ihm sagen, dass wir eine langfristige Finanzplanung brauchen.«

»Wenn Sie als Kompagnon es nicht fertigbringen, ihn zu einer Offenlegung der Finanzperspektiven zu bewegen, wie soll ich das als kleiner Angestellter bewerkstelligen?«

»Auf mich hört er nicht, weil ich ein polnischer Jid bin …«

»Sie sind Ingenieur, Herr Abramowski.«

»Für ihn bin ich ein Nebbich aus'm Schtetl. Aber Sie sind ein deutscher Jude. Vor den Deutschen hat er Angst – seit dem KZ.«

»Aber ich bin doch Jude wie Sie und er, Herr Abramowski …«

»Sie sind Deutscher, das zählt! Sie haben Ordnung in unser Warenlager gebracht und auch in das Geschäft mit den Heimarbeitern. Vor Ihnen hat er Respekt, Seligmann.«

»Ich fürchte, Herr Saphir hat vor niemandem Respekt«, bekannte ich.

»Egal. Wir müssen etwas tun! Und das Beste ist, Sie gehen zu Schlomo Saphir und verlangen, dass er alle Zahlen offenlegt, und zwar sofort.«

»Wenn ich das mache, lacht er mich aus – und zwar zu Recht.«

»Sie müssen es dennoch versuchen, Seligmann. Das sind Sie der Firma schuldig.«

»Ich kann meinem Chef nichts befehlen!«

Daraufhin beschimpfte mich Abramowski als undankbaren Feigling – er dagegen habe Mut bewiesen, als er mich einstellte.

»Saphir ist ein Despot. Ich wollte, dass wir Ihrem Sohn zur Bar Mizwa fünfhundert Mark schenken, aber er hat darauf bestanden, dass wir nur die Hälfte geben. Ich habe noch fünfzig Mark draufgelegt.« Schließlich einigten wir uns, dass Abramowski ein Gespräch im Chefbüro arrangieren sollte, bei dem »alles auf den Tisch kommen muss«.

Das Treffen fand tatsächlich zwei Tage später im Restaurant des Hotels Bayerischer Hof am Promenadeplatz statt. Zu meinem Erstaunen und wohl auch zu Abramowskis Verblüffung blieben wir jedoch kein jüdisches Trio. Herr Saphir erschien in Gesellschaft von Vera Ceres. Ich hatte unsere Direktrice bislang nur flüchtig kennengelernt. Sie war eine schlanke, gepflegte Frau mit brünetter Farah-Diba-Frisur, gekleidet in ein bordeauxrotes Modellkostüm und eine Persianerjacke. Doch dank des entschiedenen Ausdrucks ihrer blauen Augen und ihrer klaren Stimme wäre Frau Ceres auch in Konfektionskleidung aufgefallen. Sie war freundlich, doch bestimmt.

Das von livrierten Kellnern servierte Essen und der kredenzte Rotwein mundeten hervorragend. Um seine Entschlossenheit zu demonstrieren, tönte Abramowski, die Israelis hätten »Eichmann in Argentinien abknallen sollen«.

»Nein!«, entgegnete Saphir, »wir Juden haben es nicht nötig, heimlich bei Nacht Verbrecher zu meucheln und wegzulaufen. Wir werden ihn in Israel vor Gericht stellen, sodass die ganze Welt seine Schuld sieht.«

Abramowski wirkte ratlos. Schließlich stieß er mit dem Fuß gegen mein Schienbein. Ehe er ein weiteres Foul an mir beging, musste ich handeln.

»Herr Abramowski war so freundlich, uns einzuladen. Er meint ebenso wie ich, dass uns, wenn wir alle zusammensitzen, gewiss etwas einfällt, um unsere Firma noch effizienter zu machen …«

»Ja, wir müssen besser verdienen! Die Finanzen müssen klarer sein, Schlomo.«

Saphir sah Abramowski belustigt an.

»Ich versteh dich nicht, Chaim. Unsere Firma besteht seit knapp zehn Jahren. In der Zeit haben wir den Umsatz verfünfzigfacht, der Gewinn hat entsprechend zugenommen. Du kennst die Zahlen. Ich möchte unsere Mitarbeiter damit nicht langweilen. Sie sollen den Abend genießen.«

Wiederum blickte mich Abramowski hilfesuchend an.

»Die Erträge gehen mich als Angestellten nichts an. Doch wenn Sie schon so freundlich waren, Frau Ceres und mich einzuladen, wäre das nicht eine gute Gelegenheit, gemeinsam zu überlegen, wie wir im operativen Bereich das eine oder andere verbessern könnten, Herr Saphir?«

Er warf mir einen ironischen Blick zu. »Operieren Sie mit Frau Ceres, so viel sie wollen. Vielleicht kann Ihnen Herr Abramowski dabei helfen. Er ist Ingenieur.«

Damit war für Herrn Saphir das Geschäftsessen beendet. Er ließ sich die Rechnung geben und verabschiedete sich, gefolgt von Frau Ceres in ihrer Persianerjacke. Im Hinausgehen streifte sie zart meine Schulter und meinte aufgeräumt:

»Ich rufe Sie die kommenden Tage wegen eines Termins an, damit wir uns mit Ihrem operativen Bereich beschäftigen können. Bestimmt werden wir zu fruchtbaren Ergebnissen kommen.«

»Schlomo hat keinen Anstand, er kann es kaum erwarten, die Schickse zu trennen. Obwohl der Schuft verheiratet ist«, seufzte Abramowski.

Das Moralisieren ist der Trost der Ohnmächtigen.

Die Direktrice meldete sich am folgenden Vormittag. Wir verabredeten uns im Café Europa in der Leopoldstraße. Vera Ceres war eine kluge Frau, jede Bemerkung ergab Sinn, auch, was sie verschwieg. Ihre Willensstärke war unverkennbar, doch sie wirkte nicht erdrückend. Sie war neugierig und konnte aufmerksam zuhören.

Die gut Vierzigjährige war nicht hübsch, besaß jedoch eine aparte Erscheinung mit erotischer Ausstrahlung. Frau Ceres erzählte mir, dass ihre Familie aus Ungarn stammte. Früh hatte sie sich für Mode interessiert und sich zur Direktrice hochgearbeitet – während Hannah zeit ihres Berufslebens Näherin geblieben war. Vera Ceres war fast von Anfang an bei der TeuTex dabei gewesen.

»Ein meschuggener Judenladen, kein langweiliger deutscher Betrieb. Schlomo hat mich von Anbeginn machen lassen. Er hat einen genialen Verstand, gibt den Zyniker und stellt alle in den Schatten. Wenn er ein Ziel hat, erreicht er es.«

Ich erkundigte mich, ob ich sie eventuell durch meine Kenntnisse des Textilgeschäfts unterstützen könnte.

»Aber gerne, lieber Herr Seligmann. Mit Freude. Ich bin für jede Idee von Ihnen offen.«

»Ich komme von der Männerkonfektion. Bei der TeuTex haben wir vorwiegend Damenmode. Aber ich verstehe etwas von Einkauf und Vertrieb. Das habe ich von der Pike auf in einem Ulmer Kaufhaus gelernt und in der größten israelischen Textilfirma als Einkäufer und Prokurist vervollkommnet.« Ich meinte, meine Stellung bei der TeuTex erklären zu müssen. »Wir hatte schwere Zeiten in Israel, meine Frau war krank …« Ihr Blick verriet, dass sie mich durchschaute. »Nun, der wirkliche Grund war, dass ich ein guter Organisator, aber kein harter Kaufmann bin. Ich wollte es lange nicht wahrhaben, tauge aber wohl eher zum Angestellten als zum selbstständigen Geschäftsmann …«

Vera Ceres ergriff zart meine Hand und drückte sie fest. Wir saßen eine Weile wortlos nebeneinander. Der Lärm des Caféhauses perlte an uns ab. Es gab nur uns. Irgendwann zog sie ihre Rechte sanft aus der meinen, die Welt drang wieder zu uns durch.

»Ludwig Seligmann, du hast dir mit deiner Ehrlichkeit einen Platz in meinem Herzen erobert.«

Wir schwiegen erneut.

»Wenn ich dich vor einigen Jahren kennengelernt hätte, Ludwig ...«

»Ich bin verheiratet ...«

»Das stört mich nicht, wie du weißt.«

Über unsere Anziehung hinaus entwickelten Vera und ich auch ein Arbeitsverhältnis, das von Vertrauen und gegenseitiger Wertschätzung geprägt war. Wir ergänzten einander. Vera war eine kreative Konfektionsgestalterin und besaß eine vitale Durchsetzungskraft, während ich Arbeitsabläufe zu organisieren verstand. Gelegentlich streifte mich der Gedanke: ›Hättest du eine Partnerin wie Vera, wärst du ein erfolgreicher Kaufmann geworden.‹ Doch ich hatte Hannah geheiratet. Ich liebte sie und Rafi und dachte nicht daran, unsere Ehe zu gefährden.

Vera verschaffte mir ein Büro neben dem ihren im Direktionsflügel, sodass ich mit ihr die einzelnen Betriebsabteilungen besser verzahnen konnte. Auf diese Weise konnten die Arbeitsabläufe zwischen den von Vera und ihren Mitarbeiterinnen gestalteten Entwürfen von der Produktion bis zum Verkauf verkürzt werden. Die frei werdenden Arbeiterinnen setzten wir in der Produktion ein.

Salomon Saphir störte sich nicht an dem zunehmend engeren Vertrauens- und Arbeitsverhältnis zwischen Vera und mir. Denn er wahrte innerlich Abstand zu allen Menschen, selbst zu seiner Geliebten. Chaim Abramowski dagegen monierte die Verknüpfung von Entwürfen und Produktion. Vera verstand sogleich, dass diese Kritik mir galt.

»Er mäkelt an der Organisation herum, weil er Angst hat, dass du seine Position untergräbst.«

»Das ist doch Humbug. Ich helfe lediglich ihm, die Firma effizienter zu machen.«

»Seine Eifersucht hindert ihn daran, das zu begreifen, Ludwig.«

Ich wollte Abramowski deshalb zur Rede stellen, obgleich Vera mir energisch davon abriet. Meine anerzogene Geradlinigkeit aber ließ mir keine Wahl. Als ich ihn fragte, ob er etwas an meiner engen Zusammenarbeit mit der Direktrice auszusetzen habe, verneinte der Ingenieur.

»Wenn mir das nicht passen würde, hätte ich es längst unterbunden.«

Auf diese Chuzpe musste ich reagieren.

»Bemerken Sie nicht die Vorteile meiner Zusammenarbeit mit Frau Ceres, Herr Abramowski?«

»Nein! Sie haben ein zweites Büro in der Chefetage. Meinetwegen. Aber ich sehe keine Verbesserung für unsere Firma, Seligmann.«

»Wir haben allein zehn Mitarbeiterinnen für die Produktion gewonnen, die bis dahin nutzlos in ihren Büros rumgesessen sind und telefoniert haben.«

»Die Damen fehlen jetzt im Verkauf.«

»Unsere Verkaufszahlen nehmen doch zu, Herr Abramowski.«

»Das glauben Sie, weil Sie keinen Überblick haben, Seligmann.«

Nun erst begriff ich, dass Vera recht hatte.

Ich erzählte Vera nichts von meiner Unterredung mit Abramowski. Doch sie wusste ohnehin, dass der Ingenieur nachhaltig gekränkt war, und riet mir, vorläufig nicht in der Chefsuite zu arbeiten.

Einige Wochen später erschien Chaim Abramowski bei mir und teilte mir mit, die TeuTex habe auf seine Initiative einen Betriebsdirektor eingestellt. Im Weggehen erwähnte er, da

Herr Betriebswirt Dr. Pohlmann noch kein eigenes Büro habe, müsse er vorderhand meinen Raum in der Direktionsabteilung benutzen.

»Haben Sie etwas dagegen, Seligmann?«

»Es ist Ihre Firma.«

Mit den Worten »Gut, gut« entfernte sich Abramowski. An seinem zweiten Arbeitstag zitierte mich der neue Betriebsdirektor in sein Büro. Dr. Pohlmann war ein groß gewachsener Mann in einem ausgesuchten dreiteiligen Nadelstreifenanzug mit Einstecktuch, das farblich mit seiner blau-weiß gestreiften Krawatte harmonierte. Er war höflich, sprach jedoch über seinen Schreibtisch hinweg mit mir. An seinen Fragen über die Arbeitsweise des Lagers und zum Geschäftsverkehr mit den Heimarbeitern erkannte ich den Theoretiker, dem das praktische Können abging.

Derweil machte sich Dr. Pohlmann mit einem Füller Notizen in ein Journal. Als er damit fertig war, schraubte er seinen Schreiber zu und fragte mich, ob ich Anregungen zur Optimierung vorzubringen hätte.

»Wir arbeiten daran, die Abläufe zu verbessern.«

»Fertigen Sie mir bitte bis zum Wochenende einen exakten Bericht an. Ich werde ihn sorgfältig analysieren.«

In allen Abteilungen vernahm ich zunehmend Unmutsäußerungen über Pohlmann. Vor allem die Strickmeister, die technische Seele der Produktion, schimpften über die schulmeisterlichen Belehrungen des Betriebsdirektors.

»Pohlmann hat keine Ahnung vom Stricken. Ein Doktor gehört ins Krankenhaus und nicht in den Strickmaschinensaal«, schimpfte Martin Hess, unser erfahrenster Strickmeister.

Dr. Pohlmann hatte es auch fertiggebracht, Vera massiv zu verärgern.

»Dass dieser ignorante Mensch sich in Sachen wie meine Konfektionskreationen einmischt, von denen er keine Ahnung hat, lasse ich mir nicht bieten. Das habe ich ihm unverblümt ins Gesicht gesagt«, erklärte sie, als wir beim Kaffee im Schelling-Salon saßen.

»Du hast mir geraten, mich zu beherrschen und nichts zu sagen«, warf ich ein.

»Es ist einfacher, kluge Ratschläge zu erteilen, als diese selbst zu befolgen. Ich habe die Modeschule mit Auszeichnung bestanden. Pohlmann hat von Mode keinen Schimmer.«

Vera kannte aus der Buchhaltung die Höhe von Pohlmanns Gehalt.

»3800 Mark. Damit verdient er mehr als doppelt so viel, wie er als Dozent an der Fachhochschule erhalten hat, wo er vorher war. Und mehr als ich.«

Nach über einem Monat bequemte sich Pohlmann zu einer Inspektion des Lagers, das er als »Müllhalde« bezeichnete. Langefeld titulierte er als »unfähig«.

»Sag das noch mal, du Kanaille!«, brüllte Alfons den Direktor an. Vergebens versuchte ich, den Tobenden zu beruhigen oder zumindest aus dem Raum zu führen. Der Hüne schob mich weg wie eine leere Holzkiste, ehe er sich mit hochrotem Kopf wieder an Pohlmann wandte, der gerade das Lager verlassen wollte.

»Hiergeblieben, du Memme!«

Pohlmann befolgte den scharfen Befehl des Legionärs. Worauf Langefeld sich in voller Größe vor dem Betriebswirt aufbaute und diesen anfuhr:

»Unfähig! Ich! Wiederhol das! Wenn du dich nicht traust, bist du ein Feigling. Aber wenn du den Schneid hast, mich wieder einen Müllmann zu nennen, dreh ich dich durch den Wolf, dass du im Lazarett aufwachst.«

Mein erneutes Dazwischengehen ermöglichte es Pohlmann, unbeschadet das Lager zu verlassen. Keine halbe Stunde später erhielt Langefeld ein Kuvert mit seiner fristlosen Kündigung.

150

Ich nötigte den Wütenden zu seinem Auto, um ihn daran zu hindern, in Pohlmanns Büro zu stürzen und seine Drohung wahr zu machen.

Nachdem Alfons in seinem roten NSU Prinz mit quietschenden Reifen davongefahren war, begab ich mich zu Herrn Abramowski und schilderte den Vorfall und die Konsequenzen. »Das hat Dr. Pohlmann absolut richtig gemacht, sonst hätte er seine Autorität verloren.«

»Sie kennen doch unseren Langefeld. Er ist etwas cholerisch, aber er hat ein gutes Herz.«

»Es geht hier nicht um sein Herz, sondern um die Disziplin in der TeuTex.« Abramowski hatte sich an der Disziplin der Nazis infiziert, deren Folgen er am eigenen Leib erfahren hatte.

»Herr Abramowski, ich weiß, dass Sie ein guter Jude sind und Rachmones haben. Haben Sie Erbarmen mit Langefeld, der Ihnen geholfen hat, als Sie in Not waren.« Meine Bemerkung ließ Abramowskis Gesichtszüge verhärten. Er rührte keinen Finger, um Langefeld vor der fristlosen Kündigung zu bewahren.

Pohlmann fasste den Rauswurf des Lagerverwalters als Bestätigung seiner Autorität auf. Nachdem er die Berichte der Abteilungsleiter erhalten hatte, bestellte er jeden von uns erneut zu sich, um die Rapporte zu bewerten. Am Inhalt meiner Analyse hatte er wenig auszusetzen. Doch er bemängelte die Form.

»Der Rapport ist mit einer Schreibmaschine zu verfassen. Zudem fehlt Ihre Durchwahlnummer. Ergänzen Sie diese bitte, wenn Sie mir binnen 48 Stunden die maschinenschriftliche Version Ihres Berichts vorlegen.«

Pohlmanns anmaßendes Auftreten erzürnte die Abteilungsleiter. Zumal sie mitbekamen, dass der Betriebswirt sich Veras Hass zugezogen hatte und ihr spezielles Verhältnis zu Saphir bekannt war. Saphir sah eine Weile dem Walten Pohlmanns zu, ehe er den anmaßenden Betriebsleiter fristlos entließ.

Der Rauswurf Pohlmanns kränkte Chaim Abramowski dermaßen, dass er sich daraufhin tagelang nicht in der TeuTex sehen ließ.

Sein Kompagnon nahm es gelassen. Der ehemalige Rabbiner zitierte das Buch der Prediger: *Alles hat seine Zeit. Jedes Ding hat seine Stunde unter dem Himmel. Das Pflanzen hat seine Zeit, und das Ausreißen hat seine Zeit.* Der Chef lehnte sich zurück, entzündete eine Zigarette, stieß den Rauch aus und erklärte: »Um mir zu zeigen, dass er das Sagen hat, hat Abramowski diesen Doktor geholt. Ich habe gleich verstanden, dass er ein arroganter Golem ist, der sich mit allen verfeindet. Aber als er sogar zu mir chuzpedik geworden ist, habe ich ihn ›ausgerissen‹. Meine Leute sind zufrieden und werden ohne die Ejzes von dem Potz besser arbeiten als zuvor.«

Ich nutzte die Gelegenheit, um mich für die Wiedereinstellung von Alfons zu verwenden. Doch dem Chef missfiel Langefelds Unbeherrschtheit.

»Niemand hat Pohlmann ausstehen können, aber der Einzige, der gedroht hat, ihn zu schlagen, war Langefeld. Wozu? Ausgedrückte Zigaretten soll man nicht mehr anzünden. Der Legionär ist zu stolz, um zu uns zurückzukommen.«

Saphir behielt recht. Alfons war nachhaltig gekränkt.

»Du warst der Einzige, der sich für mich eingesetzt hat, Louis. Das vergesse ich dir nicht. Aber die Chefjuden haben mich im Stich gelassen. Sie werden mit dir das Gleiche tun, wenn es ihnen passt.«

Rafael

Meine Standardnote in Deutsch war eine Vier gewesen. Jetzt hatte ich erstmals eine Eins. Ausgerechnet unsere gestrenge Deutschlehrerin, Fräulein Behringer, hatte meine Arbeit als »sehr gut« bewertet.

»Dein Aufsatz war neu und anregend«, erklärte die Niederbayerin. Ich hatte keinen Besinnungsaufsatz geschrieben, sondern mich für ein außergewöhnliches Thema entschieden:»Was kann man besser machen?« Dabei hatte ich vorgeschlagen, dass Schüler ohne schlechte Noten und Sitzenbleiben in den Fächern unterrichtet werden sollten, die sie interessierten. Dann würden sie als Erwachsene gute Arbeit leisten und für die Schwächeren sorgen. Wenn die Menschen in einem Beruf arbeiteten, der ihnen Freude machte, würden sie gut und zufrieden sein, keine Verbrechen begehen und keine Kriege beginnen.

»Seligmann hat in seinem Aufsatz eine menschliche Gesellschaft entworfen«, lobte mich die Behringer vor der Klasse. Das sei wichtiger als das ewige Besinnungsaufsatz-Schema von These, Antithese und Synthese. »Dabei wird meist leeres Stroh gedroschen.«

Ich war verlegen, doch zugleich unsinkbar. Denn mit einem Deutscheinser konnte ich nicht durchsegeln. Als ich beim Abendessen mit meiner Zensur prahlte, mochte Mutter es nicht glauben. Doch die Deutschlehrerin bestätigte ihr meine Note in der Sprechstunde.

»Fräulein Behringer schwärmt von deiner Fantasie. Aber die meisten Menschen verlassen sich lieber auf Fleiß – besonders die Deutschen. Und wenn einer faul ist wie du, wird er bestraft.« Ima wollte nicht begreifen, dass sie genauso dachte und urteilte wie die von ihr gehassten Deutschen.

Im Frühjahr gab unsere Geschichtslehrerin Frau Meyerhoff bekannt, dass wir gemeinsam mit der Parallelklasse die KZ-Gedenkstätte Dachau besuchen würden. Als ich Ima davon berichtete, brauchte sie eine Weile, ehe sie ihre Geistesgegenwart wiedererlangte.

»Was hast du in einem Konzentrationslager zu suchen?«

»Auf Anweisung des Stadtschulrats sollen alle Münchener Schüler der siebten Klasse die neue KZ-Gedenkstätte besuchen.« Der Hinweis auf Dr. Fingerle machte für Mutter das Unterfangen koscher.

»Ich komme mit.«

»Aber es ist nur für unsere Klassen. Von Eltern hat Frau Meyerhoff nichts gesagt.«

»Das ist mir egal. Die Schickse wird es nicht wagen, mir als Jüdin zu verbieten, ins KZ mitzukommen.«

»Ich werde die Lehrerin fragen.«

»Du wirst gar nichts fragen, Rafi! Ich fahre mit. Das ist das Wenigste, das ich für meinen vergasten Bruder tun kann.«

Freitagmorgens erschien ich mit Ima vor der Schule. Mutter sprach kurz mit Frau Meyerhoff und bestieg anschließend den Omnibus, wo sie sich neben mich setzte. Die verschlossenen Gesichter unserer Geschichtslehrerin und ihres Kollegen bewiesen, dass ihnen Imas Anwesenheit nicht recht war. Damit galt die Ablehnung auch mir. Meine Mitschüler sprachen ebenfalls nicht mit mir.

Nachdem wir uns auf dem großen Gelände versammelt hatten, erläuterte uns Herr Bircher, der Geschichtslehrer der 7a, dass Dachau 1933 als erstes Konzentrationslager auf deutschem Boden errichtet worden war.

»Die Konzentrationslager sind schon dreißig Jahre vorher von den Engländern erfunden worden. Während des Buren-Kriegs in Südafrika haben sie Frauen, Kinder und Männer eingekerkert. Wie es die Nazis später mit ihren Feinden getan haben. Besonders mit den Juden und den Katholiken. Einer der Gefangenen war der jetzige Landwirtschaftsminister Alois Hundhammer. Der erste Kommandeur von Dachau war Theodor Eicke, ein SS-Mann. Es war eine schlimme Zeit damals. Daran zu erinnern, ist der Zweck dieser Gedenkstätte.«

Danach wurden wir durch eine Baracke geschleust und von

dort zum Krematorium. Der Anblick der eisernen Bahren, auf denen die Leichen in die mächtigen Verbrennungsöfen geschoben wurden, entsetzte mich. Den anderen erging es offensichtlich ähnlich. Ich wollte Imas Hand streicheln. Aber mir fehlte der Mut. Die Mitschüler hätten mich als Muttersöhnchen verspottet. So schloss ich mich den Buben an und ließ Mutter im Krematorium stehen.

Wir gelangten zur Gaskammer.

»In Dachau ist niemand vergast worden. Die Kammer haben die Amis erst nach dem Krieg gebaut«, behauptete ein Schüler.

»Du meinst, wie die Kulissen zu einem Western?«, antwortete ich. Glucksen wurde hörbar. Es wirkte wie ein befreiendes Signal. Schallendes Gelächter brandete in der Gaskammer auf. Frau Meyerhoff trieb uns aus dem Raum. Auf der Heimfahrt stierte Ima ins Leere, während die Schüler ausgelassen schwatzten.

Bis zum Abend sprach Mutter kein Wort mit mir. Als Emil heimkam, ging sie mit mir in mein Zimmer.

»Dass du ein Faulpelz und Tunichtgut bist, weiß ich. Aber dass du ein vollkommen gefühlloser Kerl mit einem Herz aus Stein ohne einen Funken Mitleid bist, hast du heute mir und allen verkommenen Jungen aus deiner Schule beweisen wollen. Ihre Väter haben meinen Bruder Aaron und meine Schwester Jente und ihre Familien abgeschlachtet und sechs Millionen Juden. Und du hast nichts Widerwärtigeres zu tun, als ihnen in den Hintern zu kriechen! Du lachst mit ihnen und machst Witze in der Gaskammer, wie man mir berichtet hat. Aber es wird dir nichts nützen! Gar nichts! Sobald sie Gelegenheit dazu haben, werden sie auch dich vergasen. In derselben Gaskammer, in der du dich über den Mord an meinen Geschwistern lustig gemacht hast! Das werde ich dir nie verzeihen.«

Warum ließ sie ihren Zorn an mir aus? Als der Mitschüler behauptete, dass die Gaskammer erst später von den Amerikanern

155

gebaut worden sei, antwortete ich auf seinen Schmarrn, um nicht an das furchtbare Geschehen von früher denken zu müssen. So erging es allen. Darum hatten sie gelacht – nicht um Mutter zu kränken.

Doch Ima konnte nicht vergessen, was man mit Aaron und Jente und ihren Familien getan hatte. Darum hat sie mir ein schlechtes Gewissen in die Seele gebrannt.

Nachts träume ich, dass ich inmitten einer gesichtslosen Menschenschar in eine Gaskammer gepresst werde. Die Stahltüren gehen zu. Ich kriege keine Luft. Da wird eine Tür noch einmal aufgerissen – Luft, Licht, man stößt Ima in die Kammer. Ich will zu ihr, doch ich bin unfähig, mich zu bewegen. Die Stahltür kracht zu. Wieder ist es dunkel, ich kann nicht atmen …

Schwitzend erwache ich mit zusammengepresster Brust – als läge ich unter einem Felsen. Ich bin verzweifelt.

Warum habe ich gelacht, statt auf Mutters Trauer Rücksicht zu nehmen? Wollte ich vergessen, dass Aaron mein Onkel war? Der Traum wiederholte sich fast jede Nacht. Erst Jahre später, nachdem ich mich mit Antisemiten prügelte, endete das Empfinden des Ausgeliefertseins – der Traum erlosch.

Mein folgender Aufsatz wurde nur mit einer Drei benotet. »Streng dich an, Seligmann! Lass deine Fantasie sprechen, sonst machst du dich zum Langweiler – dafür taugst du nicht.«
Ich war unfähig, den Rat meiner Deutschlehrerin zu befolgen. Die Bedrückung, die mich seit Imas Zurechtweisung plagte, raubte mir Kraft, und so spielte ich den Klassenclown. Den Anlass hierzu gab unser Zeichenlehrer Frommser. Als er mich ob meiner Albernheiten während des Unterrichts ermahnte: »Seligmann, spiel nicht schon wieder den Kasper!«, erwiderte ich: »Gut, das nächste Mal mache ich den Melchior und dann den Balthasar. Alle Drei Könige.«

Lautes Gelächter. Die Mitschüler ergötzten sich an meinen Narreteien. Damit gelang es mir, meine Gewissensqual zu überspielen.

Der Eichmann-Prozess, der im April 1961 begann, befreite mich wie viele Diasporajuden vom Gefühl der Ohnmacht. Den Israelis war es gelungen, den Nazimörder, dessen Schreckensbild mich von Kindheit an begleitet hatte, zu ergreifen und in Jerusalem vor Gericht zu stellen. Die Macht der Nazis schien mir nunmehr endgültig gebrochen. Im deutschen Fernsehen war der ehemalige SS-Mann zwei Mal wöchentlich in einem Glaskäfig zu sehen, bewacht von zwei israelischen Polizisten, vor israelischen Richtern unter der Menora, Zions Staatswappen. Ich hatte mir den Organisator des Judenmordes als blutrünstige Bestie vorgestellt. Doch Eichmann gab sich als biederer Befehlsempfänger. Dieser Buchhalter hatte über Jahre die Mordmaschine bedient. Ich begann zu ahnen, dass das Schlechte keineswegs immer als geifernder Derwisch auftrat, so wie man es bei Hitler in Fernsehdokumentationen zu sehen bekam. Das Böse konnte auch langweilig daherkommen.

Ludwig
Nach Pohlmanns Kündigung bat mich Herr Abramowski, dessen Büro zu beziehen.
»Zu welchem Zweck?«, wollte ich wissen.
»Seligmann, seien Sie nicht gekränkt. Ich hab den Goj rausgeworfen, weil er mitsamt seinem Doktor nichts getaugt hat.«
Wer log, Abramowski oder Saphir? Der Ingenieur hatte die Einstellung Pohlmanns betrieben, weil er mir misstraute. Jetzt warb er um mich.
»Ich verstehe nicht, warum Sie Herrn Dr. Pohlmann eingestellt haben.«

»Weil der Saphir mir dauernd in den Kopf hackt, ich soll die TeuTex organisieren wie einen deutschen Betrieb. Aber wir sind eine jüdische Firma, kein deutsches KZ!« Wenn ein Jude nicht weiterwusste, dann musste ein deutsches KZ herhalten.

»Aber ich hatte meine Arbeit hier ordentlich gemacht, Herr Abramowski ...«

»Sie machen Ihre Maloche ausgezeichnet. Darum befördere ich Sie ständig und erhöhe Ihr Gehalt. Ich bin sehr zufrieden mit Ihnen.«

»Dann verstehe ich nicht, warum ich mein Büro hier räumen musste und ins Lager abgeschoben wurde ...«

»Vorbei ist vorbei, Seligmann! Lassen Sie das Gestern ruhen.«

»Und wie soll das Morgen aussehen, Herr Ingenieur?«

»So gefallen Sie mir, Seligmann. Sie beziehen sofort wieder Ihr altes Büro.«

»Und was soll ich da tun, Herr Abramowski?«

»Sie kennen Ihre Arbeit ganz genau. In Zukunft werden wir beide noch enger zusammenarbeiten. Sie werden in Absprache mit mir alle Abteilungen durchgehen – aber wie ein Mensch, wie ein anständiger, kluger Jid, nicht wie dieser unfähige Goj – und mir sagen, wo Sie denken, dass man etwas verbessern kann und wie die einzelnen Räder besser ineinandergreifen können – wie bei einer gut geölten Maschine.«

Das alte Spiel würde wieder von vorn beginnen, Abramowski würde alles, was schieflief, auf mich abwälzen. Dennoch freute ich mich auf meine Tätigkeit. Ich konnte wieder mein helles Büro beziehen, und Frau Kern würde mich als Sekretärin ein Stück weit vom Papierkram entlasten. Die größte Befriedigung aber bereitete mir, dass ich wieder durch die Fabrik streifen konnte, um ihren Ablauf mit meinen Ideen und meiner Arbeit effektiver zu gestalten, statt im Lager zu hocken und mich mechanisch um die Lieferungen der Heimarbeiter zu kümmern. Zunächst musste ich einen routinierten Lagerverwalter einstellen.

Unterdessen beorderte Abramowski Frau Kern zu sich, da seine Sekretärin gekündigt hatte.

»Gedulden Sie sich ein paar Tage, Seligmann. Wir werden für Sie eine neue Frau finden.«

»Ich brauche keine neue Frau, ich brauche meine alte Sekretärin!« Ich musste laut werden, sonst würde Abramowski es bei dem Provisorium belassen und ich fortan ohne Bürokraft auskommen müssen. Der Ingenieur versprach, sich darum zu kümmern. Doch in den folgenden Tagen gestand er mir ein, dass Saphir einen Einstellungsstopp verhängt habe. Da ich nicht weiterwusste, bat ich Vera um Rat.

»Das darfst du dir nicht gefallen lassen, Ludwig! Du bist der einzige tüchtige Organisator, den wir haben. Abramo ist ein Maulheld. Wenn du energisch auftrittst, gibt er klein bei.«

Aber ich fühlte mich unfähig, Abramowski zu etwas zu nötigen. Er war der Chef und mich barmte seine Leidensgeschichte. »Ich glaube, ich bringe das nicht fertig ...«

»Männer! Große Klappe. Aber wenn's darauf ankommt, zieht ihr alle den Schwanz ein!«

»Nicht alle, liebe Vera.«

»Auch noch anzüglich werden. Spar dir deine Chuzpe für Chaim Abramowski auf. Verlange von ihm unverzüglich Frau Kern zurück. Dann muss er sich eine neue Sekretärin suchen, nicht du.«

Um nicht vor Vera als Weichei dazustehen, marschierte ich schnurstracks ins Chefsekretariat. Dort traf ich Frau Kern im angeregten Gespräch mit der angeblich abwanderungswilligen Sekretärin Abramowskis, während ihre Kollegin, die Herrn Saphir betreute, telefonierte. Das erzürnte mich, auch ohne Vera Ceres' Ermahnung.

Frau Kern folgte meiner energischen Aufforderung widerspruchslos und unterstützte mich fortan bei meiner Arbeit. Wie die erfahrene Direktrice vorhergesehen hatte, war Abramowski zu konfliktscheu, um sich Frau Kern wieder zu kapern. Erneut sprach ich mit den Mitarbeitern der unterschiedlichen Abteilungen und befragte sie so lange nach ihren Erfahrungen und Verbesserungsvorschlägen, bis ich mir den entsprechenden Eindruck verschafft hatte um zu wissen, was man zur Steigerung der Effizienz und zur Optimierung der Zusammenarbeit unternehmen sollte. Dies ordnete ich dann in der Regel ohne Rücksprache an.

Bei technischen Schritten, die in Chaim Abramowskis Kompetenz fielen, sprach ich ihm gegenüber meine Empfehlung aus. Eine schlichte Entscheidung von meiner Seite hätte seine Autorität untergraben. Also schilderte ich ihm den Missstand und wartete auf seine Anweisung. Danach galt es, die Order des Chefs in der von mir und den betroffenen Mitarbeitern gewünschten Richtung auszuführen.

Meine Tätigkeit nahm mich dermaßen in Anspruch, dass ich mich nicht mit meiner Besoldungsangelegenheit beschäftigte. Anders Vera Ceres. Als ich ihre beiläufige Frage, ob ich mich um eine leistungsgerechte Anpassung meines Gehalts gekümmert hätte, verneinte, bat sie mich in ihr Büro.

Es war der eleganteste Raum der Firma, ausgestattet mit individuell gefertigten Möbeln. Hier empfing die Direktrice mit oder ohne Salomon Saphir die Einkäufer der wichtigen Kunden, vor allem von Kaufhäusern und Versandfirmen. Vera trug wie stets ein geschmackvolles Maßkostüm. Sie bestellte bei ihrer Mitarbeiterin Kaffee und Kuchen und schlug ihre wohlgeformten Beine übereinander.

»Über den Anblick meiner Beine solltest du nicht vergessen, für dich ein angemessenes Gehalt durchzusetzen, Ludwig«, sagte sie lächelnd.

»Nach Pohlmanns Weggang muss ich so viel in Ordnung bringen …«

Vera lachte auf.

»Man kann Pohlmann viel vorwerfen. Aber ihm die Schuld zu geben, dass du zu feige bist, bei Abramo die Erhöhung deines Gehalts durchzufechten, ist originell.«

»Vera, ich hatte mich so darauf gefreut, bei dir in Ruhe Kaffee und Kuchen zu genießen …«

»Das sollst du auch, Ludwig. Doch behalte deine Interessen im Auge.«

»In ein, zwei Monaten, wenn …«

»Dann wird Abramo dir mit Recht entgegnen, warum du plötzlich mehr Geld willst.« Ihr Blick verlor seine Härte. »Ich will dir nicht den Tag verderben, Ludwig. Du wirst dich nicht mehr ändern. Aber ich ärgere mich, dass unser famoser Abramo dich ausnutzt, weil er deine Scheu kennt, von ihm ein angemessenes Salär zu fordern.«

»Statt Scheu hättest du ruhig Naivität sagen können, Vera.«

»Was gedenkst du zu tun?«

»Meine Arbeit erledigen …«

»… und auf die Konfrontation mit dem Ingenieur zu verzichten.« Ich nickte. Warum war Vera dazu imstande und ich nicht?

»Ludwig, ich will dir nicht zu nahe treten. Aber da wir beide wissen, dass dir mehr zusteht, als man dir zahlt, wäre ich bereit, bei Salomon für dich in die Bresche zu springen – wenn du damit einverstanden bist.«

Saphir würde denken, dass ich mich unter der Schürze oder dem Maßkostüm seiner Geliebten versteckte, weil mir der Schneid fehlte, ihm selbst gegenüberzutreten. Abramowski würde eine Intrige wittern. In Veras Miene mischten sich Ironie und Wohlwollen.

»Wenn es dir nicht schadet …«, begann ich.

»Nützen wird es mir nicht. Ich bin immer für meine Interessen energisch eingetreten – das muss man als Frau. Aber ich habe mich auch stets um andere gekümmert. Sonst gerät man zum Egoisten.«

Ich nahm sie in den Arm. Sie drückte ihre Lippen auf die meinen, ehe sie sich losmachte und kurzatmig sagte:
»Bei mir bist du jedenfalls nicht schüchtern.«

Saphir genehmigte mir eine Gehaltserhöhung von 500 Mark monatlich, nachdem seine Geliebte mit ihm gefeilscht hatte »wie ein jüdisches Marktweib«. Als ich Vera beschämt meinen Dank aussprach, winkte sie ärgerlich ab.
»Das ist ein Almosen. Pohlmann hat gut doppelt so viel verdient wie du – ohne etwas zu leisten. Mein koscherer Jude Salomon hat sich benommen wie ein geiziger Schotte ... um es nicht antisemitisch auszudrücken ...«
»Ach, Vera! Ich selbst habe mich nicht getraut, auch nur einen Pfennig zu verlangen.«
»Du bist eben kein Raffer. Dennoch ...« in ihrem zarten Lächeln entdeckte ich einen Schimmer mütterlicher Fürsorge, »... dennoch sieh zu, dass deine Gehaltserhöhung baldmöglichst legalisiert wird, sonst wird sie dir nicht auf die Rente angerechnet.«
»Da ist es noch lange hin.«
»Lange kann schnell kurz werden, Ludwig.«

Rafael
In der zweiten Klasse bezogen wir ein eigenes Schulgebäude in der Ernst-Reuter-Straße im Osten der Stadt, nur sechs Straßenbahnstationen von meiner Heimhaltestelle am Max-II-Denkmal entfernt. Der Schichtunterricht endete mittags. Der Lehrkörper bestand fast durchweg aus jüngeren Frauen und Männern. Fräulein Ruthilde Behringer aber fehlte. Die Pädagogin hatte mir ein Stück Freiheit geschenkt. Ihre Nachfolgerin als Deutsch- und Klassenlehrerin hieß Hedwig Weiler. Die kräftige dunkelhaarige Frau war fast stets guter Dinge. Ihrem

häufigen Lachen zum Trotz war sie eine gestrenge Lehrerin, die großen Wert auf Disziplin und Gehorsam legte. Störungen ihres Unterrichts unterband sie mit kräftigen Kopfnüssen ihrer mächtigen Hände, weshalb sie von Hans als »Neandertalerin« tituliert wurde. Mich mochte sie nicht. Sie störte sich an meinen Kaspereien und spontanen Einfällen, die sie »spinnerte Ideen« nannte.

»Das Schlimme an Ihrem Sohn ist, dass man nicht weiß, was er im nächsten Augenblick anstellen wird, Frau Seligmann«, teilte sie Mutter während ihrer Sprechstunde mit.

»Da siehst du, wohin deine Undiszipliniertheit führt! Wenn dich die Klassenlehrerin schlimm findet, wird sie dafür sorgen, dass du sitzen bleibst.«

Mutters Ahnung begann sich zu bewahrheiten. Die Weiler bestand auf Besinnungsaufsätzen.

»Du bist hier nicht im Wunschkonzert, sondern in einer städtischen Lehranstalt, Seligmann. Dabei hast du dich mit den Themen auseinanderzusetzen, die ich der Klasse vorgebe. Im Besinnungsaufsatz lernt man systematisch denken. Das sind die Richtlinien der Schulbehörde. Wir alle haben sie zu befolgen – auch du. Extrawürste gibt es bei mir nicht.«

Wie nicht anders zu erwarten bekam ich das kurze Zeit später rot auf weiß bestätigt. Fräulein Weiler benotete meinen Aufsatz aufgrund gedanklicher Undiszipliniertheit mit einer Vier minus.

Noch tiefer sank ich in Mathe und Physik. In diesen Fächern wurden wir von Jürgen Reich unterrichtet. Bereits in der ersten Stunde versprach uns der Mathepauker tobend:

»Euch stinkfaule Bande diszipliniere ich! Wer nicht pariert, wird von mir erbarmungslos abgesägt.« Ich fiel in Mathe auf eine Fünf. Die Folge war ein Blauer Brief, den ich von Ima unterschreiben lassen musste.

»Ich habe dich gewarnt! Aber du willst nicht auf mich hören. Fräulein Weiler hat dich als schlimmen Schüler erkannt. Du wirst sitzen bleiben.«

»Mit einer Fünf fällt man nicht durch. Man muss zwei haben.«

»Das schaffst du bestimmt. Ich habe nur Einser gehabt. Und mein Sohn brüstet sich damit, dass er ›nur‹ eine Fünf hat. Frau Weiler wird dafür sorgen, dass du scheiterst, weil du so eine freche Klappe hast.«

»Das kann sie nicht, ich habe bei ihr eine Vier.«

»Eine Vier! Letztes Jahr hattest du eine Eins.«

»Da hatten wir die Behringer. Der hat meine Fantasie gefallen. Die Neandertalerin weiß nicht mal, was Fantasie bedeutet.«

»Aber sie weiß, was sie tun muss, damit du sitzen bleibst!«

Mutter behielt recht. Zur Fünf in Mathe gesellten sich mangelhafte Noten in Kaufmännischem Rechnen und in Buchhaltung. Gegen diese Fünfer-Parade war meine Eins in Geschichte nicht satisfaktionsfähig. Meine Idee, Adolf Eichmann für seine Verbrechen zur Höchststrafe zu verurteilen, ihn danach aber zu begnadigen und als Botschafter der Aussöhnung um die Welt zu schicken, empfand unsere Geschichtslehrerin Frau Meyerhoff als originell. Mutter dagegen war entsetzt.

»Der Lump hat meine Geschwister und sechs Millionen Juden kaltblütig ermordet! Als Belohnung willst du ihn auf Kosten des Staates Israel von Luxushotel zu Luxushotel ziehen und den Menschen erzählen lassen, dass er es nicht so gemeint hat oder es möglicherweise richtig war, die Juden zu vergasen, damit ihre überlebenden Angehörigen ihn mit Reisen belohnen. Du und deinesgleichen laden die Antisemiten ein, noch mehr Juden umzubringen. Ich bin sicher, dass die Israelis nicht so dumm sind wie du. Sie werden ihn hängen!«

»Wenn du eine so große israelische Patriotin bist, warum seid ihr dann nach Deutschland gekommen? Und habt auch noch mich hierher verschleppt?«

»Weil Ludwig vollständig versagt hat! Er konnte mir nichts Schlimmeres antun, als mich und mein einziges Kind in diese Nazihölle zu bringen. Das Kind bist du! Aber statt gut zu lernen und den Nazis mit Stolz zu begegnen, kriechst du vor ihnen. Es wird dir nichts nützen, du bleibst ihr Feind. Sie werden dich vernichten.«

Die Israelis hängten Eichmann am 1. Juni 1962 auf. Anders als Mutter mir gedroht hatte, dachten die Deutschen nicht daran, mich zu vernichten. Doch Hannahs Beschimpfung verletzte mich. Meine Gaskammer-Träume gingen weiter, und mir fehlte die Kraft, mich gegen Mutters Sitzenbleiben-Prophezeiung zu wehren.

Statt nach der Schule zu lernen, flüchtete ich mich zunehmend in Tagträumereien. Ich wollte mit Evi auf und davon laufen, fand jedoch nicht einmal den Mut, sie zu besuchen. Zudem war Käthchen ausgezogen. Ihre aufmunternden Späße fehlten mir.

Der einzige Schauplatz, an dem ich mich entfalten konnte, war meine Klasse. Ich fand Anerkennung in meiner perfektionierten Rolle als Spaßmacher. Meine Beliebtheit drückte sich in dem Spitznamen Sonnemann aus und bewährte sich, als ein neuer Klassensprecher gewählt werden musste, da der bisherige der Schule verwiesen worden war. Frau Weilers Vorschlag, Volker Burg an seiner Stelle zu wählen, rief Missmut hervor. Denn Burg galt als Zuträger der Lehrer.

Als Thomas Straßer mich vorschlug, tobte die Klasse vor Begeisterung. »Sonnemann for President«, trompetete jemand. Die Losung wurde lachend und schreiend aufgenommen. Ich hatte nicht gedacht, dass ich so gemocht wurde. Ich war also nicht nur der »Judenbub« sondern Sonnemann. Als Klassensprecher würden mich die Burschen lieben und die Lehrer ernst nehmen. »Sonnemann for President«, gellte es wiederholt.

»Ruhe, Herrschaften!«, befahl Frau Weiler. Augenblicklich wurde es still.

»Der Seligmann ist ein Hanswurst. Für die verantwortungsvolle Aufgabe eines Klassensprechers fehlen ihm Berechenbarkeit und Disziplin. Ganz abgesehen davon, dass er ein miserabler Schüler ist. In Deutsch steht er knapp über der Fünf, in Mathematik, Kaufmännischem Rechnen und Buchführung wird er mit mangelhaft zensiert. Es wäre ein Unding, euch von einem Schulversager vertreten zu lassen. Statt der Klasse zu helfen, würde er alle Gefährdeten unter euch mit in den Abgrund der Wiederholung reißen. Wenn einige den Burg nicht wollen, nehmen wir Rainer Aicher. Der ist ein strebsamer Schüler. Gegenstimmen? Nein. Gut. Aicher, du bist hiermit Klassensprecher.«

Keiner brachte einen Einwand hervor. Nicht einmal ich, denn ich mochte nicht als Neidhammel erscheinen. Meine unverhoffte Beliebtheit, die Aussicht, als Klassensprecher herauszuragen, endete jäh.

Die Bloßstellung durch die Weiler schmerzte mich. Statt die Neandertalerin mit Fleiß und guten Noten zu widerlegen, ergab ich mich meinem Schicksal. Ich vergrub mich tiefer in meine Traumwelt. Zumal im Frühjahr lange Rollerfahrten zum Englischen Garten und entlang der Isarauen mir ein Gefühl momentaner Freiheit vermittelten. Als sich im Mai die Fünfer häuften und zu den kaufmännischen Fächern auch eine mangelhafte Zensur für einen Besinnungsaufsatz hinzukam, begann ich zu fürchten, dass ich das Klassenziel nicht erreichen würde.

Ich suchte das Gespräch mit Vater. Doch Emil kehrte erst gegen halb sieben von der Arbeit zurück, um sogleich alleine oder in Gesellschaft Imas sein Abendbrot in der Küche einzunehmen. Danach sahen sich die Eltern die Tagesschau an. Der Fernseher blieb eingeschaltet, einerlei, ob Professor Grzimeks »Ein Platz

166

für Tiere«, eine politische Panorama-Sendung, ein Krimi oder
eine griechische Tragödie über den Bildschirm flimmerten.
Emil nickte in der Regel bald ein. Gegen neun Uhr schlurfte
er ins Bad, kurz darauf schlossen die Eltern die tagsüber offen
stehende Tür zu ihrem Wohn- und Schlafzimmer.
Die einzige Möglichkeit, mit Vater ungestört zu reden, bestand
am Wochenende. An ihren freien Tagen fuhren die Eltern in
den Wald – so als ob sie die waldlosen Jahre in Israel ausgleichen
wollten. Je älter ich wurde, desto mehr mied ich die grünen
Sonntage. Doch wenn ich eine Aussprache suchte, musste ich
die Natur in Kauf nehmen.

Nach Kaffee Hag und Kuchen am Klapptisch bat ich Emil zu
einem Spaziergang. Vater musterte mich aufmerksam.
»So schweigsam, Rafi? Wo drückt dich der Schuh?«
»In der Schule. Du hast an mich geglaubt …«
»Das tue ich weiterhin.«
»Ja, aber ich habe schlechte Noten …«
»Hanni hat's mir erzählt. Sie macht sich zu schnell Sorgen.«
»Ich stehe in drei Fächern auf Fünf.«
Er schwieg eine Weile, während wir weitergingen. Dann sagte
er:
»Gibt es eine Möglichkeit, das Schlimmste zu verhindern?«
»Die Schulaufgaben sind schon geschrieben. Aber wir haben
noch die Extemporalen …«
»Warum hast du nicht früher mit mir …«, fuhr Emil auf, ehe
er sich zum beherrschten Ton zwang und fragte:»… kannst du
mit guten Extemporalen noch etwas bewirken?«
»Frau Güntner, die die kaufmännischen Fächer unterrichtet,
hat gesagt, dass sie bereit ist, meine Fünfer aufzuheben, wenn
sie sieht, dass sich meine Leistungen ordentlich verbessern.«
»Wann sind die Prüfungen, Rafi?«
»Ich glaube, in den nächsten zehn Tagen.«

»Und da fährst du seelenruhig mit Hanni und mir in den Wald? Du musst die Zeit nutzen, um zu lernen! Wir kehren sofort nach Hause zurück, und ich helfe dir.«

Ima verstand sogleich, weshalb wir früh aufbrachen.

»Spar dir die Mühe, Ludwig. Rafi hat mit seiner Faulheit seine Noten dermaßen ruiniert, dass er nicht mehr zu retten ist.« Doch Vater ließ sich seine unverwüstliche Zuversicht nicht rauben.

Ich wusste zunächst nicht, was ich als Erstes anpacken sollte. Buchführung? Kaufmännisches Rechnen? Mathe? Emil winkte ab.

»Du warst doch früher gut im Rechnen. Das heißt, du hast mathematisches Talent, das verlernt man nicht.«

»Aber ich stehe auf Fünf.«

»Warum?«

»Weil ich diesen Käse nicht verstehe.«

»Unsinn! Du hast einfach kein Interesse. Ohne Interesse geht nichts. In Geschichte bist du nur gut, weil du dich dafür interessierst.«

»Da geht's um Menschen.«

»In Mathematik geht's um Zahlen, die Menschen erfunden haben. Mit klarer Logik. Alles lässt sich auf Ziffern und Buchstaben rückrechnen.« Emil erklärte es mir anhand von Beispielen. Mühelos brachte er mir die Prinzipien der Algebra bei, ebenso wie die Regeln des Kaufmännischen Rechnens. Unter seiner Anleitung schmolz das Eis der Langeweile. Als Vater mich nach einer Stunde verließ, hatte er in meinem Denken die Saat der Neugierde für die Mathematik gesät. Und die Bereitschaft, mich mit ihr auseinanderzusetzen. Ich lernte weiter, während aus dem Elternzimmer Wortfetzen zu mir drangen.

»Du setzt Rafi Flausen in den Kopf. Er wird sitzen bleiben …«

»Ich vertraue ihm, Hanni.«

»... und wirst damit scheitern wie mit deinen Geschäften.«
Das war mir ein Ansporn. Fortan folgte ich dem Unterricht
in den mathematischen Fächern, wenngleich Frau Güntner
lediglich Einzelheiten erläuterte, ohne den Zusammenhang
darzulegen, während Herrn Reichs Erklärungen von Geschrei
und Drohungen begleitet wurden. Obwohl ich versuchte,
seinem Gerede zu folgen, nannte er mich einen »stinkfaulen
Gesellen, den ich mit Wonne schnellstmöglich absägen
werde«.
Einige Tage später hielt Frau Güntner Extemporalen in ihren
Fächern ab. Erstmals in diesem Schuljahr machte ich mir die
Mühe, die anstehenden Aufgaben zu verstehen, und war zu
meiner Verblüffung fähig, sie zu lösen. Reich ließ uns ebenfalls eine Probe schreiben. Nachdem ich die Prüfungsblätter
abgegeben hatte, ergriff mich Euphorie. Ich hatte es geschafft!
Dank Emils Erklärungen war es mir gelungen, das Prinzip
der Rechenaufgaben zu verstehen. Meine Angst zu versagen
verflüchtigte sich, und ich war fähig, mich zu sammeln.

Die Prüfungsergebnisse waren gut. In Mathe gelang es mir,
mich auf eine Drei zu verbessern. In Kaufmännischem Rechnen
und Buchführung hatte ich gar den Sprung von mangelhaft zu
gut geschafft. Damit war ich gerettet!
Frau Güntner pries meine Leistung vor der Klasse.
»Da seht ihr, was man mit Fleiß erreichen kann. Der Seligmann,
der eben noch froh war, eine Fünf zu ergattern, ist richtig gut
geworden. In beiden Fächern. Wenn sogar der Seligmann das
schafft, dann kann das jeder!«
»Sonnemann!«
»Sonnemann!«
»Sonnemann for President!«, tönten meine Klassenkameraden.
Jetzt konnte mich nicht einmal die Weiler daran hindern,
Klassensprecher zu werden. Im nächsten Schuljahr würde ich

ihr die Hölle derartig heiß machen, dass sie sich ins Neandertal verziehen würde.

Sogar Ima fasste Hoffnung.

»Das könnte bedeuten, dass du dich in letzter Minute gerettet hast. Gott sei Dank! Das soll dir eine Warnung sein. Ich hätte mich sonst ewig für dich schämen müssen ...« Sie nahm meinen Kopf in ihre weichen Mutterhände und hauchte mir einen zärtlichen Kuss auf die Stirn. »Mein Kind!«

Die Schule war nach der letzten Ex eine Gaudi. Selbst Reich begnügte sich damit, Anekdoten zum Besten zu geben. Etwa, wie sein Spieß ihm und seiner Kompanie Disziplin eingeschliffen habe.

»Nachts um Viertel vor zwölf hat uns der Alte aus den Betten gejagt. Wir mussten, so wie wir waren, in den Spind klettern, die Tür zuziehen und im Dunkeln warten, bis er Punkt Mitternacht einen Pfiff aus seiner Trillerpfeife ertönen ließ. Dann mussten wir den Spind öffnen, ›Kuckuck‹ schreien und ihn wieder schließen. Ein Dutzend Mal. Das war ›Müllers Kuckucksuhr‹. Auf dem Exerzierplatz hatte der Spieß noch ganz andere Dinge drauf. Schade! Wenn ich euch faule Bande eine Woche so schleifen dürfte, würde ich euch ein für alle Mal eure Flausen austreiben und euch zu anständigen Männern machen.«

Bald darauf sollte ich feststellen, dass Reich mehr war als ein disziplinversessener Derwisch. Nach dem Unterricht beorderte er mich zu sich auf den leeren Schulhof.

»Du musst jetzt tapfer sein, Seligmann.« In seinen grauen Augen sah ich Mitleid aufschimmern. In meinen Ohren ertönte ein Sausen.

»Du hast dich in deiner letzten Extemporalen mächtig gesteigert, das hätte nach meinem Dafürhalten anerkannt werden müssen. Aber deine Klassenlehrerin denkt da anders. Frau

Weiler hat Frau Güntner, die nur Assessorin ist, überzeugt, an den Fünfern festzuhalten. Einen hättest du mit deiner Eins in Geschichte ausgleichen können. Darum hat sie dir auch eine Fünf in Deutsch verpasst. Sie ist unversöhnlich. Du musst irgendetwas getan oder gesagt haben, das ihr missfiel. Das mag sie dir nicht verzeihen. Aug' um Aug'! Das ist alttestamentarische Rachsucht. Obgleich ihr Vater Pastor ist.«
Ich hatte versagt und Vaters Vertrauen verspielt. Ich wollte diese Schande nicht erleben. Nicht in der Klasse, wo die Kameraden mich soeben als Sonnemann gefeiert hatte, und schon gar nicht vor Vater und Mutter. Es gab nur einen Weg, dieser Demütigung zu entgehen.
Doch bei dem Gedanken, mich umzubringen, befiel mich eine ungekannte Traurigkeit. Die Gier weiterzuleben, war größer als jede Gekränktheit.

Hannah
Ich hatte Ludwig gebeten, Rafi nicht glauben zu lassen, er könne mit zwei Wochen Lernen sein Sitzenbleiben noch abwenden, das er sich durch seine Faulheit selbst eingebrockt hatte. Aber mein Gemahl war überzeugt, einem Seligmann sei alles möglich. Zudem wollte Ludwig, dass Rafi, anders als einst er, die höhere Schule beendete. Umsonst hatte ich Rafi gewarnt, dass ihm dies nur gelingen konnte, wenn er lernte, statt zu träumen.
Als die Katastrophe eintrat, die ich vorausgesehen hatte, machte Ludwig sich einen schlanken Fuß. Es gäbe in der Firma Schwierigkeiten. Die Direktrice sei schwer erkrankt.
Ludwig wollte von Rafi geliebt werden. Ihm fehlte der Mut, seinem Sohn ins Gesicht zu sagen, dass er wegen seiner Faulheit und Arroganz gescheitert war. Alles Unangenehme, das gesagt oder getan werden musste, blieb an mir hängen. Als Rafi einige

Tage, nachdem er sich gebrüstet hatte, das Klassenziel erreicht zu haben, wie ein begossener Pudel heimkam, wusste ich gleich Bescheid: Sein Gerede war Wunschdenken gewesen. Möglicherweise hatte er noch ordentliche Prüfungen geschrieben, aber die Nazilehrer hatten kein Erbarmen gekannt. Zumal er sie das ganze Jahr durch seine Frechheit provoziert hatte. Das Sitzenbleiben war die Quittung dafür. Ich sagte Rafi, dass sein Versagen die gerechte Strafe für seine Überheblichkeit gewesen sei. Er müsse sich damit abfinden.

Trotz seines kompletten Scheiterns blieb der Junge anmaßend. Er machte mich für sein schulisches Versagen verantwortlich. Schuld waren immer die anderen. Mein Kind war mir das Wertvollste auf der Welt. Ich wollte ihm mit meiner ganzen Kraft helfen. Doch es war vergebene Liebesmüh, in seine Schule zu gehen und zu betteln, Rafi wenigstens auf Probe zu versetzen. Die Lehrer würden sich lediglich an meinem Leid weiden. Der einzige Ausweg war eine Privatschule. Auf diese Weise würde ich unserem Kind ein Lebensjahr schenken. Ein ganzes Jahr!

Rafael

Imas Idee, ich solle auf eine Privatschule wechseln, war eine Zumutung. Nur Idioten und Durchgefallene besuchten die Privis.

»Ich zwinge dich nicht, in die Privatschule zu gehen, die uns teures Geld kosten würde, für das Ludwig tagtäglich von früh bis spät schuftet. Mach eine Lehre, das ist das Vernünftigste für einen Nichtsnutz wie dich.«

»Mach doch du eine Lehre!«

»Wenn du nicht auf eine Privatschule willst und eine Lehre verweigerst, musst du als Sitzenbleiber die Klasse wiederholen.«

Imas Gerede tat weh. Aber sie hatte nicht unrecht. Nach Israel zurückzukehren, würden die Alten mir nicht erlauben. Also entschied ich mich für das kleinere Übel.

»Du sollst deinen Willen haben. Ich gehe auf die Privatschule.«

»Das ist großmütig von dir …«, sie hob die Stimme, »… du aufgeblasener Rotzlöffel.«

»Löffel kann man nicht aufblasen.«

»Während du quatschst, bin ich gezwungen, dir ein Lebensjahr zu kaufen.«

Später ließ Ima mich wissen, dass sie am folgenden Tag um acht Uhr früh einen Sprechtermin in der Privaten Mittelschule Dr. Reiter in der Rumfordstraße vereinbart habe.

»Zieh dich ordentlich an, damit man dich nicht für einen Halbstarken hält und ablehnt.«

Ich versuchte bei einem Spaziergang auf andere Gedanken zu kommen. Prompt trug es mich zu Evis Haus. Doch mir fehlte wieder der Mut, bei ihr zu klingeln. Was sollte ich ihr sagen? Nach kurzem Zögern ging ich weiter.

Abends konnte ich lange nicht einschlafen. Statt Emils Glauben an mich zu belohnen, hatte ich Imas Schwarzseherei bestätigt. Ich begann nach Versagen und Sitzenbleiben zu stinken wie nach Hundescheiße.

Mutter weckte mich um halb sieben. Warum riss sie mich so früh aus dem angenehmen Schlaf? Ich wollte noch einige Minuten ins Vergessen abtauchen, doch sie gönnte mir keinen Schlummer.

»Es ist fast sieben, du musst duschen, dich anziehen, frühstücken, und dann müssen wir zum Isartorplatz. Ich mag nicht hinrennen. Aufstehen!«

»Ich stehe auf, wenn es mir passt! Verstanden?«

Mutter trat an mein Bett und sprach ruhig, doch eindringlich:

»Du meinst wohl, dass du mir einen Gefallen erweist, wenn du zu dem Vorstellungsgespräch in die Privatschule gehst? Es ist genau umgekehrt. Wenn du nicht hinwillst, lass es bleiben. Dann spare ich mir Mühe, Ärger und Geld.«

»Spar dir, was du willst, und lass mich schlafen.«

»Meinst du das im Ernst, Rafael?«

»Ruhe!«

Sobald Mutter aus dem Zimmer war, schlummerte ich ein. Ich erwachte schlagartig, blickte auf die Uhr. Es war kurz vor acht. In wenigen Minuten sollte ich mich in der Privatschule vorstellen. Das war meine einzige Chance, die Klasse nicht wiederholen zu müssen. Ima hatte sie mir trotz ihres dauernden Gemotzes eröffnet. Und ich Idiot hatte sie weggejagt. Ich warf meine Klamotten über und eilte in die Küche. Mutter las bei einem Kännchen Kamillentee die Zeitung. Als ich in den Raum stolperte, hob sie den Kopf.

»Lass die Postille! Wir müssen in die Private. Es ist bald acht.«

Mutters Blick drückte Mitleid und Entschlossenheit aus – so sah sie mitunter Vater an.

»Es ist bereits acht. Dein Schlaf war dir wichtiger als der Termin in der Schule.«

»Ich war müde. Das kann passieren. Wir müssen sofort in die Rumfordstraße zum Aufnahmegespräch.«

»Vorbei!«

»Ach was! Wir kommen 'n paar Minuten später.«

»Genug mit deinen ewigen Ausreden! Deshalb bist du sitzen geblieben.«

»Nur um mir eine Lektion zu erteilen, kannst du mich jetzt nicht hängen lassen, Ima.«

»O doch, das muss ich. In deinem Interesse.«

»Ich verliere ein Jahr. Und werde immer ein Sitzenbleiber sein …«

»So ist es.«

»Das meinst du nicht ernst? Du wirst doch dein einziges Kind nicht opfern …«

»Lass deine großen Worte! Ich denke nicht daran, dich jedes Mal aus der Bredouille zu retten, in die du dich selbst gebracht hast. Wenn ich dir jetzt helfe, wirst du niemals erwachsen werden – so wie dein Vater. Den muss ich auch ständig retten.« Mutters Züge waren gesammelt. Sie stand auf und ging, gefolgt von mir, ins Wohnzimmer, wo sie sich an den Cocktailtisch setzte. »Es schmerzt mich, so offen über deinen Vater mit dir zu sprechen. Aber es hat keinen Sinn, um den heißen Brei herumzureden. Ludwig ist ein gutmütiger Mann. Aber er ist nie erwachsen geworden. Wenn es brenzlig wird, braucht er eine Mama. Und du bist dabei, dir die gleiche Haltung anzugewöhnen, Rafael. Das darf ich nicht zulassen. Du bist sitzen geblieben, weil du glaubst, dass du nichts tun musst, was dir unangenehm ist. Du denkst, dafür bin ich da. Nein, mein Kind, das kommt nicht infrage. Du hast versagt, und ich habe dir einen Ausweg gezeigt. Als Dank hast du mich davongejagt. Dafür musst du jetzt den Preis zahlen.«

»Entschuldige, Ima. Es wird nie wieder vorkommen. Bitte hilf mir noch dieses eine Mal, um mir die Schande zu ersparen.«

»Nein, Rafi. Es ist sinnlos, jetzt mein Mitleid zu erbetteln. Du musst am eigenen Leib spüren, welche Konsequenzen es hat, sich verantwortungslos zu benehmen.« Mutter blieb bei ihrer Position. Sie erteilte mir eine Lehre, die ich nie vergessen würde.

Ludwig

»Ach, Ludwig, dass du zu mir kommst, ist herrlich.« Veras eingefallenes Gesicht erstrahlte, als sie mich erkannte. Sie knipste aus dem Halbdunkel das harte Neonlicht an. Vera lag in einem weißen Klinikhemd verloren in einem Krankenbett auf Rollen. Daneben ein elfenbeinfarbener Zustelltisch, den ich zur Seite schob, als ich an ihr Bett trat.

»Darf ich dir einen Kuss geben?«

»Ich wäre gekränkt, wenn du es nicht tätest …« Sie verzog die Lippen zu einem Lächeln und versuchte, Kraft in ihre schwache, raue Stimme zu legen, als sie fortfuhr:»… an jedem Ort deiner Wahl.«

Ich hauchte ihr Küsse auf Stirn und Haare.

»… und jetzt wende dich bitte kurz ab. Ich muss mich schön machen für dich, noch schöner, als ich in dieser Schönheitsfarm sein darf.« Während ich meine Mappe ablegte und einen Sessel an Veras Bett schob, sah ich aus dem Augenwinkel, wie sie die Lippen schminkte und rasch ihre Haare mit einer Bürste in Ordnung brachte. Dann streckte sie mir ihre Rechte entgegen. Ich ergriff die kraftlose Hand und streichelte sie.

»Ludwig, Ludwig. Ich bin jetzt knapp eine Woche hier im Klinikum rechts der Isar. Vor drei Tagen war die OP. Du bist mein erster Besucher.«

»Du hast doch einen Sohn …«

»Johann studiert im ersten Semester in Edinburgh, ich wollte ihn nicht beunruhigen.«

Vera schilderte mir ihre Krankengeschichte. Als sie einen Knoten in ihrer Brust entdeckte, hatte sie sich zunächst eingeredet, es sei lediglich Hypochondrie.

»Nachdem ich mich aufgerafft hatte, zum Frauenarzt zu gehen, musste ich hierher. Unklugerweise habe ich Salomon angerufen. Er hat nur gesagt, dass er nichts von Medizin versteht. Keine Frage, kein guter Wunsch. Er hat mich ausgenutzt. Meine unentwegte Arbeit hat den Aufbau der TeuTex erst möglich gemacht. Salomon hat von Mode und Textil so viel Ahnung wie ich vom Talmud. Ich war unverzichtbar für die Firma. Aber er hat mich nicht zum Kompagnon gemacht, weil ich eine Frau und Schickse bin, sondern Abramo mit seinem lächerlichen Ingenieurdiplom.« Veras enttäuschte Liebe war in Hass umgeschlagen.

»Hat er sich nicht für Abramowski entschieden, weil er Geld hatte?«

»Es gehört seiner Frau. Sie ist die Witwe von Moische Vogel. Er wollte unbedingt, dass ich in sein Unternehmen wechsle. Aber ich bin aus Loyalität bei Salomon geblieben. Moische war nicht gesund. Die unentwegte Arbeit war für ihn zu viel – und dazu die junge Frau. Er hat 1955 einen Herzschlag erlitten. Fanja hat nicht lange gefackelt. Sie hat die Fabrik ihres Mannes verkauft und Abramo geheiratet. Der hat sich mit dem Erbe seiner Frau bei der TeuTex eingekauft. Seither schwimmt Salomon im Geld. Er ist sozusagen der Erbe Moische Vogels ...« Sie sank in die Kissen zurück.

»Warum hast du mich nicht gleich verständigt, Vera?«

Die Kranke bemühte sich, ein Lächeln auf ihre Züge zu zaubern.

»Ich war so verzweifelt, dass ich niemanden sehen wollte.«

»Ich hätte versucht, dich zu trösten.«

Ihr Lächeln wurde breiter.

»Gut, dass du jetzt da bist.« Sie schloss ermattet die Augen und seufzte: »Ich hab Angst. Bitte komm wieder, Ludwig.« Vera ergriff erneut meine Hand, die sie während ihrer Suada losgelassen hatte, und drückte sie so fest, wie es ihr möglich war. »Versprich mir, dass du mich nicht allein in der Krebsstation lässt.«

»Ganz bestimmt nicht, Vera.« Ich streichelte ihre Hand und legte sie sachte aufs Bett. Dann entsann ich mich des kleinen Kaktus in meiner Mappe. Ich platzierte ihn auf ihren Beistelltisch.

»Danke, Ludwig, ich kenne die Pflanze. Sie steht auf deinem Schreibtisch.«

Ich versicherte, ihr Gesicht habe wieder Farbe gewonnen.

»Du bist ein liebenswerter Lügner, Ludwig. Ich habe in den Spiegel gesehen ... Es war eine schwere Operation. Weit umfangreicher, als der Chirurg angekündigt hatte. Sie haben meine Lymphknoten in den Achseln entfernt – und, was am schlimmsten ist ...« Veras Stimme brach, ehe sie heiser weitersprach: »... sie mussten auch meine zweite Brust amputieren, weil sie ebenfalls vom Krebs befallen war.« Sie atmete mehrere Male durch, um mit klarer Stimme fortzufahren: »Für euch Männer bin ich keine Frau mehr.«

»Schmarrn. Wir Männer wollen woandershin.«

»Du bist ein Kasper, Ludwig.«

»So hat mich schon mein erster Lehrer in der jüdischen Schule in Ichenhausen genannt.« Meine Bemerkung brachte zumindest ein Schmunzeln in ihr gezeichnetes Gesicht. Sie fuhr sich mit dem Taschentuch über ihr Antlitz.

»Ludwig, Ludwig, du bringst es sogar hier fertig, mich zu erheitern ... Du besitzt eine Wärme, die kein anderer Jud hat.«

»Du kennst nur Juden, die durch die Hölle gegangen sind. Männer wie Saphir, Abramowski und Vogel. Das hat ihre Seelen verbrannt.«

»Sie sind geworden wie die Nazis.«

»Sag das bitte nicht. Saphir und Abramowski sind keine Nazis, sie tun niemandem etwas an.«

Vera stemmte sich hoch und winkte ab. »Statt mich über das Pack zu ärgern, genieße ich lieber deine Anwesenheit. Bleibe bitte noch etwas hier und mache mir Mut.«

»Mit Vergnügen!« Ich zog mein Jackett aus. Wartete das Abendessen ab, das Vera ans Bett gereicht wurde, und trank von ihrem Hibiskustee. Danach wurde ich müde. Um halb neun schickte mich Vera fort.

Zu Hause meinte Hannah spitz: »Pass auf, dass du dich bei deinen Überstunden nicht zu sehr verausgabst, Ludwig.«

»Ich habe Frau Ceres im Krankenhaus besucht. Sie hatte eine Brustamputation.«

»Das tut mir leid.«

»Es geht ihr schlecht. Ich werde sie wieder besuchen müssen.«

»Selbstverständlich.«

Hannahs Verständnis währte eine Woche.

»Du bist nicht ihr Mann, Ludwig. Soll doch der Saphir sie besuchen.«

»Sie hat Krebs, Hanni.«

»Das ist schlimm. Aber du hast neben deinem Samariterdienst bei der Schickse auch noch eine Familie.«

Hannahs Kälte erzürnte mich.

»Hör endlich auf mit deinem ekelhaften Schickse-Gerede. Nimm wenigstens Rücksicht auf einen Menschen in Not.«

»Ich nehme Rücksicht auf dich. Du gehst um halb sechs Uhr früh aus dem Haus, schuftest zwölf Stunden bei TeuTex und tröstest anschließend die Kebse von Saphir. Das sind fünfzehn Stunden am Tag! Wie lange, meinst du, kannst du das durchhalten?«

Das war nicht falsch. Veras Unversöhnlichkeit, ihre Versuche, mich ungeachtet meiner Erschöpfung möglichst lange bei sich zu behalten, nahm ich durchaus wahr. Ihre Dominanz hatte offenbar auch andere gestört, weshalb sie außer von mir von niemandem besucht wurde.

Ich half ihr, weil sie in Not war. Ich ahnte, dass nicht allein Mitleid mich zu Vera trieb. Vera war klug, sie hatte mich bereits vor ihrer Krankheit unterstützt, und sie zeigte mir sogar jetzt, dass sie an mich glaubte. Hannah konnte dies nicht tun. So hatte Vera zunehmend Macht über mich gewonnen.

Dank ihres zähen Willens erholte sich die Patientin verhältnismäßig zügig.

»Du bist meine beste Medizin, Ludwig. Wenn ich alleine bin, packt mich oft die Angst. Werde ich das alles überstehen?«

»Selbstverständlich! Du bist jung, befindest dich auf dem Wege der Besserung und hast einen Willen wie ein Panzer ...«

Sie lachte.

»Du hast mir meine Zuversicht wiedergegeben.«

Zwei Wochen nach der Operation begann eine dreiwöchige Strahlentherapie. Diese Behandlung schwächte Vera zunehmend. Ich saß an ihrer Seite und hielt schweigend ihre Hand, denn sie war zu mitgenommen, um sich zu unterhalten. Nach der Therapie genas sie wiederum rasch. Zwei Wochen später wurde Vera aus dem Krankenhaus entlassen. Sie kam in ein auf postoperative Krebspatienten spezialisiertes Erholungsheim in Bad Wiessee am Tegernsee. Erst jetzt verständigte Vera ihren Sohn, der sie bald darauf besuchte. Auf diese Weise hatte ich endlich ungestörte Abende zu Hause. Was Hannah auf ihre Weise würdigte.

»Vergnügt sich Madame Ceres, die ich nicht mehr Schickse nennen darf, wieder mit Herrn Saphir und hat keine Verwendung mehr für dich, nachdem sie gesundet ist?«

Ich hatte Mühe, meinen aufsteigenden Jähzorn zu unterdrücken. Als mir dies gelungen war, brachte ich es fertig, Hannahs Naivität zu belächeln.

Sobald Saphir von Veras Leiden erfuhr, hatte er nach Ersatz Ausschau gehalten. Bereits Wochen später bezog Fräulein Erna Tenn Veras Büro – »vertretungsweise«, wie es hieß. Die neue Direktrice war noch keine dreißig Jahre alt und glich der Karikatur eines UFA-Rauschgoldengels. Fräulein Tenns blaue Kuhaugen wurden von einer langen, hellblonden Mähne überdacht. Ihre langen Beine waren makellos, sie hätte jederzeit als Mannequin für Nylonstrümpfe von Falke oder Kunert agieren können. Und sie sorgte dafür, dass ihre wundervollen Beine keinem verborgen blieben. Es war reizvoll, sie in Saphirs Mercedes steigen zu sehen. Die Zukunftsperspektive des Chefs war jung und langbeinig.

Als ich sonntags Vera besuchte, war ich über ihre Gesundung beglückt. Sie hatte Farbe und Gewicht gewonnen und sprühte wieder vor Energie.

»Du und Hannes habt mich ins Leben zurückgeführt. Ich kann es kaum erwarten, wieder zu arbeiten. Dafür brauche ich meinen Kopf – nicht meinen verlorenen Busen. Und ich werde auch ohne Salomon Saphir auskommen.«

Ich machte mir Sorgen. Für Saphir war die abgehalfterte Geliebte lästig, sein Vergnügen suchte er nunmehr bei Fräulein Tenn. Zumal die neue Direktrice ihrem bieder-herausfordernden Auftreten zum Trotz ihr Handwerk verstand, wie ich ersehen konnte. Fräulein Tenn gehörte einer neuen Modegeneration an. Ihre Kreationen waren unkonventioneller als jene Veras. Ich ahnte, dass die Einkäufer unserer großen Abnehmer, die stets auf der Suche nach etwas Neuem und zugleich Vertrautem waren, Geschmack an unserer aktuellen Konfektionsware finden würden. Zudem war ich sicher, dass Tienie, wie sie allenthalben genannt wurde, nicht zögern würde, ihre Reize als Argumentationshilfe einzusetzen. Doch ich verschwieg Vera meine Befürchtungen.

»Ich habe Hannes gebeten, den Tag in München zu genießen, damit ich nur Zeit für dich habe, Ludwig.«

Nach dem Mittagessen machte Vera ihre Verheißung wahr – »falls du dich immer noch nicht vor einer beschnittenen Frau fürchtest, wie du mir versichert hast.«

Davor ängstigte ich mich keineswegs – zumal Vera eine überaus temperamentvolle, dabei aber zärtliche Geliebte war. Ich versank in ihrem leichten Körper und ließ mich von meiner Lust und ihrer hungrigen Leidenschaft immer weiter emportragen. Ihr Aufbäumen zerriss den letzten Damm meiner schwindenden Beherrschung. Aneinandergeschmiegt lagen wir wortlos da, ihr Kopf ruhte in meiner Achselhöhle. Vera liebkoste meine Hand.

»Ich habe in den letzten Jahren vergessen, dass Männer rücksichtsvolle Liebhaber sein können ...«

Ihre Worte brachten mir meine Situation zu Bewusstsein. Ich war Hannah ein loyaler Ehemann. Vera und ich hatten uns auf

Anhieb gemocht. Durch ihre Krankheit und weil Saphir sie verlassen hatte, würde sie sich nun an mich klammern. Meine Ehe würde leiden. Zudem arbeiteten wir in derselben Firma. Ich würde unweigerlich zwischen sie und Saphir geraten. Obgleich ich mich zu Vera hingezogen fühlte, wollte ich ihr vor allem beistehen, doch heute hatte ich die Kontrolle verloren. Was sollte ich tun?

»Mach dir keine Sorgen, Ludwig.« Vera sprach nüchtern. Woher kannte sie meine Gedanken? »Ich bin kein Klotz, Ludwig, ich spüre, was dich bewegt. Keine Angst, ich werde deine Ehe nicht kaputt machen. Das habe ich nie getan. Mir ist es beschieden, Geliebte zu sein.«

Hannah ahnte, dass ich mit Vera geschlafen hatte. Das Licht der Nachttischlampe zerriss die Dunkelheit. Meine Frau war wach und klar wie stets.

»Ludwig! So geht das nicht weiter. Solange die Ceres im Krankenhaus lag, habe ich deine täglichen Besuche bei dieser Frau hingenommen. Aus Mitleid und Rücksicht auf dich. Aber nun ist sie im Erholungsheim. Sie wird wieder nach Hause entlassen werden. Jetzt bin ich nicht länger bereit, dich mit dieser … dieser Person zu teilen!«

»Was redest du da, Hannah? Ich bin mit dir verheiratet, mit sonst niemand.«

»Ich habe Augen im Kopf und meinen Verstand beisammen. Es kommt nicht von ungefähr, dass du keinen Schlaf findest. Seit Monaten bist du jeden freien Moment bei dieser Ceres. Das dulde ich nicht länger.«

»Hanni, du machst dir umsonst Sorgen. Frau Ceres ist auf dem Weg der Besserung. Bald wird sie wieder vollständig gesund sein und arbeiten.«

»Und dann ist wieder alles normal?«

Ich überging ihren drohenden Ton.

»Selbstverständlich.«

»Für wie naiv hältst du mich? Herr Saphir hat eine neue Geliebte, wie ich erfahren habe. Die alte Schaluppe hat er abgetakelt.«

»Ich erlaube nicht, dass du in diesem Ton von einer kranken Kollegin sprichst.«

»Was du erlaubst, spielt hier keine Rolle, Ludwig. Wichtig ist mir, dass du dich lächerlich machst, indem du mich mit der abgelegten Konkubine deines Chefs betrügst!«

»Schwachsinn!«, schrie ich auf.

»Sprich leise! Es fehlte noch, dass Rafi aufwacht und deine Schande mit anhören muss.«

»Es gibt nichts, wofür ich mich schämen müsste …«

»Gib dir keine Mühe, Ludwig. Du hast nie lügen können.«

Hannah ließ sich nichts vormachen. Mein Jähzorn war in Resignation umgeschlagen.

»Was soll ich tun?«

»Lass deine Finger von dieser Frau! Sie stürzt dich ins Unglück.«

»Ich werde sie nächsten Sonntag besuchen und ihr sagen, dass ich nicht mehr zu ihr kommen kann.«

»Nein, Ludwig, du gehst nicht wieder zu ihr!«

»Ich lass mir von dir nichts verbieten. Ich bin kein Kind.«

»Aber du benimmst dich wie ein Unmündiger.«

»Na hör mal …«

»Jetzt hörst du mir zu. Wenn du die Ceres besuchst, gehst du wieder mit ihr ins Bett.«

»Ich kann doch nicht ohne ein Wort …«

»Spiel hier nicht den Gentleman. Ehebruch ist kein Kavaliersdelikt.«

»Aber ich muss doch Vera – Frau Ceres – ein Wort sagen!«

»Ruf sie an. Gleich morgen.«

Hannah kannte kein Erbarmen. Aber ich dachte nicht daran, vor ihr zu kapitulieren und vor Vera vollständig mein Gesicht zu verlieren. Hannah blickte mich lange an, ehe sie weitersprach.

»Abgesehen von deinem Ehebruch, Ludwig, scheinst du den Ernst deiner Lage nicht begreifen zu wollen. Saphir wird die alte Ceres rausschmeißen. Sie wird dagegen kämpfen. Wenn du dich nicht sofort von ihr absetzt, wirst du als kleiner Angestellter …«

»Ich bin kein kleiner Angestellter.«

»… dann bist du ein großer Angestellter. Saphir wird dich trotzdem rauswerfen. Du wirst für diese skrupellose Person büßen müssen. Deshalb musst du unverzüglich alle Brücken zu der Schickse abbrechen.«

Hannah dachte die Dinge zu Ende. Dennoch brachte ich es nicht fertig, meine Geliebte telefonisch abzuservieren. So nahm ich mir am folgenden Morgen einige Stunden frei und fuhr nach Bad Wiessee.

Anders als ich befürchtet hatte, beschimpfte mich Vera nicht. Sie machte mir auch keine Vorwürfe. Die Genesende brach vielmehr zusammen, als ich ihr eröffnete, dass ich sie nicht mehr privat sehen könne. Erst als ich sie in den Arm nahm, beruhigte sie sich langsam.

»Ludwig, du hältst mich am Leben.«

Die Geliebte begriff ohne Erklärung, dass Hannah mich zwang, unsere Treffen zu beenden, und sie akzeptierte es.

»Vor meiner Erkrankung hätte ich um dich gekämpft … jetzt aber bin ich schwach und verletzlich. Du hast während meiner Krankheit mehr für mich getan als jeder andere Mensch … Ohne dich hätte ich keinen Mut zum Weiterleben gehabt.«

Vera verstand es, meine Tröstungen zu Liebkosungen zu wandeln. Aus Mitleid war ich zu ihr gekommen. Unsere Melancholie geriet zur Leidenschaft.

Traurigkeit und schlechtes Gewissen hielten mich in den kommenden Wochen in ihren Klauen. Ich stürzte mich in die Arbeit. Es gelang mir, die Effizienz der einzelnen Abteilungen fortwährend zu steigern und sie besser zu verzahnen. Dabei gab es die üblichen Auseinandersetzungen mit Abramowski. Der Choleriker beruhigte sich zumeist ebenso schnell, wie er aufgebraust war. Insgesamt sah er ein, dass durch mein Wirken Arbeitskräfte freigestellt würden, die wir für den Ausbau der Fabrikation nutzen konnten. Doch er brachte es nicht fertig, mir seine Anerkennung auszusprechen.

Salomon Saphir hingegen machte keinen Hehl daraus, dass er meine Arbeit für die TeuTex schätzte. Als ich in sein Büro kam, bot er mir eine Nilzigarette an, entzündete seinen Glimmstängel und gab mir Feuer. Dann lehnte er sich zurück, inhalierte genussvoll und stieß den Rauch aus, wobei er mich lächelnd beobachtete.

»In unseren Schriften heißt es, ein guter Ruf ist wertvoller als ein Edelstein. Aber von meinen guten Worten allein kann keiner leben. Drum erhöhe ich Ihr Gehalt um zehn Prozent.«

Ich bedankte mich. Entgegen Hannahs Mahnung hielt ich dies für den richtigen Moment, um mich für Vera einzusetzen, zumal ich wusste, dass sie nach ihrer Erholung ihre Arbeit wieder aufnehmen wollte. Doch ihr Büro wurde nach wie vor von Tienie genutzt. Ich wusste, dass Vera dies nicht hinnehmen würde. Daher bemerkte ich, dass es für den Betriebsfrieden zuträglich wäre, wenn Frau Ceres wieder in ihrer gewohnten Umgebung tätig werden könne.

Saphirs Blick erkaltete.

»Sie wollen mich warnen, dass Vera Ärger machen könnte. Das geht Sie nichts an.« Er drückte seine Zigarette aus. »Nach Auschwitz habe ich vor nichts und niemandem Angst. Schon gar nicht vor Vera Ceres.« Er entzündete eine neue Zigarette, ohne mir eine anzubieten. »Ich gebe Ihnen ein Ejze, Seligmann.

185

Lassen Sie sich von der nicht benutzen. Ihre Zeit ist vorbei. Fräulein Tenn hat frische Ideen, kennt die moderne Mode besser und ist eine junge, unbeschwerte Frau.« Saphir schmunzelte. »Unsere Kunden sind auch Männer. Sie wollen lieber eine fröhliche, gut aussehende Person als eine verbitterte, kranke Frau … ich auch.«

Saphir machte keine leeren Worte, wie ich bald darauf von Vera erfahren sollte.

»Er hat mir gesagt, dass für mich kein Platz mehr in der Firma ist. Ich habe seine lächerliche Abfindungssumme natürlich abgelehnt und fristlos gekündigt.«

Mir stockte der Atem.

»Aber Vera, damit stehst du ohne einen Pfennig da. Nach einer schweren Krankheit. Vielleicht überlegst du es dir noch mal … ich könnte versuchen, Saphir …«

Die alte Energie glomm in ihren Augen.

»Nein, Ludwig! Ich nage nicht am Hungertuch. Aber mache dir klar, was dir bevorsteht, falls Saphir und Abramowski den Eindruck gewinnen, dass du für sie keinen Nutzen mehr hast. Dann versuchen sie dich abzuspülen wie Klopapier.«

»Wie willst du jetzt durchkommen, Vera?«

»Ich weiß um meinen Wert, Ludwig! Mit meinen Ideen, meinen Kreationen und meiner Arbeit habe ich die TeuTex zu dem gemacht, was sie ist. Saphir hat den Kaufmann von München gespielt, aber die Warenkalkulation habe ich gemacht. Ich habe die Bandbreite der Preise für jeden Pullover, jede Jacke, jeden Rock festgelegt und gegenüber allen unseren Großkunden durchgesetzt. Ich alleine kenne die gesamte Preiskalkulation der Firma. In dieser Größenordnung gibt es in Süddeutschland nur eine Handvoll Unternehmen, davon zwei jüdische. Sie alle werden mir die Füße küssen, wenn ich zu ihnen komme, denn die TeuTex ist vor allem wegen meiner

Kundenkontakte und der entsprechenden Aufträge so schnell gewachsen.«

Vera war entschlossen, sich zu rächen. Es war ihr gleichgültig, welche Konsequenzen das für die Mitarbeiter der TeuTex haben würde. Auch für mich.

Hannah

Ludwigs Affäre mit der Schickse hatte meine labile Gesundheit erneut ruiniert. Ich litt zunehmend an Migräneanfällen. Wenn ich mich über die Rücksichtslosigkeit meines Mannes grämte, verkrampfte sich meine Nackenmuskulatur, mir wurde übel, helles Licht tat mir weh.

Ich musste den Arzt rufen. Dr. Mehring, der seine Praxis in der nahen Ländstraße hatte, machte aus seiner Vergangenheit als Wehrmachtssoldat keinen Hehl, betonte aber, er habe als Christ die Nazis verachtet. Jeder Deutsche hatte ein anderes Alibi, warum er gegen Hitler war, aber alle hatten beim Judenmord mitgemacht oder tatenlos zugeschaut. Dr. Mehring nahm sich wenigstens die Zeit für ausführliche Hausbesuche. Er setzte sich an mein Bett und befragte mich eingehend über meine Beschwerden. Obgleich ein vierschrötiger Mann, war der Arzt sehr einfühlsam. Er nannte mich Mutti, nahm meine Hand und erklärte mir, jede Krankheit sei ein Signal der Seele an den Körper, dass sie leide. Meine Migräne zeige, dass mir seelische Pein widerfahre. Ich solle nicht zögern, ihn zu rufen, wenn es mir schlecht ginge. Er besuchte mich, wann immer ich einen Migräneanfall hatte, und sorgte stets dafür, dass ich mich danach besser fühlte.

Ich sah, wie Ludwig unter dem Verhältnis zu der Schlampe litt. Erst als ich drohte, ihn zu verlassen und Rafi mitzunehmen, begriff er endlich, dass er es nicht wie bisher mit dieser Frau, die sogar ihre Stelle verloren hatte, weitertreiben konnte. Zumindest blieb Ludwig nun abends zu Hause. Aber ich machte mir keine Illusionen. Wenn ein Mann und eine willige Person sich vergnügen wollen, finden sie Wege und Zeit dafür. Zudem schuftete Ludwig täglich zwölf Stunden wie ein Arbeitssklave bei der TeuTex. Er behauptete, seine Beschäftigung bereite ihm Freude. Aber er hielt das nur durch, weil er tagsüber unentwegt Kaffee trank und Kuchen und Süßigkeiten in sich hineinstopfte. Dazu rauchte er. Auf diese Weise nahm er stetig zu und wurde zunehmend abgespannt. Da ich ihm zu Hause nur entkoffeinierten Kaffee Hag erlaubte, erschlaffte er hier wie ein Ballon, aus dem die Luft entweicht.

Besorgt drängte ich Ludwig, sich von Dr. Mehring untersuchen zu lassen. Das Ergebnis überraschte mich nicht. Mein Mann litt an hohem Blutdruck und Herzrhythmusstörungen. Sein Herz war überlastet. Dr. Mehring verschrieb Ludwig Digitalistabletten und eine Reisdiät. Ich kochte ihm täglich frischen Reis, den ich ihm in die Firma mitgab. Doch seine Arbeitsbelastung blieb unmenschlich hoch. Deshalb machte ich mir weiter ständig Sorgen um seine Gesundheit.

Ludwig

Als ich von der Synagoge heimkehrte, lag Hannah im abgedunkelten Schlafzimmer. Sie wurde von Kopfschmerzen geplagt. Die Aspirintablette blieb wirkungslos, eine zweite mochte sie nicht schlucken, da sie ihrem Magen schaden könnte. Hannah war blass und krümmte sich vor Schmerzen.

»Ruf den Arzt, Ludwig, sonst gehe ich zugrunde«, mahnte sie mich. Doch am Samstag machte Dr. Mehring keine Hausbesuche. Da entsann ich mich Dr. Immanuel Firnbachers, den ich im Café meines Freundes Eugen Hirsch in der Maxburg kennengelernt hatte. Ein drahtiger, kleinwüchsiger Mann mit einem heftigen Temperament, das sich in seinen strahlenden

Augen widerspiegelte. Nachdem er die Nazizeit in Palästina überlebt hatte, war Firnbacher in seine Heimat zurückgekehrt und hatte in München eine Praxis eröffnet.

Dr. Firnbacher war keineswegs ungehalten, als ich am Schabbat bei ihm anrief. »Krankheiten machen kein Wochenende, deshalb sollte es auch kein Arzt tun ... Migräne? Zumeist ein Luxusleiden von Herrschaften, die es sich leisten können. Geben Sie mir Ihre Adresse.«

Eine Viertelstunde später langte der Arzt bei uns an. Er gab Hannah eine krampflösende Spritze »inklusive Opiat und Koffein. Das sollte schnell wirken«.

Der Arzt irrte sich nicht. Hannahs Schmerz ließ rasch nach, und bald unterhielt sie sich angeregt mit dem Doktor. »Ich sehe, es geht Ihnen besser, Madame Seligmann. Sie haben keinen Grund, länger die Bettstatt zu hüten. Heben Sie Ihren Allerwertesten und brauen Sie uns einen anständigen Kaffee!« Hannah nahm die Chuzpe Firnbachers klaglos hin und tat, was er verlangte.

Während sie in der Küche hantierte, überwand ich meine Scheu und gestand dem Arzt, dass ich mich oft schlapp fühlte und zuletzt ständig durstig war.

»Plus Übergewicht – das hört sich nach Diabetes an.«

»Ich bin in ärztlicher Behandlung, und mein Doktor sagt, meine Blutwerte seien in Ordnung ...«

»Die meisten Kollegen sind Quacksalber. Ich vermute, Sie sind zuckerkrank. Aber Vermutungen sind wertlos.« Firnbacher hob seine Stimme, sodass sie in der Küche hörbar war. »Frau Seligmann, bringen Sie mir bitte ein gut ausgespültes leeres Glas.«

Hannah folgte der Anweisung des Doktors im Nu.

»Danke.« Er wandte sich wieder an mich: »Machen Sie Pipi und geben Sie mir Ihren Riesling.« Als es so weit war, fuhr der Doktor mit zwei Fingern ins Gefäß und leckte sie ab.

»Sie haben Diabetes, Mann!« Mir stieg das Blut zu Kopf. Niemand in unserer Familie hatte Zucker. Das war eine Krankheit fremder alter Menschen.

»Um Gottes willen, uns bleibt nichts erspart!«

»Werden Sie mal nicht hysterisch, Frau Seligmann. Es ist zunächst nur mein subjektiver Eindruck als erfahrener Internist. Wir werden uns sofort einen objektiven Befund verschaffen. Ich habe im Auto einen Lackmustest. Einen Moment.« Firnbacher sprang auf. Kaum hatte er die Wohnung verlassen, hob Hannah erneut an.

»Jahrelang habe ich dich gewarnt, keinen Schindluder mit deiner Gesundheit zu treiben. Stattdessen bist du dieser Chonte nachgelaufen …«

»Jetzt halt mal dein böses Maul!«

Es klingelte. Dr. Firnbacher hielt einen Streifen in das Glas, wartete, bis dieser sich verfärbt hatte, und wiederholte den Vorgang.

»Sie haben definitiv Diabetes, Herr Seligmann. Nach dem schnellen und gründlichen Farbumschlag zu urteilen, sogar ganz ordentlich. Das müssen wir exakt feststellen. Sie erscheinen am Montag um Punkt acht nüchtern in meiner Praxis am Feilitzschplatz.«

Ich hatte erwartet, dass Hannah ihr Gezeter fortsetzen würde, sobald der Arzt gegangen war. Doch wie immer in kritischen Situationen bewies sie Selbstbeherrschung.

»Dr. Firnbacher hat vollkommen recht. Aufregung schadet dir. Wenn am Montag alles überstanden ist, musst du den Arzt wechseln. Dr. Mehring taugt nichts.«

»Der Mehring streichelt Ima, statt sie zu behandeln, und dich füllt er mit Reis ab wie einen Chinesen, ohne sich um deine Zuckerkrankheit zu kümmern. Was Dr. Firnbacher sagt, stimmt. Mehring ist ein Kurpfuscher«, tönte Rafi, der, durch unseren Zank aufmerksam geworden, ins Zimmer getreten war.

»Da siehst du, was ich tagtäglich mit deinem Sohn mitmache. Aber bei Mehring hat er sogar recht. Warum lassen wir uns auf diesen deutschen Landsknecht ein, wenn es so einen tüchtigen jüdischen Arzt gibt wie Dr. Firnbacher?«

»Dr. Mehring hat sich immer Zeit für dich genommen, Hanni.«

»Das ist vollkommen unwichtig, wenn er als Arzt versagt.«

»Er hat sich um mein Herz gekümmert.«

»Und dabei deinen Zucker übersehen.«

»Jeder macht mal Fehler.«

»Ein Arzt darf das nicht!«

Dr. Firnbacher redete nicht um den heißen Brei herum. »Sie haben 340 Milligramm Blutzucker. Das ist ein alarmierender Befund. Ich verabreiche Ihnen eine Insulininjektion. Danach nehmen Sie ein normales Frühstück zu sich. Mittags essen Sie Ihren gewöhnlichen Lunch und kommen um 13.30 Uhr wieder her zur erneuten Blut- und Urinbestimmung. Nach dem Abendessen ebenso.«

»Ich muss arbeiten, Herr Doktor.«

»Sie scheinen den Ernst Ihrer Lage nicht begreifen zu wollen!«

»Doch. Aber ich muss mein Geld verdienen.«

»Hören Sie mir genau zu! Wenn Sie weiter mit diesen Zuckerwerten unbehandelt herumlaufen, gefährden Sie Ihre Gesundheit extrem. Sie können jederzeit eine Thrombose oder einen Herzinfarkt erleiden – dann sind Sie für immer beschwerdefrei ...«

»Aber mir ging's doch gut, und Herr Dr. Mehring hat mir lediglich eine Reisdiät verordnet.«

»Ein solcher Scharlatan gehört aus dem Verkehr gezogen. Reis ist ein Kohlenhydrat, damit treibt man den Zucker in die Höhe. Dieser Kurpfuscher taugt höchstens zum KZ-Arzt!«

Dr. Firnbachers Diagnose traf wohl zu, und so unterzog ich mich seinen Untersuchungen. Abends wies er mich an, mir ein Spritzbesteck zu besorgen, und verschrieb mir Insulin. Am Ende zeigte er mir, wie man die flüssige Arznei aufzog und frühmorgens sowie eine halbe Stunde nach dem Abendbrot die Spritze in den eigenen Oberschenkel setzte. Obwohl er all dies mit harschen Drohungen verband, bedankte ich mich für seine sichere Diagnostik.

Am folgenden Morgen suchte ich ungespritzt Dr. Mehring auf und erzählte ihm verlegen von Firnbachers Diagnose. Der Arzt zündete sich eine Zigarette an und sprach ruhig zu mir.

»Das haben Sie richtig gemacht, Vati. Wenn der Notarzt schon im Hause ist, um Mutti zu behandeln, und Sie fühlten sich unwohl, ist es absolut korrekt, sich an den Kollegen zu wenden. Er tat richtig daran, Sie gleich zu untersuchen. Wir werden sofort feststellen, ob es sich wirklich um Diabetes handelt. Es würde mich nicht wundern. Den Verdacht habe ich schon länger gehegt. Aber es war mir wichtiger, zuerst Ihr gefährlichstes Leiden zu beheben ... das war Ihr hoher Blutdruck, und den haben wir mit Hilfe der Digitalis-Arznei auf Normalmaß gesenkt. Damit schließen wir aus, dass Sie einen Schlaganfall bekommen. Mit der Reisdiät entziehen wir Ihrem Körper Flüssigkeit und reduzieren so die Belastung Ihres Herzens. Dadurch vermeiden wir einen Herzinfarkt. Auf diese Weise haben wir die schlimmsten Gefahren abgewendet. Und jetzt schauen wir uns, wie geplant, nach den zweitrangigen Beschwerden um. Zuckerkrankheit, falls sich die Diagnose des geschätzten Kollegen bestätigen sollte, ist nichts, wovor Sie Angst haben müssten. Diabetes ist eine Volkskrankheit, die durch den Ausfall des Insulinhormons aus der Bauchspeicheldrüse verursacht wird. Aber seit 1923 können wir Insulin gewinnen und den Patienten in geeigneten Dosen verabreichen. Es besteht also überhaupt kein Grund zur Beunruhigung, Vati.«

»Ich hatte mich wirklich etwas gefürchtet. Aber Sie haben mir die Angst genommen, Herr Doktor. Danke!«

»Das ist meine Aufgabe als Arzt. Ich habe diesen Beruf gewählt, um Menschen die Furcht zu nehmen und sie zu kurieren.« Die Untersuchung von Dr. Mehrings Labor ergab tatsächlich, dass ich einen harmlosen Altersdiabetes hatte. Anders als Firnbacher, der mich mit täglich zwei Spritzen malträtieren wollte, verschrieb mir Dr. Mehring lediglich eine Injektion nach dem Frühstück. Abends sollte ich eine Tablette schlucken. Besonders wichtig war mir, dass ich weiterhin arbeiten durfte.

»Sie sollen im Schweiße Ihres Angesichts arbeiten. Wie es in der Bibel steht, die wir Christen uns mit den Juden teilen.« Ich war Dr. Mehring unendlich dankbar. Anders als Dr. Firnbacher hatte er kein schlechtes Wort über seinen Kollegen verloren. Statt mir Angst einzujagen, hatte er mir Vertrauen eingeflößt.

Als ich Hannah von meinem Besuch bei Dr. Mehring berichtete, zieh sie mich der Einfalt.

»Sein Geschwätz sollte lediglich verbergen, dass er unfähig war, deine Zuckerkrankheit festzustellen, die der jüdische Arzt im Nu diagnostiziert hatte. Ich lasse mich und Rafi in Zukunft von Dr. Firnbacher behandeln. Und ich flehe dich um deiner Gesundheit willen an, das ebenfalls zu tun. Man geht zu einem Doktor, der sein Handwerk versteht, nicht zu einem Flinkflöter und Quacksalber.«

Hannahs Logik mochte richtig sein, aber dennoch blieb ich Dr. Mehring treu. Nicht wegen seiner schönen Worte, sondern weil seine Behandlung mir die tägliche Qual einer zweiten Spritze ersparte.

Es dauerte eine ganze Weile, bis ich einsah, dass Dr. Mehring recht hatte. Die Zuckerkrankheit ließ sich zwar mit seiner Hilfe und Medikamenten behandeln und einigermaßen kontrollieren, doch eine Heilung war unmöglich. Das bedeutete, dass ich den Rest meines Daseins gezwungen wäre, mir jeden Morgen selbst eine Spritze zu verabreichen. Ich empfand das als Demütigung und haderte mit meinem Schicksal. Erstmals seit Jahren wollte ich morgens im Bett bleiben, statt erwartungsvoll aufzuspringen und den neuen Tag zu begrüßen, denn ich war gezwungen, ihn mit einer Spritze zu beginnen, was mich mehr Überwindung kostete, als der Schmerz zu rechtfertigen schien. Doch schließlich ergab ich mich meinem Schicksal. Gott wollte es so.

Nach der Arbeit beschäftigte ich mich mit dem Buch Hiob. Am Anfang steht die Frage: Wird Hiob, von Gott als frommer und gerechter Mann gepriesen, auch im Unglück und bei Krankheit an seinem Glauben festhalten? Hiob wankt nicht, er besteht die Herausforderung.

Der Diabetes bedeutete eine Einschränkung meines Daseins. Doch er war keine Heimsuchung. Es kam mir nicht in den Sinn, an meinem Glauben zu zweifeln. Ich begriff das Buch Hiob als Ermutigung, in der Not am Glauben festzuhalten und so Zuversicht zu schöpfen.

Durch Vera Ceres' Weggang verbesserte sich die Stimmung in der TeuTex merklich. Saphir wirkte geradezu heiter. Der gefallene Rabbi war überzeugt, durch sein entschlossenes Auftreten die einstige Direktrice losgeworden zu sein. Fräulein Tenn strahlte vor Glück, weil sie aus dem Schatten ihrer Vorgängerin treten und ungehindert ihre Modelle und Kollektionen entwickeln durfte. Das steigerte ihre Schaffenskraft fortwährend. Sie brachte das Kunststück fertig, ihren Entwürfen Frische zu verleihen, gleichzeitig aber eine Solidität zu bewahren, die für den Massengeschmack unabdingbar schien. Ihr fehlte die Strenge Veras, die sich nur wenigen öffnete – die anderen beachtete sie nicht oder ließ sie ihre Überlegenheit spüren.

Zudem verstand es Tienie, möglichst viele Mitarbeiter in ihre Arbeit einzubinden, indem sie uns bereits ihre ersten Skizzen zeigte und unsere Meinung erfragte, die sie bei ihrer weiteren Feinarbeit berücksichtigte.

Vor allem aber verbreitete Fräulein Tenn gute Laune. Sie besaß allen Grund dazu. Tienie war jung, gesund, unbeschwert, sie wirkte anziehend, bekleidete in jungen Jahren eine hohe Position und war obendrein die Geliebte des Chefs. Die Modelle der Direktrice fanden bei Einkäufern und Kunden großen Zuspruch, was den Ertrag der TeuTex steigerte. Die Zukunft erschien den meisten von uns sonnig. Dennoch beschlichen mich Befürchtungen. Saphir hatte Ceres dermaßen verletzt, dass sie auf Rache sann. Ich hegte kaum Zweifel, dass sie ihre umfangreiche berufliche Erfahrung an die Konkurrenz weitergeben würde. Die Frage war nicht, ob ein Angriff der Wettbewerber erfolgen würde, sondern lediglich von wem, wann und in welchem Umfang.

Saphir tat meine Warnung ab. »Ich habe im Lager gelernt, mir nicht andauernd Sorgen zu machen. Wir konnten jeden Moment vergast werden. Aber ich wollte mit aller Kraft weiterleben. Nur darum habe ich es geschafft.«

Das mochte im KZ die probate Überlebensmethode sein. Aber diese Zeit war Gott sei Dank vorbei. Jetzt ging es »nur« um geschäftliche Konkurrenz. Auch da wurde mit harten Bandagen gekämpft. Aber nicht um Leben und Tod.

Nach wochenlangem Schweigen meldete sich Vera überraschend am Telefon, um mir mitzuteilen, dass sie in Kürze eine leitende Stelle antreten würde. Die Bedeutung der Botschaft war unmissverständlich. Meine Bitte um ein persönliches Treffen lehnte sie ab.

»Aber Vera, verstehst du denn nicht, dass du uns mit deinem Wechsel zur Konkurrenz ruinieren wirst? Hunderte von Angestellten werden ihre Existenz verlieren.«

»Unsinn. Wir haben Vollbeschäftigung. Die Leute finden sofort eine neue Stelle.«

»Die Jüngeren sicher. Die Älteren wie ich werden auf der Straße stehen.«

»Das hättet ihr euch früher überlegen müssen, Ludwig.«

Sie dehnte ihren Rachedurst nun auch auf mich aus. Saphir, gegen den sich Veras Hass richtete, würde kaum unter einem Angriff auf unsere Firma leiden. Da die TeuTex eine GmbH war, haftete er nicht mit seinem Privatvermögen. Dagegen hatte Abramowski wohl seinen gesamten Besitz, also das Geld seiner Frau, vollständig in die Firma investiert. Ein Bankrott würde auch ihn ruinieren.

Bald vernahm ich, dass Vera als Geschäftsführerin bei Pinkus Buxbaums Textilfabrik »Bukon« angeheuert hatte. Sie kannte unsere Preise und Kalkulationen, und nun unterbot uns Buxbaum bei allen größeren Kunden. Abramowski und ich wollten deshalb sofort neue, erheblich billigere Preise aufrufen. Trotz der damit verbundenen Einbußen hätten wir Erträge eingefahren, wenn wir Buxbaums Angebote, die auf Veras Wissen beruhten, wiederum unterboten hätten. Der Konkurrent wäre leer ausgegangen. Salomon Saphir war dagegen. Er vertraute lieber seiner vermeintlichen Rationalität, hinter der sich Überheblichkeit verbarg.

»Buxbaum hat keine fünfzig Stricker. Seine Klitsche ist zu klein für die umfangreichen Aufträge unserer Großkunden.«

»Können Sie mir sagen, warum Buxbaum dann Frau Ceres als Geschäftsführerin angestellt hat, Herr Saphir?«

»Ich will mir nicht den Kopf darüber zerbrechen, was dieser Esel denkt. Ich tue, was ich für richtig halte.« Er sog den Rauch seiner Zigarette ein. Saphirs Arroganz erzürnte Abramowski ebenso wie mich, doch er wagte kein Wort des Widerspruchs. Mir dagegen war es unmöglich, meinen Mund zu halten.

»Buxbaum mag klein sein. Aber sobald er durch Frau Ceres' Informationen …«

»Das sind keine Informationen, es ist Verrat!«, schmetterte Abramowski, was Saphir sichtlich amüsierte.

»… wenn Buxbaum dadurch die fetten Aufträge ergattert hat, wird er andere Firmen mit Heimarbeitern finden, die ihm zuarbeiten«, beendete ich meinen Gedanken, den Saphir sogleich zerpflückte.

»Pinkus Buxbaum kann uns mit seinen alten Maschinen nicht unterbieten und erst recht nicht mit Zuarbeitern, die auch etwas verdienen wollen. Der Verrat der alten Ceres wird ihm nichts nützen, weil er zu klein und zu dumm ist.«

Dr. Mehring war besorgt. Mein Zuckerwert nahm ständig zu. »Sie bekommen bereits eine sehr hohe Insulindosis, Vati. Wenn Sie sich noch mehr spritzen würden, könnten Sie einen Insulinschock erleiden. Der ist lebensgefährlich. Haben Sie ein seelisches Problem?«

Ich behielt meinen Ärger für mich. Beim Arzt und zu Hause, denn Hannah würde mich erneut drängen, meinen Arbeitstag nicht in aller Frühe zu beginnen und mir keine Gedanken über die Firma zu machen. Ich war ständig angespannt. Wenn Hannah mich mit ihren Kinkerlitzchen und Rafis Desinteresse an der Schule behelligte, verlor ich oft die Beherrschung. Mein Aufbrausen machte nichts besser, aber die Ausbrüche verschafften mir momentane Erleichterung.

Ich verstand, dass Rafi als Heranwachsender meine Unterstützung mehr denn je benötigte. Doch mir fehlte die Geduld, mich mit meinem Jungen über den Auschwitz-Prozess in Frankfurt zu unterhalten. Ich konnte seine Enttäuschung darüber verstehen, »dass die Deutschen jeden Ganoven in den Knast schicken, aber SS-Massenmörder mit Glacéhandschuhen behandeln oder laufen lassen.« Meinen tröstlichen Rat: »Warte ein paar Jahre ab. Dann sind die Naziverbrecher tot«, beantwortete Rafael mit einem harten »Du auch«.

Ständig versuchte er, mich zu provozieren. »Du bist zu den Mördern zurückgekommen, um ihre Stiefelsohlen zu lecken. Ich weigere mich, das Gleiche zu tun. Ich geh nach Israel!« Ich vermied solchen Zank, obgleich ich meinen Sohn liebte und fühlte, dass er mich nicht weniger liebte. Als Rafael Sonntagfrüh miterlebte, wie sehr ich mich mit meiner Insulin-Injektion quälte, bot er an, mir allmorgendlich die Spritze zu verabreichen.

»Aber du weißt doch gar nicht, wie man das macht!«

»So schwer kann's nicht sein. Wenn du das sofort gelernt hast, kann ich's auch.« Ich lehnte sein Ansinnen ab, weil ich ihm nicht zumuten konnte, jeden Morgen um halb sechs aufzustehen und mich zu verarzten. Aber seine Bereitschaft, mir zu helfen, rührte mich.

Doch im Alltag wollte Rafi mir und sich selbst beweisen, dass er sich von niemandem etwas gefallen ließ – schon gar nicht von seinen Eltern.

Rafael

In Israel war es den Alten zwar dreckig gegangen, aber gehungert haben wir dort nicht. Wir hatten sogar ein Haus mit Garten. Hier in Deutschland besaßen wir einen miesen VW. Für das Hitler-Auto hatte Emil Israel abgeschworen. Im Fernsehen und in Politikerreden heuchelten die Deutschen Bedauern über die »Naziuntaten«. Es waren keine »Untaten«, es waren Morde. Der Geschichtsunterricht endete nach dem Ersten Weltkrieg. Auf diese Weise ersparten sich die Pauker den Nationalsozialismus. Schuld waren bloß »die« Nazis, am Ende nur Hitler. Aber in jedem guten Geschichtsbuch, in jeder »Spiegel«-Serie über die Zeit konnte man nachlesen, dass die NSDAP bereits 1932 die stärkste Partei gewesen war. Mehr als 17 Millionen Deutsche hatten Hitler gewählt. Er war ihr Führer. Sie, nicht Hitler, hatten die Synagogen angezündet und die Juden vergast. Aber das verschwiegen uns die Pauker.

Die Deutschen hatten ein ruhiges Gewissen. Mutter lamentierte ständig, dass die Nazis ihren Bruder und ihre Schwester und Millionen Juden umgebracht hatten. Sie hasste die Deutschen, doch die Entschädigungs-Silberlinge kassierte sie dankbar. Ich hatte genug von dieser Speichelleckerei. Nach meinem achtzehnten Geburtstag würde ich den Nazis den Rücken kehren und zurück in meine Heimat gehen. Nach Israel.

Ludwig

Vera leistete bei Buxbaum ganze Arbeit. Großaufträge von Neckermann, Quelle und Co blieben aus. »Vorläufig«, wie man uns zu verstehen gab. Ich beschwor Saphir, durch Sonderangebote, koste es, was es wolle, wenigstens einen Teil der Produktion zu retten. Doch der Chef war zu eitel, seine Fehleinschätzung einzugestehen. Als die Auftragsstornierungen definitiv bestätigt wurden, riss Saphir das Steuer herum. Achtzig Prozent der Belegschaft wurden entlassen. Fast alle Strickerinnen und Hilfskräfte wurden freigesetzt. Lediglich die bewährten Meister sowie Tienie und ihr Stab blieben.

Wenn Saphir Vera menschlich behandelt hätte, wenn er nach ihrem Weggang zumindest die von uns erbetenen Sicherungsmaßnahmen erlaubt hätte, wäre uns die Katastrophe erspart geblieben. Das Schicksal der Entlassenen berührte Saphir nicht. Er wälzte es auf mich ab, den freigesetzten Frauen und Männern die Kündigung zu vermitteln. Zwar besaßen wir eine Personalabteilung, doch der Chef benutzte mich als Allzweckwaffe.

»Das müssen Sie machen, Seligmann.«

»Ich bin Kaufmann, Herr Saphir. Kein Rausschmeißer.«

»Ein guter Sojcher muss ein kaltes Herz besitzen und sich von Leuten trennen können, wenn es erforderlich ist.«

»Ich habe aber kein kaltes Herz, Herr Saphir.«

»Dann hätten Sie in Auschwitz keinen Tag überlebt.«

»Auschwitz ist vorbei, und ich kann keine Menschen rauswerfen.«

Saphir fixierte mich aus seinen dunklen Augen.

»Lassen Sie uns Tacheles reden, Seligmann. Wir sind pleite.«

Das Blut schoss mir in den Kopf. Mein Atem stockte.

»Ich müsste die TeuTex schließen und alle entlassen. Stattdessen rette ich die GmbH mit einer Million Mark aus meinem Privatvermögen. Aber ich kann nicht alle halten. Nur die tüchtigsten zwanzig Prozent des Personals. Mit diesen Leuten müssen wir eine Saison durchhalten. Wenn wir jetzt jeden Auftrag annehmen, sind wir im neuen Jahr die Besten und machen alle anderen kaputt. Um bis dahin weiter zu existieren, müssen wir uns einer Hungerkur unterziehen. Die Personalleute werden die Arbeiter kündigen. Anschließend müssen sie selbst gehen. Sie, Seligmann, werden es ihnen und den wichtigsten Angestellten mitteilen. Andernfalls müssen Sie auch gehen.«

Salomon Saphir, der unsere Firma durch seine Geilheit und arrogante Unbelehrbarkeit in den Ruin getrieben hatte, spielte sich nun als Retter eines Rumpfbetriebs auf. Später wollte er seine Firma als Phönix aus der Asche wiederauferstehen lassen, um Rache an seiner verstoßenen Geliebten und seinen Konkurrenten zu nehmen. Die Entscheidung, ob ich mich als Unglücksbote hergeben oder als Don Quichotte im Kampf gegen die Windmühlen der Ungerechtigkeit enden sollte, raubte mir den Schlaf.

Hannah entging die Situation nicht. Durch Gemeindeklatsch hatte sie erfahren, dass es schlecht um die TeuTex stand. Sie verlangte, dass ich ihr ein umfassendes Bild der Situation gab.

Ich tat es nicht. Denn die Entscheidung, den Schlamassel-Boten zu geben, wollte ich alleine treffen.

Das Ringen darum quälte mich unentwegt. Dr. Mehring warnte mich: »Ihr Blutzucker steigt von Woche zu Woche. So geht das nicht weiter! Da ein hoher Zuckerspiegel die Gefäße angreift, ist es eine Frage der Zeit, bis eines perforiert. Das bedeutet Gehirnschlag oder Herzinfarkt. Was quält Sie so sehr, Vati?«

Damit brach der Damm meiner Selbstbeherrschung. Ich konnte nicht aufhören, ihm von dem Geschehen in der Firma zu erzählen. Was er mit der Bemerkung: »So sind nun mal jüdische Kaufleute« kommentierte.

»Sind christliche Kaufleute besser?«

»Da die Juden größere Erfolge verzeichnen, sind sie wohl rücksichtsloser.«

Konnte man nie damit aufhören? Mussten die Juden ständig vom KZ und die Christenmenschen von den bösen Juden reden? Ich sah mich bestätigt, diese Angelegenheit mit mir allein auszufechten.

Die Entscheidung war ohnehin klar. Mein Lebtag hatte ich als Jude gelebt. Das bedeutete auch Nächstenliebe. Mit Mitte fünfzig durfte ich meinen Glauben nicht verraten. Wenn ich meine Arbeit verlor, würden wir, anders als vor einigen Jahren in Israel, keine Not leiden. Mutter würde mich verstehen, ja, sie würde von mir erwarten, dass ich mich anständig verhielt. Als ich an die alte Frau dachte, verengte sich meine Brust. Ich nahm mir vor, sie endlich in Israel zu besuchen. Ich hatte es längst tun wollen, doch ich mied das Land, denn ich wollte meinen Geschwistern nicht begegnen, die mich 1957 in der Not im Stich gelassen hatten. Endlich sah ich ein, dass das Wiedersehen mit Mutter wichtiger war als meine Gekränktheit. Am folgenden Morgen teilte ich Salomon Saphir mit, ich stünde für jede Arbeit bereit – außer der des Rausschmeißers.

»Sind Sie sicher, Seligmann?«

»Ja.«

»Jetzt erwarten Sie wohl, dass ich auch Sie rauswerfe?« Er schürzte die Lippen, blickte mich eindringlich an. Ich fühlte mein Herz rasen, während ich schwieg.

Dann nickte er langsam. »Sie haben Masl, Seligmann. Im Lager und während der Inquisition hätte Sie Ihr Anstand das Leben gekostet. Aber ich bin kein Nazi und kein Inquisitor, sondern ein Jid, dessen Glauben ermordet worden ist. Vielleicht imponiert mir Ihre Haltung. Heute kündigt die Personalstelle allen Arbeitern. Danach muss ich auch die Personalleute raussetzen.«

»Im Frühjahr werden Sie sie wieder brauchen.«

»Dann stelle ich sie wieder ein. Jetzt verursachen sie nur Kosten.«

Ich sah bestätigt, was Hannah mir vorgehalten hatte: Mir fehlte die notwendige Rücksichtslosigkeit zum erfolgreichen Geschäftsmann. Doch ich war froh darum.

Als die Kündigungen durchsickerten, reagierten die Jüngeren gelassen. Ihnen wurde freigestellt, sogleich der Arbeit fernzubleiben und ihren Lohn zwei Wochen weiterzubeziehen. Mein Mitgefühl galt den Älteren, die sich um ihre Zukunft sorgten. Doch mehr, als ein paar tröstende Worte an den einen oder anderen zu richten, konnte ich nicht für sie tun. Mit dem Personalchef und seinen Mitarbeitern hatte ich kein Mitleid. Ich musste dabei an die Ghetto-Polizisten denken, die die anderen Juden an die Nazis auslieferten, um am Ende ebenfalls umgebracht zu werden. Die KZ-Besessenheit meiner Chefs hatte auf mich abgefärbt.

Nachdem die Gekündigten uns im November verlassen hatten, trieb Abramowski den Umbau unserer Firma mit Vehemenz voran. Die Arbeit jeder Produktionseinheit wurde auseinandergenommen und wieder zusammengesetzt wie eine

generalüberholte Maschine. Der Ingenieur lief wie ein aufge-
scheuchtes Huhn durch die Hallen der weitgehend inaktiven
Fabrik und schrie seine Anweisungen. Die erfahrenen Strickmeister nahmen ihn nicht ernst.
»Der Spinner soll uns in Ruh lassen mit seiner Hektik«, bekam
ich zu hören. Saphir dagegen bewahrte Haltung und erwies
sich als effizienter Akquisiteur. Er nutzte seine Kontakte, um
jeden noch so kleinen Auftrag an Land zu ziehen. Von unseren
früheren Großkunden ergatterte er Bestellungen für Restpar-
tien, an denen wir kaum verdienten.
»Das spielt jetzt keine große Rolle. Am wichtigsten ist, es kommt
etwas Geld herein. Das brauchen wir für Gehälter und Miete.«
Saphir war sich nicht zu schade, sogar einen Unterauftrag von
Bukon zu kaum erträglichen Konditionen anzunehmen.
»Hauptsache, unsere Maschinen arbeiten. Wenn die Zeit
gekommen ist, rechne ich mit Buxbaum ab«, meinte er ruhig.
Doch seine Augen brannten. Ich hegte keinen Zweifel, dass
es Salomon Saphir gelingen würde, sich an seinem Rivalen zu
rächen. »Ein jedes Ding hat seine Zeit. Noch ist die Zeit der
Vergeltung nicht gekommen. Jetzt müssen wir durchhalten.
Und Sie werden mir dabei helfen, Seligmann. Sicher haben Sie
ja auch Kundenkontakte.«
Ich kannte die Bauern im Umland Ichenhausens.
»Warum denken Sie so klein, Seligmann? Sie sind ein deutscher
Jude. Sprechen die Sprache perfekt. Haben Ihre Lehre in Ulm
gemacht ...« Saphir vergaß nichts. »Sie kennen die Mentalität
der Kaufleute dort. Morgen setzen Sie sich ins Auto und fahren
nach Augsburg. Dort reden Sie so lange mit den Kaufhäusern
und großen Geschäften, bis Ihr Auftragsbuch platzt.«
Warum hatte ich solche Geschäfte nicht während meiner Selbst-
ständigkeit getätigt, statt den Bauern einzelne Arbeitshosen
anzubieten? Weil ich über die Hausierermentalität meiner
Vorfahren nicht hinausgekommen war, während Rabbiner

Saphir in Auschwitz die Regeln des Überlebenskampfes gelernt hatte, den er nach der Befreiung als Kaufmann fortführte.

Am folgenden Morgen startete ich, ausgerüstet mit Auftragsbuch, Musterkoffer und einer Wochendosis Insulin, meine Vertreter-Reise. In der Augsburger Handelskammer besorgte ich mir die Adressen der Kaufhäuser und Textilgeschäfte. In einem Café nahe der St.-Ulrich-Kirche entwarf ich bei Kaffee und Zwetschgenkuchen mit Schlagsahne meinen Plan – ich war nicht willens, bedingungslos vor der Zuckerkrankheit zu kapitulieren.

Als ich mich am Freitagmittag auf den Rückweg nach München machte, hatte ich annähernd zweitausend Pullover und Strickjacken verkauft. Am Montagmorgen erstattete ich Saphir Bericht.

»Ich habe recht behalten«, stellte der Chef fest. »Sie sind ein tüchtiger deutscher Kaufmann und haben einen jüdischen Kopf. Mit Ihren Aufträgen können wir zwanzig neue Strickerinnen beschäftigen. Heute noch reisen Sie nach Ulm und Stuttgart. Ich bin sicher, Sie werden mehr als doppelt so viele Wollsachen wie bis jetzt verkaufen. Das ist die Wende zum Besseren!«

Salomon Saphir irrte sich nicht: Meine akquirierten Aufträge brachten die TeuTex wieder auf die Erfolgsspur. Und Dr. Mehring zur Verzweiflung.

»Wenn Sie so weitermachen wie bisher, muss ich Ihre Behandlung verweigern, Vati.«

»Sie werden mich doch nicht im Stich lassen, Herr Doktor?«

»Natürlich nicht! Das erlauben mir weder mein hippokratischer Eid noch mein christlicher Glaube. Aber ich will nicht, dass Sie geradewegs in Ihr Verderben rennen. Ich muss darauf bestehen, dass Sie augenblicklich ihre Lebensführung ändern. Versprechen Sie mir das, Vati?« Ich gab ihm mein Wort. Wenn Dr. Mehring mich so eindringlich warnte, war Gefahr in Verzug.

Ich bestand darauf, meine Vertretertätigkeit für die TeuTex zu beenden, obgleich Herr Saphir mich zu überreden versuchte, auch in Nürnberg, Fürth und Würzburg unsere Schmattes anzubieten. Als das nicht half, bot er mir eine Provision von fünf Prozent des erzielten Umsatzes an, überschlagsmäßig mehrere Tausend Mark. Ich war versucht, darauf einzugehen. Doch eine gelegentlich auftretende Kurzatmigkeit beim Treppensteigen, die ich nie zuvor verspürt hatte, alarmierte mich. Ich hütete mich davor, mit Dr. Mehring oder Hannah darüber zu sprechen, doch der Schreck bewog mich, vorsichtig zu sein und auf weitere Touren zu verzichten. Daraufhin konnte ich endlich eine Nacht durchschlafen.

Die Kurzatmigkeit trat immer wieder auf. Das machte mir Angst. Schließlich rang ich mich durch, Dr. Mehring zu konsultieren. Er ließ umgehend ein EKG schreiben. Nach einem Blick auf den Papierstreifen platzte dem Arzt der Kragen. »Kreuzteufelsapperlot! Unentwegt predige ich Ihnen, weniger zu essen! Weniger zu arbeiten! Verlange mehr Bewegung! Sie halten sich, wie ich sehe, an gar nichts. So überfordern Sie Ihr Herz. Es schafft es nicht mehr, genug Blut in Ihren übergewichtigen, untrainierten Körper zu pumpen. Dadurch kriegen Sie zu wenig Luft. Entweder Sie ändern Ihre Lebensweise radikal, oder Sie gehen vor die Hunde. Und zwar blitzschnell!« Meine Zusage, mich fortan an seine Anweisung zu halten, genügte dem Arzt nicht. »Ich will Taten sehen! Sofort!«

Die deutlichen Worte des Doktors bewirkten, dass ich weniger aß und meinen Zigarettenkonsum reduzierte. Aber auf meinen Kaffee konnte ich nicht verzichten. Denn das Koffein hielt mich auf Trab. Ohne Kaffee ermüdete ich nach Feierabend rasch und schlief bald ein.

Am Wochenende unternahm ich mit Rafi im Wald größere Wanderungen oder kickte ein wenig mit ihm. In der Arbeit aber nahm durch die fortwährende Umbauphase der Druck erheblich zu. Ich hetzte von einer Abteilung in die nächste. Dabei stieg ich die Stufen bewusst langsam hinauf, um nicht außer Atem zu geraten. Als ich einmal in der Eile nicht daran dachte und die Treppe wie ehedem hochlief, geriet ich erneut in Atemnot und erschrak. Dr. Mehrings Warnung hing wie ein Damoklesschwert über mir.

Die Angst verlieh mir die Kraft, mich an Abramowski zu wenden und ihn um eine Reduzierung meiner Arbeitszeit zu bitten. Der Ingenieur lehnte barsch ab.

»Während wir schuften, darf sich Seligmann nicht im Liegestuhl ausruhen.«

»Ich bin schon ab sechs Uhr früh im Betrieb.«

»Und ich arbeite seit fünf an unseren Produktionsplänen. Als Sie ohne Hoffnung und Beschäftigung waren, habe ich Sie aufgenommen wie einen Sohn. Jetzt verlange ich von Ihnen, dass Sie Ihre Pflicht tun wie alle anderen.«

Die Chefs und die Angestellten hatten sich daran gewöhnt, dass der Lastesel Seligmann täglich drei Stunden länger schuftete als alle anderen. Dass ich darüber erkrankte, wollte niemand wissen.

Hannah

Ohnmächtig musste ich mitansehen, wie Ludwig sich zugrunde rackerte. Er hörte nicht auf mich. Dr. Mehring zitierte mich in seine Praxis.

»Vati hat eine Koronarinsuffizienz. Seine angegriffenen Gefäße werden durch die ständige Überlastung in der Arbeit und den hohen Blutzucker fortlaufend weiter geschädigt. Ich kann nicht begreifen, dass die eigenen Glaubensgenossen Vati schuften lassen wie einen KZ-Häftling oder einen deutschen Kriegsgefangenen in Russland. Sie müssen den Herrschaften klarmachen, dass Vati nicht mehr so viel arbeiten darf.«

»Seit Jahren flehe ich Ludwig an, dass er sich schont, Herr Doktor. Aber er hört nicht auf mich und lässt sich weiter ausnützen.«

»Dann sorgen wenigstens Sie dafür, dass er mäßig isst, aufhört zu rauchen, keinen schwarzen Kaffee trinkt und sich am Wochenende viel an der frischen Luft bewegt.«

Ich tat, was ich konnte. Ludwig bekam zu jeder Mahlzeit Salat und Gemüse. Trotz seines Protests strich ich Spätzle, die Ludwig als Schwabe so gerne aß, und sonstige Kohlenhydrate von der Speisekarte. Außerdem verbot ich ihm, in der Wohnung zu rauchen. Auch ich rauchte nicht! Allerdings fürchtete ich, dass er in der Firma umso mehr qualmte und Kaffee trank.

Auch achtete ich darauf, dass Ludwig abends rechtzeitig zu Bett ging. Mein armer Mann war durch die täglichen Strapazen dermaßen erschöpft, dass er rasch vor dem Fernseher einnickte. Einige Stunden später erwachte er und fand keinen Schlaf mehr. Er wälzte sich im Bett hin und her, doch seine Sorgen wollte er nicht mit mir teilen.

»Deine Mahnung, weniger zu arbeiten, ist momentan sinnlos. Wir bauen die Firma um, und da ist meine Erfahrung als Organisator unentbehrlich.«

»Kein Mensch ist unentbehrlich – schon gar nicht du für diese Geschäftemacher. Sie nutzen dich aus und werden dich wegwerfen wie eine ausgepresste Zitrone, wenn sie dich nicht mehr brauchen.«

»Warum machst du mir dauernd das Herz schwer, anstatt mich zu ermutigen, wie Mutter es immer getan hat?«

»Weil ich nicht deine Mutter bin. Aber auch deine Mutter würde dich zwingen, auf deine Gesundheit aufzupassen, wie ich es tue.«

Ludwig war mir gram, statt mir zu danken, dass ich mich um ihn sorgte. Als ich meine Hand nach ihm ausstreckte, drehte er sich weg. Unruhig wartete er, bis es fünf Uhr war. Dann huschte er ins Bad und in die Küche. Eine halbe Stunde später zog er die Haustür zu. Um ihn nicht zu belasten, ging ich fortan jedem Zwist aus dem Weg, fuhr aber fort, ihn gesund zu ernähren, und passte auf, dass er sich sonntags im Wald bewegte, statt ins Café zu gehen und sich mit Süßzeug, Nikotin und Koffein vollzupumpen.

Rafi versuchte ständig, mich zu demütigen. Wenn ich ihn aufforderte zu lernen, wurde er gemein.

»Halt den Mund!«

»Wie redest du mit deiner Mutter?«

»Wie du es verdienst, ewige Besserwisserin.«

»Wenn du nicht auf mich hörst, wirst du wieder sitzen bleiben.«

»Na und?«

»Dann nehme ich dich aus der Schule.«

»Tu, was du nicht lassen kannst.« Rafi sah mich böse an. »Ich bin bald siebzehn. In einem Jahr haue ich ab nach Israel.«

»Nie im Leben lasse ich dich nach Israel.«

»Dir wird nichts anderes übrig bleiben. Mit achtzehn ist man in Israel volljährig, da kann ich machen, was ich will.«

»Hier bist du Deutscher. Du hast einen deutschen Pass.«

Das Wesen, das ich zur Welt gebracht hatte, dem ich meine ganze Liebe schenkte, verhöhnte mich und sprach im Gassenjargon mit mir.

»Den deutschen Pass verbrenne ich, wie die Nazis deine Geschwister verbrannt haben. Oder ich wische mir damit den Arsch ab, dann ist er wenigstens zu etwas nützlich gewesen.«

»Was willst du in Israel tun ohne Schulabschluss und ohne Beruf?«

»Ich geh zum Militär wie alle anderen.«

»Du bist vollkommen meschugge! Dort ist ständig Krieg. Da wirst du totgeschossen!«

»Unter Deutschen gebärdest du dich als stolze Jüdin. Tatsächlich bist du eine jämmerliche Diasporajüdin, die sich ins deutsche Mauseloch verkriecht und große Töne spuckt.«

»Du bist ein respektloser Lümmel, der nichts anderes im Kopf hat, als seine Eltern zu kränken.«

»Nicht mehr lange, dann seid ihr mich los. Zum ersten Mal in meinem Leben tue ich etwas Sinnvolles und gehe nach Israel.«

»Nur über meine Leiche!« Ich hatte meinen Sohn nicht großgezogen, um ihn von Arabern töten zu lassen.

Rafael

Mutters Geschwätz lag voll auf der Linie der Münchner Juden. Alle gaben sich als Zionisten und schickten ihre Kinder in die Zionistische Jugend. Doch sobald ihre Brut begriff, dass Zionismus die Auswanderung nach Israel bedeutete, wurden die Alten hysterisch und flehten ihre Sprösslinge an, sie nicht mit den Nazis alleine zu lassen. Und die ewigen Kleinen ließen sich von ihren Eltern bestechen und blieben hier. Wozu also Zionismus?

Ich verschlang jedes Buch über neuere Geschichte und Zionismus, das ich in der Stadtbibliothek am Viktualienmarkt finden konnte. Vor hundert Jahren hatten die Franzosen ihre Wut über die Niederlage gegen die Deutschen an den Juden, speziell an Hauptmann Dreyfus, ausgelassen. Der Wiener Journalist Theodor Herzl war vom Judenhass der Pariser, die »Tod den Juden!« brüllten, angewidert und erfand daher unwillkürlich den Zionismus. Die Juden sollten in ihrer biblischen Heimat einen eigenen Staat aufbauen. Die meisten Juden verlachten Herzl aus Angst, aufzufallen. Als die Nazis in Deutschland ans Ruder kamen und die Juden später in ganz Europa verfolgten und killten, überlebten fast nur die Juden in Zion, die sich später den Staat Israel erkämpften.

In der Klasse galt ich als Geschichts-Ass. Diese für mich schmeichelhafte Position änderte sich im Abschlussjahr zur Mittleren Reife schlagartig durch die neue Geschichtslehrerin. Frau Keil sah Deutschland als Opfer. Im Ersten Weltkrieg, im »Diktatfrieden von Versailles«, der Hitler an die Macht gebracht habe, und im Zweiten Weltkrieg. Churchill habe gemeinsam mit dem Bolschewiken Stalin sowie Roosevelt einen Vernichtungskrieg gegen Deutschland geführt. Die Spuren dieser Kriegsverbrechen seien noch in jeder deutschen Stadt – auch in München – sichtbar.

Die Juden erwähnte Keil mit keinem Wort. Sie machte keine direkte antisemitische Bemerkung, doch die Herabsetzung des amerikanischen Präsidenten Roosevelt als »Plutokrat Rosewelt« zeigte, wes Geistes Kind sie war. Zu mir war die Geschichtslehrerin höflich, sie lobte meine Kenntnisse und bewertete meine Leistungen stets mit einer Eins.

Unter Frau Keils Regie drehte sich die Stimmung der Klasse. Meine Beliebtheit als Sonnemann und mein Prestige als Geschichtsfex waren dahin. Ich wurde angemotzt, gelegentlich erhielt ich einen Tritt. Bald war ich isoliert. Die Schule geriet mir zur Qual.

Ich kannte nur ein Ziel: weg aus Deutschland, seinen hetzerischen Lehrern und seinen geduckten jüdischen Eltern.

Hannah

Als Ludwigs Gesundheitszustand sich dank meiner strengen Diätregeln und meiner Bemühungen um eine ruhige Lebensführung zu stabilisieren begann, ereilte ihn ein Schicksalsschlag. In einem Aerogramm teilte uns seine Schwester Thea mit, Mutter Klara sei von ihren Leiden erlöst worden.

Ich brachte es nicht fertig, Ludwig, der so an seiner Mutter hing, die schlimme Nachricht zu überbringen und damit seine

Gesundheit zu belasten. Der Einzige, mit dem ich darüber reden konnte, war Rafi. Mein Sohn reagierte unerwartet besonnen. »Wir müssen es ihm sagen, auch wenn er nicht ganz gesund ist. Den Tod der Mutter darf man ihm nicht verheimlichen. So eine tolle Frau ... Wir müssen es schonend machen.«

Als Ludwig abends erschien, spürte er sogleich, dass sich etwas ereignet hatte. Er fragte, was geschehen sei, doch wir brachten kein Wort heraus. Rafi umarmte seinen Vater. Der wurde bleich. »Ist was mit Mutter?«

Rentner und Lehrling

Ludwig

Der Schmerz ging über in Leere. Mutters Liebe, ihre Festigkeit und Zuversicht waren mir unentbehrlich, auch wenn ich sie schon lange nicht mehr gesehen hatte. Die Kraft, die ich ihr verdankte, entwich bei der Nachricht ihres Todes.

Gemäß dem Brauch zerriss ich mein Hemd, pries den Engel der Wahrheit und sprach das Kaddisch-Gebet: *Erhoben und geheiligt werde sein großer Name auf der Welt, die nach seinem Willen erschaffen wurde. Sein Reich soll in eurem Leben in euren Tagen und im Leben des ganzen Hauses Israel schnell in nächster Zeit entstehen ...* Ich schlüpfte aus meinen Schuhen und setzte mich auf den Boden. Eine Woche würde ich auf dem Teppich oder auf einem Schemel hocken und zweimal täglich das Kaddisch rezitieren. Ich sah Mutter jung und schön auf der Frauengalerie unserer Synagoge thronen. Wenn unsere Blicke sich trafen, durchströmte mich Glück. Ich fühlte mich geborgen. Dieses Aufgehobensein war mir nun genommen. Mit Mitte fünfzig musste ich dem Leben allein die Stirn bieten. Ich hatte eine Familie und einen Beruf, der mich ausfüllte, aber zunehmend erschöpfte. Hannah war unfähig, mir Mut zu machen. Rafi liebte mich, war aber mit sich selbst beschäftigt. Er war noch keine gefestigte Persönlichkeit, um mir beistehen zu können.

Nach der siebentägigen Schiwa durfte ich wieder das Haus verlassen. Erstmals spürte ich keine Freude an meiner Arbeit. Ich quälte mich Stunde um Stunde. Selbst Kaffee empfand ich nicht länger als Genuss, sondern als Notwendigkeit, um wach zu bleiben.

Kurz vor Feierabend trank ich meine sechste Tasse, schwarz mit Zucker, um konzentriert heimfahren zu können. Bei Anbruch der Dunkelheit sprach ich das abendliche Kaddisch-Gebet und legte mich ohne Abendbrot endlich zu Bett. Ich war ausgelaugt, zugleich aber zu aufgewühlt, um einschlafen zu können.

Allmählich gewöhnte ich mich wieder an meine Tätigkeit. Doch die innere Leere nach Mutters Ende konnte ich nicht mit neuem Lebensmut füllen. Ich war unfähig, Freude zu empfinden. Mir fehlte die gewohnte Kraft, stets neue Initiativen anzustoßen. Das blieb meinem Umfeld nicht verborgen.

»Was ist mit Ihnen los, Seligmann? Sie sprühen doch sonst vor Energie. Gerade jetzt beim Umbau des Betriebes brauchen wir Ihre Ideen und Ihre Dynamik«, bemängelte Chaim Abramowski.

»Der Tod meiner Mutter hat ein Loch in meine Seele geschlagen ...«

»Man muss damit fertigwerden, Seligmann! Wir alle haben das im KZ durchgemacht.«

»Geht's nicht einmal ohne das verfluchte KZ?«, brüllte ich auf.

»Ich wollte Ihnen nur helfen ...«

»Das können Sie nicht! Das kann kein Mensch.«

»Ihre Arbeit müssen Sie trotzdem erledigen. Dafür werden Sie von uns bezahlt.«

»Das ist mir bewusst.«

Die Mahnungen von Dr. Mehring und Hanni, mein Arbeitspensum zu reduzieren, waren überflüssig. Ständig spürte ich meine Überforderung. Doch zugleich wusste ich, dass ich auf keinerlei Verständnis hoffen durfte. Abramowski war auf meinen vollen Einsatz angewiesen. Meinen zaghaften Versuch, bereits um 15 Uhr, noch vor dem Einsetzen des Feierabendverkehrs, die Arbeit zu beenden, wies er brüsk ab.

»Wir sind kein Sanatorium, sondern eine Fabrik. Sie müssen arbeiten wie jeder andere.«

Hannah bemerkte meine Überlastung und drohte, mit Abramowski Tacheles zu reden.

»Wenn du das machst, ziehe ich aus!«

»Begreifst du nicht, dass ich das nur für dich tun will, Ludwig? Ich muss verhindern, dass dich diese Blutsauger kaputt machen.«

»Wenn du zu den Chefs gehst, schmeißen sie mich raus.«

»Sie werden nicht wagen, einen Juden zu entlassen.«

»Jeder Geschäftsmann ist fähig, einen Angestellten zu schassen, sonst ist er keiner.«

»Dann sollen sie dich kündigen! Ich habe eine kleine Rente. Deine Gesundheit ist mir wichtiger als alles andere.«

»Mir ist meine Selbstachtung wichtiger.«

»Du weißt nicht, was du redest, Ludwig.«

O doch! Ich wollte nicht als Frührentner von Hannahs Gnade abhängig sein und den ganzen Tag nach ihrer Pfeife tanzen müssen.

Also zwang ich mich, meine Pflicht zu erfüllen, bremste aber unwillkürlich mein Tempo. Wenn ich bemerkte, dass ich mich bei erhöhtem Arbeitsdruck stärker als gewöhnlich anstrengte und mir die Luft wegblieb, ruhte ich mich eine Weile in meinem Büro aus.

Einige Tage später verlor ich das Bewusstsein. Als ich erwachte, saß eine der Strickerinnen an meiner Liege.

»Sie sind auf der Treppe ohnmächtig geworden, Herr Seligmann ...«

»Ich bin wohl ausgerutscht ...«

Sie sah mich bekümmert an.

»Sie hatten einen ganz niedrigen Blutdruck. 90 zu 70. Lassen Sie mich noch einmal messen.« Nun stellte sie einen Wert von 180 zu 90 fest.

»Der schwankt aber gewaltig. Sollten wir nicht lieber einen Arzt rufen, Herr Seligmann?«

»Nein, nein, danke ... das ist nicht notwendig.«

»In unserem Rettungskurs hat man uns eingeschärft, bei einem Kreislaufkollaps unbedingt einen Doktor zu alarmieren.«

»Ich bin nicht krank, Frau Schwarzer, und ich muss nicht ins Hospital. Ich bin nur ausgerutscht. Danke, dass Sie sich um mich gekümmert haben. Aber jetzt lassen Sie mich bitte ein wenig ausruhen. Dann geht's wieder.«

»Sind Sie sicher?«

»Absolut.«

Als ich alleine war, packte mich Verzweiflung. Die Arbeit war zu viel für meine Gesundheit. Doch die Vorstellung, beschäftigungslos zu Hause zu hocken, war mir ein Albtraum. Was sollte ich nur tun?

Unvermittelt spürte ich Mutters liebevollen Blick auf mir ruhen. Stets hatte sie mir Kraft und Zuversicht gespendet. Der Gedanke an Mutter ließ mich neuen Lebensmut fassen.

Kurz darauf erreichte mich ein Anruf von Vera Ceres. Ihre gebrochene Stimme hinderte mich daran aufzulegen.

Wir trafen uns im Café Europa. Veras Anblick bestätigte meine Befürchtungen. Obgleich sie geschickt geschminkt war, ließ sich ihr Zustand nicht verbergen. Vera hatte abgenommen. Ihr einst strahlender Blick war gebrochen.

»Du fühlst es richtig, Ludwig. Mit mir geht es zu Ende. Der Krebs ist wieder ausgebrochen: Beide Lungenflügel sind befallen. Mein Chirurg will dennoch eine Operation riskieren ... aber ich nicht.« Ihr Anblick presste mir die Brust zusammen. »Ich habe dich hergebeten, um mich bei dir zu entschuldigen.«

»Unsinn ...«

»Mein Stolz war mir wichtiger als alles andere, als mein Beruf, als mein Seelenfrieden, als mein Anstand.« Damit hatte sie leider recht. »Ich möchte mich von dir verabschieden, Ludwig.«

»Ich werde dich selbstverständlich im Krankenhaus besuchen!«

»Du bist rührend.« Ihre Augen leuchteten auf, doch als sie weitersprach, erlosch der Glanz sogleich wieder. »Ich will mir Angst, Operation, monatelanges Siechtum ersparen ...« Kurz gewann Veras Stimme an Festigkeit: »Ich habe die Klinik auf eigenen Wunsch verlassen. Zumindest will ich über mein Leben entscheiden.«

Mein Herzschlag setzte aus.

»Gib die Hoffnung nicht auf, Vera. Die heutige Medizin ...«

»... hat ihre Grenzen. Ebenso wie meine Leidensfähigkeit.« Sie bat mich auf ihre Seite des Tisches, wo sie mich schier körperlos umarmte, und schickte mich dann weg. Tage später erfuhr ich von ihrem Suizid.

Veras Tod bewies mir, wie sinnlos es war, gegen das Schicksal anzukämpfen. Im Vergleich zu ihrer Krankheit waren meine Leiden beherrschbar. Es lag an mir, meine Belastung zu reduzieren.

Doch Chaim Abramowski bestand darauf, dass ich mich vollständig für die Firma aufrieb, andernfalls sei ich für sein Unternehmen entbehrlich.

Ich hatte mich von ihm erpressen lassen – weil ich fürchtete, ins Nichts zu fallen. Doch so durfte es nicht bleiben. Meine Akquisereise nach Augsburg, Ulm und Stuttgart bewies mir, dass ich fähig war, mein Auskommen als freier Vertreter zu bestreiten. Ebenso wie für die TeuTex konnte ich auch im Auftrag anderer Firmen Waren verkaufen. Hier wollte ich anknüpfen ...

Daher beharrte ich darauf, meine Arbeitszeit auf täglich neun Stunden zu begrenzen. Der Ingenieur reagierte, wie ich es vorausgesehen hatte.

»Das ist unmöglich, Seligmann. Wenn Sie darauf bestehen ...«

»Das tue ich, Herr Abramowski.«

»Sie werden die TeuTex verlassen müssen.«

»Dann muss ich Ihnen Schalom sagen, Herr Abramowski.«

»Sind Sie plötzlich vollkommen meschugge geworden?«, fuhr er auf.

»Keineswegs. Aber ich halte die lange Arbeitszeit nicht mehr aus.«

»Sie haben ein Angebot der Konkurrenz. Sicher auch von Buxbaum? Wie Frau Ceres?«

»Frau Ceres ist tot …«

»Diese Verräterin!«

»Ich bitte Sie, meine Arbeitszeit zu reduzieren, um meine Gesundheit zu schützen, das ist alles. Ich will bei Ihnen bleiben. Wenn Sie meinen, Sie müssten mich deshalb rausschmeißen, würde ich das sehr bedauern.«

Abramowski errötete.

»Ich habe Sie eingestellt – nie im Leben werde ich Sie kündigen!«

»Dann darf ich künftig um drei Uhr aufhören?«

»Das können Sie mir nicht antun, Seligmann. Sie sind der einzige ehrliche Mensch in der TeuTex.«

»Herr Abramowski! Sie wissen, wie gerne ich bei Ihnen arbeite! Aber zwölf Stunden täglich halte ich nicht mehr aus.«

Diese Festigkeit kannte er bei mir nicht. Hastigen Schritts umkreiste er mich.

»Sie sind unentbehrlich für uns, Seligmann. Ich und Saphir schätzen Sie sehr. Wenn Sie glauben, dass es für Ihre Gesundheit besser ist …«

»Mein Arzt besteht darauf.«

»Die Ärzte sagen das, was man von ihnen hören will.«

»Ich kann wirklich nicht mehr, Herr Abramowski, beim besten Willen nicht!«

»Gut, Seligmann …« Er näherte sein Gesicht dem meinen, sodass ich unmittelbar in seine blauen Augen sah. »… wenn Ihnen Ihre Bequemlichkeit so wichtig ist.«

»Meine Gesundheit, Herr Abramowski.«

»Ja, ja. Dann sollen Sie Ihre neun Stunden täglich haben. Aber nicht sofort. Das geht nicht. Bei der Neustrukturierung unseres Betriebes brauchen wir Ihre ganze Erfahrung und Energie. Bis zum Herbst. Dann können Sie früher aufhören.«

»Nein. Ab ersten Juli. Das sind noch mehr als drei Monate hin. Bis dahin werden Sie jemanden finden, der abends abschließt.«

»Was das wieder kostet! Aber darüber machen Sie sich keine Gedanken.«

»Ich denke an nichts anderes, Herr Abramowski.«

»Das ist nun der Dank dafür, dass ich Sie von der Straße geholt habe. Jetzt, wo wir Sie brauchen, fühlen Sie sich obenauf. Das werde ich nicht vergessen.«

Nur noch knapp hundert Tage! Dann würde ich täglich um drei die TeuTex verlassen. Ich wollte die langen Sonnenabende nutzen, um an der Isar oder im Englischen Garten spazieren zu gehen, und gelegentlich den Tag in einem Biergarten ausklingen lassen. Die Absehbarkeit des frühen Feierabends minderte meinen Druck und setzte neue Energien frei. Ich gewann wieder Freude an der Arbeit. Wenn die Belastung zu groß wurde, zog ich mich kurz in mein Büro zurück und erwog die folgenden Arbeitsschritte. Dann atmete ich wie einst als junger Fußballer mehrmals durch, lief aber nicht aufs Spielfeld, sondern in die Kantine, wo ich mir eine Tasse Kaffee genehmigte. Insgesamt packte ich energischer an als zuvor, denn die neue Perspektive beflügelte mich wie einen erschöpften Kicker, der in den letzten Spielminuten nochmals einen zweiten Atem spürt, der ihm erlaubt, das Letzte aus sich herauszuholen.

Ich wollte mich aus dem Zank zwischen Mutter und Sohn heraushalten. Aber Hannah ließ es nicht zu.

»Rafi hat mich als Nazilakaiin beschimpft! Erlaube ihm nicht, so mit seiner Mutter zu reden.«

»Das stimmt.«

»Dann sag ihm das! Du bist sein Vater.«

In Rafis Zimmer herrschte ein Tohuwabohu. Er fläzte sich auf dem ungemachten Klappbett, las den »Spiegel« und dachte gar nicht daran, mir einen Stuhl anzubieten.

»Warum hast du Mutter beleidigt?«

»Sie ist dauerbeleidigt.«

»Wenn du sie als Nazilakaiin beschimpfst …«

»Ich habe sie nicht Lakaiin genannt, sondern Speichelleckerin.«

»Schämst du dich nicht, die eigene Mutter so zu beschmutzen?«

»Was kann ich dafür, dass es sie nach dem Speichel der Nazis dürstet?«

Es bereitete Rafi Spaß, uns zu quälen.

»Hast du wieder Ärger in der Schule gehabt?«

»Einen Scheiß hab ich gehabt!«

»Was tun sie dir an, Rafi?«

»Das geht dich nichts an. Kümmer dich lieber um deine Geldjuden bei der TeuTex!«

»Ich will wissen, was in deiner Mittelschule los ist.«

»Seit wann interessierst du dich dafür?«

»Ich habe dich immer unterstützt – soweit es mir möglich war.«

Rafi federte aus seinem Bett.

»Ich habe Schwierigkeiten, seit ihr mich in eure verdammte deutsche Heimat verschleppt habt.«

»Uns ist nichts übrig geblieben, als nach Deutschland zurückzukehren …«

»Alle anderen haben es geschafft, in Israel zu bleiben.«

»Ich nicht. Ich bin dort gescheitert.«

»Warum seid ihr nicht trotzdem in Israel geblieben?«

»Weil wir nichts mehr hatten. Buchstäblich nichts. Du musst dich erinnern, dass wir am Ende waren, Rafi.«

»Am Ende waren die Juden in Auschwitz, nicht ihr. Du triefst vor Selbstmitleid.«

»Ich habe meine Eltern und Geschwister vor Auschwitz bewahrt, indem ich sie nach Palästina geholt habe. Als ich sie später gebraucht habe, haben sie mich im Stich gelassen ... wie du dich sicher erinnern kannst.«

»Willst du bei mir Mitleid schinden?«

»Ich brauche dein Mitleid nicht. Ich habe mir gewünscht, dass du mich liebst.«

»Meine Liebe hast du verloren, weil du als Vater versagt hast, als du mich nach Deutschland gezwungen hast.«

»Wenn du deine Eltern nicht liebst und dieses Land hasst, warum gehst du dann nicht nach Israel?« Rafi sah mich verblüfft an. »Du bist knapp achtzehn. Du kannst tun, was du für richtig hältst.«

»Du hast nichts dagegen, dass ich nach Zion gehe?«

»Nein. Ich will ich dich nicht zwingen, hier zu leben.«

Lieber arbeitete ich zwölf Stunden bei der TeuTex, als mich von diesem Rotzlöffel demütigen zu lassen. In der Firma erfuhr ich zumindest Respekt. Wir besaßen einen großen Maschinenpark, doch qualifizierte Stricker waren rar und ließen sich kurzfristig nur mit hohen Löhnen von uns abwerben. Daneben galt es, ein reichhaltiges, gut sortiertes Woll- und Stoffsortiment bereitzuhalten. Doch ausgerechnet das Lager war jetzt schlecht organisiert, weil Abramowski sich einen erfahrenen Lagerverwalter sparen wollte. So blieb mir nichts anderes übrig, als zusätzlich zu meiner Arbeit täglich mindestens eine Stunde unser Magazin zu ordnen. Als ich dies gegen halb zehn erledigt hatte, eilte ich in mein Büro. Auf der Treppe blieb mir die Luft weg, meine Brust wurde zusammengepresst. Ein vernichtender Schmerz lähmte mich. Ich wollte nach dem Treppengeländer greifen. Der Boden kam mir entgegen.

»Was ham's denn, Herr Seligmann? Sie san ja käsweiß und schwitzen wie a …«, hörte ich eine Stimme, doch ich konnte nicht antworten. Derweil fraß sich der Schmerz den linken Arm hinunter bis in die Fingerspitzen. Schatten traten vor meine Augen. »Herr Seligmann, hören'S mich? Herr Seligmann, ned einschlafen!« Unsere Rettungsfrau patschte mir die Wangen. »Ruft's die Notrettung – sofort!« Dann zu mir: »Herr Seligmann, versuchen Sie, wach zu bleiben. Glei kommt der Arzt.« Ich durfte nicht aufgeben. Hanni! Rafi! Der Schmerz in meiner Brust überwältigte mich. Jeder Herzschlag musste gegen Widerstand kämpfen.

Licht drang in meine Augen, die ich blinzelnd öffnete. Ich sah ein bebrilltes Gesicht. Ein Mann im weißen Kittel beugte sich über mich. Über Mund und Nase spürte ich eine Maske, aus der kühle Luft strömte.

»Er ist wieder da«, sprach der Bebrillte. »Reden Sie nicht, bewegen Sie sich nicht. Wenn Sie mich verstehen, zwinkern Sie bitte nur mit den Augen.« Ich tat es.

»Sie haben einen schweren Hinterwandinfarkt erlitten. Sie hatten Glück, dass statt eines Hausarztes gleich die Rettung gerufen wurde und dass unser Krankenhaus am Biederstein nur einen Katzensprung von Ihrem Arbeitsplatz entfernt liegt. Und dass unsere Kardiologie auf Notfallmedizin, speziell Infarkte, eingerichtet ist. Sie waren wohl früher Leistungssportler, wie die Kraft Ihres Herzens vermuten lässt. Sonst hätten Sie diesen ausgedehnten Infarkt kaum überstanden. Wir haben das Gerinnsel mit Marcumar erfolgreich aufgelöst, und der Sauerstoff hilft dem Herzen, die kritische erste Genesungsphase zu überstehen. Wir behalten Sie noch einige Tage in der Pflegestation, bis Sie das Ärgste hinter sich haben und keine Sauerstofftransfusion mehr nötig ist. Dann verlegen wir Sie auf die normale Herzstation. Viel Glück!« Als ich die Maske abnehmen wollte, um dem Arzt zu danken, hielt er meine Hand fest. »Die Sauerstoffmaske nicht entfernen, nicht bewegen, nicht reden. Das gilt unbedingt für die nächsten Tage.« Der Mediziner tätschelte kurz meine Schulter und verabschiedete sich. Gott hatte mir mein Leben wiedergeschenkt. Ich war mir gewiss, dass Er mich auch weiterhin beschützen würde. Über mehr wollte ich mir jetzt nicht den Kopf zerbrechen.

Hannah
Da Ludwig keinen Ratschlag von mir befolgte und selbst die Mahnungen des Arztes in den Wind geschlagen hatte, weiter rauchte, Kaffee trank und von früh bis spät in der Firma schuftete, hatte ich schon lange mit dem Schlimmsten gerechnet. Doch als man mich vom Krankenhaus aus benachrichtigte, dass er einen schweren Infarkt gehabt hatte, erschauerte ich. Das Unvermeidliche war eingetreten. Aber Ludwig hatte wie durch ein Wunder überlebt. Gott sei Dank! Ich schwor mir, nicht länger zuzulassen, dass mein Mann sich mutwillig gefährdete. Weder aus eigenem Leichtsinn noch durch die Skrupellosigkeit der Fabrikanten.
Diese Herrschaften spielten sich als jüdische Wohltäter auf, während sie sich in Wahrheit wie alle Kapitalisten verhielten und ihren einzigen jüdischen Angestellten ausbeuteten. Bereits seit Jahren wollte ich ihnen Bescheid geben, dass ich es nicht länger dulden würde, wie sie meinen Mann aussaugten. Ludwig hatte es mir immer verboten. Doch darum würde ich mich nicht länger scheren, sondern um sein Leben kämpfen – und diesen Kampf gewinnen.

Rafael
Ima gab mir die Schuld an Emils Infarkt. Ausgerechnet mir!
Nicht ihrem ständigen Genörgel. Nicht seiner Schufterei, nicht
dem Umstand, dass wir unter Nazis lebten, die mithilfe ihrer
Lehrer die eigenen Kinder wiederum zu neuen Nazis erzo-
gen.
Bis zu diesem Schuljahr hatte ich geglaubt, dass meine Kameraden anders wären. Doch seit die Keil ihr Nazigift verbreitete
und die Geschichte umlog, begannen die Burschen, mich
als Juden zu hassen. Ich wurde von den meisten geschnitten.
Frühere Freunde nannten mich »Lügner« und »Deutschen-
hasser«. Während ich mich zum Turnunterricht fertig machte,
versetzte mir Herbert Fleißl einen Magenschwinger, der mich
zu Boden gehen ließ. Die Mitschüler verzogen sich. Allein mein
Spezi Roman Kriener half mir auf.
»Das meld ich dem Turnpauker«, stieß ich hervor, sobald ich
wieder Luft bekam.
»Ich würd an deiner Stelle das Maul halten, denn keiner wird
was gesehen haben.«
»Und du?«
»Ich hab's wirklich nicht gesehen, Rafi. Erst als du am Boden
warst, bin ich zu dir gekommen.«
»Ehrlich?«
»Freilich. Wär ich jetzt sonst bei dir?« Roman sagte wohl die
Wahrheit. Aber auch er wollte, dass ich nichts verriet. Sonst
würde er als neuer Klassensprecher Ärger bekommen.
Einige Tage später drängte mich Henry Crocè während des
Werkunterrichts im Kellergeschoss in den Materialraum, griff
sich einen Eisenwinkel und drohte, mir damit den Schädel
einzuschlagen, weil ich ihn verraten hätte. Crocè war ein
Ganove. Er stahl auf Bestellung Feuerzeuge, Taschenmesser,
Klappmesser, Pornomagazine – alles, was man sich wünschte –
und verhökerte es an uns. Ich hatte kaum mit ihm zu tun. Als

seine Klauereien an die Klassenleiterin verraten wurden, war Henry überzeugt, dass ich der Judas war.

»Verdammt, ich hab nichts gesagt …«

»Lüg nicht, du Judensau!« Crocè drückte mich in eine Ecke. »Gib zu, dass du's warst, du Dreck! Sonst blas ich dich aus!« In seinen Augen glomm wilde Entschlossenheit.

Vor lauter Angst war ich versucht, den wahren Denunzianten zu verraten. Crocè hätte sich Franz Graf vorgeknöpft. Aber wenn Graf es überstanden hätte, würden sie mich gemeinsam fertigmachen.

In mir wetteiferten Angst und Wut. Endlich ließ die Spannung in Crocès Blick nach. Er warf den Winkel ins Regal. Unvermittelt knallte er mir seine Hand ins Gesicht.

»Du bleibst jetzt hier und kommst erst in ein paar Minuten in den Werkraum.« Er machte kehrt. Ich tat, was »Kotze« verlangte. Ein nie gekannter Hass stieg in mir auf. Ich schwor mir, nächstes Mal zurückzuschlagen, egal, was folgen würde.

Zunächst durften wir Emil nicht im Hospital besuchen. Ima nutzte die Zeit, die Schuldigen an Vaters Zusammenbruch zu verwünschen. Also die »kapitalistischen TeuTex-Juden« und den »Scharlatan Mehring«. Auch Vater gab sie Schuld, weil er nicht auf sie gehört, sondern »Kaffee in sich hineingeschüttet und wie ein Schlot geraucht hat«. Auch ich trug in ihrem Verständnis Schuld, da ich gedroht hatte, meine Eltern im Stich zu lassen und nach Israel zu verschwinden.

»Emil selbst hat mich dazu ermutigt …«

»Weil er es nicht mehr mit dir ausgehalten hat!«

»Denkst du nicht einen Augenblick daran, dass dein selbstgerechtes Gezeter Vater noch mehr geschadet hat als eine Tasse Kaffee?«

»Nicht eine Tasse! Ludwig hat das Aufputschgetränk kannenweise getrunken. Aber du hast es nie für nötig gehalten, ihm zu helfen, indem du meine Mahnungen unterstützt hättest. Das ist absolut verantwortungslos von dir.«

Ich fuhr mit dem Roller über die Isaranlagen zum Gasteig. Dabei überlegte ich, was ich tun konnte, um Emil beizustehen. Ich musste allen Zank, zur Not auch Ima, von ihm fernhalten. Sobald Vater sich erholt hatte, konnte ich ruhigen Gewissens nach Israel gehen.

Zunächst aber galt es, die Mittlere Reife zu bestehen, damit wenigstens darüber kein Streit ausbrechen konnte. Morgen wollte ich mit dem Lernen beginnen – heute war das Wetter dafür zu schön. Ich rollte bis zum Flaucher, wo ich bei einer Fanta die Biergartenbesucher und ihre zwischen den Tischen herumwuselnden Kinder beobachtete.

Sechs Tage nach dem Infarkt durften wir Vater endlich im Krankenhaus besuchen. Emil lag in der Ecke eines Sechs-bett-Zimmers. Angetan mit einem weißen Kittel versank Vater im Bettzeug der breiten Liegestatt. Seine gewohnte rötliche Gesichtsfarbe hatte er verloren.

Als er uns erblickte, leuchteten seine Augen auf, seine Züge strafften sich. Während ich Emil einen Kuss auf die Stirn hauchte, überkam mich Reue. Wie hatte ich Vater nur so demütigen können? Nie wieder würde ich meinen Zorn über die Nazibrut auf Emil ablenken!

Mutter dagegen fühlte sich verpflichtet, ihren Mann zu schützen – indem sie in ihren Belehrungen fortfuhr. Er musste aufhören zu rauchen, Kaffee zu trinken und sich zu überarbeiten. Emils Blick gab mir zu verstehen, dass ihn der Sermon nicht länger berührte. Schließlich kam Mutter zum abschließenden Punkt: »Deine Absicht, nach Israel zurückzukehren, Rafi, hat Vater so furchtbar getroffen, dass er den Infarkt bekommen hat.«

Wie Emil gab ich kein Widerwort. Doch Ima ließ mich nicht ungeschoren davonkommen.

225

»Ich verlange von dir, dass du Vater an seinem Krankenbett schwörst, nicht nach Israel zu gehen.« Ich schwieg. »Siehst du, Ludwig! Selbst jetzt, wo es bei dir um Leben und Tod geht, kennt der Junge kein Erbarmen und sorgt dafür, dass du dich weiter aufregst – mit unaussprechlichen Folgen für deine Gesundheit.«

»Lass, Hanni. Hier ist nicht der Ort, über Rafis Zukunft zu entscheiden.« Vaters tonlose Stimme erschreckte mich.

»O doch, Ludwig! Ich lasse nicht zu, dass er dich sogar im Krankenhaus quält.« Sie nutzte Emils Infarkt, um mich zu erpressen. Sollte sie ihren Willen haben! Emils Seelenfrieden war mir mehr wert als ein hohles Wort.

»Ich gehe nicht nach Israel!«

»Ich verlange, dass du das vor Vater schwörst …« Mutter hob ihre Stimme, sodass die übrigen Patienten zu uns herüberblickten. Emil war das sichtlich peinlich. »Schwören darf man nur vor Gericht, Hannah.«

»Dann verlange ich, dass du Vater jetzt feierlich versprichst, nie nach Israel zu gehen.«

Ich drückte Vaters Hand. Ima nahm das schalkhafte Aufblitzen in Emils Augen nicht wahr. Er liebte mich und hatte mir vergeben. Mein Versprechen scherte ihn ebenso wenig wie mich.

Zwei Wochen darauf wurde Emil ins Harlachinger Krankenhaus im Süden der Stadt verlegt. Die Fahrt mit der Tram dorthin dauerte eine Stunde.

Vater durfte endlich das Bett und einige Tage später auch den Klinikbau verlassen und mit uns im Park spazieren gehen. Allmählich gewannen seine Stimme und seine Schritte wieder Kraft, sein Blick wurde bestimmter. Da Ima wegen einer Migräne das Bett hüten musste, fand ich endlich Gelegenheit, Vater allein zu sprechen. Während ich mit ihm über die Kieswege schritt, versuchte ich, mir vorzustellen, dass Emil einen leichten Sommeranzug statt seines Kittels trüge. Sein verbessertes Aussehen machte mir Mut, mich für die Kränkungen zu entschuldigen, die ich ihm zuletzt zugefügt hatte. Doch ihn interessierte vielmehr, wie ich in der Schule zurechtkam.

»Der ganze Zirkus ist bald vorbei ... dann bin ich die Bande endlich los.«

»Die Antisemiten peinigen dich wohl?«

»Dem Nächsten, der mir auf den Pelz rückt, haue ich in die Fresse!«

»Das ist keine Lösung, Rafi. Du kannst nicht allein gegen den Rest der Welt ankämpfen.«

»Soll ich mir alles bieten lassen?«

»Wenn du denkst, dass in Israel alles gut ist, irrst du dich gewaltig. Schlechte Menschen gibt es auch in Israel.«

»Aber keine Antisemiten.«

»O doch. Und in den arabischen Staaten ...«

»Aber Israel kann sich wehren. Es hat eine Armee.«

»Mit Gewalt hat man auf Dauer noch kein Problem gelöst.«

»Was soll ich tun, Emil?«

»Das muss jeder für sich entscheiden, Rafael. Israel ist für viele richtig, aber eben nicht für alle. Sonst wären wir nicht nach Deutschland zurückgekehrt.«

Emil blieb stehen. Er besah mich ernst und voller Liebe. »Mache erst einmal die Mittlere Reife.«

»Das habe ich dir versprochen.«

»Gut.« Emil lächelte weich. »Danach steht dir die Welt offen, mein Sohn.«

Am liebsten wäre ich Vater um den Hals gefallen. Wir gingen wortlos nebeneinander weiter. Hier herrschte eine gewollte Idylle. Nadelbäume, Vogelgezwitscher, einzeln wandelnde Patienten. Ich fühlte mich wieder bei Vater geborgen. So überwand ich meine Scheu und wagte Emil zu fragen, wie es mit ihm weitergehen würde.

»Ich werde wohl noch zwei Wochen im Krankenhaus bleiben. Was dann geschieht, weiß ich nicht.«

»Du wirst hoffentlich weniger arbeiten als zuvor?«

Vater nahm seinen Gang wieder auf.

»Ich habe keine Ahnung, ob ich in der Firma weitermachen kann …« Er sah zu Boden. »Vor ein paar Tagen besuchte mich Herr Abramowski – erstmals. Er war sehr freundlich. Aber er hat mich wissen lassen, dass sie sich nach Ersatz für mich umsehen mussten. Um in der Früh die Firma zu öffnen und auch für die Organisation der Fabrik. Sie brauchen mich, aber nur mit voller Arbeitskraft. Von sechs bis um sechs. Als ich dem Chef erwiderte, dass ich das nicht länger leisten könne, meinte er, dann müssten sich unsere Wege trennen. Dabei wird's wohl bleiben. So rackern wie bislang ist mir unmöglich. Dr. Mehring hatte mich gewarnt, und ab jetzt werde ich mich daran halten.«

»Du wirst schon etwas anderes finden, Emil.«

»Mit knapp sechzig und einem frischen Infarkt ist das nicht einfach.«

»Was wirst du dann tun?«

»Tagsüber sage ich mir, dass ich schnell gesund werden muss. Alles andere ist jetzt unwichtig. Aber nachts liege ich da und mache mir Sorgen. Wo und wie viel soll ich zukünftig arbeiten? Nimmt mich überhaupt noch ein Betrieb? Und zu welchen Bedingungen?«

»Werde doch erst einmal gesund!«

»Sorgen und Ängste lassen sich nicht auf Befehl abschalten.« Er schmunzelte unwillkürlich. »Nicht einmal Heinrich Heine brachte das fertig. Bei mir müsste sein Gedicht lauten: ›Denk ich an meine Zukunft in der Nacht, so bin ich um den Schlaf gebracht‹.«

»Mit deinem wachen Geist brauchst du dir keine Gedanken zu machen, Emil.«

»Dein Wort in meine Seele, Rafi.«

Ludwig wurde sechs Wochen nach seinem Infarkt aus der Klinik entlassen. Ich holte ihn ab und brachte ihn mit einem Taxi nach Hause. Als er mir nach einem Diät-Mittagessen mit einem Kuss für die »erste Mahlzeit in der Freiheit« dankte, war ich gerührt. Doch ich musste von vorneherein klarstellen, dass seine Leichtfertigkeit jetzt ein Ende haben würde.

»Ich werde nicht zulassen, dass dich diese Kapitalisten wieder zu Tode schuften lassen.«

»Noch lebe ich, Hannah!«

»Wie durch ein Wunder! Solches Glück wirst du nicht noch einmal haben ...«

»Du musst dir keine Sorgen machen, Hannah. Die Herren legen offenbar keinen Wert mehr auf meine Mitarbeit.«

»Was soll das heißen?«

Ludwig setzte sich in seinen Wohnzimmersessel, dessen Lehne er streichelte, ehe er fähig war, mir zu antworten.

»Abramowski ist nur bereit, mich weiter zu beschäftigen, wenn ich wie bisher durcharbeite.«

»Kommt überhaupt nicht infrage!«

»Das habe ich ihm ebenfalls klargemacht.«

»Wie geht es jetzt mit der TeuTex und dir weiter?«

Ludwig atmete tief durch.

»Überhaupt nicht. Da sie mich nicht wollen, ist mein Arbeitsverhältnis beendet.«

»Wie hoch ist deine Abfindung, Ludwig?«

»Davon war keine Rede.«

»Diese Blutsauger! Beuten dich jahrelang aus und werfen dich danach weg.«

»Warte doch erst einmal ab, Hannah.«

»Worauf?« Ich musste meine Empörung bezähmen, damit Ludwig sich nicht erregte. Darauf spekulierte auch dieses Pack. Aber sie hatten nicht mit Hannah Seligmann gerechnet! Jetzt musste ich für meinen Mann kämpfen, der zusammengesunken dasaß.

»Mach dir keine Sorgen, Ludwig. Ich werde die Herren aufsuchen und sie dazu zwingen, dich mit Respekt zu behandeln.«

»Bitte, Hannah, mach keine Zores. Sie werden es an mir auslassen, aber ich kann gegenwärtig Ärger schlecht verkraften ...«

»Sei beruhigt, Ludwig. Sie werden es nicht wagen, irgendetwas an dir auszulassen, dafür werde ich sorgen.«

»Hannah! Abramowski und Saphir waren im KZ. Denen bist du nicht gewachsen. Die fürchten sich vor nichts.«

»Ich fürchte mich auch vor nichts, wenn es um dich und Rafi geht. Ich kann es nicht erwarten, diese Kreaturen kleinzukriegen.«

»Bitte, Hanni, bitte, bitte. Mach nicht alles kaputt, was ich über Jahre aufgebaut habe.«

Ich durfte mich von Ludwigs Angst und seinen Illusionen nicht davon abbringen lassen, unser Recht durchzusetzen.

Nachdem ich mich bei Dr. Nacht eingehend über Ludwigs Ansprüche informiert hatte, ließ ich mich schnurstracks zur TeuTex chauffieren. Während der Taxifahrt überdachte ich den Rat des Anwalts.

Da Ludwig nur ein halbes Dutzend Jahre bei der TeuTex geschuftet hatte, standen ihm bei einer unverschuldeten Kündigung lediglich sechs Monatsgehälter zu. Als ich erwähnte, dass die Chefs ihm die Hälfte seines Gehalts bar auf die Hand, also unversteuert ausgezahlt hatten, meinte Dr. Nacht, dies geschähe vielfach, es sei Steuerhinterziehung und Betrug an den Angestellten. Diese Bezüge würden bei der Rentenabrechnung wegfallen, während die Arbeitgeber auf diese Weise ihr Schwarzgeld loswürden.

»Was kann man dagegen machen, Herr Dr. Nacht?«

»Faktisch nichts. Denn die Firmenbesitzer werden es leugnen. Und das Gegenteil lässt sich nicht beweisen. Man müsste einen Prozess anstrengen und diesen gewinnen. Davon rate ich Ihnen dringend ab, denn die Aufregung eines solchen Verfahrens wäre für Ihren Mann, der gerade einen Infarkt überstanden hat, gesundheitsgefährdend.«

»Was empfehlen Sie mir?«

»Begnügen Sie sich mit dem Spatz in der Hand, der Abfindung in Höhe von sechs Monaten legaler Bezüge, und seien Sie zufrieden, dass Ihr Mann überlebt hat.« Das war für einen vermögenden Anwalt mit einer blühenden Praxis ein wohlfeiler Rat. Aber für uns bedeuteten ein Abschiedsgeld von viertausend Mark und eine winzige Rente ein Almosen. In einem hatte der Advokat recht: Ludwig wäre nicht imstande, einen Prozess gegen die Sklavenhalter mitsamt ihren Advokaten durchzustehen.

Saphir ließ mich wissen, dass er bis drei Uhr unaufschiebbare Termine habe. Ich dachte nicht daran, ihm eine ungestörte Mittagspause zu gönnen – die hatten sie meinem Ludwig auch nicht erlaubt. Ohne zu fragen, betrat ich das Büro. Er würde letztendlich entscheiden.

»Herr Saphir, mein Mann hat seine Gesundheit für Ihre Firma geopfert. Als Dank werfen Sie ihn jetzt als kranken Mann raus.«

»Was kommen Sie her und schreien rum, damit sich die Gojim freuen, wenn wir Jidn Streit haben, Frau Seligmann?«

»Ich schreie nicht, Herr Saphir. Ich spreche laut und deutlich. Und was ich zu sagen habe, kann jeder hören.«

»Sicher, sicher.« Nun bot er mir einen Stuhl an. Sodann setzte er sich wieder hinter seinen Schreibtisch, zündete sich mit seinem protzigen Gold-Feuerzeug eine Zigarette an. »Niemand hat Ihren Mann rausgeworfen, Frau Seligmann. Im Gegenteil, wir haben Ihren Mann sehr geschätzt.«

»Was Sie haben, interessiert mich nicht. Ihr Schutef, Herr Abramowski, hat meinen Mann im Krankenhaus besucht ...«

»Weil wir ihn sehr schätzen. Ein anständiger Jid ...«

»Sie nicht!«

»Wieso ich nicht?«

»Sie haben es nicht für nötig gefunden, meinen Mann zu besuchen.«

»Wie können Sie so schlecht von mir denken? Ich war nicht gesund, sonst wäre ich selbstverständlich zu Herrn Seligmann ins Hospital gefahren.«

»Sie waren sechs Wochen krank? Dafür sehen Sie aber hervorragend aus.«

Er drückte seine Zigarette aus und sah mich dabei abschätzend an.

»Reden wir Tacheles, Frau Seligmann. Was wollen Sie?«

»Herr Abramowski hat meinem Mann mit sofortiger Wirkung gekündigt. Deshalb verlange ich eine angemessene Abfindung.«

»Ganz im Gegenteil! Er hat Herrn Seligmann gesagt, dass wir ihn behalten wollen.«

»Damit er sich bei Ihnen täglich zwölf Stunden zu Tode schuftet. Das ist kriminell.«

»Wir wollten Herrn Seligmann weiterbeschäftigen. Aber Sie vergleichen uns mit Sklavenhaltern und Nazis. Das ist Rechiles, üble Nachrede. Was wissen Sie schon von Nazis? Ich war im Lager ...«

»Mit Ihren KZ-Geschichten können Sie Deutsche beeindrucken, mich nicht. Meine Geschwister sind ins Gas gegangen.«

Saphir winkte wieder ab.

»Lassen wir die seligen Toten ruhen. Sie wollen eine Abfindung, weil Ihr Mann krank war und nicht mehr bei uns arbeiten will.«

Saphir entzündete eine neue Zigarette. »Ich werde unsere Buchhaltung bitten auszurechnen, was Ihrem Mann zusteht. Das kriegt er selbstverständlich. Das ist reine Kulanz von uns. Denn wir haben Herrn Seligmann nicht gekündigt. Er will nicht mehr bei uns arbeiten. Nach dem Gesetz steht ihm bei eigenständiger Kündigung nichts zu. Kein Pfennig. Auf Wiedersehen.« Saphir erhob sich, wobei er mich nicht aus den Augen ließ.

Ich hielt seinem Blick stand, blieb sitzen und zwang mich, ruhig, laut und deutlich zu sprechen.

»Danke, dass Sie das Gesetz erwähnt haben, Herr Saphir. Das Gesetz verbietet, wie Sie wissen, Schwarzgeldzahlungen. Das ist Steuerhinterziehung und Betrug an Angestellten, denn Sie haben meinen Mann um seine Altersbezüge gebracht.«

Für einen Moment zuckte ein Schimmer Unsicherheit in Saphirs Augen auf, der sogleich wieder erlosch.

»Wollen Sie mir mit dem deutschen Gesetz drohen? Als Dank dafür, dass wir Ihrem Mann eine Abfindung anbieten, die ihm nicht zusteht?« Sein Ton wurde schärfer. »Wir können uns auch an das Gesetz halten. Dann steht Ihrem Mann nichts zu. Gar nichts.«

»Sie machen mir keine Angst, Herr Saphir. Wenn Sie nicht freiwillig eine Abfindung zahlen, dann zwingen Sie mich, das Anliegen meines Mannes vor Gericht zu bringen.«

Meine Drohung wirkte. Er stützte sich mit den Armen auf die Lehne seines ledernen Chefsessels und fixierte mich schweigend.

»Habe ich Sie richtig verstanden, Frau Seligmann? Wollen Sie uns, eine jüdische Firma, die Ihrem Mann aus Rachmones Arbeit und Brot gegeben hat, vor ein Gericht mit Nazirichtern zerren?«

Es begann, mir Vergnügen zu bereiten, dem Geldmann, der es nicht einmal für nötig befunden hatte, seinen jüdischen Angestellten im Krankenhaus zu besuchen, Angst einzujagen.

»Ich will Sie nicht der Justiz ausliefern, Herr Saphir. Aber ich kann nicht erlauben, dass Sie meinen Mann um seine sauer

233

verdiente Rente und seine Abfindung bringen. Sonst zwingen Sie mich, unser Recht vor Gericht durchzusetzen. Ich habe mit unserem Anwalt, Herrn Dr. Nacht, gesprochen. Er rät mir dringend, Sie anzuzeigen und unsere Forderung einzuklagen.«

Saphir setzte sich wieder hinter seinen Schreibtisch und griff zum Telefon.

»Chaim, komm zu mir ... Nein! Nicht gleich! Sofort! Frau Seligmann ist bei mir. Sie will uns vernichten.« Er legte auf.

Keine Minute später stürmte Abramowski in unser Büro. Mit ausgebreiteten Armen wandte er sich an seinen Schutef.

»Was erzählst du für Schmonzes, Schlojme? Frau Seligmann, deren Mann ich aus der Gosse gezogen, den wir hier wie unseren eigenen Sohn behandelt haben, will uns kaputtmachen?«

»Hören Sie auf mit Ihren Märchen! Sie haben meinen Mann nicht aus der Gosse gezogen. Und Sie haben ihn schon gar nicht wie einen Sohn behandelt. Stattdessen haben Sie ihn wie einen Sklaven schuften lassen.«

»Schämen Sie sich nicht, uns mit Nazis zu vergleichen?«

Abramowskis Lamento ließ mich auflachen.

»Geben Sie meinem Mann eine anständige Abfindung – mehr verlange ich nicht.«

»Ich hatte gedacht, du machst Spaß am Telefon«, rief Abramowski Saphir zu, ehe er sich erneut an mich wandte. »Wir haben Ihrem Mann alles gegeben. Jeden Pfennig! Mehr als das. Ich habe ihm immer mehr Geld zukommen lassen, als ihm zustand ...«

»Genug, Chaim«, gebot Saphir. »Frau Seligmann war bei einem deutschen Anwalt. Der Nazi hat ihr geraten, uns anzuzeigen, weil wir Herrn Seligmann mehr gezahlt haben, als ihm zukam. Ihr Winkeladvokat will uns aus unserer Großzügigkeit einen Strick drehen und uns vor ein deutsches Gericht zerren. Nicht vor ein Din Thora, ein heiliges Thora-Gericht.« Das

Schmierentheater der beiden Spießgesellen hätte Ludwig beeindruckt. Ich dagegen blieb ruhig und entschlossen. »Meine Herren, versuchen Sie nicht, mich einzuschüchtern. Und drohen Sie mir nicht mit einem Beit Din. Mein Bruder Mojsche Schechter ist Rabbiner in New York. Hinterziehung von Altersbezügen ist Betrug. Vor dem Din Thora und jedem Gericht. Das wissen Sie, Herr Rabbiner Saphir.« Meine Worte verschlugen den beiden die Sprache. »Lassen Sie uns mit gegenseitigen Beschuldigungen aufhören, meine Herren …«

»Sie beschimpfen uns als Betrüger und wollen uns anzeigen«, hob Abramowski an.

»… Ich will lediglich, dass mein Mann, der Ihnen so aufopferungsvoll gedient und dabei seine Gesundheit eingebüßt hat …«

»… schieben Sie das nicht uns in die Schuhe, Frau Seligmann!«, tönte Abramowski.

»… eine angemessene Entschädigung erhält. Nicht mehr.«

»Ich habe Ihnen gesagt, dass wir das übernehmen, obwohl wir nicht dazu verpflichtet sind«, gab Saphir ruhig zurück. »Warum regen Sie sich auf und drohen uns?«

»Ich rege mich nicht auf, und ich drohe nicht, Herr Saphir. Ich will, dass wir uns jetzt auf die Höhe der Zahlung einigen.«

»Die Buchhaltung wird den genauen Betrag ausrechnen, den wir Ihrem Mann überweisen werden.«

»Herr Saphir, halten Sie mich nicht für dumm. Der Buchhalter wird den Betrag ausrechnen, den Sie ihm vorgeben.«

»Was denken Sie von uns, Frau Seligmann?! Wir sind eine korrekte Firma …«

»Gerade deshalb bestehe ich darauf, dass wir uns jetzt auf den Betrag einigen.«

»Sie haben auf gar nichts zu bestehen, Sie Denunziantin«, schrie Abramowski. Saphir gebot ihm, den Mund zu halten, und fragte stattdessen mich nach meiner Vorstellung.

»Ein Jahr. Zwölf Monatsgehälter«, erwiderte ich.

»Sechs Monate!«, warf Abramowski ein. Doch Saphir ging nicht darauf ein. Stattdessen fragte er seinen Schutef, wie viel Ludwig verdiene.

»1500 ...«

Saphirs Blick verriet, dass er Abramowski für einen Esel hielt.

»Was zahlen wir ihm offiziell, ohne unsere freiwillige Gratifikation?«

»Die Hälfte.«

»Also 9000! Das soll er kriegen.«

Meine Verblüffung über sein rasches Kopfrechnen entlockte Saphir ein flüchtiges Lächeln.

»Wir werden Ihrem Mann den Betrag überweisen, sobald er uns bestätigt, dass er keinerlei Forderungen mehr gegen uns hat. Sind Sie zufrieden, Frau Seligmann?«

»Nein.«

»Herr der Welten, was wollen Sie denn noch?«

»Natürlich bekommen Sie Ihre Bestätigung von meinem Mann. Ich verlange nur ein Jahr Gehalt. Aber das war doppelt so hoch, wie Herr Abramowski eben freundlicherweise bestätigt hat.«

»Nie im Leben! Sie gemeine Erpresserin! Lieber gehe ich wieder in ein deutsches Lager, als mich von so einer miesen Person zerstören zu lassen.«

Salomon Saphir nahm die Hysterie seines Schutefs gleichmütig hin. Ich musste ein Lachen unterdrücken. Danach feilschten Saphir und ich einen Kompromiss aus. Wir einigten uns schließlich auf 15 000 Mark.

Abramowski verließ wortlos das Büro. Saphir dagegen drückte mir lange die Hand.

»Frau Seligmann, unter normalen Umständen hätte ich nicht nachgegeben, aber ein Streit vor Gericht hätte allen mehr geschadet als genützt. Sie sind eine Eschet Chajil. Ihr Mann kann sich glücklich schätzen, dass er mit Ihnen verheiratet ist. Gerade jetzt, wo er so krank war. Bei Ihnen ist er in guten Händen. Richten Sie ihm bitte aus, dass ich ihm eine rasche Genesung wünsche. Wir werden uns bald in der Synagoge wiedersehen.«

Ludwig war den Tränen nahe, als ich ihm von meiner Übereinkunft mit den TeuTex-Häuptlingen berichtete.

»Danke, Hanni. Das wäre mir alleine nicht gelungen. Ich hätte früher auf dich hören sollen ...«

»Gut, dass du es jetzt einsiehst. Du musst strenge Diät halten und darfst nicht rauchen oder dich aufregen.«

Ludwig unterschrieb meine Abmachung mit Saphir und Abramowski. Zwei Tage später war der vereinbarte Betrag auf seinem Konto.

Ludwig

Durch die Abfindung und meine Ersparnisse besaß ich annähernd 20 000 Mark. Doch ich konnte mich über das Geld nicht freuen. Denn es war der Preis für den Verlust meiner Arbeitsstelle, die in den vergangenen Jahren der wesentliche Inhalt meines Daseins gewesen war. Nach den Gesprächen mit dem Stationsarzt des Krankenhauses und mit Dr. Mehring gab ich mich keinen Illusionen hin. Eine Position als leitender Angestellter mit der damit verbundenen Belastung, aber auch der Erfüllung, musste ich in den kommenden Jahren strikt meiden. Da ich bereits im 59. Lebensjahr stand, bedeutete dies mein berufliches Aus.

Ich liebte Musik und Sport, aber ich ging nicht wöchentlich in die Oper oder ins Stadion an der Grünwalder Straße. Ich besuchte gern Cafés, doch den Koffeingenuss und das Rauchen hatte ich mir in der Klinik abgewöhnen müssen, ebenso den Verzehr von Torten, ja von Kuchen überhaupt. Und Hanni passte auf, dass ich meine Diät rigoros einhielt.

Allein Lesen und Spazierengehen waren mir erlaubt. Doch ans Bücherlesen musste ich mich erst erneut gewöhnen. Immerhin hatte ich mir auf dem Krankenlager wieder Heines Gedichte vorgenommen. Auch zum Beten hatte ich wieder Muße. Das war der entscheidende Punkt. Erstmals in meinem erwachsenen Leben konnte ich mir Zeit nehmen. Von früh bis spät. Es war mir möglich, in Ruhe zu frühstücken und dabei die »Süddeutsche« ausführlich zu lesen, statt im Büro kurz die »Abendzeitung« zu überfliegen. Ich musste nicht frühmorgens in die Arbeit fahren. Stattdessen legte ich meine Gebetsriemen an und sprach die Segenssprüche. Sodann bereitete ich Rafi Tee und Cornflakes mit Milch zu und brachte ihm das Frühstück und die Zeitung um sieben Uhr auf einem Tablett ans Bett.

Später eilte er in die Küche, wo Hannah unterdessen ihren Quark mit Schnittlauch anmachte. Rafi platzierte seine Schildkröte, die er sich zugelegt hatte, auf dem Frühstückstisch. Sie marschierte zu Hannahs Teller und steckte ihre Schnauze in den Quark. Meine Frau, die mit Menschen streng umging, hatte das Tierchen ins Herz geschlossen und störte sich nicht daran, dass sie beide aus demselben Napf aßen. Zu dritt unterhielten wir uns kurz, ehe Rafi aus dem Haus jagte. Später ließ ich mir von Hannah eine Einkaufsliste geben und machte mich auf den Weg in die Stadt, wo ich mich in Schallplattenläden nach Opernplatten umsah. Mit Kopfhörern lauschte ich Aufnahmen von »Parsifal« und »Rheingold«. Dass Wagner Antisemit war, änderte nichts an der Erhabenheit seiner Musik und an ihrer Modernität. Heute wäre er der führende Filmkomponist gewesen.

Als ich das Geschäft verlassen wollte, hörte ich als Hintergrundmusik eine glockenhelle Frauenstimme, begleitet von einer Gitarre, hebräische Lieder singen. Ich hatte mich seit Jahren nicht mehr um leichte Musik gekümmert. Doch diese Chansons und vor allem die Stimme besaßen Gewicht. Das

Duo hieß Esther und Abi Ofarim. Ich war von dem Gesang der jungen Frau dermaßen angetan, dass ich ohne weitere Hörprobe eine Langspielplatte erwarb, die ich daheim sogleich auflegte. Ich war berührt, auch vom Bild der mädchenhaften, rehäugigen Frau. Selbst Hanni, die keine besondere Affinität zu Musik besaß, war begeistert.

»Eine herrliche Stimme.« Gemeinsam lauschten wir den Chansons des Paares in Hebräisch, Deutsch, Englisch, Französisch.

Seit vielen Jahren war es das erste Mal, dass Hanni und ich zusammen Musik hörten.

Auch deshalb beschloss ich, mir eine Schallplattensammlung zuzulegen. Tagsüber Musik genießen zu dürfen, war ein Privileg des Rentnerlebens. Bald sollte ich andere Genüsse meines ungewollten Ruhestands erfahren. Ich konnte tun, wonach immer mir der Sinn stand, aber auch unterlassen, was mir missfiel.

Spazierengehen bereitete mir zunehmend Gefallen. Immer wieder bat ich Hannah, mich zu begleiten, doch sie war eine Stubenhockerin, die sich ungern aus der Wohnung locken ließ. Wenn es mir dennoch gelang, erlahmte ihr Bewegungsdrang nach wenigen Minuten.

Lediglich sonntags ließ sich Hannah von mir zum Englischen Garten chauffieren, wo sie sich bald auf einer Bank niederließ. Meinen Vorschlag, einen Biergarten aufzusuchen, lehnte sie strikt ab.

»Ich habe kein Bedürfnis, mich mit betrunkenen Gojim gemein zu machen.«

»Du kannst im Biergarten auch Brause, Limonade oder sogar Kaffee trinken und eine Brotzeit mitbringen.«

»Die Nazis haben mit ihrer Hetze im Biergarten angefangen. Und die Volksmusik dort ist primitiv.«

Dagegen schätzte es Hanni, sich von mir zum Seehaus am Kleinhesseloher See fahren zu lassen, dort Tee zu trinken und durchs Fenster den Ruderbooten und Schwänen zuzusehen. Ich dagegen langweilte mich inmitten des meist betagten Publikums. Selbst die Kellnerinnen wirkten reizlos. Hannah, die mit Mitte fünfzig ihre dunkle Lockenpracht behalten hatte, war die einzige attraktive Frau in dem Café.

Die kurze Fahrt nach Hause strengte mich an. Ich hatte Autofahren nie gemocht, selbst in meiner Jugend nicht. In den letzten Jahren musste ich mein Auto vorwiegend beruflich nutzen. Da dieser Zweck nun weggefallen war, spielte ich mit dem Gedanken, den Wagen zu verkaufen.

Rafi widersprach energisch.

»Dank unseres Autos sind wir nicht ans Haus gebunden.« Er brannte darauf, nach seinem 18. Geburtstag im Oktober den Führerschein zu machen. Danach wollte er meinen Wagen benutzen. Ich hatte nichts dagegen, Hannah umso mehr.

»Der Junge ist unreif. Er wird Auto fahren wie ein Halbstarker und sich und andere in Lebensgefahr bringen.«

»Wenn du willst, dass Rafi nicht nach Israel geht, müssen wir ihm hier etwas bieten, was ihm Freude macht. Er ist aufs Autofahren versessen wie alle seine Altersgenossen.«

»Rafi soll erst einmal ordentlich die Mittlere Reife machen. Wenn er dein Auto vor der Tür stehen sieht, wird er an nichts anderes denken und vielleicht sogar ohne Führerschein fahren.«

»Das tut Rafael bestimmt nicht!«

»Wenn ihm seine Freunde zureden und du die Wagenschlüssel rumliegen lässt, kann alles geschehen. Verkauf das Auto, Ludwig, ich flehe dich an.«

Hannahs Persönlichkeit hatten selbst Saphir und Abramowski nicht widerstehen können. Schließlich gab ich nach und veräußerte den Wagen. Worauf Rafi sich von mir im Stich gelassen fühlte und aufhörte zu lernen.

Hannah
Durch seinen bockigen Lernstreik verspielte Rafi die Voraussetzung für die Mittlere Reife. Ludwig wollte nach seinem Infarkt
auf jede Strenge gegenüber unserem Sohn verzichten. Doch
gerade das hatte der unreife Junge jetzt am nötigsten. Denn auf
mich hörte er überhaupt nicht mehr.
Ich überlegte, was ich tun konnte, damit Rafi nicht erneut in
der Schule versagte. Denn ich war nicht bereit, ein nochmaliges
Sitzenbleiben zu dulden. Dann musste er ohne Abschluss die
Schule verlassen. Aber welchen Beruf sollte ich ihn lernen lassen? Rafi zeigte
keine Neigung und kein Interesse. Um Klarheit über die berufliche Zukunft des Jungen zu gewinnen, wandte ich mich an
das städtische Schulreferat, über dessen neues psychologisches
Testzentrum ich einen positiven Artikel gelesen hatte. Die
Fachleute des Instituts würden mir hoffentlich die richtige
Beschäftigung für Rafi empfehlen. Der Junge wehrte sich
zunächst gegen den Test.
»Ich bin doch kein Schwachsinniger im Probelauf!«

Rafael
Ich hatte die Schnauze voll von der ewigen Prüferei in der
Penne. Erst recht gegen eine willkürliche Extrarunde. Doch die
Schule würde bald vorbei sein. Nach Israel konnte ich wegen
Emils Zustand vorläufig nicht. Also musste ich hier malochen.
Was, wusste ich nicht. Da mochte mir so ein Test vielleicht eine
Anregung vermitteln.
Dr. Luitgard Brem-Gräser, die etwa vierzigjährige Leiterin
des Testzentrums, erklärte unaufgeregt, sie und eine Kollegin
würden sich in den folgenden Stunden mit mir und meinen
Fähigkeiten beschäftigen. In Gesprächen und mithilfe vorge-
fertigter Fragen würden sie versuchen, gemeinsam mit mir ein

ausführliches Persönlichkeitsprofil zu entwickeln. Es könnte mich dabei unterstützen, einen Beruf zu wählen, der zu mir passte.

Die Diplompsychologin befragte mich ohne Penetranz über meine Kinder- und Schuljahre. Sie erkundigte sich nach meinen Vorlieben und Interessen, ließ sich geduldig Einzelheiten erklären. Sie drängte mich nicht und prahlte nicht mit ihren Kriegserlebnissen.

Später ließ mich eine Mitarbeiterin mathematische und sprachliche Textaufgaben lösen. Anschließend unterhielten wir uns ausführlich über meine Lebensperspektiven. In angeregter Stimmung verließ ich das Institut. Zu Hause quetschte mich Ima sogleich über das Gespräch aus.

»Die Damen wollten wissen, was mich interessiert und was mich beschäftigt.«

»Welchen Beruf empfehlen sie dir?«

»Darüber wurde nicht geredet.«

»Wann wirst du endlich erwachsen? Meinst du, ich habe dich zum Vergnügen zur Prüfung geschickt? Ich muss endlich definitiv wissen, wozu du zumindest etwas taugst. Aber du vermasselst sogar diese Gelegenheit.«

Meine heitere Laune verflog. Ich machte mich mit meinem Roller davon.

Als ich Tage später von der Schule zurückkam, empfing mich Emil mit hochrotem Kopf.

»Ich wusste, dass ich einen gescheiten Sohn habe!«

»Die Psychologin im Berufszentrum gibt dir hohe Intelligenzwerte«, bestätigte Ima. »Aber was nützt dir das, wenn du in der Schule sitzen bleibst, weil du faul bist?«

»Jetzt lass uns doch erst einmal darüber freuen, dass Rafi so gut in dem Test abgeschnitten hat.«

»Die schönste Prüfung ist nutzlos, wenn der Junge im Leben nichts zustande bringt.«

Frau Brem-Gräser hatte den Alten mitgeteilt, dass ich superbegabt sei.

»Du bist sogar in der Lage zu studieren«, freute sich Emil.

»Und was empfiehlt mir Frau Brem-Gräser jetzt?«, wollte ich wissen.

»Dass du ein musisches Internat besuchst. Davon gibt es zwei in Württemberg ...«

»Kommt überhaupt nicht infrage, Ludwig! Dort setzen sie Rafi nur Flöhe ins Ohr. Künstler, Schriftsteller! Alles Luftberufe, von denen sich kein Mensch ernähren kann. Der Junge ist labil. Er braucht einen stabilen Handwerksberuf, der ihn auch in schwierigen Zeiten ernährt. Sonst geht er unter wie du!« Worauf Vater das Zimmer verließ.

Am folgenden Tag suchte ich Frau Brem-Gräser auf. Sie bestätigte meine guten Resultate und ermutigte mich, meine Chancen zu nutzen. »Alle Wege stehen Ihnen offen.« Ich solle unbedingt studieren. »Begabt sind Sie vor allem für Literatur, Geschichte, Politik.« Als ich die Psychologin darauf hinwies, dass Mutter mir den Besuch eines musischen Internats verbot, forderte mich Frau Brem-Gräser auf, für meinen Weg zu kämpfen.

»Sie besitzen einen starken Willen.«

Ludwig

Die Idee, Rafi auf einem Internat die Reifeprüfung machen zu lassen, sagte mir zu. Unser Sohn sollte schaffen, was mir versagt geblieben war. Doch gegen Hannahs kategorische Weigerung kamen wir beide nicht an. Sie hatte sich in den Kopf gesetzt, den Jungen einen »ordentlichen Beruf« lernen zu lassen.

Einstweilen konzentrierte ich mich darauf, meinem Sohn zu helfen, die Mittlere Reife zu schaffen. Wieder einmal musste ich ihn bei seinen Aufgaben in Buchführung und Kaufmännischem Rechnen unterstützen.

»Diese Fächer beherrsche ich aus dem Effeff. Auch in Mathematik war ich gut.«

Rafi interessierte sich weder für Rechnen noch für Buchführung. Er hatte unsere gemeinsamen Lektionen über die Logik dieser Fächer vergessen. Ich entsann mich der Methode meines Religionslehrers, Herrn Löw, und fragte Rafi so lange, bis er Interesse entwickelte und selbstständig zu denken begann. Die tägliche Nachhilfestunde bereitete uns beiden zunehmend Freude. Erstmals musste Rafi nicht stur pauken, sondern lernte, die Fächer zu begreifen. Er fasste wieder Vertrauen zu mir und bat mich, ihm Steno zu diktieren. In Kurzschrift machte Rafi innerhalb weniger Wochen einen Sprung von Sechs auf Eins. Die Steno-Lehrerin war zunächst misstrauisch, lobte aber schließlich Rafi für seinen Fleiß.

Anfang Juni bestand mein Sohn die Mittlere Reife mit zufriedenstellenden Noten. Sogleich begann er auf seine Auswanderung nach Israel zu drängen. Für Hannah war das Thema ein rotes Tuch, zumal Rafi mir in der Klinik versprochen hatte, darauf zu verzichten.

»Nach dem Infarkt wollte ich dich nicht im Stich lassen, Emil. Jetzt geht's dir wieder gut. Du hat nichts davon, wenn ich den ganzen Tag zu Hause hocke und mit dir schwatze.«

»Du sollst nicht faulenzen, sondern einen vernünftigen Beruf lernen«, bestimmte Hannah. Ich versuchte Rafi zu bewegen, ins musische Internat zu wechseln. Stattdessen ließ er sich auf einen Streit mit seiner Mutter ein.

»Ich haue ab nach Zion.«

»Nicht, solange ich deine Erziehungsberechtigte bin – und das dauert noch dreieinhalb Jahre.«

»Auch Vater ist mein Erziehungsberechtigter, und er wird es mir erlauben.« Zu seiner Enttäuschung mischte ich mich nicht ein. Doch sobald ich mit Hannah alleine war, machte ich ihr deutlich, wie sehr es mir am Herzen lag, dass Rafi die Schule bis zum Abitur fortführte. Stets hatte ich bedauert, dass ich mit dreizehn die Schule verlassen musste und mir eine abgeschlossene Gymnasialbildung fehlte.

»Was hättest du denn davon gehabt, Ludwig?«

»Das Lernen hat mir Spaß gemacht ...«

»Rafi hasst es zu lernen ...«

»In Israel war er ein guter Schüler. Seit ich mit ihm übe, sind seine Noten rasch besser geworden. Und seine Testergebnisse waren ausgezeichnet.«

»Du willst also wirklich, dass Rafi das Abitur macht?«

»Selbstverständlich.«

»Das kommt nicht infrage. Rafi ist fast achtzehn. Ein Vorbereitungsjahr plus drei Jahre Gymnasium, und bei ihm muss man mit einem Jahr Sitzenbleiben rechnen. Also fünf weitere Jahre Schule. Dann ist er beim Abitur dreiundzwanzig. Und die Künstler werden ihn zu einem Luftmenschen gemacht haben.«

»Warum soll er kein Künstler werden, wenn er Talent dazu hat?«

Hannah geriet in Harnisch.

»Willst du aus Rafi einen brotlosen Poeten machen?«

»Ich sehe durchaus, dass er noch kein reifer Mann ist. Darum ist es gar nicht falsch, dass er noch eine Weile aufs Gymnasium geht, um herauszufinden, welcher Beruf am besten zu ihm passt.«

»Genau das will ich nicht! Rafi wird hier und dort irgendetwas ausprobieren und mit dreißig immer noch keinen Beruf haben. So machst du ihn zu einer verkrachten Existenz.«

»Rafi ist ein intelligenter Junge, keine verkrachte Existenz, Hanni.«

»Nur wenn wir ihn fest an die Kandare nehmen.«

»Wie soll das deiner Meinung nach geschehen?«

»Ich denke, als Fernsehtechniker hat er die beste Zukunftsperspektive – da soll er eine Lehre machen.«
»Aber Hanni, Rafi interessiert sich überhaupt nicht für Radiotechnik. Er wird sich nie eine solche Lehrstelle suchen.«
»Das wird wieder an mir kleben bleiben.«
Hannah hatte sich in den Kopf gesetzt, den Jungen zum Rundfunktechniker zu machen. Für seine Bedürfnisse hatte sie keinen Sinn.
»Es stimmt, Rafi weiß noch nicht, was er will. Aber Rundfunktechniker möchte er bestimmt nicht werden.«
»Du sagst selber, dass er keine Ahnung hat, was er will. Darum ist es unsere Pflicht, ihm unverzüglich eine Lehrstelle als Fernsehmechaniker zu beschaffen und ihn dort unterzubringen.«
»Da mache ich nicht mit, Hannah. Ich möchte mich zuvor lieber eingehend mit meinem Sohn unterhalten. Wenn er das Abitur ablegen will, sollten wir ihn dabei unterstützen.«

Hannah
Ludwig wollte Rafi helfen, denn er hatte ein schlechtes Gewissen, weil er sich früher nie um ihn gekümmert hatte. Der Junge war ein Träumer, deshalb brauchte er die Disziplin einer Lehre. Da er sich für nichts interessierte und sich zu nichts entschließen konnte, musste ich die Entscheidung treffen.
Ich erkundigte mich in der Nachbarschaft nach einer Lehrstelle als Fernsehtechniker und fand einen Betrieb in der Zweibrückenstraße 8, etwa eine Viertelstunde von unserer Wohnung entfernt. Es war eine Vertragswerkstätte von Philips. Das bürgte für Qualität. Der Meister war ein energischer Bayer mit einem klaren Blick. Er machte einen freundlichen, entschlossenen Eindruck. Genau das, was ich für meinen Sohn suchte.
Ich sagte ihm, dass Rafi ein kluger Junge sei, der die Mittlere Reife abgelegt hatte, sich für Fernsehen und Radio interessierte

und nun eine gute Lehrwerkstätte suche. Der Meister und ich verstanden uns auf Anhieb, und so forderte er mich auf, Rafi am nächsten Tag vorbeizuschicken.

Mit Blick auf seine Sekretärin bat ich Herrn Sewald um ein Gespräch unter vier Augen, doch er lächelte mich aufmunternd an. »Das ist nicht nötig, Frau Seligmann. Vor Frau Herget habe ich keine Geheimnisse. Sie ist meine Schwester und eine gescheite Mitarbeiterin, an die sich Ihr Sohn immer wenden kann.« Frau Herget war eine elegante Person mit einem eigenwilligen Mund und schönen, gepflegten Händen. Ich kam auf mein Anliegen zu sprechen. »Herr Sewald, wir sind Juden. Wenn Sie Vorurteile haben sollten, sagen Sie es mir bitte gleich.«

»Ich hatte in meiner Jugend mit Juden zu tun. Auf dem Schwarzmarkt. Ich hab denen ihre kaputten Radios repariert, und sie haben mich mit Schokolade und Lucky-Strike-Zigaretten bezahlt. Wir sind immer prima ausgekommen. Mir hat es imponiert, dass die nie um den heißen Brei geredet haben, wenn sie was wollten.«

»Mein Rafael ist noch etwas verträumt.«

»Das gewöhnen wir ihm hier schnell ab, Frau Seligmann. Ich freu mich schon darauf, Ihren Buben unter meine Fittiche zu bekommen.«

Ludwig war enttäuscht. Er hätte Rafi lieber noch eine Weile Zeit gelassen, über seine Zukunft zu entscheiden. Denn mein Mann wollte nicht begreifen, wie sehr unser Sohn noch auf uns angewiesen war.

Raufen

Rafael
In der Werkstatt im zweiten Hinterhof werkelten mehrere junge
Männer im weißen Kittel an Arbeitsplätzen voller Elektro-Mess-
geräte vor geöffneten Fernsehern. Mutter begleitete mich ins
Büro, wo eine gelockte Frau mit einem mächtigen Busen und
dunkelblauen Augen einem lebhaften Mann mit der gleichen
Augenfarbe gegenübersaß. Er war offensichtlich ihr Bruder.
»Du bist also der Rafael und interessierst dich für Fern-
sehtechnik?«
»Ja ... ich bin Rafael.« Warum sagte ich ihm nicht, dass sein
Handwerk mir gleichgültig war? Er sah mich freundlich, doch
eindringlich an.
»Du träumst gern, was?«
Sewald war kein Psychologe. Doch seine wissenden Augen und
sein Mund verrieten, dass er ein intelligenter Typ war.
»Ich überlege, was am klügsten ist ...«
»Hören Sie nicht auf ihn, Herr Sewald«, fiel mir Ima ins Wort.
»Doch, das tue ich, Frau Seligmann.« Sein unaufgeregter Ton
ließ Mutter verstummen. »Aber das Denken darf einen nicht
daran hindern, etwas zu tun. Im Gegenteil: Erst denken, dann
machen.«
»Das ist vernünftig.«
»Ich sehe, wir verstehen uns, Rafael. Ich möchte dich gerne
in meiner Firma als Rundfunk- und Fernsehmechaniker
ausbilden.«
»Danke für Ihr Vertrauen, Herr Sewald. Ich habe Kopien von
Rafaels Mittlerer Reife dabei ...«

»Das braucht's nicht, Frau Seligmann. Ich sehe, dass der Rafael ein gescheiter Bursch ist. Aus dem mach ich einen guten Techniker.«

»Das ist ein Mann!«, rief Ima auf dem Heimweg aus. Sie war total von Herrn Sewald eingenommen.

»Er ist ein Goj!«

»Herr Sewald ist eine starke Persönlichkeit. Er weiß, was er will. Darauf kommt es im Leben an. Auf sonst nichts.« Das Leuchten kehrte in ihre Augen zurück. »Du hast ein Riesenglück, dass Herr Sewald dich als Lehrling nimmt.«

»Ich habe noch nicht Ja gesagt ...«

»Deine Lehre beginnt Anfang September.«

Emil war nun doch davon angetan, dass ich tatsächlich auf Anhieb eine Lehrstelle bekommen hatte. Er meinte, Rundfunktechniker sei ein hervorragender Beruf mit glänzender Zukunftsperspektive.

»Aber du hat mir doch noch gestern geraten, erst mal das Abi zu machen.«

»Was ich mir wünsche, ist unwichtig. Meinen Traum, aufs Gymnasium zu gehen, scheinst du nicht zu teilen, sonst hättest du dich ohne Zaudern dafür entschieden. Aber du zögerst und schwankst. Dagegen ist die Lehre als Rundfunktechniker etwas Konkretes. Mit einem Gesellenbrief in der Tasche kannst du eine eigene Werkstatt oder ein Geschäft eröffnen, in dem du Radios und Fernseher verkaufst.«

Das wollte ich auf gar keinen Fall – doch was wollte ich? Ehe mir das nicht klar war, konnte ich nichts unternehmen. Ima und Herr Sewald dagegen wussten, was sie wollten.

Am Mittwoch, den 1. September 1965 um 8 Uhr trat ich meine Lehre als Rundfunk- und Fernsehtechniker bei der Firma Sewald an. Frau Herget bat mich in ihr Büro, wo ich meinen Lehrvertrag unterschreiben sollte. Dabei bemerkte ich, dass die Eltern das Dokument bereits signiert hatten. Ich wurde in die Obhut von Peter Bogner gegeben, der bereits im zweiten Lehrjahr war. Er wies mich an, in einen grauen Kittel zu schlüpfen. Das war meine erste Enttäuschung. Fast alle Techniker trugen weiße Kittel, in denen sie wie Ärzte aussahen. Während ich mich darüber ärgerte, brachte mich Peter mit energischer Stimme auf den Boden der Realität: »Als Erstes fegst du die Werkstatt.« Der pickelige Bursche im grauen Arbeitsmantel griente. Er freute sich, endlich jemanden herumkommandieren zu dürfen. Doch um neun war die Werkstatt noch vollständig aufgeräumt.

»Was soll ich putzen – es ist doch alles sauber!«

»Du putzt, wenn ich es dir sage«, rief Peter hell, »und wenn es mein Arsch ist.«

»Ist er schmutzig?« Meine Antwort brachte einige Weißkittelträger zum Lachen.

»Der Neue hat gleich gerochen, dass du nicht ganz sauber bist, Peter«, scherzte ein blonder Mann, was Peter erboste.

»Mach keine blöden Witze. Nimm den Besen und kehr z'samm.« Er drückte mir einen Besen in die Hand. Gelegentlich hatte ich einen Besenstiel balanciert, doch gefegt hatte ich noch nie. Ich ergriff den Besen und traktierte damit den Steinfußboden.

»Du sollst kein Parkett polieren, sondern den Boden kehren!«, wies mich Peter an.

Ein groß gewachsener Mann mit blondem Bürstenhaarschnitt betrat den Raum. Er legte seine Wildlederjacke an der Garderobe ab und schlüpfte in einen weißen Kittel, um sogleich eine Bierflasche aus dem Kühlschrank zu holen, deren Inhalt er fast waagrecht in ein blankes Weißbierglas goss. Aus hellblauen Augen besah er das Getränk, um das Glas anschließend in wenigen Zügen zu leeren. Der anschließende Rülpser wurde

von den Anwesenden mit »Prost, Fredl«, »Servus«, »Mahlzeit«
quittiert. Statt darauf einzugehen, wandte sich der Mann an
mich.

»Was schaust du denn so bled? Hast du nia an Mo trinken
g'sehn?«

»Doch.«

»Ebn. Dann mach dei Arbeit und kehr z'samm.«
Ich schob den Besen in die andere Richtung. Da erschien
Herr Sewald in der Werkstatt. Mit flinkem Blick erfasste er die
Situation und kam mit ausgestreckter Hand auf mich zu.

»Willkommen, Rafael.« Und zu den anderen: »Des ist euer
neuer Kollege. Kehren gehört zur Lehre. Aber jetzt gibt's noch
nichts zum Fegen. Aus reiner Gaudi wird bei mir niemand zum
Saubermachen gezwungen oder sonst wie schikaniert, Peter!«

»Freilich, Herr Sewald.«

»Du sollst den Rafael unterstützen. Er ist dein Mitlehrling.
Das gilt für alle anderen auch.« Die Weißkittel nickten oder
murmelten zustimmend. Sewald wandte sich wieder an Peter.

»Zeig dem Rafael was Nützliches, was du bei mir gelernt hast.«
Er schritt ins Büro, wo er Frau Herget begrüßte. Derweil
führte mich Peter über den dritten Hinterhof in den Keller.
Umständlich erklärte er mir die Montage von Schallwänden.
Dabei wurden Lautsprecher mit einem Drehschraubenzieher
über eine dichte Isolierschicht Glaswolle auf Holzplattformen
montiert. Daneben wurde ein kleiner Transformator einge-
schraubt. Anschließend wurden die elektronischen Teile mit
einem zweipoligen Kabel verdrahtet, dessen Ende in eine
Lüsterklemme verschraubt wurde. Peter verlötete die Kontakte
zwischen Lautsprecher und Transformator. Dabei schmolz er
Blei auf die Kabelenden sowie die Kontakte des Lautsprechers
und des Transformators.

»Kannst du löten?«

»Noch nicht. Bringst du's mir bei?«

»Wennsd' di ned zu damisch anstellst, vielleicht. Später. Aber jetzt zeig ich dir erst s'Brotzeitholen.«

In der Werkstatt verpetzte mich Peter bei Sewald, weil ich nicht löten konnte.

»Dann musst du's dem Rafael halt beibringen, statt damit zu mir zu laufen, altes Klatschhaferl.« Der Chef und Frau Herget gaben ebenso wie die Techniker ihre Bestellungen bei Peter auf und händigten ihm das Geld aus. Daraufhin besorgten wir die mit Gelbkäse oder diversen Wurstsorten belegten Semmeln in den umliegenden Geschäften. Cola, Limo und Bier holten wir auf dem Rückweg in der Schenke der Gastwirtschaft in unserer Toreinfahrt.

»Magst mir ned an Schnaps ausgeben?«, forderte Peter mich auf.

»Nein.«

»Geiziger Hund!«

Die Brotzeit verspeiste jeder an seinem Arbeitsplatz. Da ich noch keinen eigenen Fleck besaß, setzte ich mich mit meinem Käsebrot zu Peter. Bei einem Schoppen Bier eröffnete er mir, dass ich von jetzt an alleine zum Brotzeitholen gehen müsse.

Niemand zwang mich, hierzubleiben. Ich konnte jederzeit weggehen. Aber wohin? Nach Israel würden die Alten mich nicht lassen. Vier Jahre Gymnasium reizten mich auch nicht. So musste ich eine Weile in dieser Klitsche ausharren und dann weitersehen.

Der Arbeitstag zog sich dahin. Peter zelebrierte das Montieren der Schallgruppen als Kunsthandwerk. Als ich ihn zum wiederholten Mal aufforderte, mir das Löten beizubringen, reichte er mir den Kolben mit dem langen, glühenden Ende voran, sodass ich mich fast verbrannt hätte.

»Wenn du das noch mal machst, haue ich dir aufs Maul, du Sadist.« Mein Gebrüll ließ Peter zurückzucken.

Als ich mich zusammen mit den anderen um Viertel nach fünf verabschieden wollte, hielt mich der Chef zurück.

»Ich möchte dir das Löten zeigen, Rafael.«

»Gern, Herr Sewald.«

»Setz dich neben mich, Bub, und pass genau auf. Du hältst dir als Erstes die Spitze des Lötgeräts unter die Nase. So spürst du, ob der Kolben heiß genug ist. Wenn ja, nimmst du einen Draht Lötzinn in die Hand und gehst damit auf den Kontakt, den du verlöten willst. Dann drückst du die Kolbenspitze ganz fein auf das Lötzinn. So!« Er demonstrierte seine Anweisung am Röhrensockel eines geöffneten TV-Geräts. »Sobald es dampft, schmilzt das Zinn. Du bleibst drei Sekunden drauf. 21, 22, 23. Dann den Kolben weg und zehn Sekunden die Lötstelle abkühlen lassen. Alles eine Sache des Gefühls. Darum können Frauen so gut löten. Du musst ihnen in der Fabrik am Fließband zuschauen. Das schafft kein Mann.« Ich probierte es mehrmals. Zunächst war ich zu zaghaft, danach blieb ich mit dem Kolben zu lange auf der Lötstelle, sodass das Zinn verdampfte. Der Chef erlaubte mir jedoch nicht aufzugeben.

»Du hast eine ganz ruhige Hand. Bleib auf der Lötstelle, bis es andampft, ein paar Sekunden festhalten, mit dem Löter weg, du hältst den Draht drauf und zählst wie gesagt. Loslassen, fertig!« Beim vierten Versuch klappte es. Sewald bestand darauf, dass ich es zweimal wiederholte. Am Ende machte es mir sogar Spaß. Der Chef schmunzelte.

»Ich hab dir gleich angesehen, dass d' was im Hirnkastl hast, Bub, drum hab ich dich gewollt. Die wichtigste Regel hast du grad gelernt, niemals aufgeben! Wennsd' dich da dran hältst, dann stehen dir im Leben alle Türen offen.«

So überzeugend hatte noch niemand mit mir geredet. Beschwingt radelte ich nach Hause.

Einige Tage später trat mein Mitlehrling Wolfgang Fuhrmann seine Arbeit an. Ein vierschrötiger Bursche mit kantigen

Gesichtszügen, kräftigem Kinn und stierem Blick aus wasserblauen Augen. Wolfi kam aus Schlehdorf am Kochelsee, sein Vater war ebenfalls Fernsehtechniker. Er beherrschte das Handwerk bereits, wie er mir zu verstehen gab. »Die Lehre beim Sewald mach ich nur, damit ich den G'sellenbrief krieg und München kennenlern. Kann ned schaden, sagt mei Papa. Hier wohn i bei'm Cousin von meiner Mama. Er hockt allweil dahoam und muss Fernseher reparieren.«

Wolfi prahlte auch mit seinen Körperkräften.

»In meiner Klasse hab i alle z'sammghau'n. Wenn du mi anmoserst, hau i di um.«

Wolfi war erst vierzehn, doch körperlich ein Mann. Gemeinsam holten wir Brotzeit, wobei Wolfi Zigaretten rauchend den Weltmann gab. Wegen seiner Kraft schätzte ihn unser bürstenköpfiger Fahrer Schnepf als Gehilfen auf seinen Montagetouren.

»Wenn i mit'm Fredl unterwegs bin, hockt der die halbete Zeit in der Wirtschaft und sauft. Mir spendiert er nur eine halbe Bier, der Zipfl, damit i nix erzähl.«

In der Berufsschule am Gotzinger Platz hatte Wolfgang als ehemaliger Volksschüler Schwierigkeiten in den theoretischen Fächern. Er war schlau genug zu begreifen, dass mein Wissen als Mittelschüler ihm helfen konnte. »Du losst mi abschreib'n, und i huif dir bei die Reparaturen.«

Rasch stellte sich heraus, dass es mit Wolfis fachlichen Kenntnissen nicht weit her war. Das Gleiche galt für die Weißkittel-Techniker, mit Ausnahme von Horst Kann. Der hatte ebenfalls die Mittelschule absolviert und interessierte sich für die Theorie der Rundfunk- und Fernsehtechnik. Die übrigen Techniker hatten sich lediglich einige Kniffe angeeignet. Aber keiner von ihnen war in der Lage, einem Fehler analytisch nachzugehen, wie Sewald es mit traumwandlerischer Sicherheit verstand und Horst es systematisch versuchte.

Die Theorie der Fernsehtechnik interessierte mich nur wenig, doch es bereitete mir Vergnügen, nach Feierabend mit dem Chef in der Werkstatt zu bleiben und ihn bei der Arbeit an defekten Geräten zu begleiten. Bei den komplexen neuen Farbfernsehern versagten alle naselang die Transistortechnik und die Printplatten.

»Die Reparatur von Color-TVs ist mein Wirtschaftswunderprogramm. Aber das sind bloß Kinderkrankheiten. In wenigen Jahren wird die integrierte Schaltkreis-Technik ausgereift sein. Dann wird das Zeug ewig halten, und wir Fernsehtechniker müssen uns nach neuen Geschäftsfeldern umsehen. Wir müssen mit der Zeit gehen wie alle.«

Sewald erzählte niemals etwas über sich. Doch er erkundigte sich gelegentlich danach, was mich beschäftigte.

»Ich würde gerne den Führerschein machen ...«

»Warum tust du's dann nicht?«

»Meine Mutter will es nicht.«

»Mütter haben halt Angst. Darum darfst du dich ned kümmern. Wennsd' den Führerschein hast, schick ich dich selbstständig auf Montage mit'm weißen Kittel. Und wenn's a bissl später wird, steck i dir an Zehner zu. Dann hast bald genug Geld, dir a gebrauchtes Auto zu kauf'n. Da kannst auch mal privat einen Fernseher hier reparieren. I hab nix dagegen. Machen ja eh alle. Aber wennsd' es unter meinem Firmenschirm tust, hab'n beide was davon. Du bringst die defekten Geräte her, kannst sie unter der Arbeitszeit reparieren. Wenn der Fehler dir zu kompliziert ist, mach ich das. Das zahlst du mir und schlagst was drauf – ihr Juden seid ja ned blöd.« Er lachte. »Und ich auch nicht. Die Ersatzteile kaufst du alle bei mir. Also Bub, mach schnell dein'n Führerschein.«

Auf dem Heimweg besorgte ich mir bei der Fahrschule Brandl in der Thierschstraße eine Informationsbroschüre. Die Stunde kostete dreißig Mark. Ich hatte knapp 300 Mark gespart. Das war nicht genug. Mit den achtzig Mark Lehrgeld, die ich im Monat verdiente, konnte ich mir nicht einmal drei Fahrstunden leisten. Aber nach dem ersten Lehrjahr würde ich genug gespart haben, um den Führerschein zu machen.

Als Ima den Fahrschulprospekt sah, beschimpfte sie mich, weil ich hinter ihrem Rücken versuchen würde, den Führerschein zu »erschleichen«. Das würde sie mir nicht erlauben.

»Du bist unreif. Du wirst so fahren, wie du radelst oder rollerst. Damit bringst du dich und andere in Lebensgefahr.«

Während ich mich am nächsten Schabbatmorgen zum Fahrkurs anmeldete, tauchte unversehens Vater in der Fahrschule auf. Emils Blick streifte mich kurz, als er sich an die Frau am Empfangstisch wendete.

»Pardon, ich möchte mich nur erkundigen, ob man für die Anmeldung zum Fahrkurs nicht die Einwilligung des Erziehungsberechtigten benötigt?«

Frau Brandl besah Emil, dann mich.

»Sie sind wohl der Vater von Herrn Seligmann?«

»Ja.«

»Zur Erlangung des Führerscheins ist die Zustimmung des Erziehungsberechtigten unnötig. Man muss lediglich 18 sein.« Sie lächelte ihn an. »Sie haben sich umsonst herbemüht, mein Herr.« Emil blickte mich hilflos an, als er sich verabschiedete. Ich schämte mich für Vater.

Nachdem ich die Geschäftsbedingungen der Fahrschule akzeptiert und sechzig Mark Kaution geleistet hatte, trat ich an die frische Luft. An der Ecke Liebherrstraße wartete Emil auf mich.

»Warum hast du dich so erniedrigt? Du hast mir doch immer zugeredet, selbstständig zu sein und meinen Weg zu gehen.«

»Aber Hannah hat Angst.«

Obgleich Peter bereits im zweiten Lehrjahr war, erlaubte ihm der Chef noch nicht, den weißen Kittel zu tragen. Da Wolfi offensichtlich kräftiger war als er, versuchte Peter, sich an mir schadlos zu halten. Während ich meine Käsesemmel verspeiste, rief er mich ans Spülbecken und wies mich an, einen Aknepickel auf seiner Wange auszudrücken.

»Das mach ich nicht.«

»Du quetschst das Wimmerl aus!«, schrie Peter. Die Lehrlinge sahen zu uns hinüber.

»Nein!«

»Ich bin im zweiten Lehrjahr. Du tust, was ich dir sag!«

»Ich greif nicht in deinen Dreck.«

»Doch!«

Als Peter meinen Arm packte, fixierte ich unwillkürlich den Eiterpickel. Meine Wut explodierte. Ich riss meinen Arm los und drosch ihn in seinen Leib. Ungläubig sah er mich an. Ich prügelte ungehemmt auf ihn ein, sodass Peter rückwärts in die Garderobe torkelte und zwischen den Kitteln landete. Unter dem Gelächter der Weißkittel umklammerte Fred Schnepf meine Arme.

»Lass eahm!«, herrschte mich der Fahrer an. »Er hot dir nix do.«

Frau Herget stürzte aus dem Büro in die Werkstatt.

»Herr Schnepf, weg von Herrn Seligmann, hier wird ned gerauft.« Schnepf folgte ihrer Anweisung. Es war ihm anzusehen, dass er gerne die Gelegenheit genutzt hätte, mir eine zu verpassen. Derweil krabbelte Peter unter den Kitteln der Garderobe hervor.

»Und Sie, Herr Bogner, waschen Ihr Gesicht und verlangen von niemandem, dass er Ihr Wimmerl ausdrückt. Das ist … unappetitlich.«

So war ich noch nie auf einen Menschen losgegangen. Fortan hielt sich Peter von mir fern. Der robustere Wolfgang dagegen witterte die Gelegenheit, mich zu einer Rauferei zu provozieren.

Immer wieder versetzte er mir einen Puff. Gelegentlich schalt er mich. Doch sein Repertoire bayerischer Schimpfwörter war zu bescheiden, um mich in Rage zu bringen.

Meine Aufmerksamkeit war weitgehend von meinen Fahrstunden absorbiert, wo ich unter dem Gezeter des Fahrlehrers das abgestimmte Spiel von Kupplung und Gas üben musste. Das fraß Zeit und damit mein Geld. Nach fünfzehn Fahrstunden waren meine Ersparnisse aufgebraucht. Mein Ansinnen, mich zur Fahrprüfung antreten zu lassen, wies der Verkehrspauker weit von sich.

»Seien Sie froh, wenn Sie's mit dreißig Einheiten schaffen.«

Das hieß, ich brauchte noch bis zu 500 Mark. Woher sollte ich das Geld nehmen? Der Chef, der mir erlaubte, Fahrstunden auch während der Arbeitszeit zu nehmen, würde mir möglicherweise einen Vorschuss gewähren. Aber ich hatte mir noch nie Geld geliehen und war zu schüchtern, ausgerechnet bei Herrn Sewald mit dem Schnorren zu beginnen.

Irgendetwas musste ich unternehmen, denn sonst würde ich den Fahrunterricht ergebnislos beenden müssen. Emil spürte meine Bedrücktheit. Als er mir morgens die Cornflakes ans Bett brachte, fehlte die Zeitung. Seine Morgennachricht sei die Frage, was mich umtreibe.

»Mein neugieriger Vater!«

»Sag mir, was mit dir los ist, dann hat deine Qual ein Ende.«

Sein Mitgefühl rührte mich. Früher hatte er nicht auf meine Stimmungen geachtet. Wenn ihm etwas missfiel, hatte er losgetobt. Jetzt verfiel er ins andere Extrem. Obgleich noch keine sechzig, war Vater alt geworden. Sein Blick war von einem Schatten der Resignation überzogen. Dem einst von früh bis abends Beschäftigten fehlte die Arbeit. Hannah vermittelte ihm nicht das Gefühl, gebraucht zu werden.

»Mir ist die Kohle für den Führerschein ausgegangen!«

»Wie viel brauchst du?«

»Vier- bis fünfhundert.«

»Ich besorge dir das Geld.« Das gab ihm Gelegenheit, seinen Auftritt in der Fahrschule wiedergutzumachen.

Als Emil mir am nächsten Morgen das Frühstück servierte, lag die »Süddeutsche« wieder auf dem Tablett. Während ich danach griff, mahnte er mich zur Vorsicht.

»Die heutige Beilage ist speziell für dich.«

Im Inneren lag ein Bündel Fünfzig-Mark-Noten. Ich schmatzte Vater einen Kuss auf die Glatze.

Nach zwei Dutzend Stunden verlangte ich, zur Prüfung zugelassen zu werden – trotz der Warnung des Fahrlehrers, ich würde wegen meiner Unkonzentriertheit durchfallen.

Ich bestand auf Anhieb. Jetzt fehlte mir nur noch ein Auto.

Hannah

Rafi würde mit einem Führerschein nur Unfug anrichten. Doch wie ich aus Ludwigs Bankauszügen ersah, hatte er hinter meinem Rücken dem Jungen Geld gegeben. Kaum hatte Rafi die Fahrprüfung bestanden, forderte er ein Auto. Ich verbot Ludwig kategorisch, Rafi ein Gefährt zu schenken. Als ich darauf hinwies, dass jährlich 20 000 Menschen auf Deutschlands Straßen starben und Unzählige lebenslange Schäden davontrugen, versprach er mir, dass er unserem Kind keinen Wagen spendieren würde. Auf sein Wort konnte ich mich verlassen. Leider aber auch auf die Hartnäckigkeit meines Sohnes. Er kümmerte sich nicht um Verkehrsstatistiken.

»Trotz Unfällen fahren alle Leute Autos!«

Rafi war weder mit Logik noch mit Strenge beizukommen. Und Ludwig sprach kein Machtwort. So zog sich der Streit hin. Ich war zermürbt und nervös.

Ausgerechnet da besuchte uns die Mutter von Rafaels ehemaligem Mitschüler Herschi. Während wir uns bei leise gestelltem

Fernseher unterhielten, wurde der Bildschirm schwarz. Sogleich machte sich Rafi daran, den TV-Apparat aufzuschrauben und daran herumzuhantieren. Ich wollte ungestört mit Frau Braun sprechen und bat ihn, uns alleine zu lassen. Doch er reparierte unverdrossen weiter. Da riss mir die Geduld.

»Lass uns endlich allein! Du bist sowieso unfähig, das Gerät zu richten.«

Daraufhin lief Rafi aus dem Zimmer.

»Das hätten Sie nicht sagen sollen, Frau Seligmann.«

»Er hat hier nichts zu suchen, wenn wir uns unterhalten.«

»Sicher, Frau Seligmann. Aber Sie haben Rafi vor mir bloßgestellt. Das tut mir weh und Ihrem Sohn bestimmt noch mehr.«

Rafael

Ima hatte mich angefleht, die Lehre als Fernsehtechniker zu machen. Doch kaum hatte ich begonnen, für den Beruf Interesse zu zeigen, hatte sie mir vor anderen Unfähigkeit bescheinigt. Darauf weigerte ich mich, in die Arbeit zu gehen. Mutter rief beflissen bei Sewald an, um mich wegen Angina zu entschuldigen. Auch die folgenden Tage ging ich nicht in die Firma, blieb jedoch nicht zu Hause. Bei einem Spaziergang fuhr Kann an mir vorbei. Kurz darauf rief Frau Herget bei uns an, worauf Mutter sogleich in die Firma eilte. Wieder zu Hause, drohte sie mir, ich würde wegen unerlaubten Fernbleibens fristlos gekündigt werden. Obwohl es mir wegen Herrn Sewald leidtat, zuckte ich nur die Achseln.

»Du machst dich zum Asozialen.«

»Da ich deiner Meinung nach nicht mal in dem Beruf, zu dem du mich gezwungen hast, etwas tauge, wird das unweigerlich geschehen.«

»Bloß weil ich dich gebeten habe, mich mit Frau Braun alleine zu lassen, spielst du den Beleidigten und wirfst deinen Beruf weg. Das ist kindisch. Ein so unreifer Junge darf nicht Auto fahren.«

Imas Begabung, die Tatsachen auf den Kopf zu stellen, brachte mich zur Weißglut. Da Emil uns schweigend zuhörte, zwang ich mich, mein Temperament zu zügeln, und mäßigte meinen Ton.

»Ich bin bei euch geblieben, statt nach Israel zu gehen, weil Vater krank war. Und ich mache diese Lehre, weil du es verlangt hast ...«

»Man wird dich rausschmeißen, weil du die Arbeit schwänzt.«

»... aber nur, wenn ich ein Auto bekomme. Denn ein Wagen wird mir in der Firma enorm helfen.«

»Warum?«

»Weil ich dann selbstständig auf Montage fahren und mehr verdienen kann.«

»Wer hat dir denn diesen Floh ins Ohr gesetzt?«

»Herr Sewald persönlich.«

»Was hat Sewald davon?«

»Einen Techniker mehr, den er zu den Kunden schicken kann und der ihm bei einer Fernsehreparatur mehr einbringt, als er mir im ganzen Monat zahlt.«

»Herr Sewald ist eben geschäftstüchtig.«

»Und traut mir – im Gegensatz zu dir – gute Arbeit zu.«

»Das tue ich auch.« Mutter verstand, dass es mir ernst war. »Gut. Ich werde dir ein Auto besorgen. Aber nur unter der Bedingung, dass du mir jetzt in die Hand versprichst, vorsichtig zu fahren.«

Für ein Auto hätte ich sogar zugesagt, täglich Schweinefleisch zu essen.

Emil berichtete mir freudig, er habe einen gebrauchten VW Jahrgang 1956 für mich erworben. Wir sollten um drei Uhr gemeinsam das Auto bei der MAHAG am Rosenheimer Berg abholen.

Ich platzte schier vor Stolz, als ich erstmals am Steuer mit Vater an meiner Seite ebenso vorsichtig wie bei der Fahrprüfung mein Auto heimwärts lenkte. Als ich von der Isar kommend auf die Thierschstraße zufuhr, trat Emil gegen das Autoblech. Er bremste instinktiv, als ich bereits den Fuß auf dem Pedal hatte. Bald darauf parkte ich meinen, ja, meinen Wagen gegenüber unserem Haus.

»Danke, Emil!«, rief ich ihm zu, während ich den Käfer verschloss.

»Bedanke dich bei deiner Mutter. Sie hat darauf bestanden, dir das Auto zu schenken. Ich weiß nicht, wie du es geschafft hast, sie zu überzeugen.«

An einem der folgenden Abende, als Schnepf bereits Feierabend machte, schickte mich Sewald erstmals alleine los.

»Das Wichtigste bei einem Kundenbesuch ist sicheres Auftreten. Du schaltest das defekte Gerät ein, schraubst die Rückwand ab und stellst sofort eine Diagnose. Entweder du weißt Bescheid oder du tust zumindest so. Kennst du den Fehler, meistens eine kaputte Röhre, tauschst du sie auf der Stelle aus. Sonst erzählst du irgendwas Gescheites. Niemals sagen: ›Das weiß ich nicht.‹ Sonst denkt der Kunde, du bist deiner Aufgabe ned gewachsen. Wenn du unsicher bist, nimmst'n Fernseher mit. Dann reparieren wir ihn in der Werkstatt.«

Der Chef händigte mir den Röhrenkoffer samt Lötpistole aus. Als ich den Raum verlassen wollte, hielt mich Herr Sewald zurück.

»Halt auf, Bub. I lass di doch ned mit'm grauen Mechaniker-kittel auf die Kunden los. Nimm dir an der Garderobe einen frisch gebügelten weißen Kittel. Jetzt bist du der Herr Fernseh-doktor.«

Ich hatte Glück. Ein waagerechter weißer Strich auf dem leeren Bildschirm bedeutete eine defekte Horizontalstabilisierungsröhre. Nachdem ich eine neue eingesetzt hatte, zog sich das Bild auseinander. Ich justierte es. Preis mit Anfahrt 38 Mark. Die erfreute Kundin gab mir zwei Mark Trinkgeld. Ich hatte meine Feuerprobe als Fernsehtechniker bestanden.

Am folgenden Morgen überreichte ich Frau Herget den Durchschlag der Quittung und das Geld. Als Sewald später erschien und von seiner Schwester informiert wurde, ließ er mich kommen.

»Siehst, Bub. Du kannst es.« Der Chef steckte mir einen Zehnmarkschein zu.

Sewald setzte mich fortan als vollwertigen Techniker ein, obwohl es mir Anfang des zweiten Lehrjahres noch an Fachkenntnis mangelte. Doch einiges wusste ich schon, und abends lernte ich täglich Neues vom Chef. Die systematische Fehleranalyse interessierte mich wenig, doch dank meines exakten Gedächtnisses merkte ich mir zunehmend Fehlersymptome, die ich auf gleiche Weise zu beheben suchte wie mein Lehrherr. Zudem verdiente ich erstmals gutes Geld.

Die meisten Kunden bemerkten erst, wenn sie ihren Apparat zur Tagesschau einschalten wollten, dass er defekt war. Riefen sie um diese Zeit in der Firma an, waren die Techniker längst im Feierabend. Außer dem Chef war nur noch ich da, und er schickte mich auf Montage. Für eine gelungene Instandsetzung gab es zehn Mark plus Trinkgeld. Allmählich kamen meine eigenen Kunden hinzu: Nachbarn und Juden, die erfahren hatten, dass ich Fernsehgeräte instand zu setzen vermochte. Die meisten Reparaturen konnte ich bei den Kunden erledigen, komplizierte Fälle schaffte ich in die Werkstatt, wo ich die Geräte mit der Hilfe des Chefs reparierte. Für die Ersatzteile, vor allem für Röhren, verlangte Sewald Bruttopreise. Ich erwarb sie bei ihm statt verbilligt im Fachhandel. Das imponierte Sewald.

»Außer dir und Kann stehlen alle wie die Raben. Sie lassen im Lager ein paar Röhren mitgehen und glauben, der Meister wird's ned merken. Die kommen nicht auf die Idee, dass ich die Teile markiere. Die Gloiffis, die Narren.«

Ich war mehrmals Zeuge, dass der Chef die Überführten vor versammelter Mannschaft Diebe nannte. Zudem mussten sie samstags Sonderarbeit leisten. Wenn Sewald zur Strafpredigt anhob, verließ ich die Werkstatt. Als wir abends alleine waren, wies er mich zurecht.

»Du darfst mit den Dieben kein Mitleid haben, Bub. Gauner müssen eine harte Hand spüren. So kommen wenigstens die Gescheiten zur Vernunft. Sonst werden auch sie Lumpen.«

Die religiöse Jugendgruppe »Sinai« tagte im Hinterzimmer der Synagoge in der Schwabinger Georgenstraße. Gemeindekantor Abraham Hochwald hatte den Verein ins Leben gerufen. Etwa zwanzig Jungen und Mädchen in meinem Alter versammelten sich jeden Donnerstagabend, um zu singen und über die Bedeutung des Judentums in der Gegenwart sowie über den Staat Israel zu diskutieren.

Die Gebete und Gesänge Hochwalds interessierten mich nur wenig. Ich kam wegen der jungen Frauen. Seit der sechsten Klasse hatte ich nicht mehr mit gleichaltrigen Mädchen zu tun gehabt. Ich war immer noch in Evi verliebt, doch ich wusste nicht einmal, wie sie jetzt aussah.

Im jüdischen Club traf ich leibhaftige Mädchen. Nach den Zusammenkünften schlenderten wir durch den lauen Frühsommerabend zur Leopoldstraße, wo wir uns in einem Straßencafé niederließen. Herschi gab den Weltmann und bestellte für sich und seine walkürenhafte Freundin Betti einen Gin Fizz. Ich wollte nicht nachstehen und orderte für meine Nachbarin Gila und mich Whisky on the rocks.

Die Mädchen nippten lediglich an ihren Drinks, während ich den Schnaps in zwei Schlucken hinunterschüttete. Der Alkohol löste meine Stimmung. Später genoss ich es, die beiden

Mädchen mit meinem Wagen in Sendling und in Schwabing abzusetzen. Ich hatte mich noch nicht entschieden, bei welcher von beiden ich mein Glück versuchen wollte. Die Sinai-Burschen waren Langweiler. Sie hielten Referate über religiöse Themen und die moralische Überlegenheit des Zionismus. Derweil erbaute ich mich an den Beinen der Mädchen. Wozu brauchte man Zionismus, wenn die Frauen hier saßen? Ihre Mienen verrieten, dass auch sie von den Vorträgen der Jungs angeödet waren. Wenn ich mich nur trauen würde, sie aus der langweiligen Judenschul' zum Tanzen zu entführen! Das Auto benutzte ich auch zur Fahrt in die Berufsschule an der Gotzinger Straße. Wir wurden in Fachrechnen, Fachphysik, Rundfunk- und Fernmeldetechnik sowie in anderen Disziplinen unterrichtet. Ein Fach interessierte mich weniger als das andere. Der Unterricht ging vom Volksschulniveau aus, sodass ich nichts Neues erfuhr. Die einzige Abwechslung waren die fortwährenden Püffe und Stöße meines Mitlehrlings Wolfi. Seine Pöbeleien hörten jedoch schlagartig auf, sobald eine Prüfung angekündigt wurde, bei der er darauf angewiesen war, von mir abzuschreiben.

Ich bemühte mich, jeden Mittwoch die Langeweile des Berufsschultags zu überstehen. Von acht bis eins waren es fünf Stunden. Um die 300 Minuten abzusitzen, kam ich – von einem Knastfilm angeregt – auf die Idee, jeden Schulmorgen in einem Heft dreihundert Striche aufzumalen, die ich nach dem Vergehen der Frist jeweils abhakte. Wolfgang spähte auf mein Heft.

»Was malst du denn da für 'nen Schmarrn, Rafi?«

»Das ist meine Schuluhr. Jede Minute wird abgestrichen. So lange, bis meine Zeit um ist.«

Bei meiner Erklärung wurde mir bewusst, dass ich meine vergeudete Lebenszeit abhakte. Verschwendet mit einer Rundfunktheorie, die mich nicht im Geringsten interessierte.

Was für die dröge Gotzi-Schule galt, traf weitgehend für meine gesamte Lehre zu. Der Chef war ein herausragender Elektronikfachmann. Ich nicht. So vertat ich mein Leben in Werkstatt und Schule.

Statt hier TV-Kisten zu bearbeiten, wollte ich endlich nach Israel gehen. Dort würde ich mich nützlich machen. Zunächst beim Militär. Ich hoffte, die guten Noten in der Berufsschule würden mir bei der Aliya helfen. Also kopierte ich mein Zeugnis und sandte es an die Botschaft des Staates Israel in Bonn, Simrockallee. In meinem Begleitbrief machte ich den Militärattaché darauf aufmerksam, dass die israelische Armee offenbar übersehen hatte, mich einzuberufen, obgleich ich bereits neunzehn Jahre alt sei. Ich wolle meinem Land dienen wie jeder pflichtbewusste Israeli.

Hannah

Rafi hatte das unverdiente Glück, vom israelischen Militär vergessen worden zu sein. Statt sich darüber zu freuen, zeigte sich der Trottel selbst an, worauf man ihm einen Flugschein nach Tel Aviv schickte.

Zuvor sollte er sich bei einem Arzt seines Vertrauens seine Wehrtauglichkeit bescheinigen lassen. Das war meine einzige Chance. Ich eilte zu Dr. Kohlschmidt in die Mariannenstraße. Er ließ keinen Zweifel daran, dass er ein Gegner des Militarismus war. Deshalb berichtete ich dem Arzt ungeschminkt von Rafis Eselei, mit der er nicht nur seine Eltern im Stich ließ, sondern auch das eigene Leben gefährdete.

»Sie müssen mir nicht sagen, was Militär bedeutet, Frau Seligmann«, rief der schmächtige Doktor. Auf seiner Stirn bildete sich eine steile Falte. »Ich war vier Jahre Soldat in Russland. Soldaten sind Mörder. Alle! Egal ob Wehrmacht, Waffen-SS, Rote Armee, GIs. Verbrecher allesamt. Das wird bei Ihnen in

Israel nicht anders sein!« Die Worte sprudelten aus ihm heraus. Er machte keinen Unterschied zwischen der SS, die meine Geschwister vergast hatte, und dem israelischen Militär, das mich und mein Kind 1948 in Israel vor den Arabern gerettet hatte. Aber jetzt war nicht die Zeit, dem Ignoranten seine Selbstgerechtigkeit ins Gesicht zu schreien und ihm die Augen für seine Niederträchtigkeit auszukratzen. Rafis Leben stand auf dem Spiel, und Kohlschmidt war aus vollem Herzen bereit, mein Anliegen zu unterstützen.

Rafael

Mutter hatte mir einen Untersuchungstermin bei Dr. Kohlschmidt besorgt. Offenbar hatte sie eingesehen, dass es sinnlos war, sich der israelischen Armee zu widersetzen.

Ich war total aufgeregt. Schon kommende Woche würde ich mich von Herrn Sewald verabschieden, Ima und Emil ade sagen und nach Israel düsen. Bei der Army würden sie mich in Topform bringen. Dann würde ich erstmals im Leben etwas Sinnvolles anstellen.

Kohlschmidt war ein glatzköpfiger Wicht mit besorgtem Arztblick. Er sah mir in den Hals, hörte meinen Brustraum ab, maß mir den Blutdruck, ließ mich pinkeln und zapfte mir Blut ab. Alles war bei mir okay. Als ich mein Hemd wieder anzog, ließ er mich Platz nehmen.

»Herr Seligmann, ich habe Sie quasi im Auftrag der israelischen Armee gemustert. Ihre Mutter hat mir berichtet, dass Sie sich freiwillig zum Militär gemeldet haben. Wissen Sie, worauf Sie sich da einlassen?«

»Ich habe mich freiwillig zum israelischen Militär gemeldet, weil ich mithelfen will, das Leben der Menschen dort zu schützen.«

»Jedes Militär behauptet, Land und Menschen zu schützen. Das ist nur ein Alibi zum Töten.«

»Das stimmt nicht. Israels Armee verteidigt nur den eigenen Staat, während die deutsche Wehrmacht fremde Länder erobert und die SS systematisch Menschen umgebracht hat.«

»Israel ist 1956 gemeinsam mit England und Frankreich in Ägypten eingefallen.« Kohlschmidts Erregung amüsierte mich.

»Sie wollen doch nicht im Ernst den dreitägigen Sinaifeldzug mit dem Zweiten Weltkrieg mit 50 Millionen Toten und mit dem Abschlachten von Millionen Juden vergleichen, Herr Doktor?«

»Mord bleibt Mord!«

»Wenn wehrlose Frauen und Kinder umgebracht werden, ist das Mord. Wenn man sich verteidigt, ist es Notwehr.«

»Das sind nur Spitzfindigkeiten, um Soldaten zum Mord aufzustacheln.«

»Nein! Wenn die Juden sich 1941 hätten wehren können, wären viele noch am Leben.«

In Kohlschmidts Augen spiegelte sich unbändiger Zorn.

»Es gibt einen entscheidenden Unterschied zwischen uns, Herr Seligmann. Sie quasseln nach, was man Ihnen erzählt. Ich habe vier Jahre lang erlebt, wie man unentwegt gemordet hat. Auf Wiedersehen!«

Zwei Wochen später händigte mir Hannah einen Brief der Israelischen Armee aus. Das Wehrersatzamt dankte für meine freiwillige Meldung. Da die ärztliche Untersuchung ergeben habe, dass ich dienstuntauglich sei, wies man mich an, mein Flugticket zurückzusenden.

Ich war wie vor den Kopf geschlagen. Endlich hatte ich mich dazu durchgerungen, ein nützliches Leben zu führen und mich von Mutters und Deutschlands Fuchtel zu befreien. Da war mein zionistischer Traum wie eine Seifenblase zerplatzt.

Die Untersuchung bei Dr. Kohlschmidt war ohne Auffälligkeiten verlaufen. Wieso war ich nicht tauglich? Mutter hatte mich wohl nicht umsonst zu einem verbohrten Pazifisten geschickt. Ein Nazimilitarist hätte mich tauglich erklärt.

Hatte der Arzt aus eigener Initiative gehandelt? Ima beteuerte, dass sie nichts von der Diagnose Kohlschmidts wisse. Doch ich war sicher, dass sie dahintersteckte.

Was konnte ich tun? Mich auf gut Glück nach Israel durchschlagen und mich dort erneut mustern lassen? Mutter würde Emil das Leben zur Hölle machen. Mir blieb nichts anderes übrig, als auf meine Volljährigkeit zu warten. Ich war bereits knapp zwanzig, musste also noch ein Jahr ausharren. Bis dahin waren es unzählige sinnlos verstrichene Minuten. Aber das Jahr würde vergehen.

Mitte Mai 1967 hatte Ägyptens Präsident Gamal Abdel Nasser einen Vernichtungskrieg gegen Israel angekündigt und seine Armeen an die Grenze zum jüdischen Staat verlegt. Die Juden in München und weltweit waren entsetzt. Israel war in Panik. Moshe Dajan, der einäugige ehemalige Kriegsheld, wurde zum Verteidigungsminister ernannt. Der General machte den Menschen Mut. Jeden Moment rechnete man in Zion und in der Diaspora mit Giftgas- und Bombenangriffen auf die Bevölkerungszentren. Die Bundesrepublik lieferte Gasmasken nach Israel. Das Volk der Gasmörder versuchte, die Nachkommen seiner Opfer zu schützen.

Ima war in heller Aufregung. Sie wähnte ihre Verwandten in Israel als nächste Opfer der Antisemiten. Vater dagegen ließ sich nicht von der allgemeinen Panik anstecken.

»Gott wird seinem Volk beistehen«, gab er sich überzeugt. Mutter schalt ihn einen naiven Jecke. Auch in der Gemeinde stand Emil mit seinem Optimismus alleine da. Inzwischen hatten sich auch Syrien und Jordanien der antiisraelischen Kriegsallianz angeschlossen.

Vaters Zuversicht hatte einen logischen Grund: »Diesmal wird der Ewige uns beistehen, weil sich die Israelis eine tüchtige Armee geschaffen haben. Ich habe selbst einige Jahre in der

Zahal Reservedienst geleistet, die Soldaten verstehen ihr Handwerk. Nasser ist kein Hitler, sondern ein Schwätzer wie Mussolini.«

Vaters Gelassenheit minderte meine Angst. Am 5. Juni fuhr ich in die Firma. Doch in den Neun-Uhr-Nachrichten gab der Bayerische Rundfunk bekannt, ägyptische und syrische Armeeverbände hätten eine konzentrische Offensive gegen Israel gestartet. Syrische Bomber griffen Haifa an. Die Raffinerie und der Hafen würden brennen.

»Jetzt werden die Juden endlich ausgerottet«, bemerkte Horst Kann. Er sprach unaufgeregt, als ginge es darum, ein Netzteil auszuwechseln. Mir fehlte die Kraft, mich auf ihn zu stürzen. So mochte es den Juden ergangen sein, die sich widerstandslos ihren Nazimördern ergaben. Ich war nicht stärker.

Tränen schossen mir in die Augen. Ich lief aus der Werkstatt und rannte die Zweibrückenstraße am Patentamt entlang zur Isar. Am Fluss verkroch ich mich ins Gebüsch. Weinte, bis keine Tränen mehr kamen.

So durfte ich nicht weiterleben! Wäre es mir gelungen, zur israelischen Armee zu gelangen, hätte ich mich gemeinsam mit den anderen Soldaten mit der Waffe in der Hand gegen die Antisemiten gewehrt. Sie niedergekämpft. Hier dagegen flennte ich wie ein Kind.

Ich schwor mir, nie wieder zu weinen – das löste eine Blockade aus, die mich mein Lebtag begleiten sollte.

In Zukunft würde ich jeden, der mich und mein Volk kränkte oder angriff, schlagen. Einerlei, wer es war. Ich trocknete meine Augen.

In der Firma war der Chef offenbar von seiner Schwester über den Vorfall unterrichtet worden. Als Sewald mich sah, nahm er meinen Arm und führte mich zu Horst.

»Jetzt langt's aber, ihr Streithammeln!«

»Aber Rafi, damit hab ich doch ned dich gemeint. Des weißt du. Di mag ich«, ergänzte Horst.

»Siehst du, Bub«, bestätigte der Chef. »Jetzt gebt's euch die Hand und macht's n' Frieden.« Horst streckte mir seine Rechte entgegen. Ich drehte mich weg.

»Ich wollt, dass alles guad wird. Aber die san unversöhnlich.«

Binnen sechs Tagen wandelte sich die vermeintliche Vernichtung des jüdischen Staates in einen grandiosen militärischen Triumph. Wie Vater gewusst hatte, erwies sich die israelische Armee als unerwartet tüchtig. Die Streitkräfte Ägyptens, Syriens und Jordaniens wurden von Zions Soldaten rasch mit »der Schärfe des Schwertes« geschlagen. Israels Heere eroberten den Sinai, die Golanhöhen und das Westjordanland, die biblische Heimat der Juden, einschließlich Jerusalems. Erstmals seit zwei Jahrtausenden standen die Stadt Davids und die Überreste des Herodes-Tempels wieder unter jüdischer Herrschaft. General Dajan zeigte sich im Stahlhelm inmitten seiner lachenden Grenadiere an der Klagemauer.

Wäre es mir gelungen, ins israelische Militär einzurücken, wäre auch ich ein gefeierter Kämpfer ... oder – unwillentlich kamen mir die Worte Dr. Kohlschmidts in den Sinn – ein gefallener Soldat. Aber selbst als Sieger hätte ich auch Menschen töten müssen. Ich schob die hässliche Vorstellung beiseite und feierte mit meinen Sinai-Freunden und der Zionistischen Jugend im jüdischen Kulturzentrum in der Möhlstraße den Sieg. Dabei wurde in einem fort das Lied »Jerusalem aus Gold« der israelischen Sängerin Naomi Shemer geträllert. In »Bild«, im »Spiegel« und fast überall in Deutschland wurde der Sieg Davids gegen den arabischen Goliath gefeiert. Man bejubelte General Dajan in Anlehnung an Feldmarschall Rommel als »Wüstenfuchs«.

Ich bekräftigte meinen Vorsatz, hart und mutig zu sein – obgleich ich im tiefsten Innern Mitleid mit den besiegten Menschen spürte.

Nach der letzten Prüfung, die er dank seines Abschreibens bei mir mit einer Drei überstanden hatte, legte Wolfi seine Rücksichtnahme ab und hob wieder an, mich wie ehedem mit Püffen und Boxhieben während des Unterrichts zu triezen.

»Lass das!«, zischte ich.

Meine Wut ließ ihn grinsen.

»Guad!« Er zog seine kräftige Faust, die auf dem Tisch geruht hatte, zurück. In meine Erleichterung hinein drosch Wolfis Linke mit aller Kraft gegen meinen rechten Unterarm. Der Schmerz löste einen Reflex aus, der meinen rechten Handrücken in Wolfgangs Gesicht jagte. Er riss die Hände schützend vor seinen Kopf. Die Verteidigungshaltung befeuerte meine Rage. Augenblicklich ließ ich meine offene linke Hand auf seine Wange klatschen.

Während die Mitschüler jauchzten und schrien, sprang ich auf, mein Stuhl kippte krachend um. Unentwegt prügelte ich an seinen hochgestreckten Händen vorbei in die Visage meines Quälgeistes.

Nach einer Weile vernahm ich das Schreien unseres Lehrers Rolletschek.

»Genug! Genug! Auseinander! Es reicht!« Schließlich ließ ich von Wolfgang ab. Der blieb benommen sitzen und senkte die Hände, während der aufgebrachte Lehrer mich aufforderte, meine Mappe zu nehmen und ihm in die letzte Reihe zu folgen, wo er mir eine freie Bank zuwies. Mit Pinguinschritten watschelte der kleine Mann anschließend zum Katheder.

»Seligmann und Fuhrmann! Ich unterrichte Rundfunktechnik – nicht Kurzschluss! Drum habe ich euch getrennt. Wenn ihr es trotzdem weiterfunken lasst, sehe ich mich gezwungen, euch

ganz aus dem Apparat zu entfernen.« Gelächter. Rolletschek
nutzte die Pause, um wieder an die Tafel zu treten und an einer
Skizze die Funktionsweise einer Kathodenröhre zu erläutern.
Mich durchströmte ein Gefühl der Wärme. Zuhauen war
einfacher, als andauernd zu grübeln.
In der Pause traten einige Burschen zu mir.
»Guad eing'schenkt hast es dem depperten Bauern.«
Andere umringten den Verprügelten.
»Was machst nacha mit eahm, Wolfi?«
Der schob sein Kinn vor.
»Nach der Schui derschlag i eahm!«
Die Wärme wich aus meinen Gliedern.

Um ein Uhr ging ich gewollt ruhig davon. Wolfgang holte
mich an meinem Auto ein. Er stellte sich vor das Fahrzeug,
maß mich. Der Bursche war breit und kräftig. Wenn er auf
einen Kampf aus war, hatte ich keine Chance.
Wolfgang wartete darauf, dass ich Angst zeigte. Das durfte ich
nicht. Er beobachtete aufmerksam, wie ich den Autoschlüssel
zückte.
»Nimmst mi mit, Rafe?«
»Steig ein.«
Schweigend fuhren wir los. Schließlich sprach Wolfi, ohne
mich anzusehen.
»Mir miss'n ned allweil rauf'n.«

Unser Klassentreffen Anfang Mai sollte mir Gelegenheit geben,
Evi wiederzusehen. Wir kamen im Katholischen Jugendzentrum
der St. Maximilianskirche im Glockenbachviertel zusammen.
Ein Dutzend Mitschüler hatten mittlerweile die Reifeprüfung
abgelegt, darunter Abi und Herschi. Abiturienten wie Helga
Dolesch und Gabi Reu unterhielten sich angeregt über Vorlesungen, Klausuren, Seminare, Übungen. Die Volksschüler

hatten sich an einem Schanktisch versammelt. Hans und ich waren die einzigen Mittelschüler. Wir hatten uns nichts zu sagen. Ich wusste nicht, welcher Gruppe ich mich anschließen sollte. Das änderte sich, als Evi Nigl erschien. Zu ihrer Schönheit war Anmut gekommen. Daneben wirkten die anderen jungen Frauen wie Gänseblümchen.

Als Evi mich erspähte, steuerte sie sogleich auf mich zu und hielt mir die Wange zum Kuss hin. Erstmals spürte ich ihre zarte Haut. Evi war zu einer selbstbewussten Frau gereift, die mich sicheren Schrittes an einen leeren Tisch führte und sich neben mich setzte.

»Dich habe ich sehen mögen, Rafael«, sprach sie mit runder Stimme. »Du musst mir erzählen, wie es dir ergangen ist, seit wir uns aus den Augen verloren haben.« Ich brachte lediglich hervor, sie solle mir über sich berichten.

»Ich habe gerade am St.-Anna-Gymnasium mein Abi gebaut. Jetzt muss ich entscheiden, was ich studiere. Ich bin überall gut.« Im Hintergrund erklang Beatmusik. Als der Diskjockey »Nights in White Satin« auflegte, bugsierte Evi mich zur Tanzfläche. Wir nahmen uns in den Arm. Ich fühlte, dass sie darauf wartete, von mir geküsst zu werden. Allein mir fehlte der Mut, ich begnügte mich, ihren straffen Körper unter dem dünnen Stoff zu spüren.

Als der Song verklungen war und wir wieder an unserem Platz anlangten, fragte Evi: »Und was machst du?«

»Ich lerne Fernsehtechniker.«

»Was wirst du nach dem Praktikum tun?«

»Es ist kein Praktikum, Evi. Ich mache eine Lehre.«

»Des darf ned sein, Rafael! Du warst gescheit, hattest tolle g'spinnerte Ideen ... und jetzt bist du nur ein Radiomechaniker?«

Ihr mitleidiger Blick zerschnitt mir das Herz. Ich war unfähig, wegzulaufen. Endlich schleppte ich mich zum Ausschank, wo ich einen Obstler herunterkippte. Evi hatte ausgesprochen, was ich aus meinem Bewusstsein verdrängen und wovor ich nach Israel fliehen wollte. Ich war »nur ein Radiomechaniker«. Selbst wenn es mir nach meiner Volljährigkeit gelingen sollte, nach Israel zu kommen, stände ich ohne Abitur da. Ein Studium wäre mir dort ebenso wie in Deutschland unmöglich. Ich war ein Versager – und hasste die Fernsehrichterei. Evi wurde von anderen zum Tanzen aufgefordert. Sie konnte mit einem Mechaniker nichts anfangen. Ich trank einen Scotch. Um mich herum wurde geschwatzt, gelacht, getanzt. Jemand schlug mir auf die Schulter. Helmut Ettenhuber! Der Junge aus dem Zeitungsladen uns gegenüber hatte sich einen Bart stehen lassen. Seine steten dunkelblauen Augen lachten wie ehedem.

»Rafael, was machst du?«

»Scheiße.«

»Verstehe. Falscher Beruf.«

Ich schloss die Augen, hätte sie am liebsten zugelassen. Doch ich musste sie wieder öffnen. Helmut hatte unterdessen vor sich einen Block ausgebreitet, auf den er mit einem Füller mein Profil skizzierte.

»Wozu?«

»Ich hab dich immer mög'n, Rafi. Jetzt hast du was Trauriges dazugewonnen. Das muss ich festhalten.« Während er mit mir sprach, warf er seine Striche aufs Papier. Dann hielt er inne. Seine Augen lachten wieder. »Du wirst ned traurig bleiben, Rafi. Du hast wie ich kein trauriges Naturell.«

»Keine Psychologie, bitte!«

»Schmarrn!« Helmut fuchtelte mit dem Füller.

»Mach's wie ich, wechsle deinen Beruf. Dann geht's dir wieder gut.« Er verpasste meinem Konterfei herabgekräuselte Mundwinkel.

»Was treibst du, Helmut?«

»Nach der Schule hab ich im Büro malocht. Das war nix für mich. Ich brauch die Gesellschaft von Menschen. Jetzt bin ich am Münchenkolleg und hole das Abi nach.«

Das war's! Ich ließ mir von Helmut alles genau erklären. Das Kolleg führte Leute mit Mittlerer Reife in zweieinhalb Jahren zum Abitur.

»Mach's auch, Rafi. Du kannst es. Danach steht dir die Welt offen.«

Während ich entlang der Isar heimging, wurde mein Kopf an der frischen Luft klar. Seit meinem Gespräch mit Helmut, dessen Skizze von mir ich in meiner Westentasche trug, wusste ich, dass ich das Abi am Münchenkolleg bauen würde.

Hannah

Wenn Rafi sich etwas in den Kopf gesetzt hatte, war er nicht davon abzubringen. Seit seinem Klassentreffen war er besessen von der Idee, das Abitur nachzuholen. Obgleich er bereits knapp 21 Jahre alt war und seine Berufsausbildung fast beendet hatte.

Wozu brauchte er ein Reifezeugnis? Für vernünftige Argumente waren weder Ludwig noch sein Sohn je zugänglich gewesen. Rafael wollte hoch hinaus. Nach der Mittelschule nun das Abitur. Darunter machte er es nicht. Um die Details kümmerte sich Rafi nicht. Doch gerade darauf kommt es im Leben an.

So fuhr ich nach Harlaching zum Münchenkolleg. Fräulein Brandl, die Sekretärin des Direktors, war eine zuvorkommende Dame, die sich die Zeit nahm, mir die Einzelheiten zu erläutern. Am Münchenkolleg bereiteten sich junge Menschen mit Berufsabschluss im regulären Schulbetrieb auf die Reifeprüfung vor. Die Aufnahmeprüfung fand jährlich Ende Oktober statt. Um diese strenge Auslese zu bestehen, war es unbedingt ratsam, einen einjährigen Vorbereitungskurs an der Volkshochschule zu besuchen.

Als ich Rafi berichtete, dass die Aufnahmeprüfung schon Ende Oktober stattfände, der entsprechende Vorbereitungskurs an der Volkshochschule aber bereits seit vergangenem Herbst laufe, meinte er: »Das passt. Bis dahin beende ich meine Lehre, mache die Gesellenprüfung. Danach gehe ich ein halbes Jahr nach London, um Englisch zu lernen, und im Herbst nächsten Jahres mache ich die Aufnahmeprüfung zum Kolleg.«

»Damit vertändelst du noch ein Jahr, wie in der Mittelschule, als du sitzen geblieben bist. Das kommt nicht infrage. Ich bin gegen diese unnötige Abitur-Manie. Aber wenn du wegen deiner Eitelkeit meinst, du musst dieses Reifezeugnis haben, dann sofort. Entweder du gehst jetzt auf das Kolleg oder gar nicht.«

»Du sagst, dass der Vorbereitungskurs bereits mehr als ein halbes Jahr läuft. Wie soll ich mich da in wenigen Wochen auf die Aufnahmeprüfung vorbereiten?«

»Indem du dich anstrengst! Erstmals in deinem Leben.«

»Aber ich muss bis Viertel nach fünf bei Sewald malochen und danach zur Montage …«

»Wenn du große Ziele hast, dann musst du etwas leisten. Sonst bist du nur ein Maulheld.«

Weiterbildung

Rafael

Ima hatte recht. Ich musste das Abi sofort angehen. Aber eine
Frist von wenigen Wochen zur Vorbereitung war verdammt
knapp. Der Chef war von meiner Entscheidung enttäuscht.
»Wozu, Bub? Du hast das Zeug zu einem guten Fernsehtech-
niker.«
Doch wir wussten beide, dass mir sein außergewöhnliches
Talent für diesen Beruf abging. Sewald war überzeugt, dass
ich dies durch meinen »jüdischen Geschäftssinn« wettmachen
würde.
Doch der Chef war ein Ehrenmann.
»Wenn du glaubst, dass du das Abitur machen musst, dann tu's.«
In der Mittagspause des folgenden Tages meldete ich mich
für die letzten sechs Wochen des Vorbereitungskurses zum
Münchenkolleg an. Ich hatte ein wenig Angst, aber Helmut
Ettenhuber erzählte mir bei einem Bier im Atzinger in der
Schellingstraße, dass sich die Anforderungen für die Aufnahme-
prüfung in Grenzen hielten.
»In Englisch genügt es, wenn du die ›International Herald
Tribune‹ lesen kannst.«
Auf dem Rückweg besorgte ich mir am Hauptbahnhof die
Zeitung. Sodann musste ich feststellen, dass ich nicht einmal
die Schlagzeilen vollständig verstand. Zu Hause kramte ich
mein altes Vokabelheft aus meinen Unterlagen und erweiterte
es um neue Begriffe, die ich aus meinem abgewetzten Langen-
scheidt-Wörterbuch fischte. Dabei wurde mir deutlich, dass ich
Anleitung zum Lernen benötigte.

Am Montag, den 2. September 1968, verließ ich pünktlich um Viertel nach fünf die Firma. In der Adelgundenstraße machte ich mich frisch, nahm mir einen Block plus mein Vokabelheft und schnappte mir im Weggehen eine Banane, die ich während der Fahrt hinunterschlang.

Ich parkte meinen VW auf der weiten gepflasterten Fläche des Königsplatzes, der den Nazis als Aufmarschgelände gedient hatte, und eilte zum Luisengymnasium, wo der Vorbereitungskurs der Volkshochschule stattfand. Im zweiten Stockwerk warteten vor dem Raum etwa zwei Dutzend Frauen und Männer meines Alters. Kurz vor sechs Uhr erschien dynamischen Schrittes ein weißhaariger Mann in einem gut geschnittenen dunklen Anzug mit gedeckter Krawatte. Im Klassenzimmer stellte er sich als Dr. Franz Wagner vor.

»Ich war ein kleiner Häuslerbub aus Niederbayern mit sieben Klassen Volksschule. Doch mit Willenskraft und Konzentration ist es mir gelungen, die Reifeprüfung extern abzulegen, Jurisprudenz zu studieren und zum Doktor der Rechte promoviert zu werden. Ein ähnlicher Weg steht Ihnen offen. Sie alle haben den Marschallstab der Bildung im Tornister. Sie können Rechtsanwälte, Ärzte, Ingenieure werden. Dazu bedarf es lediglich Ihrer Anstrengung. Um Sie dabei zu unterstützen, halte ich diesen Kurs ab. Sie sollen hier die Voraussetzungen für einen Beruf erlangen, der Ihren geistigen Fähigkeiten entspricht. Das ist nur mit der Reifeprüfung möglich. Ich werde Ihnen dabei mit aller Kraft helfen.«

Wagner war ein Lehrer wie Benedikt Hirschbold. Sein Unterricht war lebendig und eindringlich. Dr. Wagner war kein Germanist, doch er besaß ein Gefühl für Menschen und ihre Sprache. Der Kursleiter lehrte mich, dass es nicht auf ein spezielles Fachgebiet ankam, sondern auf Denkfähigkeit und Energie. Wichtig sei, das eigene Anliegen nicht zu vergessen. Das gelte insbesondere für den Deutschunterricht.

»Sie müssen den Besinnungsaufsatz beherrschen. Er ist das Herzstück Ihrer Aufnahmeprüfung am Münchenkolleg und später des Abiturs. These-Antithese-Synthese lautet die Germanistenlitanei. Wie Sie diesen Rahmen ausgestalten, bleibt aber Ihnen überlassen. Eingangs müssen Sie sauber das Für und das Wider einer Angelegenheit erläutern. Nicht lang und breit, sondern kurz und sachlich, um dann Ihren Standpunkt deutlich zu begründen.«

Dr. Wagner forderte Widerspruch heraus, denn dieser zeige, dass sich der Argumentierende Gedanken mache. Der Jurist förderte unsere Diskussion, an der er sich mit dem ihm eigenen Temperament beteiligte. Stets war zu spüren, dass Dr. Wagner uns fördern wollte. Diese Einstellung wurde von den übrigen Dozenten unseres Kurses und später auch von den Lehrern des Münchenkollegs geteilt. Einerlei, welchen Charakter die Unterrichtenden besaßen oder welches Fach sie vertraten – alle bemühten sich nach Kräften, uns weiterzuhelfen.

Im Englischkurs bestätigte sich, was ich seit der Lektüre der »Tribune« wusste: Meine Sprachkenntnisse waren ungenügend. Sie würden nicht ausreichen, die Aufnahmeprüfung zu bestehen. Am Ende der ersten Woche fragte ich Frau Marker verzagt, ob sie kein Mittel wüsste, meinen Standard zu heben. Da kam Leben in die blassblauen Augen der unscheinbaren Lehrerin.

»Die meisten hier haben Ihnen ein Dreivierteljahr Englischunterricht bei mir voraus. Ihnen bleiben nur noch sechs Wochen Vorbereitungszeit. Doch das ist kein Grund zu resignieren, Herr Seligmann. Im Klett-Verlag ist ein Büchlein des englischen Grundwortschatzes erschienen. Es enthält fünftausend Vokabeln, die 95 Prozent des bis zum Abitur verwendeten Wortschatzes ausmachen. Nach der Mittelschule dürften Sie davon mehr als tausend Wörter mitbringen – bleiben also weniger als viertausend Vokabeln. Wenn Sie ein gutes Kurzzeitgedächtnis besitzen, können Sie bis zur Prüfung einen Teil davon behalten. Am besten, Sie lernen nach Sachgebieten.« Samstagvormittags besorgte ich mir bei Bücher-Kaiser am Rathaus den Band im blauen Plastikumschlag. Zu Hause begann ich sogleich mit dem Vokabelpauken. Ich war entschlossen, mir in den folgenden 26 Tagen die Wörter je eines Buchstabens einzuprägen. In vier Wochen wollte ich mit dem Grundwortschatz durch sein. Am Schabbat-Abend bat ich Emil, mich abzuhören. Ich hatte mir fast alle A-Vokabeln gemerkt. Am Sonntag folgte der Buchstabe B. Erst in den folgenden Tagen wurde ich mir der Härte meines Plans bewusst. Wochentags arbeitete ich bis 17.15 Uhr, danach besuchte ich an vier Abenden meinen Kursus. Erst wenn ich zwischen halb zehn und halb elf Uhr nach Hause kam, konnte ich mit dem Vokabelbüffeln beginnen. Daneben gab es noch Übungen in Mathe und Deutsch. Dank reichlichem Genuss von Tee gelang es mir, mein Lernpensum annähernd zu schaffen. Die Lücken füllte ich am Wochenende.

Durch das fortwährende Training verbesserte sich meine Lernleistung ständig. Emil war von meinen Fortschritten und meinem nicht nachlassenden Eifer angetan: »Dass du einen so festen Willen besitzt, ist mir neu. Respekt!«

Nach nur vier Wochen hatte ich mir den Grundwortschatz angeeignet. Fortan schrieb ich die Diktate fast fehlerfrei, die Übersetzungen fielen mir nun leicht. In Mathe brachte mich mein Spezi Helmut Hauner auf Vordermann.

»Von euch werden nur Gleichungen in allen Varianten verlangt, Rafael. Das Prinzip ist dabei immer dasselbe. Eine Seite ist gleich viel wert wie die andere. Darum heißen sie Gleichungen. In Geometrie ist es der gleiche Schmarrn. Jedes Dreieck hat in der Summe 180 Grad. Die Zahl kann sich jeder Depp merken. Sogar du.«

Die raue Lehrmethode des Freundes tat ihre Wirkung. Ich begriff die Prinzipien von Algebra und Geometrie. Mir fehlte lediglich die Zeit, Routine zu entwickeln. Denn an den Abenden und Wochenenden musste ich auch Englischvokabeln lernen und mir englische Texte diktieren lassen. Zudem versuchte ich, Artikel der »Tribune« zu übersetzen. Dabei fiel mir auf, dass der Klett-Grundwortschatz nicht ausreichte, die Beiträge vollständig zu verstehen. Ich tröstete mich mit dem Gedanken, dass die Prüfungsanforderungen zum Münchenkolleg einfacher sein würden als die Artikel der amerikanischen Zeitung aus Paris.

Im Deutschunterricht Dr. Wagners gingen wir alle Aufsatzthemen der Aufnahmeprüfungen der letzten Jahre durch. Aktuelle Themen wie der 68er-Aufstand in Frankreich oder der Vietnamkrieg wurden nicht berücksichtigt. Gefragt waren vielmehr Bekenntnisse zur Demokratie und zum Staat. »Freiheit und Recht als Grundlage von Wohlstand und Stabilität«, »Deutschlands Beitrag zum Frieden« … idealistische Allgemeinplätze, die eingängig zu begründen waren.

Der ständige Wechsel von Arbeit, Volkshochschulkurs, Tee und Üben versetzte mich in eine euphorische Stimmung. Ich war überzeugt, dass ich den Test bestehen würde.

Als Mutter von mir das Versprechen verlangte, die Lehre bei Sewald abzuschließen, wenn ich die Aufnahmeprüfung am Münchenkolleg nicht schaffen würde, entgegnete ich: »Ein Scheitern ist nicht vorgesehen.«

»Mit deiner Überheblichkeit bist du schon in der Mittelschule durchgefallen. Jetzt wird dir das Gleiche passieren.«

»Nein! Diesmal weiß ich, was ich will.«

Ich bestand die Aufnahmeprüfung am 15. Oktober 1968 glatt. Als ich zwei Wochen darauf das Ergebnis erfuhr und Herrn Sewald bat, mir drei Restmonate Lehrzeit zu erlassen, sprach er von einer vertragswidrigen Forderung. Ich war enttäuscht. Doch ich wusste, dass der Chef mich mochte. »Herr Sewald, meinem Vater ist vor vierzig Jahren ein ganzes Lehrjahr geschenkt worden. Das hat er seinem Chef nie vergessen.«

»Wenn dein Vater mir das bestätigt und mir versichert, dass er und deine Mutter damit einverstanden sind, dass du das Abitur nachholst, will ich dir keine Steine in den Weg legen. Aber ich weiß, dass du besser als Fernsehtechniker aufgehoben bist.« Als ich Emil von meiner bestandenen Prüfung berichtete, fühlte ich, dass er mich am liebsten umarmt hätte. Doch wir waren beide zu schüchtern.

Mein erster Schultag am Münchenkolleg war der 10. Januar 1969. An diesem Freitag lernte ich meine 21 Mitschüler und unseren Klassenlehrer Franz Stadler kennen. Der Deutschlehrer glich mit seinem runden Gesicht und der entsprechenden Figur einem dicken Musterschüler. Er begrüßte uns in wohlformulierten Sätzen und wünschte uns »Glück und Gelingen auf dem breiten Weg des Erfolgs, der Sie zur Erlangung der Reifeprüfung führen wird«. Die jungen Frauen und Männer, die fortan mit mir lernen würden, machten einen biederen Eindruck. Doch allen war die Entschlossenheit anzusehen, durch das Abi ihrem Leben eine andere Note zu geben.

Herr Stadler lebte in seiner eigenen Welt. Er hieß uns, »Das Urteil«, eine Sammlung von Kurzgeschichten Franz Kafkas, zu erwerben. Sein Deutschunterricht war ausschließlich der Lektüre und Interpretation dieser Erzählungen gewidmet. Der übrige Schulbetrieb und die Funktion des Klassenleiters berührten den Deutschlehrer kaum. Unter der Anleitung Stadlers, der wohl nicht umsonst den Vornamen Franz trug, begann ich, die Erzählungen Kafkas zu begreifen: die Exaktheit und Vielfalt seiner Sprache, das Spiel zwischen vermeintlicher

Realität und grenzenloser Fantasie. Ob »Das Urteil«, »Der Landarzt«, »Die Strafkolonie«, »Die Verwandlung«: Jede Geschichte besaß ihre eigene Logik und ihre Unergründlichkeit. Am faszinierendsten fand ich das Stück »Vor dem Gesetz«. Es beschreibt den lebenslangen vergeblichen Versuch des Menschen, zu seinem Recht zu gelangen. Während Stadler referierte, der Jurist Kafka habe sich hier über Recht und Gerechtigkeit ausgelassen, verstand ich, dass der Schriftsteller das Leben als Ganzes im Sinn gehabt hatte. Jeder stand vor der vermeintlich unüberwindlichen Mauer des Daseins und ihren selbsternannten Wächtern. Unsere Lebensaufgabe war, die vielfältigen Hindernisse zu überwinden, um die Fülle unserer Existenz zu erfahren.

Mit dem Eintritt ins Münchenkolleg war es mir gelungen, die Wächter – Mutter, die Lehre, die Antisemiten – mitsamt den Hindernissen, die sie mir in den Weg legten, zu überwinden und mich auf den Weg zum Abitur zu begeben, das vom nächsten Wächter verteidigt werden würde. Ich war entschlossen, auch diesen Hüter zu passieren.

Kafka lehrte mich, dass sich dahinter der nächste Wall auftürmen würde. Das Dasein war ein unentwegtes Anrennen und Überwinden von Wächtern und Mauern. Wer den Wachmännern Glauben schenkte, würde vor dem ersten Tor Halt machen und sein Lebtag nicht weiterkommen.

Die Wirklichkeit des Münchenkollegs führte uns Wolfgang Lotzki vor Augen. Der Physiklehrer, der stets mit schwarzem Rollkragenpullover und ohne jegliche Unterlagen vor uns trat, sprach Klartext.

»Sie unterliegen einem Irrtum, wenn Sie meinen, mit der Aufnahmeprüfung hätten Sie das Abitur bereits in der Tasche. Die Wirklichkeit ist unangenehmer – wie so oft. Formal haben wir fünf Semester, also zweieinhalb Jahre Zeit bis zum Abitur.

Das erste Semester dient lediglich der Auffrischung Ihres Mittelschulniveaus, während das letzte allein zur Vorbereitung auf die Reifeprüfung genutzt wird. Damit haben Sie faktisch nur anderthalb Jahre Zeit für die letzten drei Gymnasialjahre, also die Hälfte der Zeit wie an einer Oberschule – wobei die Schüler dort jahrelang trainiert haben. Um seinen guten Ruf zu wahren, siebt das Münchenkolleg rigoros aus. Statistisch gesehen wird nur jeder Zweite von Ihnen zur Abiturprüfung zugelassen werden. Wem das gelingt, der schafft den Abschluss in der Regel. Also strengen Sie sich an!«

Lotzki war ein lebhafter Mann mit trockenem Humor, der die Fähigkeit besaß, komplexe Sachverhalte einfach zu erklären. Er nahm sich Zeit, jede Frage ausführlich zu beantworten.

Die konzentrierte gemeinsame Anstrengung im Müko ließ keinen Raum für die Pflege von Vorurteilen. Erstmals in Deutschland erlebte ich ein Dasein ohne versteckten oder offenen Antisemitismus. Mein Judentum spielte hier keine Rolle – weder bei den Lehrern noch im Klassenverband. Ich genoss eine unverhoffte Freiheit. Endlich konnte ich meine ständige Schutz- und Angriffshaltung ablegen, mich auf den Lernstoff konzentrieren, offen sein für die Mitschüler, die in unterschiedlichen Berufen gearbeitet hatten. Gemeinsam war uns, dass wir fast alle Kinder von Arbeitern und Kleinbürgern waren. Wir versuchten, den Weg nach oben zu erklettern.

Endlich durfte ich mich mit Bereichen auseinandersetzen, die mich interessierten, wie Geschichte, Deutsch, Sozialkunde. Ich redete mir ein, dass mir Englisch, Mathe, Physik oder sogar Latein später nützen konnten. Das Unterrichtstempo war rasant, doch die Lehrer hetzten nicht durch den Stoff, sie versuchten vielmehr, uns Schwieriges nahezubringen. Frau Dr. Haag fasste Geschichte nicht als das Lernen von Jahreszahlen auf. Sie ermutigte uns vielmehr nachzufragen, welche Ziele Staaten und Politiker anstrebten. Ich besorgte mir in der

Stadtbibliothek Bismarcks »Gedanken und Erinnerungen«. Nachdem ich mich an die Sprache des Preußen gewöhnt hatte, machte ich mir seine Argumente zu eigen und vertrat diese im Geschichtsunterricht. Die ältere Historikerin widersprach mir energisch. Die Propaganda, mit der ich in der Mittelschule und meiner Lehre konfrontiert wurde, waren am Müko undenkbar. In Deutsch konnte ich mir Gedanken über Kafka machen. Doch las ich lieber Bismarcks Erinnerungen als »Das Schloss«.

Mit gestärktem Selbstwertgefühl besuchte ich wieder die Sinai-Jugendgruppe. Inzwischen waren neue Mitglieder hinzugekommen. Der Intelligenteste war Jack Schiff. Als Kantor Abraham Hochwald die unfehlbare Logik der Thora hervorhob, fragte ihn Jack, wie sich diese mit Darwins Evolutionslehre und archäologischen Funden vereinbaren ließe. Er sehe hier keinen Widerspruch, entgegnete der Kantor.

»Aber ich. Gemäß jüdischem Kalender leben wir im Jahr 5729 nach der Erschaffung der Welt. Die Höhlenzeichnungen von Altamira sind mindestens sechzehntausend Jahre alt. Das ist wissenschaftlich erwiesen. Mit unfehlbaren Messungen mittels Radiokarbon.«

»Unfehlbar ist nur die Thora!«, warf Hochwald ein.

Mir imponierte Jacks geistige Klarheit und Respektlosigkeit. Bald waren wir unzertrennliche Freunde. Wir diskutierten über die Bibel, Geschichte, Literatur, Politik und vieles andere. Vor allem teilten wir die Sehnsucht nach einer Freundin. Obgleich jünger als ich, verabredete sich Jack mit Rebecca Apfel. Die hochgewachsene Blondine mit den tiefblauen Augen gefiel auch mir, doch Jack hatte eher seine Scheu abgelegt und Rebecca angesprochen.

Sonntagabends fuhr ich mit Jack und Rebecca nach Großhesselohe, wo sich ein Dutzend von uns zum Lagerfeuer des

Omer-Festes am Ufer der Isar verabredet hatte. Ich fühlte, dass Becci sich eher für mich als für Jack interessierte. Wenn sie mich ansah, zog ein feiner Schleier über ihre Augen. Wir saßen um das Feuer und sangen hebräische Lieder. Nachdem wir die verkohlten Kartoffeln heruntergewürgt hatten, legte Jack zaghaft den Arm um Rebeccas Schultern, sah mich grinsend an und erklärte, es gäbe Idioten, die sich einen Spaß daraus machten, nachts die Isar zu durchschwimmen.

»Das ist keine Idiotie, das ist Mut«, entgegnete ich. »Ich mach's.«

»Das ist nur etwas für Besoffene, lass das!«

Mich trieb es, Becci zu imponieren. Ohne zu überlegen, legte ich Schuhe und Hose ab. Becci sprang auf und ergriff meinen Arm.

»Rafi, bitte tu's nicht. Ich weiß, dass du Mut hast.«

»Ich kann nicht anders«, gab ich zurück, machte mich los und rannte über die Steine zum Fluss.

»Komm zurück!«

»Meschuggener!«

»Dümmer als ein Goj.« Die Rufe stachelten mich an, ich lief ins Wasser, warf mich in den Fluss, dessen Temperatur ich zunächst nicht spürte, bis ich in der Mitte des ziehenden Stroms war. Da durchdrang mich die Kälte. Schwimm zurück!, befahl ich mir. Doch ich war nicht imstande, meiner Vernunft zu folgen, und peitschte mit Armen und Beinen weiter. Jetzt hätte mich mein sadistischer Schwimmlehrer sehen sollen! Das tiefe Wasser zwang mich, ans gegenüberliegende Ufer zu schwimmen.

Als ich endlich dort anlangte, schnappte ich nach Luft. Mein Körper war dermaßen unterkühlt, dass er sich in der lauen Abendluft kaum erwärmte. Ich begann mit den Zähnen zu klappern, allenthalben spürte ich Gänsehaut. Zudem hatte mich die Strömung fast hundert Meter nach Norden getragen. Was tun? Wenn ich in nasser Unterwäsche hierblieb, würde es mir noch kälter werden. Irgendwann würde mich der eine oder andere mit dem Auto abholen und unter allgemeinem Gelächter zurückbringen. Es kam auch vor, dass Menschen in der Isar ertranken. Doch ich fühlte mich kräftig. Die einzige Möglichkeit, mich in Rebeccas Gegenwart nicht lächerlich zu machen, war, sofort zurückzuschwimmen.

Ich zwang mich wieder ins Wasser, das mir von Meter zu Meter eisiger vorkam. Dagegen half einzig, unverdrossen vorwärtszukraulen. Die Anstrengung raubte mir den Atem, statt Kälte fühlte ich nun ein Stechen wie von tausend Nadeln. Das Ufer kam nur allmählich näher. Nur noch zwanzig Meter … nur noch zehn. Alle, alle Kraft!

Endlich konnte ich stehen, spürte Steine unter mir. Ich kniete mich hin. Die Strömung hatte mich weiter abgetrieben. Ich zwang mich hoch. Da kam schon Jack inmitten weiterer Burschen auf mich zu – und Rebecca. Als ich bei ihnen anlangte, zog sich Rebecca den Pullover über den Kopf und reichte ihn mir. In ihren Augen sah ich Mitleid und eine Spur Anerkennung – sie wusste, dass ich dem Wahnsinn nur um ihretwillen nachgegeben hatte.

Ich ergriff ihr Kleidungsstück, schnappte »Danke!«, riss mir das nasskalte Unterhemd herunter und streifte den Pullover über. Erst als wir am Feuer anlangten und ich mich eine Weile daran wärmen konnte, wich die Kälte aus meinen Gliedern.

»Du hast heute bewiesen, dass auch Juden dumm genug sein können, Helden spielen zu wollen«, ließ sich Jack vernehmen. Einige lachten über seine Bemerkung, nicht aber Rebecca. Obgleich mein Freund objektiv recht hatte. Aber was ist zwischen Männern und Frauen schon objektiv?

Nachdem ich Jack abgesetzt hatte, fuhr ich Becci nach Hause. Als sie mich ansah, legte sich erneut der Schleier über ihre Augen.

»Rafi, bitte versprich mir, dass du so etwas nie mehr machen wirst. Das hast du nicht nötig.« Ihre Lippen öffneten sich, wir küssten uns. Ich ertrank in ihrer Wärme. Als wir uns lösten, liebkoste sie meine Hände.

Das Leben war herrlich. Ich lernte ständig Neues, war auf dem Weg zum Abitur, das mir alle Türen öffnen würde, und hatte erstmals eine Freundin, die in mich verknallt war. »Wenn ich deine Hände fühle, bin ich glücklich, Rafi. Du hast die zärtlichsten Hände der Welt.«

Der Schabbat gehörte Rebecca und mir. Nachmittags trafen wir uns mit Freunden des Sinai im Vorderhaus der Israelitischen Kultusgemeinde in der Reichenbachstraße, wo im fünften Stock eine Dependance des Jüdischen Altersheims untergebracht war. Gemeinsam mit den älteren Frauen und Männern sangen und schwatzten wir bis zum Ausklang des Schabbats, den wir mit Wein und Gewürzen begingen.

Mit der Zeit wuchs mir dabei Siegfried Offenbacher ans Herz. Der ältere Herr war geborener Münchner. Nach der Nazizeit war er in seine Heimatstadt zurückgekehrt. Nachdem er viele Jahre als Bibliothekar in der Jüdischen Gemeinde gewirkt hatte, genoss er nun seinen Lebensabend.

»Ich lebe im Lese-Schlaraffenland. Unsere Bibliothek ist im Haus. Den ganzen Tag lang kann ich alle Bücher, die mich interessieren, lesen.« Herr Offenbacher brachte mir die Werke der bayerischen Schriftsteller Lion Feuchtwanger und Oskar Maria Graf näher.

»Graf war eine bajuwarische Kraftnatur aus Berg am Starnberger See und ein großer Schreiber. Sein Buch ›Das Leben meiner Mutter‹ ist Weltliteratur. Zudem war er ein unbestechlicher Hitler-Gegner. 1933 nach der Bücherverbrennung der Nazis hat Graf ein Manifest geschrieben: ›Verbrennt mich!‹ Er ist gleich ins Exil gegangen.«

Herr Offenbacher besorgte mir »Das Leben meiner Mutter« aus der Gemeindebibliothek und steckte mich mit seiner

Begeisterung an. Ebenso wie mit seiner Bewunderung für Feuchtwangers Romane. Mit Rebecca und den anderen freute ich mich an jedem Schabbat auf die Begegnungen mit den Alten, die durchweg rüstig waren. Herr Offenbacher war mit siebzig der Senior. Nach Ende des Schabbats brachte ich Becci heim.

Am Abend des 13. Februar 1970 musste sie bei ihren Eltern bleiben, da die Apfels ein Abendessen gaben. Ich sah mir derweil mit meinem Freund Helmut im »Türkendolch« einen Film an. Danach wollten wir im nahe gelegenen Schelling-Salon Billard spielen. Als wir am Taxistand in der Barerstraße vorbeikamen, sahen wir die Fahrer aufgeregt gestikulieren. Sie hatten über Funk erfahren, dass die Synagoge in der Reichenbachstraße brenne. Ich erschauerte. Um diese Zeit waren nur Siegfried Offenbacher und die anderen Älteren im Haus. Da mein Auto nicht ansprang, nahm ich ein Taxi.

Aus den oberen Stockwerken des Vorderhauses schlugen Flammen. Unten standen Einsatzfahrzeuge der Feuerwehr mit kreisendem Blaulicht. Die Polizei ließ mich nicht durch. Rotkreuzautos rasten mit Martinshorn heran. Aus dem brennenden Haus ertönten Schreie und Befehle – offenbar von Feuerwehrleuten. Wasser zischte von den Spritzen der Lösch-fahrzeuge auf die Flammen. Im flackernden Blaulicht sah ich die entsetzten Gesichter von Passanten und Gaffern.

Vor wenigen Stunden war ich bei den Senioren gewesen. Ich dachte an die Bemerkung Siegfried Offenbachers: »In München war mir alles vertraut.«

Immer mehr Rettungswagen fuhren davon, manche mit Blau-licht, andere ohne. Das machte mir Angst. Spätnachts verließ ich den Ort. Ich fand keinen Schlaf.

Am Morgen berichtete Bayern 3, bei dem Feuer seien sieben Menschen ums Leben gekommen, mehr als ein Dutzend hätten

Verletzungen und Rauchvergiftungen erlitten. Abends erfuhr ich, dass sich Siegfried Offenbacher unter den Opfern befand. Die Ursache des Feuers war Brandstiftung. Die Täter wurden nie ermittelt.

Es dauerte seine Zeit, ehe im Sinai wieder gesungen und gelacht wurde. Das Leben ging weiter. Wir wollten uns von den Antisemiten nicht unentwegte Trauer und Niedergeschlagenheit aufzwingen lassen. Becci und ich trafen uns wieder an jedem Schabbat. Ich holte sie in ihrem Elternhaus in Bogenhausen ab. Zunächst konnten wir von nichts anderem reden als von den Ermordeten. Doch später im »Drugstore« in Schwabing hielten wir uns die Hände und sahen uns in die Augen. Der zarte Schleier über ihren blauen Augen erregte mich mehr denn je. Am liebsten hätte ich Becci auf der Stelle geküsst. Doch ich wartete g'schamig, bis wir uns im ersten Stock unter die anderen Paare mischen konnten, die bei den langsamen Tänzen knutschten. Erst spät brachte ich Rebecca in die Innstraße. Außer Sichtweite ihres Elternhauses – jüdische Mütter besaßen ein scharfes Auge – küssten und befummelten wir uns auf der Rückbank meines Wagens. Beccis Neugierde war grenzenlos. Ihre Angst ebenfalls.

»Es darf nichts passieren, Rafi. Hörst du?«

»Ja, ja.«

Wir wollten einander. Zugleich fürchtete Rebecca wie ein Mädchen aus dem Schtetl um ihre sogenannte Unschuld. Doch wir konnten nicht voneinander lassen. Becci griff mir in die Hose und verschaffte mir Erleichterung. Allmählich schwand meine Erregung, Becci aber stand noch unter Dampf. Meine Finger spielten mit ihr. Ich fühlte ihre Feuchte. Sie biss sich an meiner Zunge fest, stöhnte auf, rief aber: »Pass auf! Um Himmels willen, pass auf!«

291

Lust war Seine Gabe. Dagegen standen allein die überkommenen Bräuche unserer Eltern. Ich hielt sie für überholte Zuchtinstrumente. Dennoch folgte ich Rebeccas Appell und zwang mich, unser Miteinander an diesem Abend zu beenden.

Unser nächstes Treffen leitete Becci mit der Bemerkung ein, wir dürften unter keinen Umständen mehr so weit gehen wie zuletzt. Ihre Mutter halte das für hochgefährlich.

»Du hast's doch nicht deiner Mutter erzählt?«

»Meine Mutti ist meine beste Freundin!«

»Liest du mir gerade aus einem Kitschroman vor?«

»Warum redest du so garstig über meine Mutter?«

»Ich kenne sie kaum. Aber dich verstehe ich nicht. Du benimmst dich nicht wie eine achtzehnjährige Frau, sondern wie ein Kind, das bei jeder Kleinigkeit zu seiner Mutti läuft.«

»Wenn ich schwanger bin, ist das keine Kleinigkeit.«

»Wovon solltest du bitte schwanger werden?«

»Du warst letzten Schabbes überaus erregt …«

»Du nicht?«

»Das ist ja das Gefährliche.« Furcht schien in ihren Augen auf. Ich wollte nicht mit Rebecca streiten. Stattdessen ergriff ich ihre Hand und streichelte sie. Ihre Augen wurden ruhig, hoben an zu schimmern wie ein abendlicher See.

»Du hast so zärtliche Hände, Rafi. Wieso redest du dann so hart mit mir?« Ich hielt meinen Schnabel und fuhr fort, ihre Hände und Haare zu kosen. Rebecca schloss ihre Augen, ihre Lippen öffneten sich. Wir küssten und umarmten uns. Becci presste ihren Körper gegen mich.

»Jedes gojische und israelische Paar vergnügt sich nach Lust und Laune, nur wir Jidn in Deutschland verstecken uns auf dem Rücksitz wie Diebe in der Nacht. Und deine Mutter führt Regie.«

»Bring mich bitte nach Hause … oder lass! Ich nehm mir ein Taxi.«

»Ich wollte dich nicht kränken.«

»Aber du hast es getan.« Ich küsste die Tränen aus ihren Augenwinkeln, fuhr ihr über die Locken. »Du bist so behutsam und fein … und plötzlich aus heiterem Himmel machst du mich nieder und beleidigst meine Mutter.«

»Weil unsere Situation würdelos ist, Becci.«

Sie lächelte mich wissend an.

»Sei nicht so ungeduldig, Rafi. In einem Jahr machen wir das Abi und studieren. Dann können wir uns mit dem Segen unserer Eltern zusammentun.«

Mein blauäugiger Unschuldsengel betrieb also eine langfristige Eheplanung und setzte mein Einverständnis voraus. Was dachte ihre Mutter darüber?

»Sie weiß, dass ich nur dich will. Darum wird sie damit einverstanden sein.«

»Was hat sie gegen mich?«

»Sie weiß, dass du ein anständiger jüdischer Junge bist, der sich hochgearbeitet hat … aber Mutti meint, dass ich einen studierten jüdischen Mann aus New York oder aus Israel heiraten sollte, wie es meine Schwestern getan haben.«

»Akademische Gespräche zu führen ist für sie als Krämerin sicher unabdingbar.«

»Weil Mutti so klug ist und Papa immer auf sie gehört hat, haben meine Eltern ordentlich verdient und sind mit Gottes Hilfe vermögend geworden. Meine Schwestern haben zur Hochzeit je eine Million Mark und ein Mietshaus bekommen.«

»Dafür kann man sich einen studierten Ami oder einen israelischen Reserveoffizier kaufen.«

»Sei nicht so zynisch. Ich will dich. Alles andere ist egal!«

Wollte ich sie? Ich mochte Rebecca und war scharf auf sie. Aber verliebt in sie war ich nicht.

Seit Rafi das Münchenkolleg besuchte, gab er sich arrogant und
undankbar. Von Frau Schiff wusste ich, dass mein Sohn mit
Rebecca Apfel ging. Ein größeres Glück konnte er sich nicht
wünschen. Rebecca war ein anständiges Mädchen, und ihre
Eltern waren steinreich. Wo es etwas zu verdienen gab, hatte
Bella Apfel ihre Hand im Spiel. Es hieß, sie sei härter als alle
Männer. Gut, dass es solche Frauen gab! Feinfühlige Naturen
taugen nicht als Geschäftsleute.
Rebecca hatte sich ausgerechnet in meinen Rafi verguckt. Das
würde Bella Apfel wenig begeistern. Doch als kluge Frau wusste
sie, dass sie Rebeccas Verliebtheit nur befeuern würde, wenn sie
schlecht über Rafi redete. Deshalb machte die Apfel gute Miene
zum naiven Spiel ihrer Tochter und plauderte mit Rafi während
eines Kiddusch nach einem Gottesdienst.
Meschuggenerweise fand die alte Kapitalistin Gefallen an
meinem Jungen. Beide verstanden sich hervorragend. Doch
statt diese goldene Gelegenheit beim Schopf zu packen und
alles zu tun, damit Rebecca ihn nahm, ließ der Nichtsnutz die
Chance verstreichen.
Ich durfte nicht tatenlos zusehen, wie Rafi das goldene Vögel-
chen weiterfliegen ließ, und flehte Ludwig an, mir zu helfen,
unser Kind zur Vernunft zu bringen. Doch mein Mann nahm
das Ganze nicht ernst.
»Wenn sich die jungen Leute lieb haben und gut verstehen,
werden sie auch ohne deine Kuppeleien zueinanderfinden.«
»Sei nicht naiv, Ludwig. Hier geht es nicht um eine Liebelei.
Die Apfels gehören zu den reichsten Juden Münchens ...«
»Geld ist nicht alles. Ich habe dich geheiratet, obgleich du
keinen blanken Heller hattest.«
»Das waren andere Zeiten. In Palästina hatte niemand Geld.«
»Als meine Eltern 1904 in Ichenhausen heirateten, galten sie als
das reichste Paar des Ortes. Später haben sie durch die Inflation

und die Nazis alles verloren. Außer ihre Liebe. Die und Gottes Segen sind entscheidend. Sonst nichts.«

Als ich Rafi darauf hinwies, dass ein Vermögen für ihn als Berufslosen lebensnotwendig wäre, wurde er unverschämt. »Das Geld gehört ihrer Mutter. Also muss ich gemäß deiner Logik um die Hand ihrer Mamme anhalten. Sie ist zwar schon um die fünfzig ... aber die Alte hat die Kohle.«

Rafael

Am Müko erging es mir gut. Ich lernte in Geschichte und in Deutsch, was mich interessierte, und mir blieb genügend Zeit, jeden Nachmittag darüber zu lesen und es zu verstehen. Dies machte die Gespräche mit Helmut und Jack spannend. Meine Noten schwankten zwischen befriedigend und ausreichend. Herr Lotzki nannte die Vier »die Zwei des kleinen Mannes«. Hauptsache, es ging weiter. In Latein aber schmierte meine Zensur beständig ab. Die Methode, kurz vor den Klausuren die Vokabeln zu wiederholen, funktionierte in der alten Sprache nicht. Da ich mich um Deklinationen, Konjugationen und Grammatikregeln wenig scherte, blieb mir der Sinn der Texte oft unverständlich, obgleich ich die Wörter kannte. Die Entscheidung über meine Zensur lag bei Herrn Jenaczek. Und ich war dem Lateinlehrer zuwider. Denn Friedrich Jenaczek verehrte Karl Kraus. Ich dagegen konnte den hochnäsigen »Fackel«-Verleger nicht ausstehen, der sich als Sprachpolizist gebärdet hatte, im Angesicht der erstarkenden Nazis jedoch schrieb: »Mir fällt zu Hitler nichts ein«. Diese Kapitulation empfand ich als erbärmlich und machte aus meiner Meinung kein Hehl. Was wiederum Jenaczek als Arroganz bewertete. Wir stritten während eines Großteils seines Unterrichts. Auf diese Weise konnte ich die ungeliebten Lateinlektionen verkürzen.

Jenaczek durchschaute mein Spiel, aber er war dermaßen darauf versessen, sein Idol gegen »unangemessene Attacken« zu verteidigen, dass er sich auf meine Störmanöver einließ.

Als er meine zweite Lateinklausur mit einer Fünf bewertete, ahnte ich den Ernst meiner Situation. Da ich zwischen Vier und Fünf stand, hatte Jenaczek es in der Hand, meine Zensur zu bestimmen. Ein Mangelhaft in Latein würde mein Abitur gefährden, denn es war nicht unwahrscheinlich, dass ich mir noch eine weitere Fünf einfing. Dann wäre ich gescheitert. Ich hoffte auf die Nachsicht des Lehrers, doch Jenaczek gab mir zu verstehen, dass ich mit einer »mangelhaften Zensur« rechnen müsse.

Hannah

Mit einem Mal ließ Rafi den Kopf hängen. Er tönte zwar, mit einer Fünf könne er nicht sitzen bleiben. Doch ich ahnte, dass mein Sohn in Gefahr war, ein weiteres Mangelhaft einzufahren. Damit wäre sein Abiturtraum dahin.

Mit dem Jungen konnte ich nicht vernünftig über einen Ausweg reden. Er tobte – wie einst Ludwig –, wenn er aus eigener Schuld im Schlamassel steckte. So war ich gezwungen, alleine zu handeln.

Als ich Dr. Jenaczek bat, bei Rafi Gnade vor Recht ergehen zu lassen, sagte mir der Lateinlehrer zu, mein Anliegen wohlwollend zu prüfen. Doch nachdem er seine Unterlagen studiert hatte, lehnte er dies »mit Bedauern« ab.

»Die Notentendenz zeigt eindeutig nach unten. Abgesehen davon stört Seligmann durch seine fortlaufenden sachfremden Einwürfe den Ablauf des Lateinunterrichts.«

»Dass mein Sohn unkonzentriert ist, hat mit unserem Familienschicksal zu tun. Wir sind Juden. Meine Geschwister und ihre

Angehörigen sind von den Nazis ermordet worden. Das lastet bis heute auf mir. Auch mein Junge leidet darunter.« Kaum hatte ich dies ausgesprochen, waren Dr. Jenaczeks Augen voller Erbarmen. »Glauben Sie mir, ich weiß, wie sehr Sie leiden, Frau Seligmann. Auch meine Familie war betroffen …« Mehr wollte er mir nicht sagen. Am Ende drückte der Lehrer meine Hand und sprach in warmem Ton: »Machen Sie sich keine Sorgen, Frau Seligmann. Ich werde tun, was ich kann, um Ihrer Familie weiteres Leid zu ersparen. Seien Sie dessen gewiss.«

Ich durfte Rafi nichts von meinem Einsatz zu seinen Gunsten sagen. Das hätte sein Ehrgefühl verletzt. Männer sind sehr empfindlich, wenn es um ihre Ehre, oder was sie dafür halten, geht. Wir Frauen müssen es ausbaden.

Kuppelei

Rafael

Glücklicherweise war es in Latein gerade noch gut gegangen. Jenaczek gab mir – wohl aus Mitleid – eine Vier. Doch ich wollte nicht mehr so nahe am Abgrund stehen. Nach dem Mittagessen ging ich fortan täglich meinen Unterrichtsstoff durch. In Mathe und Physik musste ich mir länger Zeit nehmen, um die Infinitesimalaufgaben und die Gesetze der Quantenphysik zu verstehen. Wenn unser neuer Geschichtslehrer Johannes Timmermann über Geschichte sprach, loderte eine Begeisterung auf, die sich auf mich übertrug. Die Logik seiner Ausführungen und seiner Methode »Zurück zu den Quellen« nahmen mich gefangen. Erst durch Timmermann erfasste ich die volle Bedeutung dieser Disziplin und fühlte mich in meiner Absicht bestätigt, Geschichte zu studieren.

Zugleich intensivierte sich die Beziehung zu Rebecca. Denn meine Banknachbarin Gunda reiste jedes Wochenende zu ihrem Mann nach Frankfurt und bat mich, ihre Blumen zu gießen. Die Tage ihrer Abwesenheit könne ich in ihrer Wohnung verbringen. Nun konnten Becci und ich die Schabbatabende dort weilen und mussten uns nicht länger in meinem Auto verstecken.

Wir besuchten Diskos, Kinos oder spielten Bowling. Vor allem aber hatten wir Freude aneinander. Rebecca zierte sich zunächst, doch als ich mein Versprechen wiederholte, nie »bis zum Letzten« zu gehen, gab sie ihren Sinnen und der

Neugierde auf unsere Körper nach. Wir ließen wenig aus, was uns Vergnügen bereitete. Die Lust bebte nach, ehe wir langsam zur Ruhe fanden.

»Mit dir macht mir alles Spaß. Am meisten deine Zärtlichkeit.« Eng umschlungen dämmerten wir ein.

Unvermittelt schreckte Becci auf.

»Um Gottes willen, es ist schon fast eins! Bring mich bitte ganz schnell nach Hause. Meine Mamme geht nicht ins Bett, ehe ich heimkomme.«

»Um deinen Rapport entgegenzunehmen?«

»Warum sagst du das, Rafi? Es war so schön …«

»Weil ich gerne eine ganze schöne Nacht mit dir verbringen und in deinen Armen aufwachen möchte.«

»Wir werden dieses Glück finden.«

Rebecca sah mich neckisch an. Der Anblick ihres nackten, makellosen Körpers weckte sogleich meine Lust. Ich küsste ihre vollen, festen Brüste. Wir schmiegten uns aneinander. Mit einem Ruck riss sie sich los.

»Nicht jetzt! Oder nur ganz schnell!«

»Wir sind doch hier nicht im Freudenhaus.«

»Du redest hässlich.«

»Unsere Situation ist hässlich!«

Rebecca raffte ihre Kleider zusammen und verschwand im Bad. Zehn Minuten später saßen wir im Auto. Zügig chauffierte ich meine Gespielin durch die Leopoldstraße über die Isarbrücke nach Bogenhausen, wo wir schließlich in die Innstraße gelangten. Nach einem raschen Kuss eilte sie in ihr Elternhaus. Während ich durch die Ismaninger Straße zurückfuhr, kurbelte ich die Fensterscheibe herunter, um den Fahrtwind zu genießen. Ich nahm an, dass Beccis Mutter sich derweil am Bericht ihrer Tochter ergötzte, um sich anschließend als Gralshüterin der Doppelmoral aufzuspielen und ihrem Kind klare Grenzen einzuimpfen. Es kam ihr nur darauf an, ihre »beste Freundin«

zu überzeugen, ihre Virgo intacta zu erhalten, um ihre Heirats-chancen bei religiösen Juden oder denen, die sich als solche gaben, zu wahren.

Einige Tage später rief mich Becci an, um mich im Namen ihrer Mutter zum Nachmittagstee einzuladen. Die Dame des Hauses, angetan mit einem eleganten Kostüm, das ihre kräftigen Beine nicht zu verbergen vermochte, empfing mich in einem im Gelsenkirchener Barock eingerichteten Salon und besah mich aus ihren dunklen, wissenden Augen. Frau Apfel offerierte mir Petits Fours mit Tee und Cognac und behandelte mich mit ausgesuchter Höflichkeit. Sie bat mich um Verständnis, dass Rebecca nicht anwesend sein könne.

»Du weißt, wie hart Arbeit und Geldverdienen sind.«

»Durchaus.«

»Das haben wir gemein, Rafi, wenn ich dich so nennen darf.« Das war keine Frage, sondern eine Feststellung, welche sie dem Angebot vorausstellte, das sie mir unaufgeregt erläuterte.

»Meine Rebecca hat sich als Gymnasiastin nie den Kopf zerbrechen müssen, wovon sie lebt. Das tun auch Rabbiner, Philosophen, Psychologen, Schriftsteller nicht. Sie suchen sich eine reiche Braut wie meine Tochter und lassen sich von deren Eltern ernähren.«

Frau Apfel sprach den Petits Fours zu und forderte mich auf, es ihr gleichzutun. »Du dagegen holst das Abitur nach, weil du weiterkommen willst. Das imponiert mir. Ich denke, du bist der richtige Mann für meine Rebecca. Du wirst ihr die Träume von Israel und einem Psychologiestudium austreiben.«

Sie spielte mit offenen Karten. Ich musste das Gleiche tun.

»Frau Apfel! Ich denke wie Rebecca. Wir sind Zionisten und wollen nach Israel ...«

»Israel ist ein gutes Land, auf das wir Juden stolz sind. Aber nicht alle können dort leben. Deine Eltern sind aus Israel nach

300

München gekommen. Wohl kaum aus Sehnsucht, sondern weil sie dort nicht existieren konnten. Das solltest du bedenken, statt zionistisches Geschwätz nachzuplappern.«

»Nach dem Abitur will ich Geschichte studieren, Frau Apfel.«

»Jeder intelligente Mensch interessiert sich für Geschichte. Auch ich, obwohl ich meine Jugend im Lager verbracht habe statt in der Schule. Aber wovon willst du als Historiker leben? Sicher nicht auf Kosten anderer. Dazu bist du zu selbstbewusst.«

»Ich will mich nicht aushalten lassen.«

»Du sollst Historie studieren, Rafi. Aber vergiss nicht die Parnose, das Geldverdienen. Ich schlage dir vor, neben dem Studium in unserem Geschäft zu arbeiten. Auf diese Weise bist du ein unabhängiger Mann. Nicht wie die verwöhnten Muttersöhnchen, die Porsche fahren und sich das Benzin, vom Auto ganz zu schweigen, von ihren Eltern zahlen lassen.«

»Selbstverständlich werde ich für mein Geld arbeiten, Frau Apfel.«

»Wir verstehen uns, Rafi. Du wirst dein Leben meistern, und ich werde stolz sein, wenn du es gemeinsam mit meiner Rebecca tun wirst.«

Sie wollte mich als Schwiegersohn in München. So würde sie Rebecca mit freundlicher Miene unter ihrer eisernen Fuchtel behalten und unsere Ehe regieren. Zudem würde ich bei den Apfels arbeiten müssen. Ich erkundigte mich nach ihrem Geschäft.

»Wir haben zwei Elektro-Großhandlungen. Wir führen alles: Beleuchtung, Stereoanlagen, Farbfernseher, Waschmaschinen, Kühlschränke. Nur Markenware – zu konkurrenzlos günstigen Preisen. Der Verkauf ist entscheidend. Als Fernsehtechniker bist du wie dafür gemacht.«

Ich hatte nicht bei Sewald aufgehört, um bei Apfel wieder damit zu beginnen. Elektrotechnik interessierte mich nicht – egal, wie viel ich damit verdiente. Wenn ich Becci heiratete, würde ich in einem goldenen Käfig leben, und Bella würde mich mit Geld füttern.

Als ich Rebecca von dem Gespräch berichtete, strahlte sie. »Ist das nicht herrlich, Rafi? Mutti ist sehr wählerisch. Wenn sie einverstanden ist, dass wir heiraten, dann steht uns nichts mehr im Weg.« Sie umarmte mich innig. Als ich wieder Luft bekam, äußerte ich meine Bedenken.

»Deine Mutter imponiert mir sehr. Aber ich hole das Abi nicht nach, um Kühlschränke zu verkaufen, sondern um Geschichte zu studieren.«

»Das sollst du. Ich will, dass du glücklich bist.«

Rebeccas Liebe verlieh mir Zuversicht. Dennoch wurde ich den Schatten ihrer Mutter nicht los. So lenkte ich das Gespräch auf unsere Zukunft. Für Rebecca war alles so klar wie der Ablauf einer Beschneidung.

»Nach dem Abi verloben wir uns und beginnen mit dem Studium.«

»Wo?«

»Hier in München.«

»Ich dachte, du wolltest in Israel auf die Uni.«

»Sicher. Aber wir dürfen nicht nur an uns denken. Wir sollten meine Eltern im Geschäft unterstützen, damit sie endlich etwas vom Leben haben, statt ständig zu schuften.«

»Und Israel?«

»Damit warten wir, bis du sechsundzwanzig bist. Dann musst du nicht mehr zum Militär, Rafi.«

»Und wo sollen wir wohnen?«

»Mutter kennt hervorragende Makler. Sie wird ein passendes Haus für uns finden.«

»Ich werde dabei nicht gefragt?«

»Du bist dir doch mit Mutti einig.«

»Nein! Ich finde sie eine starke Frau. Aber ich denke nicht daran, nach ihrer Pfeife zu tanzen.«

Becci lachte.

»Meine Mama ist nicht musikalisch. Sie wird im Gegenteil froh sein, wenn du sie im Geschäft für eine kurze Übergangsfrist unterstützt.« Die Munterkeit in Beccis Gesicht hatte Entschlossenheit Platz gemacht. Mit den Jahren würde sie die Entschiedenheit ihrer Mutter erlangen.

»Erzähl mir nichts von ›Übergangsfrist‹, Becci. Wir würden hier studieren – wie alle zionistischen Maulhelden. Du wirst ein Kind zur Welt bringen ...«

»Wäre das nicht herrlich, Rafi?«

Ich brachte es nicht fertig, ihre Begeisterung zu enttäuschen. Doch ich ahnte die Konsequenz. Meine Angelegenheiten würden von Mutter und Tochter geregelt werden. Ich wäre ein Verkäufer bei Tag und ein Zuchtstier bei Nacht. Zu meinem Pläsier durfte ich etwas Geschichte studieren und einen Porsche fahren, den ich mir selbst verdienen würde.

So sehr ich Rebecca begehrte und schnelle Autos liebte, der Preis war mir zu hoch. Ich dachte an die ausgestrichenen Minuten in der Berufsschule. Diese Sinnlosigkeit durfte ich nicht wiederholen.

Derweil wählten meine Mitschüler mich zum Klassensprecher. In wenigen Monaten würde ich mein Abi machen.

Am 1. Februar 1971 löste Almut Leopold unseren Klassenlehrer Johannes Timmermann unerwartet ab. Ich verliebte mich Hals über Kopf in die Deutschlehrerin, eine schlanke, sportliche Erscheinung mit dunklem, kurz geschnittenem Haar. Sie war keine Schönheit, doch der warme Blick ihrer hellbraunen Augen nahm meine Seele gefangen.

Ich hatte geglaubt, dass die Beziehung zu Becci mir geholfen hatte, meine Scheu Frauen gegenüber zu überwinden. Bei Almut

Leopold benahm ich mich noch schüchterner als bei Evi in der Volksschule. Doch nunmehr konnte ich mich nicht verstecken. Als Klassensprecher hatte ich ständig mit der Leopold zu tun. Dabei brachte ich lediglich ein Stammeln hervor. Um meine hilflose Verliebtheit zu kaschieren, attackierte ich ihren vermeintlich progressiven Deutschunterricht. Jeder Hebel war mir dazu recht. Selbst Goethe hätte ich abgelehnt, wenn Almut Leopold ihn empfohlen hätte. Erika Runges »Bottroper Protokolle«, die uns Leopold als »moderne deutsche Literatur mit gesellschaftlicher Relevanz« näherzubringen suchte, konnte ich tatsächlich nichts abgewinnen. Ich empfand die »Protokolle« als nichtssagend, was wiederum die Deutschlehrerin verärgerte.

»Haben Sie sich die Mühe gemacht, die Texte zu lesen, Seligmann?«

»Ja. Diese Sprache und die Probleme habe ich ständig in der Lehre gehört. Bei meinen Eltern die jüdische Variante. Fortwährendes Selbstmitleid.«

»Was sind Ihre Ansprüche an Literatur?«

»Texte, die mich zum Denken bringen. Kafka, Hemingway, Tolstoi ...«

»Das sind elitäre, bürgerliche Schreiber.«

»Leo Tolstoi war Graf.«

»Noch schlimmer. Entsprechend abgehoben hat er geschrieben.«

Das Gelächter aus der Klasse provozierte mich.

»Ich weiß nicht, was Sie von Tolstoi gelesen haben, Frau Leopold. Elitär war es nicht.«

»Der russische Adel hat seine Leibeigenen unterdrückt.«

»Tolstoi hat sich für sie eingesetzt.«

»Als Gutsbesitzer.«

»Franz Kafka war kein Gutsbesitzer.«

»Ein frustrierter Jurist, der es nicht wagte, gegen Vater und Vorgesetzte aufzubegehren.«

»Kafka hat seine Ohnmacht in seinen Geschichten verarbeitet. Er regt uns noch heute zum Nachdenken an.«

»Die Fragen, mit denen sich Franz Kafka auseinandersetzte, sind die Gedankenspiele eines Bürgers, dem die Nöte der Werktätigen fremd waren.«

»Kafka hat als Versicherungsjurist Unfälle von Arbeitern bearbeitet. Er wurde früh lungenkrank und starb mit vierzig. Der Tod beschäftigt alle, egal ob Kaiser oder Sklave. Darum hat Kafka uns allen etwas zu sagen.«

»Ich will Ihnen Kafka nicht madig machen. Aber die Probleme des Daseins schildert eine Chronistin wie Erika Runge, die sich um das Schicksal der kleinen Leute im Ruhrgebiet kümmert, authentischer als ein adeliger russischer Gutsbesitzer, der sich von der Arbeit seiner Bauern ernährt.«

»Tolstois ›Krieg und Frieden‹ geht uns alle an.«

»Krieg glücklicherweise nicht mehr. Bundeskanzler Brandt ist ein Politiker, der sein Leben lang für den Frieden gekämpft hat. Das wird in der ganzen Welt anerkannt.«

»Was hat das mit Literatur zu tun, Frau Leopold?«

»Die Antwort werden wir gemeinsam erarbeiten.«

»Wenn man es erarbeiten muss, statt es zu verstehen und sich daran zu erfreuen, verliert die Literatur ihre Schönheit.«

»Das ist Ihre Meinung. Nach meinem Urteil, nach dem Urteil des Verlags, der Leser, der Kritiker und Germanisten schreibt Runge lesenswerte Literatur. Deshalb werden wir uns im Deutschunterricht damit auseinandersetzen.«

»Wenn Sie es befehlen …«

»Ich befehle nichts! Das ist Unterrichtsstoff. Einerlei, was Sie darüber denken, Seligmann.«

Die letzten Worte hatte sie geschrien. Endlich war es mir gelungen, mich aus meiner verliebten Ohnmacht zu befreien und die begehrte Frau zu reizen. Zumindest war ich ihr als streitbarer Geist entgegengetreten. Mein destruktives Verhalten amüsierte die Klasse. Nachdem ich wieder einmal ihre Stunde sabotiert hatte, lud mich Almut Leopold ein, mit ihr nach Unterrichtsende ein Café aufzusuchen, »damit wir über alles sprechen können, was Sie auf dem Herzen haben … und auch ich«.

Als ich mich ihr an einem schmucklosen Tisch gegenübersetzte und erstmals außerhalb des schulischen Rahmens in ihre ergreifenden Augen sah, setzte mein Herzschlag aus, um sogleich wieder gegen meine Rippen zu donnern. Alles in mir drängte, ihre Augen zu küssen, ihre Hände zu streicheln, ihr meine Liebe zu gestehen. Ich brachte es nicht fertig. Sie erkannte meine Gefühle, doch sie mochte sich nicht dazu durchringen, mit einem Wort, mit einer Geste darauf einzugehen. Oder auch nur zu sagen, dass ihre Stellung es ihr verbot, sich auf mich einzulassen. Stattdessen führten wir unsere Spiegelfechtereien aus dem Müko selbst hier fort und verletzten uns gegenseitig. Mein Blick sprang von ihren Augen zu den vollen, zartrosa Lippen. Sie waren so nahe und blieben mir dennoch unerreichbar. Unwillkürlich musste ich an Bella Apfel denken. Die Frau hatte über Jahre um ihr Leben gekämpft, während ich nicht einmal eine läppische Liebeserklärung zustande brachte.

Als wir uns nach dem unergiebigen Gespräch verabschiedeten, ruhten unsere Hände lange ineinander. Doch wieder brachte keiner von uns ein erlösendes oder zumindest tröstendes Wort heraus.

Im Unterricht setzte ich meine Provokationen fort. Sie reagierte darauf zunehmend aggressiv. In der Folge stürzten meine Zensuren ab. In Mathe, Physik und Englisch erhielt ich eine glatte Sechs, in Deutsch bewertete Leopold meinen Aufsatz mit ausreichend. Die gleiche Note erhielt ich in meiner Paradedisziplin Geschichte. Die Sechser in den Kernfächern bedeuteten mein vorzeitiges Scheitern. Um zum Abitur zugelassen zu werden, durfte ich lediglich eine mangelhafte Zensur haben. Ich hätte mich in Mathe, Physik und Englisch immens verbessern müssen.

Almut Leopold bestätigte mir im Lehrerzimmer die Aussichtslosigkeit meiner Situation und legte mir nahe, das Semester vorzeitig zu beenden und ein Jahr später mit frischen Kräften einen neuen Anlauf zum Abitur zu wagen.

Ich schüttelte den Kopf.

»Herr Seligmann, ersparen Sie sich die Demütigung, sich bis zum Ende durchzuquälen, um zuletzt nicht zur Reifeprüfung zugelassen zu werden.«

Ich durfte nicht im Erbarmen ihrer Augen ertrinken.

»Ich will es wenigstens versuchen. Zu verlieren habe ich nichts.«

»Doch. Ihre Selbstachtung. Denn mit diesen Noten ist es noch niemandem gelungen, zum Abitur vorzudringen.«

Dann wollte ich der Erste sein, um ihr – nein, mir! – zu zeigen, dass ich's konnte.

Als ich heimkam, empfing mich Emil mit einer schallenden Ohrfeige.

»Nichtsnutz!«

Ich schüttelte den Schlag ab.

»Darf ich fragen, was ich dir getan habe?«

»Du hast alles zerstört!« Emil war unfähig weiterzusprechen.

»Womit habe ich etwas zerstört?«

»Ich war sicher, du schaffst, was mir das Leben vorenthalten hat. Aber du hast alles mit deiner Faulheit verspielt ... seit Wochen tust du nichts.«

»Ich konnte nicht.«

»Warum?«

»Das geht dich einen Dreck an.«

Vater versetzte mir einen Fausthieb. Reflexhaft stieß ich ihn mit aller Kraft von mir. Er prallte mit dem Rücken gegen den Tisch, schrie vor Schmerz auf und sank zu Boden. Durch seinen Ruf aufgeschreckt, stürmte Mutter ins Zimmer, wo sie ihren Mann liegen sah. Sie beugte sich über ihn.

»Mörder! Mörder«, gellte ihr Schrei. »Elternmörder! Verbrecher!« Endlich fand Emil die Kraft, sie zum Schweigen zu ermahnen. Seine Worte rissen mich aus meiner Erstarrung.

An der frischen Luft kam ich zur Besinnung. Gewalt hatte es bei uns nie gegeben. Obgleich ich wünschte, der Erdboden würde mich verschlingen, durfte ich nicht davonlaufen. Ich zwang mich, ins Haus zurückzukehren.

Emil saß unterdessen auf einem Sessel, Mutter stand an seiner Seite. Sobald sie meiner ansichtig wurde, schrie sie mich erneut an.

»Sei endlich still! Was sollen die Nachbarn von uns denken? Geh bitte raus«, gebot ihr Vater. Sie folgte widerspruchslos.

Emil wandte sich mir zu. Seine Stimme war heiser, hatte jedoch den erregten Klang verloren.

»Ich will wissen, warum du in der Schule scheiterst!« Sein Blick war dermaßen bestimmend, dass Widerspruch unmöglich war.

»Ich habe mich verliebt.«

»Das ist mir mit siebzehn auch geschehen. Ich hatte jahrelang ein Verhältnis mit einer verheirateten Frau. Das hat fast mein Leben zerstört ... Aber ich hätte nie gewagt, meinen Vater anzurühren!«

»Entschuldigung!«

»Du hast mich geschlagen!«

»Ich hab mich gewehrt. In der Lehre habe ich gelernt, immer zurückzuhauen ... Dass du mein Vater bist, hatte ich in diesem Moment vergessen.«

Vater wollte sich nicht länger mit meiner Missetat aufhalten.

»Hannah sagte mir, dass du in der Schule versagt hast. Wirst du es im nächsten Jahr schaffen?«

»Ich will es dieses Jahr schaffen.«

Emil richtete sich auf.

»Eure Klassenlehrerin ist sicher, dass du keine Aussicht hast.«

»Ich weiß, dass ich es packe, Emil.«

Er legte seine Hand um meinen Nacken.

Meine Gefühle blieben an Almut gefesselt, doch mein Wille war endlich wieder aktiv. Es gab nur einen Weg, die Katastrophe abzuwenden: Ich musste in einem Monat einen Sprung von ungenügend auf gut schaffen. Das hatte ich Vater versprochen. Wieder einmal war ich auf Helmuts Hilfe angewiesen. Der Freund hatte sein Studienfach gewechselt und fuchste sich in die Humanmedizin ein. Dennoch übte er mit mir an zwei Nachmittagen in der Woche Mathe und Physik. Quantenphysik erklärte mir Helmut dermaßen anschaulich, dass ich wieder Freude an dem einst vertrauten Fach gewann.

»Die Rechnungen sind mathematischer Pipifax, das verstehst du sofort.« Er hatte recht. Meine Konzentrationsfähigkeit war zurückgekehrt. Ich begriff das Dargelegte und war imstande, es nach der privaten Lehrstunde alleine zu vertiefen. Ähnlich gut erging es mir in Algebra. In Trigonometrie verstand ich nichts.

»Dein räumliches Denkvermögen ist flach wie eine Glasscheibe«, urteilte Helmut. Ich fand mich damit ab und büffelte stur. Englischvokabeln konnte ich alleine ochsen.

Die Wochen bis zur nächsten Physikklausur verflogen. Als ich das Prüfungsblatt las, fiel die Aufregung von mir ab. Ich begriff die Aufgabenstellung und merkte, dass ich fähig war, sie zu lösen. Nachdem ich mit den Rechnungen fertig war, zwang ich mich, sie nochmals durchzugehen, und kam dabei zum gleichen Ergebnis.

Am folgenden Montag gab Frau Madlener die Noten bekannt. »Das bemerkenswerteste Ergebnis hat Seligmann erzielt. Ihm ist der perfekte Jo-Jo-Effekt gelungen. Von Sechs auf Eins.«

Die rothaarige Lehrerin lächelte mich an. »Wie haben Sie das geschafft?«

»Ich denke, ich habe gelernt, mich zu konzentrieren.«

»Das kann ich Ihnen für die Abiturprüfung nur empfehlen. Sie alle sind imstande, die Aufgaben zu lösen – sonst wären Sie nicht ins fünfte Semester gelangt. Jetzt müssen Sie sich nur noch einmal konzentrieren, dann haben Sie es geschafft. Und Sie, Seligmann, halten bitte Ihre Jo-Jo-Kugel oben.«

Die Physik-Eins trug mich durch die folgenden Prüfungen. In Mathe gelang mir eine Zwei. In Deutsch war ich über die erneute Vier enttäuscht – warum bewertete Leopold meinen Aufsatz nur mäßig? Auch in Englisch gelang mir nur eine Vier, was im Semesterergebnis mangelhaft bedeutete. Mit einer Fünf wurde ich zum Abitur zugelassen.

Vater war vorsichtig zuversichtlich.

»Rafi, bleibe bitte am Ball und erfülle dir und mir unseren Lebenstraum.«

Mutter dagegen befürchtete, dass ich wieder leichtsinnig werden würde.

»Keine Angst, ich werde mir das Spiel nicht im letzten Moment versauen, Ima.«

»Das Leben ist kein Spiel! Es ist bitterer Ernst.«

Um auf andere Gedanken zu kommen und weil Ima stets für ihre Wunschschwiegertochter trommelte, lud ich Rebecca ins Kino ein. Im Royal Filmpalast am Goetheplatz lief Elia Kazans Drama »Das Arrangement«. Kirk Douglas spielte einen Werbemanager, der einst auf Druck seines Vaters seine künstlerische Neigung aufgab, um sich stattdessen dem amerikanischen Karrieretraum zu ergeben. So kommt er zu Geld, einer Villa und einer attraktiven Ehefrau. Doch das Arrangement scheitert. Der Manager versucht sich das Leben zu nehmen, ehe er seinen Künstlertraum verwirklicht.

Kazans Film illustrierte, was mir durch den Kopf ging. Rebecca war das personifizierte Arrangement. Eine schöne Jüdin, die entschlossen war, mich in den Schoß ihrer vermögenden Familie zu führen, auf dass ich mein Leben als Verkäufer und Geschäftsmann verplemperte. Rebecca wollte den Grund für den Lebensüberdruss des Protagonisten nicht begreifen. Mir dagegen war er klar. Ich durfte mein Leben nicht vertun, indem ich mich mit Beccis Welt arrangierte.

Beim Abschied bedeutete ich ihr, dass wir uns vorläufig nicht sehen könnten, da ich mich aufs Abi vorbereiten müsse. Was der Wahrheit entsprach. Ich hatte den Mathestoff, den Helmut mir vermittelt hatte, bereits am Tag nach der letzten Klausur wieder vergessen, Physik ohnehin. Da Helmut mitten in seinem Vorphysikum steckte, musste ich mir jetzt beide Fächer ebenso wie Englisch systematisch und ohne fremde Hilfe aneignen. Zudem spukte Almut weiter in meiner Seele herum – doch nun, ohne meinen Geist zu lähmen.

Seit meiner Vorbereitung zur Aufnahmeprüfung für das Müko hatte ich noch nie so intensiv gelernt. Damals war es einfacher gewesen, denn tagsüber war ich in der Werkstatt beschäftigt. Jetzt aber musste ich mir die gesamte Zeit selbst einteilen. Von früh bis spät zu pauken war sinnlos, dann floss mir alles ineinander. So entwarf ich einen Gesamtplan für die kommenden fünf Wochen. Dabei lernte ich vormittags und befasste mich danach mit den aufgetretenen Schwierigkeiten. Durch das einsame Lernen gelang es mir zunehmend, unbekannte Aufgabenstellungen zu erfassen und zu lösen.

Junge Liebe

Rafael

Das Thema des Deutsch-Abis lag auf der Hand: die bevorstehenden Olympischen Spiele in München. Am Vortag fuhr ich in den Englischen Garten, wo ich mich unweit des Monopteros unter dem weiten Baumkleid einer mächtigen Buche ins Gras legte, zum Himmel emporblickte und Unmögliches versuchte: an nichts zu denken.

Eine junge Frau im kurzen, türkisfarbenen Kleid trat kräftigen Schritts in meinen Gesichtskreis. Ihre Haare waren honigfarben. Während sie mich passierte, streifte mich ihr Blick. Obgleich ihre hellen Augen von den Gläsern einer Hornbrille verkleinert wurden, erfasste ich ihren munteren Ausdruck. Er glich klarem blauen Wasser, das mich zum Trinken einlud.

Ich musste sie kennenlernen! Wie sollte ich sie ansprechen? Worüber mit ihr reden? Während ich grübelte, zog sie weiter und ließ sich ebenfalls nieder. Mir wollte scheinen, als ob ein Lächeln über ihre Züge huschte.

Jetzt oder nie! Ich zwang mich hoch, trat zu der Honigblonden und fragte sie, ob sie kurz auf meine Sachen aufpassen könne.

»Gerne. Bist du so ein vorsichtiger Mensch?« Sie lächelte meine Schüchternheit fast vollständig weg.

»Nein. Ich wollte dich kennenlernen. Aber mir ist nichts Geistreiches eingefallen.«

»Dass du mich kennenlernen willst, ist prima. Setz dich einfach her zu mir!« Mehr als ihre Worte luden mich ihre Augen dazu ein. Während ich mich nicht zu nah bei ihr niederließ, meinte sie:

»Übrigens: Ich bin Ingrid.«

»Ich heiße Rafael.«

»Ein schöner Name.«

»Ich wurde in Israel geboren.«

»Und ich komme aus der Lüneburger Heide. In München bin ich erst seit zwei Monaten. Mal sehen, was ich hier erlebe.« Ingrid erzählte drauflos, lächelte, lachte, erkundigte sich nach mir. Als ich sie wissen ließ, dass ich morgen mein Deutsch-Abi schreiben würde, strahlte sie. »Ist ja toll! Das habe ich auch vor. Ich arbeite in einer Bank und möchte etwas Geld sparen, um das Fachabi in Sozialwissenschaften zu machen und Pädagogik zu studieren. Ich will mich um Kinder kümmern. Die brauchen mehr Liebe als Wissen.« Sie lächelte leise. »Entschuldige, Rafael, dass ich so losquatsche und dich gar nicht zu Wort kommen lasse.«

»Ich höre dir gerne zu, Ingrid. Ich genieße es, mich mit dir zu unterhalten ... und fühle mich wohl bei dir.«

»So geht es mir auch.«

Mit Ingrid war alles leicht. Sie war fröhlich und verbreitete gute Laune.

Gegen Mittag brachen wir gemeinsam auf. Ingrid wohnte zur Untermiete in der Thierschstraße, unweit unserer Wohnung.

»Das heißt, du hast morgen Mittag die Schule hinter dir?«

»Leider erst das Deutsch-Abi. Danach muss ich noch Mathe, Physik und Englisch bestehen.«

»Wie lange wird das dauern, Rafael?«

»Vierundzwanzig Tage.«

Sie lachte. »Das hast du genau berechnet?«

»Notgedrungen. Ich muss lernen.«

»Dann treffen wir uns in dieser Zeit besser nicht, damit du dich ungestört vorbereiten kannst. Aber danach möchte ich dich wiedersehen.«

»Ich dich auch! Unbedingt! Am 7. Juni schreiben wir Physik –
lass uns abends um sieben Uhr treffen!«

»Wo?«

»Gleich hier am Max-II-Denkmal.« Als ich Ingrid vor ihrem
Haus einen Kuss auf die Wange drückte, lachte sie.

»Habe ich etwas falsch gemacht?«

»Im Gegenteil! Du gefällst mir so gut und bist schüchtern und
zärtlich.« Sie küsste mich mit trockenen Lippen auf den Mund
und enteilte durch das schwere Haustor.

Beim Wiedersehen übergab mir Ingrid ein Handsträußchen
Heckenrosen »zum Abitur«.

»Ich weiß noch nicht, ob ich die Prüfungen bestanden habe.«

»Ich hab keine Zweifel.«

»Aber ich bin schlecht vorbenotet.«

»Ich bin mir trotzdem sicher. Du bist doch nicht doof. Lass uns
den Abend genießen.«

Wir fuhren in die Türkenstraße, wo ich Ingrid ins Restaurant
»Meine Schwester und ich« einlud. Fürs Essen hatte ich heute
keinen Sinn. Ich erfreute mich an Ingrid – und an den Wasser-
schildkröten im Terrarium. Das gab mir Gelegenheit, Ingrid
von den Panzertieren in unserem Garten in Israel zu erzählen.
Sie berichtete mir von ihrer Kindheit in Egestorf.

»Wir hatten ein Pferd. Ich bin zwischen seinen Hufen rumge-
wuselt, meine Mutter hatte Angst, dass der Gaul ausschlägt.
Aber ich war furchtlos.« Sie sah mich an. »Das bin ich immer
noch.«

Ihre fröhliche Zuversicht machte mich leicht. Ich ergriff ihre
Hand, sah ihr in die Augen: »Du hast mir geholfen, diese
langweiligen vierundzwanzig Lerntage durchzustehen, weil ich
mich dauernd auf unser Wiedersehen gefreut habe.«

»Mir ging es ähnlich. Nach der Bank singe ich zweimal in
der Woche im Kirchenchor, und am Wochenende bin ich im

Englischen Garten spazieren gegangen und habe heimlich nach dir Ausschau gehalten.«
»Schade, dass du dich nicht an der Isar umgesehen hast.«
»Dort hätte ich dich angetroffen?«
»Und erfreut.«
»Und vom Lernen abgehalten.« Ihr Lachen breitete sich von den Augen über die Wangen zum Mund aus.
»An der Isar lerne ich nicht.«
»Aber jetzt haben wir Zeit füreinander. Den ganzen Abend.«
»Ingrid, ich möchte dich einladen, mit mir nach Griechenland zu fahren.«
»Warst du schon mal dort?«
»Nein.«
»Nach Griechenland ist es weit, wir kennen uns doch kaum.«
»In deiner Gegenwart tanzt mein Herz. Ich fühle mich frei. Darum will ich gemeinsam mit dir in das schönste Land fahren, das ich mir vorstellen kann.«
Ingrid sah mich ernsthaft an, nach Sekunden erst verzogen sich ihre Mundwinkel zu einem Lächeln.
»Rafael, du hast so schön zu mir geredet. Ja, ich will mit dir nach Griechenland fahren.« Unsere Hände fanden zueinander, hielten sich fest. Den Rest des Abends schmiedeten wir bei Rotwein Pläne. Die paddelnden Wasserkröten nahmen keine Notiz von unserer Reiseroute. Wir wollten mit dem Auto über den Brenner nach Italien und dann auf dem schnellsten Weg zur Adria, wo wir mit einer Fähre nach Piräus übersetzen würden. Wir wollten die alt-neue Stadt Athen, speziell die Akropolis, die Museen besichtigen und die Menschen kennenlernen, ehe wir auf einer anderen Route zurückkehren würden.
Wir freuten uns ausgelassen wie Kinder, die von zu Hause ausreißen möchten. Da wir nicht mehr nüchtern waren, tanzten, liefen, wandelten wir über die Türken-, Schelling-, Ludwigstraße ins Lehel. Dort verabschiedeten wir uns mit einer

Umarmung und dem Versprechen, bald zusammen aufzubrechen.

Ingrids Zuversicht bewahrheitete sich. Wie alle meine Mitschüler hatte auch ich das Abitur bestanden. Um meine schlechten Zensuren scherte ich mich nicht. Hauptsache, ich hatte den Wisch erlangt, der es mir ermöglichen würde, Geschichte zu studieren.

»Seit deinem zehnten Lebensjahr wolltest du zu denen gehören, die aufs Gymnasium durften, zu Abi und Helmut Hauner ...«
Ich unterbrach Vater:
»Und du denkst daran, dass du 1920 das Gymnasium verlassen musstest, um deinen Eltern beizustehen.«
Er wandte den Kopf ab, damit ich nicht sah, dass seine Augen feucht wurden. Es hatte 41 Jahre gedauert, bis er durch mich seinen Lebenstraum erfüllt sah.
»Hätte ich gewusst, wie wichtig es dir war, wäre ich fleißiger gewesen.«
»Das glaube ich dir nicht ganz, du leichtsinniger Vogel ... Verweht! Du hast es vollbracht. Dafür bin ich Gott dankbar.«

Ich verabredete mich mit Rebecca am Shakespeareplatz unweit ihres Elternhauses. Es war warm und noch hell. Vögel zwitscherten, wir hatten beide endlich das Abi in der Tasche.
»Seitdem wir zusammen den Film ›Arrangement‹ gesehen haben, ist mir klar geworden, dass ich ein freies Dasein als Historiker führen möchte – ohne die ständige Einflussnahme unserer Mütter«, erläuterte ich Rebecca. »Ich denke, es ist das Beste, wenn wir unser Leben getrennt angehen.«
Sie schritt schweigend auf dem Kiesweg neben mir, ehe sie sich mir zuwandte: »Ich fühle, dass du mir nicht die ganze Wahrheit sagst, Rafi. Wenn du mich liebtest wie ich dich, würdest du um mich kämpfen. Du weißt, dass ich dir nach

Israel folgen würde. Auch wenn es Mutti nicht recht wäre –
sie hätte Verständnis dafür. Du trennst dich leichten Herzens
von mir. Weil du dich in eine andere Frau verliebt hast. Ist
es so?«

»Ja.«

»Wenigstens bist du ehrlich zu mir. So können wir Freunde
bleiben ... wenn sich mein Schmerz gelegt hat.«

»Danke, Rebecca. Für alles.«

Sie wollte gehen, doch die Neugierde hinderte sie daran.

»Kenne ich sie?«

»Nein.«

»Also keine Jüdin.«

Ich nickte.

»Seid glücklich!«

Selbst im Moment ihrer Niederlage beschimpfte sie meine neue
Gefährtin nicht als Schickse. Becci hatte Klasse. Doch meine
Verliebtheit in Ingrid ließ alle anderen Frauen verblassen. Selbst
Almut Leopold.

Derweil jobbte ich bei Sewald, um mein Reisegeld zu
verdienen. An Tagen ohne Chorprobe holte mich Ingrid ab,
und wir fuhren zum Flaucher. In dem kleinen Biergarten
genossen wir Gerstensaft und Steckerlfisch, das warme Wetter,
das heitere Geplauder und die fröhlichen Rufe, die durch die
hereinbrechende Dunkelheit drangen. Die Lichter tauchten die
Menschen in mattgelben Schein. Frohgemut plauderten wir
über unsere bevorstehende Tour. Ingrid empfahl, den größten
Teil unseres Geldes in Reiseschecks anzulegen. Zudem wollte
sie in ihrer Bank Lire und Drachmen besorgen.

Mit einem Mal wurde ihr Gesicht ernst.

»Wir haben noch nicht miteinander geschlafen, Rafael. Auf
unserer Reise wird das ja wohl geschehen ...«

»Das will ich hoffen.«

»… also, ich wollte dir nur sagen, dass ich nicht die Pille nehme. Könntest du dich um Verhütungsmittel kümmern?«

Am folgenden Mittag betrat ich die Drogerie Meyer in der Thierschstraße.

»Ich möchte Kondome.«

»Feucht oder trocken?«, wollte die blasse Verkäuferin wissen. Ich hatte schon Präservative aus Automaten gezogen, sie jedoch mangels Gelegenheit lediglich aufgeblasen. Da feuchte Kondome wegen ihrer Gleitfähigkeit angepriesen wurden, entschied ich mich für sie.

»Wie viele möchten Sie?«

Ein Päckchen enthielt drei Stück, wir wollten drei Wochen unterwegs sein. 21 Tage. »Ach, geben Sie mir ein Dutzend Päckchen.«

Die Drogistin wühlte in einer Schublade.

»Wir haben nur jeweils zwei Packungen trocken und feucht.«

Sie empfand mich wohl als Sexmonster.

Im Tal war ein neuer Erotikshop eröffnet worden. In den Regalen waren Kondompackungen aufgestapelt. Ich ergriff einige Päckchen. An der Kasse fragte mich eine freundliche junge Frau nach weiteren Wünschen: Dildos, Pornomagazine, Vibratoren?

»Ich hoffe, ich schaff's auch ohne.«

»Das glauben alle.«

Mein Versuch, Ingrid vor einer Begegnung mit meiner Mutter zu bewahren, misslang. Ich ahnte, wie Imas Reaktion ausfallen würde. Emil hatte sich aus dem Staub gemacht.

Meine Freundin hatte einen bunten Sommerstrauß dabei. Statt die Blumen anzunehmen, begrüßte Mutter Ingrid auf ihre Art.

»Warum besuchen Sie uns, Fräulein …«

»Renk.«

»Ich habe Sie nicht zu uns eingeladen. Rafael hat Ihnen sicher verschwiegen, dass Sie hier unerwünscht sind ... Ich habe nichts gegen Sie persönlich, Fräulein. Aber wir sind Juden. Meine Geschwister sind von Deutschen vergast worden. Von Leuten wie Ihren Eltern. Deshalb erlaube ich nicht, dass eine Deutsche in unsere Familie eindringt.« Ingrids Blick verschwamm. Das genügte Mutter nicht. »Rafi ist mit einer jüdischen Frau verlobt, wie es sich gehört. Sie sind für ihn nichts weiter als ein Zeitvertreib. Lassen Sie sich hier nie wieder sehen!«

Auf der Straße nahm ich Ingrid den Strauß ab und umarmte sie lange. Als sie sich von mir löste, fiel mir nichts Dümmeres ein, als zu sagen, dass ich nie verlobt gewesen sei.

»Das ist egal. Ich kann deine Mutter verstehen. Nach allem, was sie durchmachen musste.«

»Dafür kannst du nichts.«

Ingrid starrte ins Leere.

»Du darfst dich nicht von Mutter als Geisel ihrer Rache nehmen lassen.«

»Deine Mutter hat recht.« Mit einem Ruck hob sie den Kopf. »Als ich meiner Mutter am Telefon von dir erzählt und deinen Namen genannt habe, hat sie mich gefragt, ob du Jude bist. Sie hat von mir verlangt, mich sofort von dir zu trennen. ›Das ist Rassenschande!‹, hat sie gesagt. Vater hat sich ebenso ausgedrückt. Meine Eltern sind brave Bürger, keine Nazis.« Sie wollte weglaufen, doch ich hielt sie fest.

»Bleib! Wenn wir uns trennen, haben die Alten ihr Ziel erreicht.« Die Zeit am Müko hatte mich fast vergessen lassen, dass es allenthalben Nazis gab. Auch junge wie Horst Kann. Jetzt musste ich erleben, dass die Eltern meiner Geliebten Judenhasser waren. Ich ließ Ingrids Hand nicht los.

Als ich mit meinem Wagen gegen sechs Uhr morgens vor Ingrids Haus in der Thierschstraße ankam, wartete sie bereits mit einem kleinen Lederkoffer und einem Rucksack auf dem Bürgersteig. Ich verstaute ihr Gepäck unter der runden Bugklappe. Im Auto umarmten wir uns fest.

»Lass uns jeden Moment genießen!«

Unsere Verliebtheit und die Freude am Abenteuer unserer ersten großen, selbstständigen Tour vertrieb die Gedanken an den Hass der Eltern. Doch als wir nach der Überquerung des Brennerpasses eine Pause einlegten und ich eine Straßenkarte Italiens entfaltete, um unsere Route zu besprechen, drängte Ingrid unversehens auf eine Rückkehr nach München.

»Warum?«

»Wir kennen uns kaum.«

»Jetzt ist Gelegenheit, das zu ändern.«

»Hast du keine Angst?«

»Nein! Meine Lust, dir nahe zu sein und Italien und Griechenland mit dir zu bereisen, ist ungebrochen.« Der Schatten eines Lächelns huschte über ihre Züge, ehe sie erneut ernst wurde.

»Als du mir vorgeschlagen hast, in den Süden zu fahren, hat mir die Idee gefallen. Doch jetzt habe ich Heimweh.«

»Nach deinen Eltern?«

»Ja. Ich liebe sie, obwohl sie so hässlich über dich gesprochen haben. Und in der Heide ist mir alles vertraut.«

Bei Becci wäre mir das erspart geblieben. Doch ich hatte mich mit Haut und Haaren in mein Heideröslein verliebt.

Am folgenden Morgen hatte ich Fieber und Magendrücken. Aber ich war entschlossen, dennoch unser Glück zu wagen. So fuhren wir durch Norditalien südostwärts an die Adria. Südlich von Rimini stießen wir aufs Meer. Erstmals seit meiner Kindheit sah ich wieder das Mittelmeer. Der Anblick der kobaltblauen See ließ mich Fieber und Unwohlsein vergessen.

Auf einem Parkplatz schlüpfte ich in meine Badehose, forderte Ingrid auf, meinem Beispiel zu folgen, lief zum Strand und stürzte mich ins Wasser. Es war erfrischend kühl. Ich schwamm zwischen den Badenden hinaus, legte mich auf den Rücken und blinzelte in die Sonne, ich drehte mich, um zu kraulen. »Rafael, warte auf mich!« Ingrids Honigschopf tauchte hinter mir aus den Wellen auf. An meiner Seite angekommen, wollte sie wissen, wie ich mich fühlte.

»Gigantisch! Du, mein Meer und die Sonne ...«

Wir übernachteten in einer kleinen Pension südlich von Fano. Reichlich Pasta und Chianti belebten unsere Stimmung und lösten unsere Angst vor dem ersten Beisammensein.

Ingrid war so unerfahren wie ich. Unsere Sinne fanden sich über Finger, Mund und Haut, bis wir uns zu vereinigen wagten. Nun begriff ich den biblischen Ausdruck »einander erkennen«. Auch wir erkannten einander und empfanden dabei zunehmend Genugtuung. Ich war glücklich, wie ich es nie wieder werden sollte. Das erste Glücklichsein suggeriert, die absolute Harmonie werde immer anhalten.

Am nächsten Tag setzten wir unsere Fahrt fort. Südlich von Ancona suchten wir vergeblich nach einer Herberge. Auf der nächtlichen Landstraße waren zumeist Lastwagen mit aufgeblendeten Scheinwerfern unterwegs. Es war sinnlos weiterzufahren, denn um diese Uhrzeit würde uns keine Unterkunft mehr aufnehmen. So bog ich in einen Feldweg ab.

»Du willst doch nicht mitten in der Einöde übernachten, Rafael?«

»Hast du eine bessere Idee?«

Ingrid wollte im Auto nächtigen. Ich zog es vor, unter freiem Himmel zu schlafen. Trotz tintenschwarzer Nacht war es brütend heiß. Ich legte mich auf meine Bastmatte. Die trockene Erde hatte den gleichen Geruch wie der ausgedörrte Boden unseres israelischen Gartens, ehe wir ihn wässerten. Ich schob meinen Kopf an den Rand der Matte, um den Duft der Erde einzuatmen. Nachdem ich mich sattgerochen hatte, wandte ich mich um und blickte lange in den Himmel. Ich erkannte glitzernde Sternbilder.

Als ich erwachte, schien die Sonne auf uns herab. Ingrid hatte ein gelbes Tuch über den hellbraunen Sand gebreitet, darauf lagen eine Flasche Mineralwasser, zwei Gläser, in der Mitte ein Teller mit roten Weintrauben und Keksen, zwei Teller und Besteck. Ein derartiges Frühstück hatte ich noch nie genossen! Ich umarmte die Geliebte – am liebsten hätte ich die ganze Welt geherzt.

Einige Tage später verbrachten wir erneut eine Nacht unter freiem Himmel – auf hoher See, als wir auf der Autofähre »Kap Sunion« von Brindisi nach Piräus übersetzten. Unsere »exklusive Vierbett-Kabine« entpuppte sich als ein fensterloser Pressholzverschlag. Nachdem der Schiffsmotor angeworfen worden war, erwärmte sich der unbelüftete Raum rapide. Die Hitze ließ uns keine andere Wahl, als an Deck zu gehen. Wir suchten einen freien Fleck auf den Holzplanken des Hecks. Der Fahrtwind war zunächst angenehm kühl, doch allmählich wurde es feucht und kalt. Uns blieb nichts anderes übrig, als ein Halbdeck höher zu steigen, um uns an den Stamm des Schiffsschlotes zu schmiegen. Der runde Schornstein war umlagert wie ein Bienenstock. Wir zwängten uns dazwischen. Ingrid nickte nach einer Weile ein, während ich den Sternenhimmel betrachtete. Schließlich überkam mich der Schlaf.

Ein rüttelndes Stampfen weckte mich. Es dämmerte bereits, zu beiden Seiten des Schiffs ragten steile Uferwände auf. Wir passierten den Kanal von Korinth, die Passage zwischen dem griechischen Festland und dem Peloponnes.

Ingrid schlief fest. Behutsam löste ich mich aus unserer Umarmung, bettete ihren Kopf auf meinem Rucksack und stieg hinab zur Reling. Von hier bis zur Uferwand waren es nur wenige Meter. Nach kurzer Zeit erreichten wir wieder das freie Meer. Stunden später machten wir im Hafen von Piräus fest. Vor wenigen Monaten noch hatte ich darum gekämpft, nicht vom Müko zu fliegen. Das Abi lag hinter mir. Statt Gefangener in einer jüdischen Pflichtehe zu sein, war ich als freier Mann mit meiner fröhlichen Geliebten in Athen!

Von unserer Pension nahe dem Omonia-Platz erkundeten wir die Stadt. Während wir auf der Akropolis den Parthenon und andere Tempelruinen und Bauten bewunderten, ging mir die einstige politische Bedeutung Athens durch den Kopf. Weshalb hatte sich die Demokratie ausgerechnet in dieser verhältnismäßig kleinen Stadt derart erfolgreich entwickelt? Der Ort mit seinen Philosophenhöfen, seinem Hafen und dem damit verbundenen Austausch von Menschen und Waren war zur Freiheit prädestiniert, ähnlich wie später Venedig, Amsterdam, London, New York. Heute versuchte die Junta der Obristen die Zeit zurückzudrehen und Griechenland in einen Kasernenhof zu verwandeln.

Wenn die gleißende Sonne sich anschickte unterzugehen und mildes, orangerotes Licht auf das Gestein warf, machten wir uns auf den Weg in die Plaka am Abhang der Akropolis. Die Vorhöfe der Restaurants waren von Weinreben umrankt. An den Tischen aßen und tranken Einheimische und Touristen. Wir lernten die griechischen Speisen und den verharzten Retsina kennen. Der gekühlte Landwein rundete meine Heiterkeit ab, während Ingrid schwere Rotweine genoss.

Unsere Sinne erblühten. Wir konnten nicht genug voneinander bekommen. Es hätte unentwegt so weitergehen können, doch Ingrids Urlaub war fast zu Ende, und unsere Mittel gingen zur Neige. Wir fuhren nach Patras und buchten eine Überfahrt nach Ancona. Die Fähre »Heleanna« war ein alter Tanker mit einem riesigen Deck. Wir verzichteten auf »Kabinen«. Die Nacht nutzten wir zum Tanzen und Trinken. Als wir am späten Vormittag vom Schiff wieder an Land fuhren, überkam uns bleierne Müdigkeit. In einer Herberge fielen wir eng umschlungen in einen tiefen Schlaf. Früh am nächsten Morgen traten wir die Heimreise an. Abwechselnd chauffierend, fuhren wir den ganzen Tag durch. Abends machten wir in Mantua Station. Ein Hotel am Rand der Altstadt fiel uns wegen seiner Kupferpfanne auf. Das Schaufenster war mit dem Namen des Restaurants in goldener Farbe übermalt: »Il Godimento«. Als wir Spaghetti und Vino bestellten, schüttelte der Padrone, ein gepflegter, braunäugiger Mann mit warmer Baritonstimme, missbilligend den Kopf: »No, no, Signori! Spaghetti, Spaghetti, Spaghetti – questa non è la cucina italiana. Probieren Sie la nostra vera cucina! Unser Ristorante heißt Il Godimento – Der Genuss.« Er war so frei, unser Menü zusammenzustellen. Als Vorspeise offerierte er uns Tagliatelle mit Trüffeln, es folgte eine leicht angebratene Seezunge, zu der Weißwein kredenzt wurde. Das Hauptgericht bestand aus einer zarten Fegato con burro mit gedünstetem Gemüse in Begleitung eines kräftigen Chianti. Die Nachspeise war eine gehaltvolle Panna cotta. Der starke Espresso schlug eine Schneise in den angenehmen Nebel, den die kulinarischen Genüsse bei uns hervorgerufen hatten. Welch ein großartiges Mahl am letzten Abend unserer Reise!

Als der Padrone anderntags nach dem Morgenkaffee an unserem Tisch erschien, dankten wir ihm, dass er uns die Pracht der vera cucina italiana hatte kennenlernen lassen. Das sei lediglich eine prima introduzione gewesen, meinte er geschmeichelt, wir seien ihm jederzeit als Gäste willkommen.

Die Rechnung überstieg unsere letzte Geldreserve plus Reisescheck erheblich. Der Chef des Hauses verzichtete großzügig auf den Rest von tausend Lire, damit wir unsere macchina noch einmal volltanken konnten, um nach Monaco di Baviera zu gelangen.

Am späten Nachmittag erreichten wir unsere Heimatstadt. Unser Glück speiste sich aus einer Liebe, die lebenslang bestehen sollte.

Frau Herget erkannte sogleich die Ursache meiner Veränderung. »Unser Herr Seligmann ist erwachsen geworden. Dafür langt des Abitur ned – Sie ham Ihre Liebe gefunden!« Ihre weibliche Intuition war untrüglich.

Ich verrichtete meinen Job. Am Wochenende besuchte mich Ingrid. Wider besseres Wissen redete ich mir ein, Mutters Hass sei verraucht, und überzeugte auch Ingrid davon. In meinem abgedunkelten Zimmer betrachteten wir die ersten Dias, die ich mit meiner Exa-Kamera geschossen hatte. Die Bilder weckten in uns den Wunsch, unverzüglich wieder auf Reisen zu gehen.

Die Dunkelheit lud uns ein, die Fotoshow unverzüglich zu unterbrechen und Freude aneinander zu finden. Doch die Ruhe zwischen Schlafen, Wachen, Lieben und Scherzen wurde unvermittelt von Mutters durch die Tür gerufene Mahnung zerrissen:

»Fräulein Ingrid, es ist bald zehn Uhr.«

Ich schlüpfte aus dem Bett, verriegelte die Tür und schaltete das Licht an. Als ich die Decke zurückschlug und Ingrids Blöße sah, erwachte meine Erregung. Ich küsste sie unter den Achseln, was sie kichern ließ. Ingrid revanchierte sich, indem sie meinen Bauch mit ihren herabhängenden Haaren streichelte. Das Kitzeln ließ mich hell auflachen.

»Jetzt ist es zehn, Fräulein Ingrid. Bitte verlassen Sie umgehend unsere Wohnung, sonst machen wir uns der Beihilfe zur Kuppelei schuldig!«, mahnte Mutter von draußen.

Am liebsten wäre ich mit Ingrid zusammen aus dem Zimmer

geflohen. Doch ich wollte eine erneute Begegnung mit Mutter vermeiden.

Da ertönte der Ruf von jenseits der Tür:

»Wir verständigen die Polizei, wenn diese Person nicht augenblicklich unsere Wohnung verlässt.«

Ingrid griff nach ihrer Wäsche.

»Am besten, ihr holt die Gestapo, mit der habt ihr schon Erfahrung!«, brüllte ich. Das brachte Mutter zum Schweigen.

Nachts, als ich überzeugt war, dass die Alten schlummerten, zogen wir uns an. Doch als wir aus dem Raum glitten, kam Ima sogleich aus dem Schlafzimmer und stellte sich uns entgegen.

»Nehmen Sie bitte endlich zur Kenntnis, dass Sie hier unerwünscht sind, Fräulein Ingrid. Ansonsten muss ich mich an Ihre Eltern und Ihren Arbeitgeber wenden.«

Wir gingen wortlos durch die leere Adelgundenstraße. Unsere Schritte hallten auf dem Pflaster. Als wir vor Ingrids Haus anlangten, nahm ich ihre Hand.

»Ich ziehe aus, sobald ich die Kröten für die erste Miete verdient habe.«

»Du brauchst auch drei Mieten Kaution.«

Nach zwei Monaten konnte ich mir den Umzug endlich leisten. Am Freitag, den 31. Dezember, bezog ich ein eigenes Domizil in einem abbruchbereiten Haus der Almbachstraße im Süden Münchens. Das Zimmer im ersten Stock hatte ein breites Fenster. Die Gemeinschaftstoilette lag im Parterre, eine Dusche gab es nicht. Im Zimmer befand sich ein Waschbecken. Ich zahlte 180 Mark monatlich für die Behausung.

Mutter gab mir ihre Prophezeiung mit auf den Weg.

»Du wirst an der Universität scheitern und gesundheitlich zugrunde gehen.«

»Ingrid passt auf mich auf.«

»Wenn die Schickse von dir genug hat, läuft sie zum Nächsten.«

Student

Rafael

Bereits Anfang November hatte ich mein Studium begonnen. Neben Neuerer Geschichte belegte ich Bayerische Geschichte. Auf diese Weise wollte ich mehr über die Vergangenheit unserer Familie erfahren. Zudem wählte ich Politische Wissenschaften, um zu verstehen, was die Bevölkerung antrieb und wie Regierungen funktionierten.

Als ich erstmals den neoklassizistischen Lichthof des Universitäts-Hauptgebäudes in der Ludwigstraße betrat, kam mir in den Sinn, dass hier Sophie Scholl und ihre Freunde Anfang 1943 ihre nazifeindlichen Flugblätter abgeworfen hatten. Nun würde ich an derselben Hochschule lernen, die Geschichte zu verstehen.

Am meisten interessierte mich das Proseminar von Professor Ernst Deuerlein. Als einziger Lehrstuhlinhaber unterzog er sich der Mühe, wöchentlich mit den Studenten des ersten Semesters die Eingangsschritte in Neuerer Geschichte zu gehen, sie für sein Fach zu begeistern.

Der kriegsversehrte Mann mit mächtiger Stirn humpelte in den kleinen Seminarraum und dozierte in verständlicher Sprache über die Potsdamer Konferenz von 1945 als Exempel für die Bedeutung der Neueren Geschichte. Professor Deuerlein war von Geschichte als »Labor menschlichen Verhaltens in seiner ganzen Macht, Ohnmacht und Absurdität« fasziniert. Sein Enthusiasmus übertrug sich auf uns. Er verstand es, unsere Neugierde zu wecken, wenn er uns beiläufig fragte, wer von den drei Konferenzteilnehmern sich auf Gott bezogen habe. Niemand wusste die Antwort. Deuerlein schmunzelte. »Josef Stalin. Gemäß Sitzungsprotokoll. Als die Herren voneinander Abschied nahmen, rief Stalin: ›Mit Gottes Hilfe!‹ In seiner Jugend hatte Josef Dschugaschwili das Priesterseminar im georgischen Tiflis besucht. Den Bezug zu seinem Glauben verlor er trotz kommunistischer Ideologie nie. Stalin verhandelte in Schloss Cecilienhof mit Attlee und Truman. US-Präsident Roosevelt erlag im April 1945 einem Schlaganfall, ihm folgte Harry S. Truman. Churchill wurde kurz nach Kriegsende von den Briten abgewählt und durch Clement Attlee ersetzt. Stalin hatte es unverhofft mit zwei wenig erfahrenen Partnern zu tun, die er dominierte. Es bedarf in der Geschichte keiner magischen Kräfte, sondern des Glücks und klarer Vorstellungen, um seine Ziele zu erreichen.«

Derart mitreißend und eingängig hatte ich noch niemanden über Geschichte reden hören. Ich war glücklich, dass ich mich für dieses Fach entschieden hatte. In meine Begeisterung mischte sich Sorge: Deuerlein musste mitunter um Luft ringen. Als Sohn eines herzkranken Vaters erkannte ich, dass auch der Professor mit einem Koronarleiden zu kämpfen hatte.

Ende November wurde der plötzliche Tod Deuerleins bekannt. Kein mir bekannter Historiker war so mit der Geschichte verwachsen und verstand es, seine Studenten derart für dieses Fach zu begeistern wie Deuerlein.

In Bayerischer Geschichte widmete sich Karl Möckl der Ära des Prinzregenten Luitpold, der im ausgehenden 19. Jahrhundert den Märchenkönig Ludwig II. entmachtet und das Land über Dekaden verwaltet hatte. Es waren die ersten Jahre der Judenemanzipation, in denen unsere Familie in Ichenhausen ihren Wohlstand etabliert hatte.

Ich wählte eine Seminararbeit über »Das Bayerische Heer und die Gesellschaft«. Auf diese Weise wollte ich mehr über die Lebensumstände meines Großvaters erfahren. Isaak Raphael Seligmann, nach dem ich benannt worden war, hatte als »Einjähriger« bei den Ulanen gedient. Das Archivmaterial des Bayerischen Heeres lagerte im Kriegsarchiv in der Leonrodstraße 57. Es fiel mir schwer, die Kurrentschrift der Dokumente zu entziffern. So bat ich Emil, der als Abc-Schütze die alte Schreibschrift erlernt hatte, mir dabei zu helfen. Vater ging freudig auf mein Ansinnen ein und transkribierte eine Untersuchung der Bayerischen Heerführung aus dem Jahr 1894. Darin beklagten die Militärs die »fehlende sittliche Reife und die Zügellosigkeit der Jahrgänge, die gegenwärtig zum Militärdienst eingezogen werden«. Dies betraf auch meinen Großvater.

Nachdem er das Schriftstück durchgegangen war, wandte sich Vater mir zu.

»Ich nehme an, du hast mich nicht ohne Hintergedanken das Papier lesen lassen.« Lächelnd fuhr er fort: »Es war richtig, dass du von zu Hause ausgezogen bist. Jetzt magst du leben, wie du es verstehst.«

Vater und ich fühlten einander so eng verbunden wie nie zuvor. Es erfüllte ihn mit Genugtuung, dass er mir beim Studium helfen konnte.

Ende März hatte ich alle Arbeiten abgegeben und konnte wieder als Fernsehtechniker bei Sewald jobben. Auch meine Privatkunden beschäftigten mich gut, sodass ich Geld beiseitelegen konnte. Ich brauchte es. Denn meine Wohnsituation in der Almbachstraße war ziemlich unangenehm. Wegen des breiten, schlecht abgedichteten Fensters war es im Zimmer meist kalt und zugig, der Parkettboden war morsch, die Gemeinschaftstoilette unsauber, ebenso wie das Treppenhaus.

Zudem besaß ich außer meinem alten Schreibtisch kaum Mobiliar. Die dreiteilige Matratze ohne Rahmen rutschte nachts ständig auseinander.

Da offerierte mir mein Kommilitone Jens Weyer seine möblierte Dachwohnung in der Hermann-Vogel-Straße im Norden Münchens. Die funktionale Einrichtung hatte er eigenhändig gezimmert. Es handelte sich um ein komplettes Büro mit Regalen sowie ein kombiniertes Schlaf- und Wohnzimmer mit bequemen Betten. Das Einfamilienhaus war peinlich gepflegt und gehörte einem freundlichen älteren Ehepaar. Ich zahlte Jens, der sein Studium in Jerusalem fortsetzte, 750 Mark Ablöse und zog frohgemut in dessen ehemalige Bleibe. Außer Büchern und ein wenig Wäsche brachte ich nichts in die neue Wohnung mit. Die Vermieter begrüßten Ingrid stets auf angenehme Weise.

Am Ende der Semesterferien erhielt ich meine ersten Proseminarscheine. In allen Kursen wurde meine Leistung mit einer Eins benotet. In Bayerischer Geschichte hatte Herr Möckl mir eine Karte beigelegt:»Lieber Herr Seligmann, Sie haben eine tiefgründige Arbeit geschrieben. Das berechtigt Sie, bereits im kommenden Semester am Hauptseminar von Professor Karl Bosl teilzunehmen. Ich würde mich freuen, Sie dort zu begrüßen. Denn Sie haben bewiesen, dass Sie die Fähigkeit besitzen, ein famoser Historikerkollege zu werden. Weiterhin viel Erfolg, Ihr Karl Möckl.«

Ich fühlte mich wie das hässliche Entlein. Seit ich in Deutschland war, hatte ich stets um meine Versetzung gekämpft. Nun war ich mit einem Mal ein Einser-Student und entschlossen, es zu bleiben.

Vom Institut für Bayerische Geschichte, das bis 1919 Sitz des bayerischen Kriegsministeriums gewesen war, lief ich die

Ludwigstraße nordwärts zur Freitreppe der Staatsbibliothek, wo ich Vater von einer Telefonzelle anrief, um ihm meine ersten Studienerfolge mitzuteilen.

»Deine Kenntnisse in der Kurrentschrift haben mir dabei geholfen, Emil. Danke.«

»Es ist deine Leistung, Rafael. Aber schön, dass du auch an mich gedacht hast.«

Danach kaufte ich in einem Blumenladen in der Schellingstraße eine langstielige dunkelrote Rose, mit der ich in Ingrids Bank erschien.

»Ich wusste nicht, dass ein Rosenkavalier weiße Jeans trägt«, raunte sie mir lächelnd zu.

»Du wusstest auch nicht, dass der Rosenkavalier eine Eins bekommen hat, Muckl …« So nannte ich Ingrid nun.

»Ich habe nichts anderes erwartet.«

Professor Bosls Vorlesungen waren stets ein Erlebnis. Der untersetzte Mann stürmte in den Großen Hörsaal 101 und dozierte vor mehreren Hundert Hörern mit Löwenstimme ohne Unterlagen. Sein Geschichtsansatz war bar jeglicher Volkstümelei.

»Die Bayern, einst Bojern, sind ein Mischvolk. Hervorgegangen aus Kelten, Römern, Slawen und wohl auch einigen Germanen. Wer uns zu einem astreinen germanischen Stamm stilisieren will, lügt die Geschichte um. Historie, meine Damen und Herren, ist keine Heldensage von Königen und Feldherren, sondern die Vergangenheit der gesamten Gesellschaft. Bauern, Bürger, Arbeiter, Handwerker – auch Banditen. König Ludwig II. war kein Märchenkönig, der nur seine Kunst im Sinn hatte und den Krieg verabscheute. Er befahl dem Bayerischen Heer 1866 an der Seite Österreichs gegen Preußen zu kämpfen. Als dieser Krieg verloren ging, machte er 1870/71 gemeinsam mit Preußen Front gegen Frankreich. Ludwig ließ sich von

Bismarck bestechen und unterstützte die Nominierung von Preußens Wilhelm zum kleindeutschen Kaiser. Ludwig II. litt unter Schizophrenie. Das ist eine historische Wahrheit.«

In einem Gespräch mit Johannes Timmermann schwärmte ich begeistert von dem meiner Meinung nach modernen Geschichtsverständnis Professor Bosls. Mein ehemaliger Lehrer hingegen verzog den Mund.

»Bosl war stets modern. Ob als Katholik oder als Nazi. Nach der braunen Pest kehrte Bosl reuig in den Schoß der Religion zurück und wurde Kirchenhistoriker. Seit dem Einsetzen der 68er-Bewegung spielt er den linken Gesellschaftskritiker. Bosl ist ein bedenkenloser Opportunist.«

So hart hatte ich meinen Geschichtslehrer noch nie urteilen hören. Aber waren nicht die meisten Männer aus Bosls Jahrgang Mitläufer gewesen?

»Mag sein, Seligmann. Aber zwischen einem, der mitmacht, und einem aktiven SA-Mann, der sich zum lammfrommen Katholiken und vom Demokratiehasser zum Linksliberalen häutet, liegen Welten. Nehmen Sie sich vor ihm und seinen Konsorten in Acht.«

Dennoch besuchte ich im folgenden Semester Bosls Hauptseminar. Die Veranstaltung glich einer Karikatur auf die Wissenschaft. Wir waren weit über hundert Seminarteilnehmer. Bosl benutzte die Referate lediglich als Stichworte für eigene Auftritte. Sobald der Vortragende kurz gesprochen hatte, ergriff der Professor das Wort, um seinen Standpunkt ausführlich darzulegen. Anschließend forderte Bosl die Referenten auf, »endlich« fortzufahren, um sogleich zu einer erneuten Suada anzuheben. Auf diese Weise erfuhren wir Teilnehmer nie, was die Referenten zu sagen hatten.

Bosl war ein Egomane, intelligent, rhetorisch glänzend und rücksichtslos. Wenn Vortragende Gedanken äußerten, die dem Professor missfielen, machte er sie vor aller Augen lächerlich.

Ich erwog, das Seminar abzubrechen. Doch Herrn Möckl fiel es nicht schwer, mich zum Bleiben zu bewegen. Bosl sei ein herausragender Historiker, wie jeder große Mann habe er seine Eigenheiten. Er riet mir, mein Referat schriftlich auszuarbeiten. Darin setzte ich mich mit der »Armee als Schule der Nation« auseinander. Die Gesellschaft war Ende des 19. Jahrhunderts militarisiert. Eindringlicher als in wissenschaftlichen Abhandlungen wurde dies in der satirischen Zeitschrift »Simplicissimus« aus dem Verlag Albert Langen illustriert. Die Karikaturen von Thomas Theodor Heine, Olaf Gulbransson, Eduard Thöny und Josef Benedikt Engl entlarvten die Dummheit der Soldaten, die Borniertheit des Offizierscorps wie auch die blinde Gefolgschaft des Bürgertums. Neben wissenschaftlichen Verweisen baute ich Zitate und Karikaturen aus dem »Simplicissimus« in meine Arbeit ein. Sie wurde mit »sehr gut und originell« bewertet.

Ich hatte genug von Karl Bosl. Mein Hauptinteresse galt der jüngsten deutschen Vergangenheit. Dafür bot sich das Institut für Zeitgeschichte in der Leonrodstraße an. Es besaß ein umfangreiches Archiv, wie mir der Leiter der dortigen Bibliothek, Professor Thilo Vogelsang, erläuterte, als ich mich in sein Seminar über »Westdeutsche Außenpolitik der Nachkriegszeit« einschrieb. Zunächst aber machte sich ein praktisches Problem bemerkbar. Meine Mansardenräume waren nur dürftig isoliert. Im anbrechenden Sommer herrschte hier bis tief in die Nacht eine glühende Hitze. So musste ich zum Arbeiten in den großen Lesesaal der Staatsbibliothek ausweichen. Die bequemen Sessel, die breiten Tische und alle gängigen Nachschlagewerke in den Regalen der Präsenzbibliothek erleichterten mein Tun. Doch das fortwährende Kommen und Gehen störte meine Konzentration. Ständig begegneten mir Kommilitonen, mit denen ich auf einen Schwatz in die Cafeteria ging.

Um halb fünf endete Ingrids Arbeitstag in der Bank. Die Versuchung, sie zu sehen, war größer als mein wissenschaftlicher

Eifer. Wir zogen durch den nahe gelegenen Englischen Garten zum Biergarten in der Hirschau, wo wir den Tag bei Bier, Obazda und Brezn ausklingen ließen.

Beim Gang zur Mensa in der Leopoldstraße passierte ich das Gebäude des Allgemeinen Studentenausschusses, AStA. Dort wurden Wohngelegenheiten im Hanns-Seidel-Haus in der Studentenstadt Freimann angeboten: möblierte Appartements mit eigener Kochnische und Dusche für 115 Mark monatlich. Ich schrieb mich unverzüglich in die Liste ein. Mir wurde Zimmer 371 zugewiesen. Es würde Anfang Oktober nach den Olympischen Spielen bezugsfertig sein.

Zur Eröffnungsfeier ergatterte ich eine Karte. Am 26. August 1972 zogen die Olympioniken aus 122 Staaten in die Arena ein. Als die israelischen Teilnehmer hinter der blau-weißen Fahne mit dem Davidstern einmarschierten, schlug mein Herz höher. Der jüdische Staat hatte sich in der Völkerfamilie etabliert. Die Zuschauer unter dem avantgardistischen Zeltdach bedachten die Israelis mit viel Beifall. Die Menschen freuten sich auf heitere Spiele.

Die fröhliche Stimmung fand am 5. September ein abruptes Ende. Am frühen Dienstagmorgen drangen Terroristen im Olympischen Dorf ins Quartier der israelischen Mannschaft ein. Sie hatten zwei Sportler tödlich verletzt und die übrigen Athleten als Geiseln genommen. Sodann forderten sie die Entlassung von palästinensischen Strafgefangenen aus israelischer Haft sowie jene der Terroristen Andreas Baader und Ulrike Meinhof aus einem deutschen Gefängnis. Außerdem sollte man ihnen freien Abzug garantieren.
Die Polizei und die Sicherheitsbehörden hatten nichts aus dem Anschlag auf das jüdische Altersheim vor zwei Jahren lernen

wollen und die Israelis nicht geschützt. In der Nacht zum 6. September wurden alle neun gefangenen israelischen Sportler bei einem Befreiungsversuch der Polizei von den Terroristen umgebracht. Meine Wut schlug in Verzweiflung um. Warum war es den Israelis als Einzigen unter den Athleten aus über hundert Staaten nicht erlaubt, Sport zu treiben, ohne bedroht und getötet zu werden? War man als Jude allenthalben Freiwild für Mörder und Verbrecher?

Ende des Monats überließ ich meine heiß geliebte Mansardenbleibe Helmut Hauner und zog in das nahe gelegene Hanns-Seidel-Haus um. Anfangs fremdelte ich etwas mit meinem 14 Quadratmeter kleinen Appartement im elften Stockwerk. Die Nasszelle bestand aus einem einzigen Plastikteil, das Dusche, Waschbecken und Toilette umfasste. Das Zimmer war kaum länger als das Bett. Doch alles war gut durchdacht. Der Einbauschrank war geräumig. Über dem großen Tisch war ein Regal angebracht. Das hohe Flügelfenster nahm die gesamte Breite des Zimmers ein.
Die Aussicht ging nach Südosten. Ich blickte auf das weite Baumkronengrün des Englischen Gartens. Aus meinem Zimmer konnte ich den heraufziehenden Föhn beobachten. Der warme südliche Fallwind »putzte« die Luft über den Alpen bis weit über München hinaus nach Norden. Das sechzig Kilometer entfernte Alpenpanorama schien zum Greifen nahe. Die Berge, manche mit weißen Schneekappen, leuchteten durch die Luftspiegelung kobaltblau.
Um sechs Uhr früh war es vollkommen still, fast alle Hausbewohner schliefen noch. Ich wusste, dass Vater um diese Zeit bereits wach war. So fuhr ich unverzüglich in die Adelgundenstraße. Emil verzehrte rasch eine Banane, setzte sich eine Insulinspritze und stieg ohne zu fragen in mein rotes Auto. Ihm

genügte meine Versicherung, er werde etwas Außergewöhnliches zu sehen bekommen. Im Hanns-Seidel-Haus fuhren wir in den 19. Stock, wo die Aussicht von der weiten Terrasse freier war als aus meinem Appartement. Vater war überwältigt. Doch nicht nur von dem Ausblick. »Du studierst mit Erfolg das Fach, das zu dir passt. Ich bin sicher, dass du in Zukunft noch mehr Anerkennung finden wirst. Ich bin stolz auf dich, Rafael.«
Emil lud mich ins Café Arzmiller in der Theatinerstraße ein. Unser Frühstück währte fast bis Mittag. Vater gönnte sich eine sündhafte Sahnetorte.

Je länger ich in der Studentenstadt, StuStadl genannt, lebte, desto besser ging es mir. Ingrid hatte ihren Bankjob gekündigt und holte nun ihr Abi in einer Fachschule nach, was ihr viel Freizeit verschaffte. Abgesehen vom Freitag, an dem ich bei den Eltern aß, traf ich mich mittags meist mit Muckl vor der Mensa. Bei schönem Wetter spazierten wir durch den Englischen Garten, um anschließend nach Hause zu fahren. Muckl und ich verbrachten viel Zeit im Bett. Hier blödelten, aßen, lasen und liebten wir uns. Im Bett empfingen wir auch unsere neuen und alten Freunde. Helmut kam ebenso gerne vorbei wie Jack und dessen ehemaliger Klassenkamerad Bernd, von seiner lebhaften Freundin »Katerchen« genannt.
Wir kochten gemeinsam Spaghetti mit allerlei Zutaten und tranken dazu Rotwein aus Zweiliterflaschen. Es schmeckte annährend so gut wie in Italien.

Neue Freunde kamen aus den 619 Zimmern hinzu: Manfred Schoch, ein strebsamer Jurist aus meinem Stockwerk, Wolfgang Herles, ein engagierter Journalist, Klaus Koch, der Architektur studierte und ständig auf der Jagd nach schönen Frauen war, der Abenteurer Tom, der im Knast landete, Lambert Heinlein,

ein geborener Kaufmann, der sogleich einen Getränkehandel im Nebenhaus aufzog, wo er Geld verdiente und Frauen kennenlernte, bis er die Richtige fand und begann, ernsthaft Medizin zu studieren.

Bei Professor Vogelsang belegte ich Seminare über die Weimarer Republik und den Beginn der NS-Herrschaft. Ich erforschte den sogenannten Röhm-Putsch. Der Historiker legte mir nahe, eine Doktorarbeit über die »Endlösung der Judenfrage« zu verfassen, wie man seinerzeit den Völkermord in ungebrochener Sprachtradition nannte. Das Institut verfüge über wichtige Dokumente, und er selbst werde mir nach Kräften beistehen. Die gut gemeinte Offerte Vogelsangs empörte mich. So war ich unfähig, meine Gefühle für mich zu behalten.

»Das kommt nicht infrage, Herr Professor! Ich werde mich als Jude nicht dazu hergeben, Mahner des deutschen Gewissens zu sein. Das müssen die Nichtjuden selbst übernehmen.«

Die Gesichtszüge des Professors gefroren. »Das war lediglich ein Angebot, das Ihnen meine Wertschätzung beweisen sollte, Herr Seligmann. Wenn Sie sich einer Dissertation noch nicht gewachsen fühlen, schlage ich Ihnen vor, Ihre kenntnisreiche Seminararbeit über die Hintergründe, die 1934 zur Ausschaltung der SA-Führung führten, zu einer Magisterarbeit auszuarbeiten.«

Ich bedankte mich für sein Vertrauen und sagte zu. Vogelsangs Angebot, bereits Ende des vierten Semesters mit meiner Magisterarbeit zu beginnen, war schmeichelhaft. Ich wollte mir die Aufgabe zutrauen. Im Archiv des Instituts befanden sich wesentliche Dokumente. Doch ein unbestimmtes Gefühl warnte mich. Meine harsche Reaktion auf Vogelsangs Vorschlag, eine Dissertation über die Ermordung der europäischen Juden zu verfassen, und seine versteinerte Miene blieben mir im Gedächtnis. Ich hatte ihn verletzt. Dennoch hatte er mir sogleich angeboten, eine Magisterthese bei ihm zu verfassen.

Dies beweise die Integrität des Hochschullehrers, sagte mir meine Ratio. Zudem schmeichelte mir die Vorstellung, bereits nach dem 6. Semester meinen Magister zu erlangen, ein Jahr unter Mindeststudienzeit. Auf diese Weise würde ich den Makel meines Sitzenbleibens in der Schule wettmachen.

Gleichzeitig besuchte ich ein Seminar bei Professor Peter Opitz. Der jüngste Hochschullehrer am Geschwister-Scholl-Institut für Politikwissenschaft war ein brillanter Kopf. Souverän leitete er das Seminar über das moderne Ägypten. Mit scharfsinnigen Fragen sorgte er für lebendige Diskussionen. In meinem Referat befasste ich mich mit der Rolle der Streitkräfte im Nil-Land. 1952 hatten junge Offiziere um Gamal Abdel Nasser den König gestürzt und die neue politische Führung gebildet. Nassers Nachfolger seit 1970 war Anwar al-Sadat, ebenfalls ein ehemaliger Offizier. Die Armeespitze etablierte eine Militärdiktatur, die alle Bereiche der Wirtschaft, Gesellschaft und Hochschulen kontrollierte. Professor Opitz bot mir an, mich in einer Doktorarbeit mit der Frage auseinanderzusetzen, ob die israelische Armee eine ähnliche Entwicklung wie die ägyptischen Streitkräfte nehmen könnte.

Gedanken und Gefühle schossen mir durch den Kopf. Opitz nahm es lächelnd wahr.

»Das kommt für Sie unerwartet, Herr Seligmann. Doch Ihre Arbeit hat mir gezeigt, dass Sie wissenschaftlich zu analysieren verstehen. Denken Sie in Ruhe nach und sagen Sie mir Bescheid.«

Vater, aber auch Ima, würden vor Stolz platzen. Wenn ich auf Opitz' Angebot einging, konnte ich den Magister überspringen und würde die nächsten acht Semester über meiner Doktorarbeit sitzen. Verfasste ich dagegen meine Magisterarbeit bei Professor Vogelsang, würde ich bereits in einem knappen Jahr einen Abschluss haben. Danach konnte ich zwischen Berufstätigkeit und einer Doktorarbeit bei Opitz wählen.

Ich entschied mich für die einfachere und schnellere Lösung. Tatsächlich ließ ich mich dabei von Bequemlichkeit und mangelndem Selbstwertgefühl leiten.

Die Forschung für die Magisterarbeit gestaltete sich so spannend wie ein Kriminalfall. Es war ein komplexes Verbrechen. Monate nach seiner Ernennung zum Reichskanzler berief Adolf Hitler den Stabschef der SA, Ernst Röhm, zum Minister ohne Geschäftsbereich. Röhms »Sturmabteilung« wurde als Terrorinstrument zur Einschüchterung der NS-Gegner und zur Gleichschaltung aller unabhängigen Institutionen im NS-Staat eingesetzt. Die SA errichtete die ersten Konzentrationslager. Der ehemalige Berufssoldat Röhm wollte für seine »braunen Bataillone« das militärische Monopol im NS-Staat. Damit machte er sich die Reichswehr zum Feind, denn Röhms Plan hätte das Ende einer eigenständigen Position des Militärs bedeutet. Auch Hitler misstraute Röhm, der als Befehlshaber aller militärischen Formationen der mächtigste Mann im Staat geworden wäre. Folglich arrangierte sich Hitler mit der Reichswehrführung. Als Mordtruppe diente die SS. Der Chef des SS-Sicherheitsdienstes, Reinhard Heydrich, plante gemeinsam mit dem Leiter des Wehrmachtsamtes, General Walter von Reichenau, die Ermordung der SA-Führung. Im Morgengrauen des 30. Juni 1934 verhaftete Hitler unter dem Schutz der SS mit gezückter Pistole Röhm und seine Spießgesellen in Bad Wiessee. Die Festgenommenen wurden im Gefängnis Stadelheim von der SS erschossen. Einen Monat später, nach dem Tod von Reichspräsident Hindenburg am 2. August, wurde die Reichswehr auf Hitler persönlich vereidigt. Mit tatkräftiger Hilfe des Militärs hatte sich Hitler zum unumschränkten Diktator gemordet.

Die Originaldokumente halfen mir, die Anatomie dieses Staatsstreichs Schicht für Schicht freizulegen. Damit verbrachte ich meine Tage im Institut für Zeitgeschichte. Abends wertete ich meine Aufzeichnungen aus. Nach einem halben Jahr besaß ich genügend Material, um mit der Abfassung meiner Magisterarbeit zu beginnen.

Ingrid tat nichts, um mich von meiner Arbeitswut abzuhalten, doch ich spürte, dass sie gerne mehr Zeit mit mir verbracht hätte. Als ich sonntags ein Kapitel über die Ziele Ernst Röhms fertigstellen wollte, hatte ihre Langmut ein Ende.

»Fehlt dir unsere Zweisamkeit überhaupt nicht mehr?«

»Doch. Aber ich will jetzt festhalten, was ich über Monate erforscht habe.«

»Wäre es so schlimm, wenn du für deine Magisterarbeit ein paar Wochen länger brauchst?«

Die Neugierde des Historikers trieb mich fortwährend an. Ich bemühte mich, die Geliebte zu beschwichtigen, arbeitete aber unentwegt weiter. Danach traf ich mich mit Harry und Manfred zum Bier in unserer Kneipe im 19. Stockwerk.

Es blieb nicht bei einem Glas. Später verzogen wir uns in ein Appartement, kochten Spaghetti, aßen, tranken, schwatzten bis tief in die Nacht. Manfreds Frau lebte in Stuttgart, Harrys Freundin in Niederbayern. Tagsüber studierten wir intensiv, später reagierten wir uns ab. Ingrid ging ihre eigenen Wege.

Harry machte eines Abends eine beiläufige Bemerkung.

»Ingrid versäumt nix in der Disco.« Am nächsten Abend begab ich mich in die Tanzdiele auf dem Dach des nahe gelegenen Max-Kade-Hauses. Als ich Ingrid um einen Tanz bat, ließ sie mich abblitzen.

»Ich tanz grad so schön. Schreib noch 'n bisschen an deiner Arbeit.«

Fortan verbrachte ich das Wochenende mit ihr. Doch an den übrigen Tagen arbeitete ich hart an meiner Magisterthese. Ende des Sommersemesters war ich endlich mit dem Rohentwurf fertig. Er umfasste 180 Seiten und doppelt so viele Fußnoten. Für die Überarbeitung konnte ich mir Zeit lassen.

Zuvor wollte ich die Sommer-Semesterferien mit Muckl verbringen.

Sie hatte indessen andere Pläne, wollte zu ihren Eltern in die
Heide und nebenbei in einer Hamburger Bank arbeiten. Ich
versuchte, Ingrid zum Bleiben zu bewegen, doch sie meinte,
es würde mir guttun, mir über unsere Zukunft klar zu werden.
»Was gibt's zu denken? Ich liebe dich.«
»Dann sollten wir zu meinen Eltern fahren und uns verloben.«
»Ich geh nicht zu den Nazis!«
»Sie sind keine Nazis.«
»Rassenschande ist kein Spaß!«
»Dann lass uns in München das Aufgebot bestellen.«
»Meine Mutter wird das nie zulassen.«
»Willst du dich für ewig deiner Mutter unterwerfen?«
»Nein. Aber sie ist nicht gesund. Ich will sie nicht unnötig
aufregen.«
»Und ich will mich nicht jahrelang hinhalten lassen.«
Es ging mir nicht nur um Mutters Wohlergehen. Bei den Eltern
hatte ich das Joch der Ehe erlebt. Ich dagegen wollte meine
Freiheit genießen – inklusive Ingrids Liebe.
Da ich mich nicht ihrem Willen beugte, fuhr Ingrid nach
Norden und ich – in den Süden.

Israel wiederzusehen war euphorisierend. Das grelle Licht, die
stetige Wärme, die lebhaften Menschen, ihr Sinn für Humor,
die würzige Küche, die Nähe des Mittelmeers versetzten mich
in dauerhafte Hochstimmung. Nach einigen Tagen im vibrie-
renden Tel Aviv zog es mich zur Familie meines Onkels Kurt
nach Kiryat Bialik. Das Städtchen nördlich von Haifa lag am
weiten Golf von Akko.
Kurts Sohn Rafael stand mir nahe wie ein Bruder. Mein
Cousin und ich hatten den gleichen Namen, sahen jedoch
grundverschieden aus. Rafi war ein athletischer Blondschopf,

während ich ein schmaler, dunkelhaariger Brillenträger war. Doch wir teilten die Leidenschaft für Geschichte und Politik. Rafi hatte drei Jahre bei der Panzertruppe gedient und war erst Ende August aus der Armee entlassen worden. Jetzt genoss er das unbeschwerte Leben im Elternhaus. Seine Mutter Esther verwöhnte ihren einzigen Sohn – und mich. Wir radelten jeden Vormittag ans Meer und verbrachten den Tag am Strand. Rafi war ein hervorragender Schwimmer, der fast täglich zu einer mehrere Kilometer vorgelagerten Insel kraulte. Gelegentlich holte ich ihn mit einem Ruderboot dort ab. Danach genehmigten wir uns in einer Strandbar Falafel, Hummus, Schawarma oder aßen kaltes Geflügel, das Esther Rafi mitgegeben hatte. Abends hockten wir im Garten oder in einem Straßencafé und diskutierten über die Politik von einst und jetzt. Kriegsgerüchte gingen um, doch die meisten wollten sie nicht ernst nehmen.

Rafi war mit seiner Einheit am Suezkanal stationiert gewesen. »Die Ägypter haben riesige Rampen am Westufer des Kanals gebaut. Wenn sie mit überlegenen Kräften attackieren, haben wir ihnen wenig entgegenzusetzen. Yom Kippur wäre ideal für einen Angriff. Da beten unsere Leute in der Synagoge oder sie schlafen aus.«

Ich tat Letzteres. Kurt nahm ein leichtes Mahl ein, Esther war in der Synagoge, Rafi am Strand.

Ich erwachte durch einen Überschallknall. Aus der Ferne vernahm ich grollende Artillerie-Einschläge. Bald darauf heulten die Sirenen. An Yom Kippur blieb der israelische Rundfunk stumm. Doch mit einem Mal sprang die »Stimme Israels« an: *Um 14 Uhr haben Verbände Ägyptens am Suezkanal und Truppen Syriens auf den Golanhöhen gleichzeitig einen breit ange-legten Angriff gegen unsere Stellungen gestartet. Die israelischen Streitkräfte kämpfen dagegen an. Unsere Luftwaffe unterstützt sie mit aller Macht.*

Krieg! Ich war ein Kind des Krieges. Ein halbes Jahr nach meiner Geburt hatte der israelische Unabhängigkeitskrieg begonnen, Tel Aviv war bombardiert worden. Ich hatte keine Erinnerung daran. Den Sinai-Krieg von 1956 dagegen hatte ich bewusst mitbekommen, der nächtliche Bombenalarm hatte mir Angst eingejagt.

Doch Furcht durfte man in Israel auf keinen Fall zeigen. Das galt erst recht für Erwachsene – gerade jetzt. Kurt, die Nachbarn, die auf die Straßen getretenen Menschen hatten aufgerissene Augen – sie kämpften mit der Angst. Doch keiner hätte gewagt es auszusprechen. Hätte Mutter nicht meine freiwillige Meldung hintertrieben, müsste auch ich jetzt an die Front eilen – wie Rafi, der hektisch versuchte, mit seiner Einheit Kontakt aufzunehmen.

Ich überlegte. Was konnte ich nun tun? Hier in Kiryat Bialik war ich nutzlos.

In der Folge verkündeten Armeesprecher in Rundfunk und Fernsehen, das ebenfalls seinen Sendebetrieb aufgenommen hatte, die Luftwaffe habe die ägyptischen Pontonbrücken über den Kanal zerstört, auch die syrische Invasion sei zum Stillstand gekommen. Am frühen Abend wurde Moshe Dajan interviewt. Der Kriegsheld vergangener Jahre wirkte niedergeschlagen. Er erklärte, die Sinai-Halbinsel böte ausreichend Rückzugsraum. Dagegen sei die Lage auf den Golanhöhen kritisch.

Die Front war kaum fünfzig Kilometer von uns entfernt. Wir vernahmen ihr Grollen, wussten aber nicht, dass es syrischen Panzerverbänden bereits Stunden nach Kampfbeginn gelungen war, die israelische Stellung zu durchbrechen.

Im Morgengrauen bekam Rafi endlich Verbindung zu seiner Panzertruppe. Die Einheit hatte am Suezkanal schwere Verluste erlitten. Mein Cousin wurde angewiesen, sich umgehend zur Sammelstelle der Panzereinheiten nach Tel Aviv zu begeben. Von dort würden die Reservisten an die Front gebracht.

Wir packten unsere Rucksäcke. Esther versuchte vergeblich, ihre Tränen zu verbergen, als sie sich von ihrem Sohn verabschiedete. An der Hauptstraße nach Tel Aviv mussten wir nicht lange warten, bis wir eine Mitfahrgelegenheit fanden. Die Ladeflächen der sporadisch passierenden Militärlastwagen waren voller Soldaten. Schließlich nahm uns ein Autobus mit. Wir mussten die ganze Fahrt über stehen.

Am Zentralen Omnibusbahnhof in Tel Aviv herrschte hektisches Treiben. Wir machten uns auf den langen Weg zum »Haus der Panzer« im Norden der Stadt. Ich fragte Rafi, ob man für mich in einer Einheit Verwendung finden würde.

»Du willst nicht nutzlos sein, während wir kämpfen. Aber du hast keine militärische Ausbildung. Keine Einheit kann dich einsetzen. Auch nicht als Tiefladerfahrer oder Essensverteiler. Denn wenn du ohne ›Hundemarke‹ in Gefangenschaft gerätst, wirst du als Spion erschossen. Such dir etwas im Land, wo du dich nützlich machen kannst.«

Ich begab mich zu meiner Cousine Rachel in die Jabotinskystraße. Auf ihrem weiten Balkon setzte sie mir einen frisch gepressten Grapefruitsaft vor. Rachel lud mich ein, den Krieg bei ihr und ihrem Mann Meir zu verbringen.

»Ich kann nicht hier hocken und es mir gut gehen lassen, während die Israelis kämpfen und sterben.«

»Höre auf, dir leidzutun, Rafcik!«, wies mich Rachel zurecht. »Hätte ich vor dreißig Jahren nach Auschwitz gehen sollen, weil meine Mischpoche dort war? Gott hat gewollt, dass meine Geschwister ermordet wurden und ich hier überlebt habe. Den Schmerz werde ich nie loswerden. Heute sind unsere israelischen Soldaten nicht länger wehrlos. Sie werden die Araber schlagen – auch ohne deine Hilfe. Sei froh, dass du nicht in Gefahr bist.«

Rachels Haus lag gegenüber dem Assuta Hospital. Die Pfleger und Hilfskräfte waren eingezogen worden, und meine Dienste als Elektriker wurden gerne angenommen.

Doch nach zwei Tagen endete meine Tätigkeit dort, denn eine Direktive verlangte einen Ausbildungsnachweis. Mein Lehrlingszeugnis befand sich in Deutschland. Der Amtsschimmel wieherte selbst im Krieg.

Tage später fand ich Beschäftigung in einem Altersheim in Holon, wo ich für den eingezogenen Fahrer einsprang. Mir stand ein Susita-Lieferwagen zur Verfügung, mit dem ich tagsüber Wäsche und frische Lebensmittel besorgte und abends die gebrauchten Kittel und Laken in einer Wäscherei im Süden Tel Avivs ablieferte. Der kleine Lieferwagen israelischer Produktion besaß keine Servolenkung, die Schaltung war schwergängig. Zudem waren die Scheinwerfer abgedunkelt und die Straßenbeleuchtung ausgeschaltet, sodass ich bei Dunkelheit höllisch aufpassen musste. Doch ich hatte das Gefühl, mich nützlich zu machen – zumal ich auf Lohn verzichtete.

Am 25. Oktober 1973 wurden die Kampfhandlungen beendet. Zion hatte einen militärischen Sieg errungen, wie Rachel vorausgesagt hatte. Doch der Preis war fatal: Über dreitausend israelische Soldaten waren binnen drei Wochen gefallen, weitaus mehr waren verwundet worden oder in Kriegsgefangenschaft geraten. Von Esther erfuhr ich, dass Rafi die Kämpfe unversehrt überstanden hatte.
Ich hatte genug vom Krieg und kehrte zurück nach Deutschland. Vor der Landung in München-Riem glitt die Maschine über die Wälder und Seen Oberbayerns. Die Menschen hier lebten seit knapp dreißig Jahren in Frieden, während um das verdorrte Heilige Land unentwegt gekämpft und gestorben wurde.
Ima und Emil waren erleichtert, Muckl flog mir in die Arme. Wir waren dankbar, dass die Gefahr für uns überstanden war.

Nach Tagen der Zweisamkeit überarbeitete ich meine Magisterarbeit. Zudem belegte ich bei Professor Opitz ein Seminar über die Kriege in Nahost.

Kurz darauf reichte ich meine Magisterarbeit bei Professor Vogelsang ein. Er bat mich um Geduld. Unverhofft hatte ich viel Zeit für Muckl, doch Ingrid musste sich nun ihrerseits ihrem Studium widmen. So verfasste ich eine Analyse über die Ursachen des Versagens der israelischen Armee im Oktoberkrieg. Neben Überheblichkeit war es vor allem die Unfähigkeit Jerusalems, klare politische Ziele festzulegen, wie man die Feindschaft mit den arabischen Nachbarn beenden könnte, und die militärische Strategie entsprechend zu gestalten. Als ich Emil von meiner Arbeit über den Yom-Kippur-Krieg berichtete, wollte er sie sogleich lesen und war begeistert. »Ausgezeichnet! Und verständlich geschrieben. Ich habe deinen Standpunkt begriffen. Warum finde ich solche Artikel nicht in der Zeitung?«

»Ich kenne niemanden in den Redaktionen ...«

»Dann musst du das nachholen. Die Leute kommen nicht zu dir, du musst zu ihnen gehen.«

Da sprach der einstige Vertreter. So recherchierte ich nach einem passenden Medium. »Sicherheitspolitik heute« erschien mir geeignet. Ich sandte meine Analyse an die Redaktion und erhielt postwendend einen positiven Bescheid. Man würde meinen Beitrag in der kommenden Ausgabe veröffentlichen.

Zehn Tage später lag ein dickes Kuvert in meinem Briefkasten. Es enthielt zwei Belegexemplare der »Sicherheitspolitik«. Die Genugtuung, meine Gedanken und meinen Namen gedruckt zu sehen und zu wissen, dass mein Beitrag der Allgemeinheit zugänglich war, nahm mich gefangen. Ich ahnte nicht, dass ich der Sucht, meine Ideen veröffentlicht zu sehen, erlegen war. Vater freute sich, dass er mich dazu ermutigt hatte.

Die Zeit des Wartens auf eine Bewertung meiner Arbeit nutzte ich, um die Vorlesung von Professor Gottfried-Karl Kindermann über Internationale Politik zu hören. Der elegante, eloquente Mann legte frei sprechend seine Sicht der globalen Beziehungen dar und führte stets neue historische und aktuelle Bezüge an. Kindermann berief sich auf den deutsch-amerikanischen Völkerrechtler Hans Morgenthau, der das »Streben nach Macht als Triebfeder der Politik« ansah. Kindermann forderte uns Hörer auf, Exempel und Gegenbeispiele zu nennen. Es bereitete mir Vergnügen, mit dem Professor über Bismarcks Außenpolitik zu diskutieren.

Am Ende seiner Vorlesung forderte mich der Professor auf, doch in seine Sprechstunde im Geschwister-Scholl-Institut zu kommen.

Nachdem ich monatelang nichts von meiner Magisterarbeit gehört hatte, suchte ich Vogelsang im Institut für Zeitgeschichte auf. Der Professor teilte mir mit, er habe meine Seminararbeit mit einer Eins bewertet.

»Seminararbeit? Die habe ich doch schon vor gut einem Jahr bei Ihnen abgegeben. Sie haben mich ermutigt, sie zu einer Magisterarbeit auszubauen. In den letzten fünfzehn Monaten habe ich mein Wissen und meine Energie dafür eingesetzt und mich dabei vor allem auf Dokumente gestützt. Das Ergebnis ist die Magisterarbeit, die ich Ihnen eingereicht habe.«

»Ja, ja, gewiss.« Sein Blick war undurchdringlich.

»Wie geht es mit meinem Magister weiter?«

»Eine gute Frage. Auf die ich Ihnen keine Antwort erteilen kann, Herr Seligmann.«

»Ich habe die Arbeit auf Ihre Empfehlung geschrieben, Professor Vogelsang.«

»Ihnen ist bekannt, dass ich Honorarprofessor bin?« Da ich nicht antwortete, fuhr Vogelsang fort: »Das bedeutet, ich bin nicht berechtigt, Magisterarbeiten zu bewerten oder in Abschlussprüfungen Noten zu erteilen.«

»Das ist doch eine Formalie. Ein anderer Professor kann einspringen.«

»Das ist keine Formalie, Herr Seligmann, sondern eine altbewährte wissenschaftliche Regel.«

»Sie haben mich doch dazu gebracht, mehr als ein Jahr in diese Magisterarbeit zu investieren!«

»Und Sie haben die Chance genutzt, ein durchaus interessantes Papier zu schreiben.«

»Was nützt mir das, wenn Sie nicht bereit sind, die Magisterarbeit entgegenzunehmen?«

»Ich habe Ihnen bereits gesagt, dass ich dazu nicht berechtigt bin.«

Warum ließ er mich ins Leere laufen?

»Es ist doch gang und gäbe an den Lehrstühlen, dass Honorarprofessoren einen Vertreter finden ...«

Dies wäre ein außergewöhnliches Entgegenkommen von seiner Seite und eines Lehrstuhlinhabers, erwiderte der Wissenschaftler.

Seine Augen nahmen einen unerbittlichen Ausdruck an. Er sehe nicht ein, warum er mir diesen Dienst erweisen sollte. Ich sei brennend ehrgeizig und besäße, wie ich soeben bewiesen habe, keine Skrupel. Vogelsang kam auf sein Angebot, eine Dissertation über die Endlösung der Judenfrage abzufassen, zurück. Ich hätte es hochmütig abgelehnt.

Brennender Ehrgeiz, skrupellos, hochmütig – Vogelsang bediente sich antisemitischer Klischees, ohne wie der ungebildete Horst Kann offen gegen Juden zu sprechen. Erst hatte er mich mit der Aussicht auf den Magister geködert, nun zog er sich hinter seine fehlende Prüfungsberechtigung zurück.

Ich war zu stolz, um den Duckmäuser anzubetteln.

»Geben Sie mir den Seminarschein.«

Während ich mich erhob, sah ich, wie ein verdecktes Lächeln über seine Gesichtszüge huschte.

Am nächsten Tag suchte ich Professor Opitz im Geschwister-Scholl-Institut auf und erklärte ihm, ich würde gerne seiner Offerte folgen und bei ihm eine Dissertation über Israels Armee verfassen. Doch Opitz »musste ablehnen«. Warum?

»Als ich an den Lehrstuhl berufen worden war, habe ich in der Folge begabten Studenten angeboten, unter meiner Betreuung ihre Dissertation zu verfassen. Auch Ihnen. Alle sind darauf eingegangen. Nur Sie nicht, da Sie offenbar eine andere Option hatten. Mittlerweile habe ich zwei Dutzend Doktoranden. Mehr kann ich nicht sorgfältig betreuen. Aber lassen Sie sich davon nicht entmutigen. Sie sind begabt, das wird einem Kollegen auffallen.«

Vor einem Jahr hatten mir zwei Professoren eine Promotion angeboten. Ich war zu dumm oder zu unsicher gewesen, auf die Offerte von Opitz einzugehen. Jetzt stand ich mit leeren Händen da.

Nun musste ich versuchen, einen Lehrstuhlinhaber für meine fertige Magisterthese zu gewinnen. Ich wandte mich an den Historiker Ludwig Hammermayer, dessen Vorlesungen mich durch ihre Nüchternheit und ihren Humor angesprochen hatten. Er war spontan willens, mich als Magistranden zu betreuen, doch eine fertige Arbeit wollte er prinzipiell nicht akzeptieren.

»Sonst schreibt jeder Student, was er mag, und der Professor darf es nur noch abnicken. Ich möchte mehr sein als ein Jasager. Haben Sie dafür bitte Verständnis.«

Eine ähnliche Haltung nahmen alle anderen Professoren ein, die von mir aufgesucht wurden. Mir würde also nichts anderes übrig bleiben, als einen neuen Stein den Magisterberg hinaufzurollen.

Vater kränkelte. Er litt unter der Bronchitis, die ihn jeden Winter heimsuchte. Solange er arbeitete, hatte er die Infektionsfolgen mit Aspirin bekämpft und war unverdrossen in die Firma gefahren. Doch nunmehr besaß er viel Zeit. Die Kälte und die trüben Tage ohne Sonnenlicht bedrückten ihn. Emil benötigte eine Aufgabe. Dann würde er neue Energien mobilisieren können.

Ludwig
Anfangs hatte ich Rafis Vorschlag, meine Lebenserinnerungen aufzuschreiben, für eine studentische Schnapsidee gehalten. Mein Sohn wollte mich beschäftigen. Wie stellte er sich das vor?
»Sobald du von deiner Kindheit und Jugend in Ichenhausen erzählst, geht dir das Herz auf.«
»Glaubst du, das interessiert jemanden?«
»Selbstverständlich! Ich will wissen, wie du und unsere Familie damals gelebt haben. Darüber will ich mehr erfahren – und bestimmt eines Tages auch meine Kinder.«
Wie sollte ich über meine Eltern und meine Geschwister und ihr Schicksal erzählen? Von der Synagoge und den vielen Menschen, die nicht mehr unter uns weilen? Ich bin wohl der einzige Jude aus Ichenhausen, der noch in Deutschland lebt. Aber ich hatte nie einen Artikel verfasst. Das solle ich auch nicht versuchen, meinte Rafael. Die meisten Aufsätze seien langweilig. Er wollte vielmehr erfahren, welche Stimmung geherrscht habe, was die Menschen bewegte. Welche Gebräuche gepflegt wurden. Wie es in der Synagoge ausgesehen hatte und wie gebetet wurde. Und zwar in meinen Worten.
Nunmehr kamen mir zahllose Episoden, Eindrücke, Gefühle, Gerüche in den Sinn. Wie sollte ich beginnen?
»Fang einfach an, Emil. Ich komme morgen Mittag vorbei und lese, was du bis dahin geschrieben hast.«

Als Rafi am folgenden Tag meine Notizen durchsah, bemerkte ich, wie schwer er sich tat, meine Schrift zu entziffern. Er bat mich, meine Aufzeichnungen auf der Schreibmaschine abzufassen. Ich hatte seit meiner Lehre so gut wie nie mehr getippt. Doch mein Sohn hatte recht, denn er und möglicherweise auch andere sollten meine Geschichte unschwer lesen können. Trotz Hannahs Ermahnung, nicht bei kaltem Wetter die Wohnung zu verlassen, erwarb ich in der Innenstadt bei Kaut-Bullinger eine Triumph-Reiseschreibmaschine und Papier. Wieder zu Hause, spannte ich einen Bogen in die Walze ein und begann, mit zwei Fingern in die Tasten zu tippen. Dabei erinnerte ich mich an die Buchstabenfolge a-s-d-f links, j-k-l-ö rechts. Automatisch fanden meine kleinen Finger die Umschalttasten und die Daumen die Leertaste. Nun konnte ich beginnen. Zunächst schilderte ich, wie sehr mein Bruder Heinrich und ich an den Eltern hingen. Heiner, der Erstgeborene, teilte mit unserem Vater das Geburtsdatum 1. Mai, sein dunkles Haar und seinen Teint. Ich hingegen war der Liebling meiner Mutter, deren blaue Augen, rötlichblonde Haare und helle Hautfarbe ich geerbt hatte. Mutter nannte mich »mein Ludl«. Der warme, ruhige Klang ihrer Stimme hatte mich lebenslang beflügelt, während ich vor Vater Respekt, ja gelegentlich Furcht empfand. Unvergesslich war mir Vaters erster Fronturlaub im Winter 1914. Er trug die Uniform eines Feldwebelleutnants und war damit der einzige Offizier in unserem Städtchen. Jeder Soldat musste vor ihm salutieren, was Heinrich und mich vor Stolz schier platzen ließ. Abends besuchte Vater mit uns die Synagoge, wo das Chanukka-Lichterfest zelebriert wurde. Unser Rabbiner erteilte ihm und den übrigen Fronturlaubern seinen Segen. Mutter saß auf der Frauengalerie unter der Decke der Synagoge, die als Himmelsgewölbe mit goldenen Sternen angelegt war.

351

Ich tippte, bis Hannah mich ermahnte, zu Bett zu gehen. Die Erinnerungen an meine Kindheit hatten meine düstere Stimmung aufgehellt wie ein Sonnenstrahl. Ich fühlte, dass ich mein Unwohlsein überwunden hatte.

Am nächsten Morgen saß ich nach einem raschen Frühstück und meiner Insulinspritze bereits um sieben Uhr an der Schreibmaschine und fuhr mit meinen Erzählungen fort, sodass ich Rafi, als er mittags bei uns vorbei sah, bereits vier Seiten präsentieren konnte. Mein Sohn ließ zu Hannahs Missfallen das Essen kalt werden. Er wolle zunächst meine Aufzeichnungen lesen.

»Toll, Emil! Klasse! Du beschreibst das Geschehen dermaßen anschaulich, dass ich mich beim Lesen fühle, als ob ich damals in Ichenhausen selbst dabei gewesen wäre. Ich möchte unbedingt mehr erfahren. Schreibe bitte weiter.«

Rafael hatte mein Bedürfnis geweckt, die glückliche Zeit meiner Kindheit wieder auferstehen zu lassen. Ich war entschlossen, die liebenswerte Welt der jüdischen Landgemeinde Ichenhausen dem Vergessen zu entreißen.

Nach dem Elternhaus beschrieb ich unsere jüdische Schule und ihren furchteinflößenden Hauptlehrer Brader. Er hatte mich mit Rohrstock und Geschrei angetrieben und mich als einzigen Schüler zum Besuch des Gymnasiums in Günzburg ermutigt. Neben der Schule entwickelte ich meine lebenslange Leidenschaft für den Fußball. In der warmen Jahreszeit spielte und trainierte ich nach Unterrichtsschluss bis in die Dunkelheit hinein. Mit achtzehn wurde ich als einziger Jude in die erste Stadtmannschaft berufen. Wenn ich schnellbeinig mit dem Ball auf den gegnerischen Kasten zulief und ein Tor schoss, jubelten mir die Zuschauer zu und riefen: »Lauf, Ludwig, lauf!«

Der Beifall hat mich durchs Leben getragen.

Sehnsucht und Wehmut ergriffen meine Seele, während ich schrieb. Ich fuhr nach Ichenhausen, wo ich bei meinem Freund

Siegfried übernachtete. Da ich keinen Schlaf finden konnte, setzte ich mich an den Tisch des Gästezimmers und beschrieb, was mich bewegte, während von Ferne die Kirchenuhr erklang.

Vom Turm die Glocke schlägt die Zeit
Genau wie in der Jugendzeit.
Was ist's, das mich nicht schlafen lässt,
Was ist's, das mein Herz fresst?
Ich will durch die Straßen geh'n,
Zu treffen all die Anderen.
Die ich doch werde niemals seh'n.
Sie raubt mir den Schlaf, lässt mir nicht Zeit:
Es ist die Vergangenheit.

Als ich nach München zurückkehrte, tippte ich den Vers ab, ab, skizzierte weitere Kapitel. Dann fuhr ich fort, über die Menschen Ichenhausens und ihre Bräuche zu schreiben.

Im kommenden Winter wollte ich meine Erzählungen abschließen. Ich versiegelte die Seiten und übergab sie Rafael mit der Bitte, das unfertige Manuskript noch nicht zu lesen. Ich wollte es ergänzen und überarbeiten. Das Schreiben hatte mir neue Lebensenergie gegeben, aber mitunter auch das Herz schwer gemacht.

Jetzt brach der Frühling an, die Bäume ergrünten. Ich wollte unter Menschen und mit Rafael der Sonne entgegen nach Süden fahren. Ins Land, wo die Zitronen blühn.

Rafael

Meine Erwägungen zum Studienabschluss drehten sich im Kreis. Sollte ich noch einmal eine Magisterarbeit beginnen? Oder bestand doch die Möglichkeit, gleich eine Promotion zu wagen?

Vielleicht wusste Professor Kindermann Rat. Ich suchte ihn im Geschwister-Scholl-Institut auf. Der Politologe residierte in einem Eckbüro im fünften Stock mit Blick auf die Ludwig-straße zwischen Feldherrnhalle und Siegestor. Der große Raum war mit Büchern, Papieren, Zeitungen angefüllt. Schriftstücke waren auf dem Boden verstreut, lagen auf Stühlen und Rollwagen. Selbst auf der weiten Schreibtischplatte herrschte Bücher- und Papierchaos.

Der jugendlich-schlanke Professor mit langem, gepflegtem Haar kam mir lächelnd zwischen den Stapeln entgegen. Mit einer Wischbewegung machte er einen Stuhl frei und bat mich, Platz zu nehmen.

Nach dieser freundlichen Begrüßung lenkte Kindermann das Gespräch auf den amerikanischen Außenminister Kissinger. Er pries ihn als Wissenschaftler, dem es gelinge, als Entschei-dungsträger die Außenpolitik seines Landes zu gestalten – unter anderem durch eine aktive Rolle Washingtons in China, Vietnam und Nahost. Kissinger sei ein begabter Historiker und politischer Denker. Ich kannte Kissingers Doktorarbeit »Großmacht Diplo-matie«, in der er die politischen Interessen der europäischen Mächte während des Wiener Kongresses fesselnd beschrieb. Wir waren beide angetan von Kissingers analytischen Fähigkeiten und seiner publizistischen Begabung. Kindermann erwähnte, er habe in Chicago bei Hans Morgenthau studiert.

»Viele Politologen an unserer Universität waren Juden. Ich habe ihren scharfen Intellekt bewundert und ihre Verbundenheit mit Deutschland nach allem, was ihnen widerfahren war, geschätzt.« Über der angeregten Unterhaltung vergaß ich zunächst den Zweck meines Besuches, bis der Professor auf seine Uhr schielte. Nun berichtete ich ihm von meinem Dilemma. Kindermann strahlte mich aus stahlblauen Augen an.

»Darf ich Ihnen raten, es ähnlich zu handhaben wie einst ich? Nehmen Sie den Weg einer Direktpromotion. Auf diese Weise

sparen Sie sich Zeit und den Aufwand einer Magisterarbeit. Ich lade Sie zur Teilnahme an meinem Doktoranden-Seminar ein, so lernen wir einander besser kennen. Wir besitzen ein kompatibles Wissenschaftsverständnis. Ich freue mich, Sie im kommenden Semester bei uns begrüßen zu können.«
Wir drückten uns die Hände. Der Professor sah mir an, wie glücklich er mich gemacht hatte. Binnen einer Stunde hatte er mich von meinen alten Versagensängsten befreit und mir wieder Zuversicht vermittelt.

Ludwig

Rafael war Feuer und Flamme für meinen Vorschlag, in den Semesterferien gemeinsam nach Italien zu reisen. Doch dort wurde schnell deutlich, dass wir unterschiedliche Vorstellungen hegten. Mein Sohn sehnte sich nach dem Mittelmeer. Ich hingegen suchte die schönen Landschaften und interessanten Stätten Südtirols. Als wir in Meran Station machten, verliebte ich mich in die alte Stadt und ihr herrliches Umland. Mein Vorschlag, zunächst einige Tage hier zu verbringen, behagte Rafi nicht.
»Wenn du dich in Meran so wohl fühlst, bleib doch da. Mir ist's hier zu beengt. Am liebsten würde ich ans Meer fahren, aber es ist noch nicht warm genug zum Schwimmen. Darum kehre ich nach München zurück. Ich will das kommende Semester vorbereiten.«
Die farbenfrohe Landschaft und das klare Licht verzauberten mich. Ebenso die freundlichen Menschen hier. Das färbte auch auf die deutschen Touristen ab. Kaum in Meran, lernte ich ein reizendes deutsches Paar kennen. Dieter und Bettina Weber waren Lehrer. Der groß gewachsene Schuldirektor aus Fulda und ich mochten uns auf Anhieb. Seine kluge, kontaktfreudige Frau gefiel mir. Beide waren wie ich Freunde klassischer Musik.

Auch Dieter hatte Fußball gespielt. Darüber hinaus interessierte er sich für Geschichte, speziell die seiner Heimat. Der nachdenkliche Mann erfreute sich an meinem Optimismus, während Bettina mehr meinen Humor schätzte.

Nach einigen Tagen stieß Mimi zu uns. Die Rheinländerin sprühte vor Energie und guter Laune. Sie war eine erfolgreiche Geschäftsfrau gewesen und genoss nunmehr ihren Ruhestand. Wir verstanden uns hervorragend, wanderten viel, aßen gut. Abends hörten wir Musik oder unterhielten uns beim Wein. Mimi begeisterte sich ebenfalls für Fußball.

»Bei unserer Fortuna Düsseldorf verstehen sie nicht, dass Kicken im Kopf beginnt und nicht mit den Füßen.« Ihre Lebensklugheit und ihr Humor waren ansteckend.

Nach zwei Wochen musste ich nach München zurückkehren, da es Hannah gesundheitlich schlecht ging. Doch auch danach blieb unser Kleeblatt in Kontakt. Besonders eng war meine Verbindung zu Dieter. Er kam nicht darüber hinweg, dass die Deutschen ihre Juden vertrieben, verfolgt und ausgelöscht hatten.

»Das war eine Orgie der Verkommenheit und Selbstverstümmelung. Unsere jüngere Generation kennt kaum noch Juden.« Der Schulleiter bat mich, den Schülern seines Gymnasiums über das deutsche Judentum zu berichten und mit ihnen zu diskutieren. »Du bist ein Mensch aus Fleisch und Blut. Wenn unsere Schüler dich kennenlernen, werden sie begreifen, dass Juden ihre Nächsten sind, Ludwig.«

Am Ende der Sommerferien wollten Dieter und Bettina uns in München besuchen.

Nachdem ich einige Zeit nichts von den Webers gehört hatte, rief Bettina mit um Festigkeit bemühter Stimme an und teilte mir mit, Dieter sei während ihres Urlaubs in Spanien unerwartet an einem Herzinfarkt gestorben.

»Ich kann es noch immer nicht fassen.«

»Warum hast du uns nicht angerufen? Ich hätte versucht, dich zu trösten.«

»Ach, Ludwig. Dafür gibt es keinen Trost. Dieter und ich waren fast vierzig Jahre glücklich verheiratet.«

»Aber ich kann versuchen, dich zu ermutigen. Und das werde ich tun!«

Alte Liebe

Ludwig

Ich rief Bettina täglich an und bemühte mich, sie aufzurichten. Zunächst fiel es mir schwer, sie zum Gespräch zu bewegen. Doch allmählich gelang es ihr, über ihren Mann zu sprechen. Ich hörte ihr zu, warf gelegentlich ein gutes Wort ein. Unsere Telefonate machten Tina Mut, fast täglich bei mir anzurufen. Ansonsten meldete ich mich bei ihr. Unsere Gespräche wurden ausführlicher. Wir redeten nicht mehr ausschließlich über Dieter, sondern überlegten, wie sie künftig ihr Leben gestalten sollte. Ich riet ihr zu neuen Aktivitäten. Im Rahmen ihrer Schule, wo sie Musik unterrichtete, aber auch in Vereinen oder mit Freunden und Bekannten.

»Danke dir, lieber Freund. Du schenkst mir wieder Zuversicht.« Der Klang ihrer Stimme rührte mich. Hannah spürte meine Bewegung. Als ich nach dem Ferngespräch in den Salon kam, wurde sie ungehalten.

»Jetzt ist's genug, Ludwig! Ich hatte Verständnis, dass du die Frau deines toten Freundes getröstet hast. Dass ihr gelegentlich telefoniert habt. Aber dass sie jetzt jeden Tag bei dir anruft und ihr stundenlang miteinander säuselt …«

»Wir haben miteinander geredet, nicht gesäuselt!«

»Anfangs hast du in meiner Gegenwart mit ihr gesprochen. Jetzt schleppst du das Telefon in den Flur, um mit ihr zu turteln. Ich dulde das nicht länger. Die Schickse soll dich in Ruhe lassen.«

»Ich erlaube dir nicht, Bettina als Schickse zu bleidigen.«

»Und ich will nicht, dass mein Mann sich als Witwentröster lächerlich macht.« Hannahs Anmaßung und die

Kränkung Tinas pressten meine Brust zusammen. Ich rang nach Luft.

Fortan rief ich Tina von einer öffentlichen Telefonzelle zu unterschiedlichen Zeiten an. Feinfühlig ahnte sie, weshalb ich mich nicht von zu Hause meldete. Jetzt tröstete sie mich.

»Wir lassen uns unsere Freundschaft, die uns unentbehrlich geworden ist, von niemandem kaputt machen, mein lieber Ludwig.«

Spätestens jetzt wurde mir bewusst, dass Tina und ich uns ineinander verliebt hatten. Wir beide hatten kein Abenteuer gesucht. Ich wollte lediglich der Frau meines Freundes über ihre Trauer hinweghelfen.

Hannahs verletzendes Verhalten hatte mich zur Heimlichtuerei und damit in Tinas Arme getrieben. Die Freundin hatte kein Versteckspiel nötig. Tina war sensibel und offen. Sie besaß eine Stabilität, die selbst den Verlust von Dieter nach einer Trauerphase unzerstört überstanden hatte.

»Er war ein guter Mann, aber ein unverbesserlicher Pessimist. Darum hat er sich an mich geklammert und zuletzt auch an dich. Er hat von unserer Zuversicht gelebt.«

Ich war seit 35 Jahren mit Hannah verheiratet und würde sie nie verlassen. Nicht einmal wegen Tina. Das sagte ich der Geliebten offen. Tina ließ sich davon nicht beirren.

»Mein Ludwig, du gute Seele, mach dir nicht zu viele Gedanken. Es kommt, wie es kommen muss. Que sera, sera! Unsere Liebe wurde uns geschenkt. Wir haben keinen hintergangen. Ich denke nicht daran, sie zerstören zu lassen – von niemandem! Versprich mir, Ludwig, dass auch du mich nicht fallen lässt!«

Ich tat es aus vollem Herzen. Doch in der Folge wurde es zunehmend schwerer für mich. Hannah kannte mich gut genug, um zu wissen, dass ich mich verliebt hatte. Mein Leugnen konnte sie nicht täuschen.

Nachts fand ich keinen Schlaf. Tina musste sich nicht rechtfertigen, sie hatte niemandem mehr die Treue zu halten. Aber wie sollte ich weiterleben?

Am liebsten wäre ich unverzüglich nach Fulda gefahren und in Tinas Arme gesunken. Doch ich war mit Hannah verheiratet. Ich liebte meinen Sohn, war mit München vertraut und Teil der Israelitischen Kultusgemeinde. In der Stadt lebten meine Freunde. Ich hatte mich mit Hannahs Charakter arrangiert, sie war mir eine treue Gefährtin und hatte mir in jeder Krise beigestanden. Es wäre unverantwortlich gewesen, sie und meinen Sohn aus meinem Leben zu verbannen.

Aber die Seele lässt sich nicht durch logische Argumente überzeugen. Sie drängte mich mit Macht zu Tina. Warum war es mir nicht vergönnt, glücklich mit einer Frau zu sein, die mich liebte, wie ich war – und nicht alles schlechtredete?

Dieser Zwiespalt zerriss mir schier das Herz. Dr. Mehring wollte wissen, was mich derart umtrieb, dass meine Zuckerwerte zunahmen und Herzrhythmusstörungen auftraten, die er auch ohne EKG feststellen konnte. Ich gab vor, dass ich den Grund nicht wisse, doch der erfahrene Arzt glaubte mir nicht.

»Etwas belastet Ihre Seele, Vati. Stellen Sie es ab, sonst gefährden Sie Ihr Dasein. Sie sind herzkrank und leiden unter Diabetes.«

Tina war der einzige Mensch, mit dem ich offen über meine Situation sprechen konnte. Sie verstand mich und versuchte, mir beizustehen.

»Ich will dich nicht unter Druck setzen, mein Ludwig. Aber ich muss dich lieb haben, weil du ein wunderbarer Mann bist. Ich werde dich immer mit offenen Armen bei mir aufnehmen.«

Diese stille Verheißung im Gegensatz zu Hannahs ständigen Beschimpfungen ließ mich verzweifeln. Wenn ich meinen Gefühlen folgte und zu Tina ginge, würde ich meine Ehe und mein ganzes bisheriges Leben verraten. Dieser Zwiespalt begleitete mich Tag und Nacht.

Da bat mich Hannah, für sie eine Frühjahrskur in Bad Mergentheim zu buchen, wie es ihr Hausarzt empfohlen habe. Ich fand für sie ein schönes Hotel. Zwei Tage später brachte ich sie zum Bahnhof. Am nächsten Tag kam Bettina nach München. Sie scherte sich nicht um ihren Unterricht.

»Der Hausarzt hat mich vierzehn Tage krankgeschrieben. Meine Schüler können auch mal ohne mich singen und ihre Etüden üben. Dich zu sehen ist mir wichtiger als die ewige Schule.«

Tina und ich verbrachten zwei wunderbare Wochen. Anders als mit Hannah gab es mit meiner Gefährtin nie einen Moment der Spannung. Bettina war so sinnenfroh wie ich. Wir genossen Aufführungen in der Staatsoper und eine Operette im Gärtnerplatztheater. Danach speisten wir italienisch in der Maximilian- oder Leopoldstraße. Wir verbrachten manchen Abend in Kaffeehäusern, besonders im Café Alt-Schwabing in der Schellingstraße, wo wir uns an den Händen hielten und einander verliebt in die Augen sahen wie Backfische. Später liebten wir uns in Bettinas Hotel. Doch sobald ich erwachte, plagte mich meine Zwickmühle. Mit Tina fühlte ich mich frei und verstanden. Doch der Preis war mir – noch – zu hoch.

Bettina fühlte, dass mich meine Lage sogar während ihres Besuchs quälte. Auf ihren Wunsch schilderte ich ihr erneut meinen Zwiespalt. Darauf nahm sie mich in den Arm wie einst Mutter.

»Mein feinfühliger Ludwig. Du machst dir unnötige Sorgen. Ich und dein Umfeld und sogar dein Sohn werden dich weiterhin lieben, egal, wie du dich entscheidest.«

Ich hatte Tina von Rafael erzählt. Sie wusste, wie sehr ich meinen Sohn liebte. Und so bat sie mich, sie mit ihm bekannt zu machen.

Rafael

Dass Vater Ingrid sehen wollte, überraschte mich. Wir verabredeten uns am Chinesischen Turm im Englischen Garten. Zu meiner Verblüffung erschien Vater in Begleitung einer freundlichen Dame um die sechzig, die gerne lachte, deren Augen dabei jedoch ernst blieben.

»Ich bin Bettina, die Witwe eines kürzlich verstorbenen Freundes von Ludwig, und weile in München, um Ihren Vater zu besuchen – und ihm für seine großartige Unterstützung während meiner Trauer zu danken. Ludwig ist ein so liebenswerter Mensch!«

Sie sah ihn zärtlich an, er erwiderte verliebt ihren Blick. Ich ahnte, dass Vater Bettina demonstrieren wollte, dass auch sein Sohn eine Christin liebte. Emil gab hier den Toleranten. Ich stellte mir vor, wie Mutter auf ihren betörten Mann reagieren würde. Doch es stand mir nicht zu, zu moralisieren und Emils Verhalten zu verurteilen.

Zu viert spazierten wir zum Kleinhesseloher See, wo wir im Restaurant Kaffee und Kuchen zu uns nahmen. Eine nennenswerte Unterhaltung kam nicht zustande, da Emil und Bettina sich damit begnügten, einander anzuhimmeln. Gelegentlich berührten sie einander verstohlen.

Nach einer Weile verabschiedeten wir uns. Ingrid war gerührt.

»Ich wusste nicht, dass dein Vater solch ein Romantiker ist.«

Ludwig

Nach vierzehn Tagen musste Bettina nach Fulda zurückkehren. Die letzte Nacht verbrachten wir aneinandergeschmiegt in ihrem Hotel. Ich war glücklich über unser Zusammensein und zugleich traurig über den nahenden Abschied.

»Lass den Kopf nicht hängen, mein Ludwig. Freue dich lieber über unsere herrlichen gemeinsamen Tage.« Sanft drückte sie meine Hand. »Ich bin ganz sicher, dass uns noch eine wunderbare Zeit bevorsteht.«

Hannah hatte sich während ihrer Kur sichtlich erholt, und auch ihre Stimmung hatte sich gebessert. Sie freute sich über den Blumenstrauß, den ich ihr am Bahnsteig überreichte. Wir verstanden uns zunächst gut, obgleich ich mich nach Bettina sehnte und weiterhin täglich mit ihr telefonierte. Doch man hinterbrachte Hannah, dass ich in ihrer Abwesenheit händchenhaltend mit einer »fremden Frau« gesehen wurde. Sie begriff, dass es Bettina war, und stellte mich zur Rede. Ich stritt es nicht ab, was Hannah empörte.

»Wenn du wenigstens lügen würdest!«

»Ich bin kein Schwindler. Du würdest mich durchschauen, selbst wenn ich es versuchte.«

»Wenn du lügen würdest, wüsste ich, dass du bereit wärst, dein Verhältnis mit der Dame zu beenden.«

Hannahs Klugheit imponierte mir ebenso wie ihre Selbstbeherrschung. Bei Nichtigkeiten lamentierte sie, doch wenn etwas Wichtiges auf dem Spiel stand, reagierte sie überlegt und ruhig.

»Ludwig, was war, war. Es schmerzt mich, aber ich kann es nicht ändern. Ich bin bereit, es hinzunehmen. Unter der Bedingung, dass du diese Angelegenheit sofort und endgültig beendest.«

Das konnte und wollte ich nicht.

»Du sagst nichts, Ludwig?«

»Was soll ich sagen?«

»Dass du bereit bist, vernünftig zu handeln. Einmal im Leben!« Ihre Stimme zitterte, als sie fortfuhr: »Ludwig, wir sind fast vierzig Jahre verheiratet. Wir haben gute und schwere Zeiten miteinander durchgestanden. Wir haben Rafi. Willst du das alles wegwerfen wegen einer … Affäre?«

»Ich will dich nicht wegwerfen und auch Rafi nicht. Du bist meine Frau, und ich werde dich nie verlassen. Du bist intelligent, aber es fällt dir schwer, mir deine Liebe zu zeigen und mir ein gutes Wort zu schenken.«

»Jahrzehntelang habe ich dir genügt, und jetzt kommt die Schickse daher ...«

»Nenne Bettina nicht Schickse.«

»Gut. Also Ehebrecherin. Die dir hinter meinem Rücken den Kopf verdreht hat ... widerwärtig!«

»Musst du mich ständig beschimpfen, Hannah?«

»Ich habe kein böses Wort gegen dich gesagt. Ich will, dass du mein Mann bleibst und mir treu bist. Ist das zu viel verlangt?«

Hannah hatte recht. Aber diese Rechthaberei machte mir das Leben schwer. Bettina dagegen kümmerte sich nicht um Prinzipien. Sie wollte das Dasein genießen und mich an ihrer Lebensfreude teilhaben lassen. Dass es auf Hannahs Kosten geschah, war mir bewusst. Erziehung, Glaube und Anstand bewogen mich, bei meiner Frau zu bleiben. Tagsüber wusste ich mich zu beschäftigen. Ich kaufte ein, ging viel spazieren, verbrachte Zeit im Café, las und telefonierte, sooft ich konnte, mit Bettina. Dabei verstand es die Geliebte stets, mir Mut zuzusprechen. Sie war fest überzeugt, dass unsere Zeit kommen würde.

Doch nachts raubte mir meine Lage den Schlaf. Ebenso wie Hannah.

»Wir haben unser erwachsenes Leben zusammen verbracht, haben Kriege, Krankheiten und Pleiten gemeinsam bewältigt. Wir haben einen Sohn, der noch auf uns angewiesen ist. Ich flehe dich an, Ludwig. Lass uns nicht fallen wegen einer Person, die du in Kürze vergessen haben wirst.«

Hannah war nicht fähig zu begreifen, dass Bettina die Liebe meines Lebens war. Dass sie meine Sinne wiedererweckt hatte. Zugleich war ich entschlossen, an meiner Ehe festzuhalten.

Als ich an einem frühen Morgen bei aufsteigender Sonne und sich erwärmender Luft an der Isar spazieren ging, wurde mir mit einem Mal bewusst, dass ich keineswegs eine Entscheidung treffen musste, wie Hannah es von mir forderte. Ich würde bei meiner Frau bleiben, doch sie konnte mich nicht dazu zwingen, meine Gefühle zu töten und den Kontakt zu Bettina abzubrechen. Es war mein Recht, an ihr festzuhalten. Statt heimlich mit ihr zu telefonieren, würde ich offen mit ihr sprechen und sie sehen. Auf diese Weise hätte das würdelose Versteckspiel ein Ende.

Nachmittags rief ich Bettina in Gegenwart Hannahs von zu Hause an und lud sie ein, uns in München zu besuchen. Zu meiner Überraschung reagierte die Geliebte ablehnend.
»Ludwig, ich liebe dich. Ich will nur mit dir zusammen sein. Niemand soll sich zwischen uns drängen.«
»Bettina, Hannah ist meine Frau. Du bist meine Herzensfreundin ...«
»Nein, Ludwig, wir sind keine Freunde. Wir sind ein Liebespaar, das zusammengehört.«
Ich beendete das Gespräch mit guten Wünschen. Mehr konnte ich in Hannahs Gegenwart nicht tun. Als ich aufstand, um zur Telefonzelle zu eilen, hielt mich Hannah auf.
»Nein, Ludwig! Du kannst nicht hier mit dieser Person plaudern und sie dann ein paar Minuten später in einer Telefonzelle deiner Liebe versichern. Das halten weder du noch ich aus.«
Ähnlich reagierte Bettina, als ich sie schließlich abends anrief. Sie war ebenso wenig wie Hannah bereit, den einzig gangbaren und ehrlichen Weg zu beschreiten. Eine salomonische Lösung kam für Bettina nicht infrage. Jede forderte mich für sich allein. Beide Frauen waren bereit, mich mit dem Schwert in zwei zu teilen. Doch ich wollte ganz bleiben und bestand darauf, dass wir zu dritt das von mir angestrebte einträchtige Arrangement besprachen.

Zunächst schien alle Mühe vergeblich. Beide lehnten meinen Vorschlag ab. Hannah erklärte unmissverständlich, sie wolle keinen Umgang mit der »Ehebrecherin«. Bettina blieb ebenso unnachgiebig.

»Ludwig, du kommst nicht um eine Entscheidung herum. Ich werde sie respektieren, wie sie auch ausfallen mag. Doch ich bin sicher, dass du mich wählen wirst. Denn unsere Liebe ist stärker als alles andere.«

Am liebsten hätte ich »Ja!« in den Hörer gerufen und wäre zu ihr gefahren. Doch ich ahnte, dass ich mich dort nach meiner Frau, zumindest nach Rafael und nach München sehnen würde. So blieb ich bei meiner Haltung. Das bewog Bettina, endlich nachzugeben.

»Ich bin nach wie vor überzeugt, dass kein Kompromiss möglich ist. Aber du hast mir nach Dieters Tod so liebevoll beigestanden, dass ich dir einen Freundschaftsdienst schulde. Ich bin bereit, nach München zu kommen und mit Hannah zu sprechen. Aber nur, wenn sie mir zusagt, mich respektvoll zu behandeln.«

»Selbstverständlich!«

Jetzt konnte Hannah sich nicht länger einer Versöhnung verweigern. Im Moment der Erleichterung fühlte ich, wie meine Knie weich wurden.

Ich suchte Dr. Mehring auf. Er hatte mich bereits früher vor diesem Phänomen gewarnt.

»Das zeigt, dass Ihr Blutzuckerspiegel rapide sinkt. Da Sie herzkrank sind, müssen Sie besonders aufpassen, Vati. Sprühen Sie sich im Notfall Nitrospray in den Mund und nehmen Sie sofort Traubenzucker zu sich.«

Zu Hause erwartete mich neuer Ärger. Hannah weigerte sich, die »Schlampe« zu sehen, geschweige denn, mit ihr zu sprechen. Erst als ich drohte, nach Fulda zu reisen, erklärte sie sich bereit, Bettina zu treffen.

Als ich dies der Freundin berichtete, stand sie zu ihrem Wort und willigte ein, nach München zu kommen – »obwohl ich überzeugt bin, dass es zu nichts führt.«

»Ist es nicht genug, dass wir uns wiedersehen, Tina?«

»Es wäre der Himmel, wenn wir alleine wären. Aber unter den gegebenen Umständen wird es die Hölle sein.«

Rafi stimmte zu, gemeinsam mit mir Bettina vom Bahnhof abzuholen und danach Hannah zu dem Lokal zu bringen, in dem wir uns treffen wollten. Als ich ihn nach dem Grund seiner skeptischen Miene fragte, bemerkte er, Hannah habe ihm ihr Herz ausgeschüttet.

»Damit dieses Leid aufhört, müssen wir alle uns aussprechen, statt übereinander zu reden.«

»Ich bringe euch gerne ins Lokal, aber ich möchte nicht dabei sein.«

»Warum?«

»Weil ich noch nie erlebt habe, dass eine große Aussprache etwas gebracht hat. Außer Zank und Kränkungen.«

Rafael

Mit einem Strauß weißer Rosen wirkte Emil auf dem Bahnsteig wie ein Primaner, der nervös die Ankunft seiner Angebeteten erwartet. Kurz nach der Einfahrt des Zuges stieg Bettina unweit von uns aus dem Waggon. Ich bemerkte, dass Emil sie offenbar nicht erkannte. Sein Gesicht war plötzlich aschfahl geworden. Ich trat zu ihm.

»Was fehlt dir, Aba?«

»Alles gut … kümmere dich um Bettina.« Er wandte sich halb ab, wohl um eine Arznei zu schlucken. Dann drückte er etwas gegen seinen Mund. Allmählich kehrte Farbe in sein Gesicht zurück. Erst daraufhin ging ich auf Bettina zu.

Ich setzte Vater und seine Freundin im Rodeo Steakhouse in der Türkenstraße ab und verständigte Ima vom Telefon im Tiefgeschoss, dass ich sie in einer Viertelstunde abholen würde. Doch Mutter war nun nicht dazu bereit.

»Ich will diese Hure nicht sehen!«

»Du hast mir doch gestern noch gesagt, dass du es auf dich nehmen willst, sie zu treffen, damit Emil sich nicht aufregt.«

»Ich bringe es einfach nicht fertig! Diese Nazis! Zuerst haben sie meinen Bruder erschlagen. Jetzt wollen sie mir meinen Mann wegnehmen.«

Es war besser, wenn sie zu Hause blieb. Am Tisch hielten Vater und Bettina Händchen. Sein Gesicht war nun gerötet. Ich setzte mich zu ihnen.

»Der Lebenswandel meines Vaters geht mich nichts an, Bettina. Aber seine Gesundheit. Bei deiner Ankunft hat Vater einen Schwächeanfall erlitten.«

Sie wandte sich mit besorgtem Blick zu ihm.

»Armer Ludwig! Hast du dich so gefreut, mich wiederzusehen, mein Liebling?« Emil schmachtete sie an.

»Ich weiß nicht, ob dir bekannt ist, dass mein Vater herzkrank ist und er zudem an Diabetes leidet …«

»Wenn man die Sechzig erreicht, hat jeder seine Wehwehchen!«

Ihr Mann war vor einem halben Jahr an einem Herzinfarkt gestorben, und sie plapperte von Wehwehchen. Zorn überkam mich.

»Sich jeden Tag Insulin spritzen zu müssen, ist mehr als ein Wehwehchen. Mein Vater ist ernsthaft krank!«

»Das hat du bereits gesagt, Rafael.«

»Ich weiß. Vater muss Aufregung unter allen Umständen vermeiden. Die Beziehung mit dir regt ihn auf. Er ist verheiratet, und meine Mutter duldet all das nicht.«

Auf Vaters Stirn traten Schweißperlen. Bettina blieb ruhig.

»Was deine Mutter empfindet, kann sie mir selbst mitteilen. Das ist nicht deine Angelegenheit.«

»Es ist meine Angelegenheit, Vater zu beschützen.«

»Das kann ich selbst, Rafael.« Emils kraftloser Ton und sein verlorener Blick bewiesen mir das Gegenteil.

»Bettina, wenn du meinen Vater gernhast, wenn du gewillt bist, Rücksicht auf sein Wohlergehen zu nehmen, dann verzichte auf ihn. Er hält den Streit zwischen dir und meiner Mutter nicht aus.«

»Ich bin auf Bitte deines Vaters nach München gekommen, um mit Hannah zu sprechen ...«

»Du weißt ebenso wie ich, dass das sinnlos ist. Darum bitte ich dich: Denke an die Gesundheit meines Vaters und fahre zurück nach Fulda. Ich bringe dich zum Bahnhof.«

»Ich werde nur tun, worum Ludwig mich bittet.«

Ich stand auf und ging.

Am frühen Nachmittag rief Mutter an und bat mich, nach Hause zu kommen.

»Sie ist hier! Vater legt Wert darauf, dass du vorbeischaust.«

»Ich verstehe dich nicht, Ima. Mittags hast du sie als Hure und Nazi beschimpft, und jetzt empfängst du sie?«

»Ich würde lieber Gift nehmen, als mit ihr an einem Tisch zu sitzen.«

»Du pflegst sonst strenge Prinzipien ...«

»Ach, Rafi! Prinzipien muss man sich leisten können. Ich habe Angst um Ludwig. Das ist mir wichtiger als dieses Weibsstück. Tu mir die Liebe und komm her.«

Zu Hause fiel mir Mutter um den Hals, was sie seit meinem Auszug nicht mehr getan hatte.

»Gut, dass du da bist. Die Schickse hält Hof und behandelt mich wie eine Dienstmagd, während Ludwig sie anschmachtet.«

Am liebsten hätte ich Bettina rausgeworfen. Doch das durfte ich Vater nicht antun. Mutter fühlte meinen Zorn.

»Bitte beherrsche dich, Rafi. Geh rein, begrüße das Stück und mache gute Miene zum bösen Spiel. So hilfst du Ludwig.«

»Nein, ich habe ihr gesagt, sie soll verschwinden.«

»Das hast du der Schickse gesagt?« Imas Antlitz leuchtete auf. »Ich bin stolz auf dich, mein Junge. Trotzdem – sag ihr jetzt Grüß Gott.«

»Was zu sagen war, habe ich ihr gesagt.«

»Es geht um deinen Vater, nicht um die Chonte. Du tust es für ihn.«

»Ich lasse mich nicht von ihr erpressen!«

»Rafi, sei vernünftig. In zwei Stunden ist alles vorbei. Dann wird sie gehen – verbrennen soll sie!«

Ich dachte nicht daran, das Schmierentheater mitzumachen.

»Bitte, Rafi, tue es für mich!«

Emil betrat mit gerötetem Kopf die Küche.

»Geh rein und begrüße Bettina, wie es sich gehört!«

Als ich seiner wiederholten Aufforderung nicht folgte, verließ er den Raum. Aus dem Salon vernahmen wir aufgeregte Stimmen und sodann eilige Frauenschritte im Flur. Bettina schlug die Wohnungstür donnernd zu. Ludwig folgte ihr auf dem Fuß.

»Jetzt läuft er zu ihr ins Hotel.«

»Er macht sich zum Narren.«

»Ja, Rafi. Und ich muss es ausbaden. Aber das ist jetzt unwichtig. Wie kann ich nur Ludwigs Gesundheit bewahren?«

Ludwig

Vergeblich versuchte ich, Bettina einzuholen. Sie reagierte nicht auf meine Rufe. Während ich ihr in der Maximilianstraße nacheilte, spürte ich, wie sich meine Brust zusammenzog und mir die Luft wegblieb. Ich musste anhalten, klammerte mich an ein eisernes Trambahn-Stationsschild und inhalierte Nitroglyzerinspray. Daraufhin spürte ich einen kurzen, dumpfen Kopfschmerz, doch ich bekam wieder Luft, und mein Herzschlag beruhigte sich.

Ich atmete tief durch. Dabei erinnerte ich mich daran, wie ich als junger Mann in Ichenhausen über das Fußballfeld stürmte und der Applaus der Zuschauer mir neuen Atem gab, sodass es mich keine Anstrengung mehr kostete, bis zum Tor zu laufen und den Ball zu versenken. Heute fehlte mir die Kraft, meiner Geliebten über eine kurze Distanz zu folgen.

Ich betrat die Lobby des Hotels Splendid, in dem Bettina abgestiegen war, und bat den Rezeptionisten, mich mit Frau Weber zu verbinden. Sie meldete sich nicht. Der Mann weigerte sich, mir ihre Zimmernummer zu nennen.

Ich nahm in einem tiefen Sessel Platz und versuchte, einen klaren Gedanken zu fassen. Als Bittsteller durfte ich mich von Bettina nicht behandeln lassen. So ersuchte ich den Empfangschef, Frau Weber mitzuteilen, es sei dringend. Er warf mir einen verständnisvollen Blick zu und bat mich zu warten. Kurz darauf trat er zu mir.

»Frau Weber wird in Kürze zu Ihnen kommen.« Wie viele solcher Dramen mochte er im Laufe der Jahre miterlebt haben?

In Bettinas Augen war eine mir bislang unbekannte Härte getreten. Sie setzte sich neben mich. Meinen Vorschlag, sich in die nebenan gelegene Bar zu begeben, lehnte sie ab.

»Das ist nicht nötig, unser Gespräch wird nicht lange dauern.«

»Tina, bitte schlage nicht alle Türen zu …«

»Sie sind bereits vernagelt, Ludwig. Ich habe mich wider besseres Wissen auf die Reise nach München eingelassen – aus Dankbarkeit.«

»Wir lieben uns doch, Tina.«

»Das hatte ich zumindest geglaubt. Doch es war eine Täuschung. Ich habe mich nach Dieters Tod völlig leer gefühlt und deinen Trost mit Liebe verwechselt.«

»Es ist Liebe.«

»Das ist jetzt unwichtig.«

»Wie kannst du nur so geringschätzig über unsere Liebe reden, Tina?«

»Wie ich rede, musst du mir überlassen. Und auch, was ich tue.« Ihr Blick duldete keinen Widerspruch. »Du bist verheiratet und denkst nicht daran, das zu ändern.«

»Ich kann Hannah nach so vielen Jahren nicht einfach verlassen!«

»Das musst du wissen. Ich bin nicht bereit, mein Leben als Geliebte eines älteren verheirateten Mannes in einer anderen Stadt zu verschwenden.«

»Darum habe ich dir vorgeschlagen, dass wir alle in Freundschaft, Respekt und Liebe verbunden bleiben.«

»Das ist männliches Wunschdenken, Ludwig. Das mache ich nicht mit und deine Frau auch nicht.«

»Hannah hat dich bei uns empfangen.«

»Sie hat mich behandelt wie ein Flittchen, und dein Sohn hat mich vom ersten Augenblick an provoziert. Selbst in deiner Gegenwart, ohne dass du eingeschritten wärst.«

»Was hätte ich tun sollen? Rafael ist jung und impulsiv und will seiner Mutter beistehen ...«

»Das mag so sein. Eure Mischpoke geht mich nichts mehr an. Ich muss dich bitten, das Hotel zu verlassen und mich nicht wieder zu behelligen.«

Bettina stand auf, ich wollte ihr folgen. Doch meine Beine gaben nach.

Als Hannah mich sah, wollte sie sogleich den ärztlichen Notdienst verständigen. Ich bestand darauf, dass sie es unterließ. Ich sei lediglich unterzuckert. Hannah brachte mich ins

Schlafzimmer und half mir, mich zu entkleiden. Während sie mir in der Küche einen Kamillentee zubereitete, zerkaute ich einen Dextropur-Traubenzuckerwürfel. Allmählich kehrten meine Lebensgeister zurück.

Meine Frau ließ mich nicht aus den Augen. Bald löschte sie das Licht. Mich plagte, dass die Geliebte mich fallen gelassen hatte. Ich konnte ihre Beweggründe verstehen, doch warum hatte sie mich auf diese verletzende Weise abgefertigt? Sie wusste doch, dass ich sie liebte und ihr immer beistehen würde.

»Höre auf, dich zu quälen, Ludwig.«

Hannahs Stimme klang ungewöhnlich sanft. So hatte sie mit dem kleinen Rafi geredet, wenn er krank war. »Wir haben zusammen so viel durchgemacht, wir werden auch diese Geschichte überstehen. Gelegentlich verliebt man sich, das verschwindet genauso schnell, wie es gekommen ist. Das Leben geht weiter. Unsere Ehe wird gestärkt daraus hervorgehen.«

Als ich am folgenden Vormittag im Hotel anrief, wurde ich von Bettinas Zimmer zur Rezeption umgeleitet. Die Empfangsdame teilte mir mit, Frau Weber sei abgereist.

Hannah bat mich, »dieser Frau nicht nachzulaufen«. Ich folgte ihrem Wunsch. Trotz meines Verlangens, Bettina zu treffen und mich wieder zu erklären, ahnte ich, dass dies im Moment unmöglich war. Selbst wenn sie noch in München weilte, wollte sie mich nicht sehen. Ich würde vom Hotel abgewiesen werden. Stattdessen wollte ich sie anrufen, wenn sie wieder in Fulda war und einige Tage ins Land gegangen wären. Dann hätte sie ein wenig Zeit, ihre Gekränktheit zu überwinden.

Aber ich war unfähig zu warten und rief am folgenden Tag bei ihr an. Sie legte auf. Immer wieder wählte ich ihre Nummer. Doch Bettina nahm an den folgenden Tagen nicht ab.

Nach einer Woche meldete sie sich und verbat sich, ohne mich anzuhören, weitere Anrufe. Ich schrieb der Geliebten,

versicherte ihr meine unverbrüchliche Liebe und bat um Verge-
bung für die Kränkungen, die ihr in München zugefügt worden
waren. Ich flehte Bettina an, meine Liebe nicht wegzuwerfen.
Sie sei mein kostbarstes Gut. Doch ich erhielt keine Antwort –
weder auf diesen noch auf weitere Briefe. Auch meine Anrufe
blieben vergeblich.
Fühlte sie nicht, dass meine Liebe aus reinem Herzen kam? Ich
war fest überzeugt, auch Bettina liebte mich, aber sie wollte sich
schützen. Doch warum behandelte sie mich so kalt? Warum
gab sie mir nicht wenigstens ein gutes Wort? Warum tat sie
mir das an?
Je länger diese Situation anhielt, desto tiefer verletzte sie mich.
Wenn ich es nicht mehr aushielt, ging ich an die Isarauen.
Ich wanderte bis zur Erschöpfung. Schlimm war, dass ich mit
niemandem reden konnte. Nicht mit Hanni, nicht mit Rafi.
Er spielte sich als Verteidiger seiner Mutter auf. Seine Worte
hatten Bettina so tief getroffen, dass sie meinte, den Kontakt zu
mir auf Eis legen zu müssen. Aber ich musste einem Menschen
meinen Kummer anvertrauen, sonst würde es mich zerreißen.

Erstmals seit Wochen rief ich Mimi an. Die lebenskluge Rhein-
länderin würde mich verstehen.
»Schön, dass du dich meldest, Ludwich! Ich hatte schon
befürchtet, du hättest mich vergessen.« Sie lachte schallend.
»Mimi, ich weiß nicht mehr ein noch aus …«
»Das Leben läuft weiter, Ludwich. Gott weiß immer einen
Ausweg!«
»… ich bin verzweifelt!«
»Nun nimm dich mal zusammen! Wegen einer Liebesgeschichte
stürzt dein Leben nicht ein!«
»Woher weißt du das?«
»Woher denn wohl? Du hast aufgehört, mich anzurufen.
Bettina auch. Da habe ich eins und eins zusammengezählt.

Die versteht es, den Kerlen den Kopf zu verdrehen! Und denk dir: Letzte Woche meldet sie sich bei mir. Na, der hab ich die Flötentöne beigebracht! Die sagt nix Böses mehr über dich.«
»Meine Frau und mein Sohn haben Bettina sehr schlecht behandelt.«
»Erwartest du, dass sie ihr Blumen auf den Weg streuen? Ich möchte gerne wissen, was du sagen würdest, wenn deine Frau dir ihren Liebhaber ins Haus schleppen würde!«
Obgleich ihr das Verständnis für meine Liebe abging, empfand ich Mimis offene Art als wohltuend.

Nachmittags rief Mimi bei uns an und lud Hannah und mich zu sich nach Hilden bei Düsseldorf ein.
»Kommt 'ne Weile zu mir. Ihr werdet euch erholen. Ich verspreche dir, Ludwich, du wirst wieder deine gewohnte Lebensfreude finden. Also fackelt nicht lange. Setzt euch in den Zug und besucht eure Mimi.«
Die Einladung und Mimis urwüchsiger Optimismus waren Labsal für meine Seele. Vielleicht konnte sie uns aufhelfen. Hanni, die abgesehen von Kuren in Bad Mergentheim zu keinen Reisen zu bewegen war, stimmte nun zu. Sie hatte die Düsseldorferin bei einem kurzen Aufenthalt in München kennengelernt und war von der Energie und Direktheit der älteren Dame sogleich angetan. Zudem hoffte sie ebenso wie ich, dass die Fahrt mich von meinem Leid ablenken würde.

Ich lud Rafi ins Café Eugen Hirschs in der Maxburg unweit des Lenbachplatzes ein. Wir hatten uns seit seinem hässlichen Auftritt vor Bettina nicht mehr gesehen.
»Warum hast du mich vor Bettina dermaßen bloßgestellt? Weshalb hast du sie so beleidigt?«
»Glaube mir, Emil, nichts liegt mir ferner, als dich bloßzustellen. Mir geht es allein um dich. Du bist schon am Bahnhof

zusammengeklappt.« Rafaels Blick war entschlossen auf mich gerichtet, als er fortfuhr: »Bettina ist mir total egal. Du liegst mir am Herzen, Vater. Ich will dich nicht verlieren! Ich fühle, dass du diese Spannung nicht aushältst.«

Rafaels Sorge war nicht ganz unbegründet. Er hatte sie mit dem Ungestüm der Jugend ausgesprochen. Ich ergriff seine Hand und drückte sie. Wortlos sahen wir einander an. Seine grüne Augenfarbe war eine Mischung von meinem Blau und Hannis Braun.

Rafi freute sich, als ich ihm mitteilte, dass wir in den nächsten Tagen zu Mimi reisen würden.

»Das wird dir guttun, Aba. Dort wirst du auf andere Gedanken kommen ...« Er sah mich eindringlich an. »Emil, bitte versprich mir, dich nicht aufzuregen. Ich hab Angst um dich – arge Angst.«

»Mach dir keine Sorgen, ich achte auf mich.«

»Tu das bitte, Vater!«

Mimi wohnte in einer gediegen eingerichteten Villa. Am Rande des Gartens war ein Teich eingelassen, auf der Terrasse standen bequeme Gartenmöbel und Liegestühle. Wir wurden mit Champagner begrüßt. Mimi nötigte Hannah, an ihrem Glas zu nippen. Danach gab es Kalbsschnitzel mit Reis und Kopfsalat. Hannahs Mahnung, ich müsse bei der Nachspeise wegen der Kohlenhydrate aufpassen, quittierte Mimi mit einem Nicken.

»Ich weiß, Hanni. Mein seliger Mann, der Theo, war auch Diabetiker. Mein Essen ist darauf abgestimmt. Das Eis hat keinen Zucker.« Wir genossen den Gesang einer Amsel, während der Abend hereinbrach. Hannah bewunderte die Blumen.

»Sieh dir die Beete an, Hanni. Inzwischen entführe ich deinen Mann zu einem kleinen Plausch.«

Durch das breite Panoramafenster des Salons beobachteten wir Hannah, die versonnen die Blumen betrachtete. Sie dachte wohl an unseren Garten in Israel, in dem sie jede freie Minute verbracht hatte.

Mimi bat mich, unsere Champagnerkelche erneut zu füllen. »Danke, mein Lieber. Ich habe noch ein Hühnchen mit dir zu rupfen, Ludwich.« Sie sah mir in die Augen. »Du bist dabei, dich zu ruinieren, mein Lieber.«

»Ich werde das Drama schon verkraften ...«

»Wenn du so weitermachst, nicht!« Mimi merkte, dass mir ihre unverblümt vorgebrachten Worte die Brust zusammenschnürten. »Gräme dich bitte nicht. Du weißt, dass ich dir wohl will, Ludwich. Aber es ist höchste Zeit, dass du offen mit jemandem über deine Situation sprichst. Du hast dich in eine Frau verliebt, die deiner nicht wert ist.«

»Mimi, ich bin dein Gast. Aber das gibt dir nicht das Recht, schlecht über Bettina zu sprechen.«

»Du weißt, dass ich nicht bös über Menschen rede. Aber manchmal muss man deutlich werden. Diese Frau hat ihren herzkranken Mann mitten im Hochsommer nach Spanien getrieben, wo er schließlich einen Herzschlag erlitten hat. Kaum war er unter der Erde, hat sie dir den Kopf verdreht. Und damit nicht genug, kaum war deine Frau aus dem Haus, ist sie zu dir nach München gekommen, um mit dir ins Bett zu gehen.«

»Wir lieben uns.«

»Wenn euch Männern der Schwanz steht, ist es gleich Liebe!«

»Ich werde Tina immer lieben!«

»Umso schlimmer! Sie dich nicht. Und dass du's weißt: Sie spricht so ungut von dir, dass ich's mir verbeten habe.«

»Sie ist gekränkt.«

»Wach auf, Ludwich! Sie hat mit dir ein Abenteuer gesucht. Dass du verheiratet bist, war ihr piepegal. Als es schwierig

wurde, hat sie dich stehen lassen. Und …« Mimi zögerte, ehe
sie weitersprach, »… als feigen Juden beschimpft …«
Ihr bekümmerter Blick bewies, dass sie die Wahrheit sprach.
Das raubte mir den Atem.
Mimi reichte mir ein Glas. Ich verschluckte mich. Meine
Liebe, meine Sehnsucht waren noch da. Am liebsten wäre ich
zu Bettina geeilt. Aber warum redete sie so über mich? Damit
verriet sie unsere Liebe. Das Gleiche mochte sie in München
empfunden haben – so hatte sich ihre Liebe in Verbitterung
verwandelt. Dabei durfte es nicht bleiben, ich musste mich mit
Tina versöhnen – zumindest das!
Mimi beobachtete mich aufmerksam. Als sie überzeugt war,
dass ich mich gefangen hatte, bat sie mich, mit ihr zurück auf
die Terrasse zu gehen.
Hannah setzte sich zu uns an den Tisch.
»So einen schönen Garten hast du, Mimi! Dieser herrlich
gepflegte Rasen und das Vogelgezwitscher! Ein kleines Paradies!« Sie fragte, ob sie Mimi bei der Gartenarbeit helfen könne.
»Sehr gerne. So spare ich mir das Geld für den Gärtner.«
Mit Anfang sechzig hatte Hanni ihre mädchenhafte Figur
bewahrt ebenso wie ihre dunkle, runde Stimme. Während
unserer Ehe hatte ich es ihr mitunter nicht leicht gemacht.
Doch anders als Bettina war Hannah mir stets zur Seite
gestanden. Ich durfte nicht einmal mit dem Gedanken spielen,
sie zu verlassen.
Am frühen Abend rief Rafael an. Er erkundigte sich nach
unserer Fahrt und wie wir untergebracht seien.
»Es ist hier herrlich. Ich wollte, du wärst auch hier, Rafi.«
»Das wird in den nächsten Wochen nicht möglich sein«, bedauerte er, »Professor Kindermann hat mich heute eingeladen,
bei ihm eine Doktorarbeit über Israels Sicherheitspolitik zu
schreiben.«
»Und? Wirst du das tun?«

»Absolut!«

»Dann solltest du herkommen. Und wenn es nur für ein Wochenende ist, damit wir uns gemeinsam darüber freuen.«

»Kann ich Ingrid mitbringen?«

»Selbstverständlich.«

Hannah hatte Zweifel.

»Bist du sicher, dass Rafi nicht übertreibt? Vielleicht ist es Wunschdenken.«

»Stüssgen!«, warf Mimi ein. »Wer sich vom Lehrling zum Akademiker hocharbeitet, der schafft auch den Doktor mit links. Mach dir keine Zores, Hanni. Darauf müssen wir einen heben, und zwar einen ordentlichen Champagner. Ich hol 'ne Witwe Clicquot.«

»Du sollst keinen Alkohol mehr trinken, Ludwig.«

»Lass mal, Hanni. Unser Sohn macht seinen Doktor. Das muss gefeiert werden.«

»Aber in Maßen!«

»Nein. Heute ist ein so wunderbarer Tag. Ich habe das sichere Gefühl, dass endlich wieder eine glückliche Zeit für unsere Familie anbricht.«

Rafael

Das Telefon wollte nicht aufhören zu schrillen. Ich schälte mich an Muckl vorbei aus dem Bett, machte einige Schritte zum Apparat. Wer rief so früh am Morgen an? Ich hob den Hörer ab.

»Hier ist das St. Josefs Krankenhaus Hilden. Spreche ich mit Rafael Seligmann, dem Sohn von Ludwig Seligmann?«

Ich begriff augenblicklich.

»Ich verbinde Sie mit Dr. Gebhard.«

Lieber Gott, lass ihn nicht tot sein!

»Herr Ludwig Seligmann ist in einer Telefonzelle zusammengebrochen. Der Rettungsdienst vor Ort hat vergeblich versucht, ihn zu reanimieren. Herr Seligmann ist in unsere Notaufnahme gebracht worden. Wir haben hier erneut mit allen Mitteln versucht, Ihren Vater wiederzubeleben. Es ist uns nicht gelungen. Herzliches Beileid.«

Epilog

Mein Vater Ludwig starb am 20. Juli 1975 in Hilden. Zwei Tage darauf wurde er auf dem Neuen Israelitischen Friedhof in München beerdigt. Hannah war nicht imstande, an der Zeremonie teilzunehmen. Doch in der Folgezeit erholte sie sich.

Mutter blieb um mich besorgt. Trotz meiner guten Noten befürchtete sie fortwährend, ich würde im Studium scheitern. Wiederholt wandte sie sich an meinen Doktorvater, um ihn vor meinem Leichtsinn zu warnen. Als ich all ihren Ängsten zum Trotz meinen Doktor erwarb, erlebte ich meine Mutter glücklich. Erstmals, seit ich sie bewusst wahrnahm, hatte der Kordon ihrer ostjüdischen Melancholie einen Riss bekommen. Hindurch schien ungetrübte Freude. Bei der feierlichen Verleihung der Urkunden im Festsaal der Universität im März 1981 strahlte Ima derart, dass sich ihre Laune auf die Anwesenden übertrug. Der gewöhnlich eher reservierte Germanist Helmut Motekat, der Mutter nicht kannte, umarmte sie spontan.

Doch der Spalt schloss sich rasch. Hannahs Stimmung verdüsterte sich erneut. Sie wähnte sich ständig von Krankheiten bedroht. Auch die Sorge um mich kehrte zurück. Mutter sah ihre ärgsten Befürchtungen bestätigt, als ich 1988 meine Beamtenstelle am Lehrstuhl für Internationale Beziehungen des Geschwister-Scholl-Instituts kündigte, um als freier Schriftsteller zu arbeiten.

Hannah erlebte die Geburt meines ersten Sohns Ludwig im August 1981 – sechs Jahre nach Vaters Tod. Ihrem ersten Enkel schenkte sie die Zärtlichkeit und die Ermutigung, die sie ihrem Mann vorenthalten hatte. Meinen Debütroman »Rubinsteins Versteigerung«, in dem ich ungeschminkt das jüdische Leben in Nachkriegsdeutschland schilderte, kommentierte Mutter auf ihre Weise: »Du hast die Wahrheit gesagt. Genau deshalb hättest du das Buch nicht schreiben dürfen!« Die einzige Quelle ihrer Lebensfreude war ihr Enkel Ludwig. Als Mutter im Sommer 1989 von ihrer Krebserkrankung erfuhr, überwand sie wie stets in Lebenskrisen ihre Angst und ertrug ihr Leiden mit Würde. Sie starb am 14. Januar 1990. Hannah ruht an der Seite Ludwigs.

* * *

Beim Ordnen der Papiere meines verstorbenen Vaters im Sommer 1975 stieß ich auf den Umschlag mit seinen Aufzeichnungen vom vorangegangenen Winter. Darin beschrieb er mit einem Gespür für seine Mitmenschen, einem Auge für Details und bemerkenswertem erzählerischen Talent die jüdische Landgemeinde Ichenhausens. Bis dahin hatte ich lediglich die ersten Seiten gekannt, doch nun begriff ich den Wert des Manuskripts. Als Historiker lag es mir nahe, die Notizen zu einer Dokumentation auszubauen. Doch dabei wären die Gefühle der handelnden Menschen verloren gegangen, die Vater mir geschildert hatte. Auch kannte ich eine Reihe von Zeitgenossen. Ich wollte einen Roman verfassen, um die untergegangene Welt des deutschen Landjudentums und seiner Menschen der Öffentlichkeit vorzustellen. Die Herausforderung war groß. Die Notizen Vaters betrafen vorwiegend die ersten beiden Jahrzehnte des 20. Jahrhunderts, als sein bewusstes Leben anhob. Er, seine Mitmenschen und ihre Zeit sollten im Mittelpunkt eines ausführlichen historisch-literarischen Werkes stehen. Vor dieser Arbeit schreckte ich immer wieder zurück. Dass ich diese Scheu schließlich überwand, ist das Verdienst meiner Frau Elisabeth, die mich freundlich, doch beharrlich aufforderte, diese Aufgabe anzugehen. Daher und aus Liebe habe ich ihr dieses Buch gewidmet.

Berlin, Frühjahr 2022

Glossar

j = jiddisch
h = hebräisch

Aba (h)	Vater
Amchu (j)	wörtl. Unser Volk; Juden
Bar Mizwa (h)	wörtl. Herr des Gebots; Fest der religiösen Mündigkeit
Beit Din	Thora-Gericht
Bereschit (h)	Im Anfang, bibl.
Cheder (h)	Lernstube
Cheschbn (j, h)	Rechnung
Chewra Kaddischa (h)	Begräbnisgesellschaft
Chochem (j, h)	Kluger
Chonte (j)	Dirne
Churban (h)	Zerstörung
Chuzpe (j, h)	Anmaßung
Chuzpedik (j)	frech
derharget (j, h)	erschlagen
Ejze (j, h)	Rat
Eschet Chajil (h)	tapfere Frau
ganeven (j)	stehlen
Gehenom (h)	Inferno
Goj (j, h)	wörtl. Stamm; Nichtjude
Ima (h)	Mutter
Jecke (j, h)	deutscher Jude
Jeschiwa (h)	Religionsakademie
Kaddisch (h)	wörtl. Heiligung; Totengebet

385

Kiddusch (h)	Umtrunk
Kojech (j)	Kraft
Meisse (j)	Geschichte
Mizwe (j, h)	gute Tat
Moire (j)	Angst
Nebbich	unbedeutender Mensch; unbedeutend
Nudnik (j, h)	Schwätzer
Parascha (h)	Bibelkapitel
Parnose (j, h)	Einkommen
Potz (j)	Trottel
Rachmones (j, h)	Erbarmen
Rechiles (j, h)	üble Nachrede
Rebojne schel Olam (h)	Herr der Welten
Schammes (j, h)	Synagogendiener
Schiwa (h)	wörtl. Sitzen; Trauerwoche
Sch'kojech (j, h)	Möge deine Kraft wachsen
Schmattes (j)	wörtl. Lumpen; Textilien
Schmonzes (j)	Nichtigkeiten
Schnorrer (j)	Bettler
Schutef (j, h)	Kompagnon
Sojcher (j, h)	Kaufmann
Tineff (j)	Schund
trennen (j)	beischlafen
Zaddik (j, h)	Gerechter
Zores (j, h)	Sorgen

Mein Sternenhimmel

Eine Romantrilogie über das Leben meiner Eltern im 20. Jahrhundert zu verfassen, war eine literarische, zeitgeschichtliche und nicht zuletzt eine persönliche Herausforderung. Sie konnte mir nur mit der aktiven Hilfe von Unterstützern gelingen, die dieses Projekt zu dem ihren machten. Ohne diese Menschen gliche die Buchserie einem »Himmel ohne Sterne«.

Michael Fleissner ließ mich immer spüren, dass er von meiner Arbeit überzeugt ist, er machte mir stets Mut, schenkte mir sein Vertrauen und war jederzeit für mich erreichbar. Michael regte an, war zugleich ein konstruktiver Kritiker. Er ist mein Wunschverleger.

Sissi Klauser ist eine allumfassende Verlagsleiterin. Sie identifizierte sich mit meinem Buchprojekt, unterstützte mich fortlaufend mit Zuspruch, nahm meine Ideen auf, lieferte weitere Anregungen, vor allem aber notwendige Taten. Die Literaturfreundin vermittelte mir das Gefühl, mein Buch liege ihr ganz besonders am Herzen.

Boris Heczko ist ein akribischer Lektor. Er wurde mein Freund. Sein Intellekt, sein Sprachgefühl, seine Neugierde und seine Anteilnahme haben mich fortwährend begleitet. Boris' Arbeit wurde ergänzt von der engagierten Verlagslektorin Daniela Wilhelm-Bernstein und deren mitreißender Begeisterung.

Elisabeth war meine Muse und unentwegte Begleiterin.

Birgit Politycki und Dorothea Walther betreuen die Öffentlichkeitsarbeit dieses Rafi-Bandes – mit neuen Vorstellungen, Fragen, Anregungen und einem vehementen Engagement in Verbindung mit Liebreiz und Beharrlichkeit.

Ilka Gräfin Beust ist seit Jahrzehnten meine enge Mitarbeiterin. Ihre Loyalität, ihr wacher Intellekt und ihre Disziplin sind mir unverzichtbar geworden.

Danke Euch! Ohne Eure Unterstützung wäre diese Trilogie aus fünftausend Seiten handschriftlichem Manuskript nie entstanden.

Ludwig Seligmann,
Frühjahr 1975,
kurz vor seinem Tod

Rafi als Mittelschüler
(zweite Reihe,
dritter v. r.), 1962

Hannah und Rafi,
1961 im Englischen
Garten, München

*Rafael mit seinen
Kindern Ludwig und Emily am Grab
seiner Mutter, 1990*

*Rafael als Student in
der Münchner
Fußgängerzone, 1977*

*Hannah und Ludwig
Seligmann, 1975*

Rafael Seligmann
LAUF, LUDWIG, LAUF!
320 Seiten · ISBN 978-3-7844-3466-7
Auch als E-Book erhältlich

Das Hörbuch
ISBN 978-3-8032-9218-6

Rafael Seligmann
HANNAH UND LUDWIG
400 Seiten · ISBN 978-3-7844-3569-5
Auch als E-Book erhältlich

Das Hörbuch
ISBN 978-3-8032-9238-4

LANGENMÜLLER

www.langenmueller.de